btb

Aus Freude am Lesen

Buch

Neuseeland, 1870. Die junge Mai, Tochter einer armen Auswandererfamilie, macht sich mit ihrem erblindeten Großvater zu Fuß von Stafford nach Charleston auf. Dort soll es einen Arzt geben, der Augenkrankheiten zu heilen vermag. Ihre Reise ist nicht ungefährlich, denn die weißen Siedler sind den chinesischen Einwanderern nicht wohlgesinnt. In Charleston angekommen, zerschlagen sich Mais Hoffnungen: Die Kosten für die Operation übersteigen die Mittel ihres Großvaters. Aber sie kann in die Dienste einer Arztfamilie treten, um die Schulden abzuarbeiten. Kurz darauf begegnet sie dem Mann ihres Herzens: Henry, ein junger Brite. Henry und Mai wissen, dass sie füreinander bestimmt sind, doch eine Heirat zwischen einem Weißen und einer Chinesin ist in der damaligen Gesellschaft unmöglich. Zudem ist Mai bereits einem anderen Mann versprochen worden …

Autorin

Kaye Kelly, geboren und aufgewachsen in Westport, war als Telefonistin, Tierarztassistentin, Muschelpackerin und Maklerin tätig, bevor sie sich ausschließlich dem Schreiben widmete. Heute lebt die Autorin mit ihrem Mann in Blenheim.

Kaye Kelly

Jenseits des Flusses

Roman

Deutsch von Andrea Brandl

btb

Die neuseeländische Originalausgabe erschien 2004 unter dem Titel »Cross the River to Home« bei Random House New Zealand.

FSC
Mix
Produktgruppe aus vorbildlich bewirtschafteten Wäldern und anderen kontrollierten Herkünften

Zert.-Nr. GFA-COC-1223
www.fsc.org
© 1996 Forest Stewardship Council

Verlagsgruppe Random House FSC-DEU-100
Das für dieses Buch verwendete FSC-zertifizierte Papier *Munken Print* liefert Arctic Paper Munkedals AB, Schweden.

1. Auflage
Genehmigte Taschenbuchausgabe Juni 2008, btb Verlag
in der Verlagsgruppe Random House GmbH, München

Umschlaggestaltung: Design Team München
Umschlagmotiv: Michael Hall / Getty Images; © Jose Luis Pelaez, Inc. / CORBIS
Druck und Einband: CPI – Clausen & Bosse, Leck
NB · Herstellung: BB
Printed in Germany
ISBN 978-3-442-73513-6

www.btb-verlag.de

Für Margy Kirk

Kapitel 1

CHARLESTON, NEUSEELAND, September 1874

Leises Unbehagen kroch über Fong Mais Rückgrat. Sie starrte die beiden Männer an, die ihr den Weg vertraten, wohl wissend, dass ihr nichts anderes übrig blieb, als direkt auf sie zuzugehen, wenn sie an ihnen vorbei wollte. Dennoch ließ sie den Blick über das Buschwerk am Wegrand schweifen, als hoffe sie, wie durch ein Wunder tauche ein zweiter Pfad auf, der ihr und ihrem Großvater die Flucht erlaubte.

Da sie und Fong Hoy nur noch wenige Meilen von Charleston trennten, hatten sie die relative Sicherheit der offenen Küstenstraße verlassen. Ein Baldachin aus Bäumen und Sträuchern wölbte sich über dem schlammigen Pfad. Es war ein einsamer Ort, weit und breit keine Menschenseele, die ihre Schreie hören würde. Selbst wenn der eine oder andere Reisende in der Nähe gewesen wäre, würde wohl kaum ein Europäer sein Leben aufs Spiel setzen, nur um zwei gelbhäutigen Fremden zu helfen. Mai wich zurück, als einer der Männer einen Schritt auf sie zutrat. Er verzog das Gesicht zu einem Grinsen, sodass eine Reihe dunkelbrauner Stümpfe zum Vorschein kam.

»Oho! Seht nur, wen wir da haben, Grub. Da dürfen wir uns wohl auf 'n bisschen Unterhaltung freuen, wie?«

Mai schluckte. Ihre Kehle fühlte sich staubtrocken an, sodass sie ein Husten unterdrücken musste. Was für eine Ironie! Acht Tage lang hatte sie ihren blinden und gebrechlichen Großvater durch Buschwerk und über Strände geführt. Sie hatten zahlreiche Flüsse und Berge überwunden, ohne dabei zu Schaden zu kommen, und nun, so kurz vor dem Ende ihrer Reise, standen sie diesem übel aussehenden Gespann gegenüber.

Es war nicht das erste Mal, seit sie ihre kleine Gärtnerei in der Nähe von Stafford verlassen hatten, dass sie die Weigerung ihres Großvaters, die Reise an der Küste entlang mit dem Schiff zurückzulegen, an den Rand der Verzweiflung trieb.

»Nur Geld ausgeben für Operation am Auge. Anderes Geld ist für dich, damit du nach China gehen kannst, wenn ich tot bin. Du bringst meine Knochen«, hatte er starrsinnig erklärt.

Der Fremde trat noch näher. In dem verzweifelten Bemühen, ihre Furcht nicht zu zeigen, hob Mai den Kopf, sorgsam darauf bedacht, ihm nicht in die Augen zu sehen. Es war ratsam, keine Angst zu zeigen. Aber man durfte niemals so weit gehen, dass es als Trotz ausgelegt werden könnte. All die Jahre der Demütigungen und Erniedrigungen in diesem Land hatten sie gelehrt, dass Trotz die üblen Burschen und Banditen nur noch mehr reizte.

»Bist du blöd, oder was ist, Schlitzauge?«

Der Mann grinste und warf seinem Kumpanen, einem feisten Kerl mit schütterem Haar, der ebenso ungepflegt und schmierig war wie er selbst, einen Blick zu. »Komisch, wie diese Schlitzaugen untereinander quasseln wie die Weiber, aber vor ihren Herren kriegen sie keinen Ton raus. Ziemlich blöde, findste nicht auch, Grub?«

»Aber trotzdem 'n hübsches Täubchen, Alfie, sehr hübsch«, gab der mit den schütteren Haaren zurück und fuhr sich mit der Zunge über seine rissigen, geschürzten Lippen.

Mai schnappte erschrocken nach Luft, als der Kerl namens Alf unvermittelt einen Satz machte und sie am Arm packte, sodass sie auf den Boden gerissen wurde. Fong Hoy, dessen Arm leicht auf ihrer Schulter gelegen hatte, stieß einen entsetzten Schrei aus, ehe er ins Straucheln geriet und ebenfalls zu Boden stürzte.

»Ha! Sieh dir das an, Grub. Schreit wie'n abgestochenes Schwein! Und noch dazu wie 'n blindes«, schnaubte Alf und schien sich an Fong Hoys Anblick zu ergötzen, der am Boden lag und versuchte, sich wieder aufzurappeln.

Grub versetzte dem alten Mann solch einen brutalen Fußtritt, dass dieser regelrecht vom Boden hochgerissen und auf den Rücken geschleudert wurde.

»Nein!«, schrie Mai und kroch auf Fong Hoy zu, um ihn mit ihrem Körper vor weiteren Angriffen zu schützen.

»Komm da rüber!« Unsanft riss Alf Mai von ihrem Großvater weg und zerrte an ihrem Rock. »Ich zuerst«, warnte er Grub, als dieser Anstalten machte, vom Pferd zu steigen. Mit einem lüsternen Grinsen machte er sich an seinem Hosenlatz zu schaffen.

»Das wird dir gefall'n«, sagte er zu Mai und beugte sich über ihren stocksteifen Körper. Sein ungepflegter Bart streifte ihr Gesicht, und sie schnappte nach Luft, als ihr sein widerlicher Atem in die Nase stieg.

Sie starrte ihrem Peiniger ins Gesicht, und mit einem Mal schien ihre Welt zu schrumpfen, bis diese nur noch aus dem breit grinsenden Mund mit den abgebrochenen, vom Tabak verfärbten Zahnstümpfen zu bestehen schien. Sie warf den Kopf in den Nacken und versuchte sich aus seiner Umklammerung zu befreien.

»Iiieah!«, schrie Fong Hoy und ruderte mit Armen und Beinen wie ein auf dem Rücken liegender Käfer. Trotz seiner Blindheit war er sich der Absichten der beiden Fremden sehr wohl bewusst. »Lasst sie, lasst sie! Wir haben Geld«, schrie er. »Nehmt es! Tut ihr nicht weh!«

»Ha! Das Geld nehmen wir euch sowieso weg, du dummer alter Narr!«, stieß Grub schnaubend hervor und versetzte Fong Hoy einen neuerlichen Stoß, worauf dieser mit dem Kopf auf dem Boden aufschlug und das Bewusstsein verlor.

»Da haben wir Glück gehabt, Grub. Kriegen für unsere

Dienste auch noch was bezahlt!« Er ließ ein bellendes Lachen hören, ehe er unsanft ein Knie zwischen Mais Schenkel drängte und sie zwang, die Beine zu spreizen.

Hilflos wand sich Mai in seinem Griff. Als Alf den Kopf senkte, packte sie die Gelegenheit beim Schopf und grub ihre Zähne tief in seine Nase. Blut spritzte aus der Wunde.

»Dafür wirst du bezahlen, verdammte schlitzäugige Hure!«, stieß Alf hervor und ließ seine Faust auf Mais Kinn sausen.

Blitze explodierten in Mais Kopf. Sie kniff die Augen gegen den Schmerz zusammen und stöhnte, während ein entsetztes Schluchzen in ihrer Kehle aufstieg. Die hohen, schrillen Schreie der Vögel hallten in ihrem Kopf wider. Sie waren blind für das grausame Drama, das sich unter ihnen abspielte. Als Mai die Augen aufschlug, sah sie den erschlafften Körper ihres Großvaters nicht einmal einen halben Meter von der Stelle entfernt liegen, wo Alf sie am Boden festhielt.

In diesem Moment ertönte ein Schuss, und das Geschrei der Vögel wich wildem, zischendem Flügelschlagen, als die unsichtbaren Waldbewohner die Flucht ergriffen. In der Erwartung, dass eine Kugel ihr Fleisch zerfetzen würde, stieß Mai einen gellenden Schrei aus.

Fluchend löste Alf sich von ihr und sprang auf.

»Die Lady hat Nein gesagt.«

Mit hämmerndem Herzen setze sich Mai auf, strich ihren Rock glatt und zog die Beine an. Furchtsam blickte sie zum Besitzer der Stimme auf.

Ein kleiner, stämmiger Mann mit einem dichten, aber gepflegten blonden Schnurrbart stand vor ihr, ein Gewehr in der einen Hand, die Zügel eines grauen Pferdes in der anderen. Der laute Knall hatte das Pferd offenbar erschreckt, denn es warf den Kopf zurück und tänzelte unruhig, als wolle es sich aus dem festen Griff seines Besitzers befreien.

»Ruhig, Junge, ruhig«, beschwichtigte der Mann das Tier und strich mit der Hand über seinen langen Hals.

Er schlang die Zügel um den Stumpf eines Silberbaumfarns, ehe er Mai prüfend musterte. Schließlich wanderte sein Blick zu Alf und Grub.

»Mit Ihnen haben wir kein' Ärger, Mister.« Grub dirigierte sein Pferd ein paar Schritte zurück. »Wir haben nur mit den beiden da zu schaffen. Und die da ist ja nur 'n verdammtes schlitzäugiges Weibsbild, wen kümmert's also?«

»Mich kümmert es«, herrschte der Fremde ihn an, und seine Miene verfinsterte sich. »Sie ist eine Lady, und für mich sah es nicht so aus, als hätte sie euch beide um irgendetwas gebeten, außer darum, dass ihr sie in Ruhe lassen sollt.«

Mit zusammengekniffenen Augen schob Alf seinen Hut in den Nacken und fuhr sich mit seinen schmutzigen Fingern durch die nicht minder schmutzigen Strähnen seines langen grauen Haars. »Ah«, murmelte er und grinste verschlagen. »Verstehe. Sie wollen sie für sich haben, isses nicht so?«

Der Fremde musterte ihn angewidert. »Los, verschwindet endlich«, erklärte er und schwenkte sein Gewehr in ihre Richtung.

»Lassen Sie mich wenigstens aufsteigen, Mister.« In aller Seelenruhe schlenderte Alf auf einen halb verhungerten Gaul zu, den man eher auf dem Pferdeschlachthof vermutet hätte und der nicht gerade so aussah, als könne er einen ausgewachsenen Mann auf seinem krummen Rücken tragen.

Zitternd beobachtete Mai, wie Alf und Grub aufstiegen. Das Tempo ließ keinen Zweifel daran aufkommen, dass sie ihren Retter provozieren wollten.

Die Miene des Fremden verdüsterte sich. Er hob das Gewehr und richtete es auf Alf. »Ich zähle bis fünf, dann seid ihr weg oder ich schieße.«

»Das sagt sich leicht mit 'ner Flinte in der Hand«, schnaubte Alf, als der Blonde laut zu zählen begann.

»… Fünf!«

Ein zweiter Schuss erschütterte die Luft.

»Verdammter Chinesen-Freund«, schrie Alf und hatte Mühe, im Sattel zu bleiben, als sein Pferd erschrocken wieherte und zurückwich. »Eines Tages krieg ich dich noch, gelbes Luder«, stieß er hervor, ehe er Grub im Galopp nachsetzte.

»Mistkerl!« Mais Retter legte beruhigend die Hand auf den Hals seines Pferdes und schob das Gewehr in das Halfter am Sattel zurück. »Ben Corbett«, stellte er sich vor, neigte den Kopf und tippte mit dem Finger gegen die Krempe seines Huts. »Alles in Ordnung mit Ihnen, Ma'am?« Er runzelte die Stirn. »Sie haben doch nicht … äh … Ich hoffe, ich bin noch rechtzeitig gekommen …?« Er streckte Mai die Hand hin und half ihr auf.

»Ja. Sie konnten mir nichts antun.« Die Hitze schoss in ihre Wangen, und sie wich seinem Blick aus. »Aber ich glaube, mein Großvater ist schwer verletzt.«

Ben kauerte sich neben Fong Hoy, der ein gequältes Stöhnen von sich gab, als der Fremde sein Gesicht berührte und die Wunde untersuchte.

»Die Verletzung ist nicht sehr schwer. Nur ein Kratzer, wie es aussieht«, beruhigte Ben sie. Er stand auf, nahm eine kleine Silberflasche aus einer Satteltasche und zog ein makellos weißes Taschentuch aus seiner Jacke. Er schraubte das Fläschchen auf, gab etwas von der Flüssigkeit auf das Taschentuch und tupfte behutsam das Blut vom Gesicht des alten Mannes.

Fong Hoys Augen öffneten sich flatternd, und Ben sah, wie sie suchend umherirrten. »Ist er blind?«, fragte er und hob überrascht die Brauen.

»Er kann Tag und Nacht unterscheiden. Aber, ja, er ist blind. Wir sind auf dem Weg nach Charleston. Dort lebt ein Arzt, der Großvater helfen kann. Ein Handlungsreisender, der in unserer Gärtnerei war, hat uns erzählt, er habe an grauem Star gelitten, und der Doktor habe ihn geheilt«, erklärte Mai, während Ben Fong Hoy half, sich aufzusetzen.

Die Hände des alten Mannes waren bläulich verfärbt. Mai nahm seine Hand und rieb sie behutsam, um die Blutzirkulation anzuregen.

»Und wer soll dieser Doktor sein?«

»Dr. Ainsley«, antwortete Mai, ohne den Blick vom Gesicht ihres Großvaters zu wenden.

»Also ist er noch dort«, murmelte Ben.

»Sie kennen den Doktor?« Mai griff nach Fong Hoys anderer Hand und rieb auch sie.

Bens Mund verzog sich zu etwas, das eher wie ein verächtliches Grinsen als ein Lächeln aussah, und fuhr sich mit der Hand über die Stoppeln am Kinn. »Ja, ich kenne ihn«, erwiderte er. »Sehr gut sogar. Ich habe früher in Charleston gelebt. Ich war viele Jahre in Amerika, aber jetzt habe ich auf einmal Heimweh bekommen. Deshalb bin ich hergekommen, um ein paar alte Freunde wiederzusehen.«

Achtlos knüllte er das Taschentuch zusammen und schob es in seine Tasche, dann richtete er seine Aufmerksamkeit wieder auf Fong Hoy. »Dann wollen wir Sie mal wieder auf die Beine bringen, was?«

Während er Fong Hoy beim Aufstehen half, stellte er sich dem alten Mann vor und tat dessen Dankesworte mit einer verlegenen Geste ab. »Ich bleibe bei Ihnen, bis wir in Charleston sind«, erklärte er besorgt, als er Fong Hoys mühsame Atemzüge hörte. »Sie setzen sich aufs Pferd, und ich gehe mit Ihrer Enkelin zu Fuß.«

Abgesehen von Fong Hoys vereinzelten Schmerzenslauten, wenn sich das Pferd einen Weg über umgekippte Baumstümpfe und vorstehende Äste bahnte, verlief der Rest der Reise schweigend. Dafür war Mai mehr als dankbar. Ihr

Kiefer schmerzte von dem heftigen Schlag, außerdem war sie viel zu müde, um zu reden.

Immer wieder schweifte Bens Blick zu Mai und ihrem Großvater. Der alte Mann schlief beinahe auf dem Sattel ein. Nur von Zeit zu Zeit riss er den Kopf hoch, wenn er ihm mal wieder auf die Brust gesunken war. Mais Stiefel, die bis zum Knöchel zu sehen waren, hoben sich kaum vom Boden ab, als sie neben ihm herstolperte. Sie hatte in weiser Voraussicht den Saum ihres Kleides festgesteckt, um zu verhindern, dass er nicht im tiefen Schlamm verdreckte.

Ben dachte über das nach, was vorgefallen war. Die beiden Fremden hatten nichts Böses im Sinn gehabt, hatten sich nur um ihre eigenen Angelegenheiten gekümmert, als diese Bösewichte ihnen auflauerten. In den Augen mancher Europäer konnten die Chinesen einfach nichts richtig machen, wie sehr sie sich auch bemühten. Manche Menschen waren einfach die geborenen Opfer.

Und damit kannte er sich bestens aus.

Seine Gedanken wanderten zu den Jahren zurück, als er in Wellington – Port Nicholson, um genau zu sein – mit diesem Schwein gelebt hatte, das sich als sein Vater bezeichnete. Ein Trunkenbold, ein Schläger und ein Feigling, das war er in Wahrheit gewesen. Er hatte es nie geschafft, einen Job lange zu behalten, weil er meistens viel zu betrunken und faul gewesen war. Also war es an Ben und seiner Mutter gewesen, für seine drei jüngeren Brüder zu sorgen, die erstaunlicherweise den Schlägen, den Kinderkrankheiten und dem unablässigen Hunger allesamt getrotzt hatten.

Ben dachte an seine Mutter, die müde und vorzeitig gealtert war und deren Vorderzähne Oscar Corbetts brutalen Übergriffen zum Opfer gefallen waren. Er sah sie, wie sie an einem Kleid irgendeiner feinen Dame arbeitete, das bis zum nächsten Morgen fertig sein musste. Und danach hatte sie sich über die riesigen Mengen Bügelwäsche hergemacht, manchmal bis weit nach Mitternacht, nur um am nächsten Morgen in der Dämmerung aufzustehen und für irgendeine Lady zu putzen und zu ackern.

Er hatte ihr beim Bügeln geholfen. Und bis zum heutigen Tag bekam er eine Bügelfalte so scharf wie die Klinge eines Messers hin. Er hatte Anzündholz gespalten, seiner Mutter beim Wienern von Fußböden geholfen, Kohlekessel gefüllt und die Bügelwäsche ausgetragen. Und die ganze Zeit über, während die Hausangestellten und ihre Herrschaften den barfüßigen Jungen in den zerschlissenen Kleidern, mit der laufenden Nase und dem unablässigen Husten, unter dem sie in ihrer schäbigen, feuchten Hütte litten, unverhohlen musterten, hatte er ihre Herablassung und ihren Hochmut über sich ergehen lassen.

Als sein Vater aber eines Tages ausgerutscht war und sich den Schädel am Herd aufgeschlagen hatte, hatte Ben keinen Finger gerührt, obwohl sein Vater ihn grün und blau geschlagen hatte. Nein, er hatte ihn liegen lassen, bis er sein Leben in einer Blutlache auf dem Küchenboden aushauchte.

Danach war es ein wenig besser geworden. Kein Verstecken mehr, keine Furcht beim Klang der polternden, unsicheren Schritte des Vaters, kein brennender Schmerz in den Rippen mehr, wenn er wieder einmal mit dem Stiefel ausgeholt hatte.

1862 hatte er seinem Zuhause den Rücken gekehrt und war nach Otago gegangen; an jenem Tag, an dem seine Mutter den nächsten Dreckskerl geheiratet hatte. Aber auch dort war das Glück nicht auf seiner Seite gewesen. Er hätte unmittelbar neben dem besten Claim arbeiten können und doch keinen Erfolg gehabt. Nach einer Weile hatte er gehört, in Charleston gebe es jede Menge Gold, also war er an die Westküste gegangen. Mit der Hilfe einer guten Freundin hatte er sein Glück gemacht, am Ende aber war es ihm doch nicht hold.

Schließlich hatte er das Land verlassen und war nach

Amerika gegangen – wild entschlossen, ihnen allen zu zeigen, dass er, Ben Corbett, erfolgreicher sein konnte als jeder andere dieser Mistkerle, die sich die Füße an ihm abstreiften.

Und genau das hatte er getan. Er hatte Erfolg gehabt. Doch die Narben waren noch immer da, und der Anblick von Thwaites und Parker, wie sie sich auf Mai und ihren Großvater stürzten, hatte schlagartig seine Wut und Frustration wieder entfacht. Sein Zorn war so groß gewesen, dass er Mühe gehabt hatte, dieses Schwein nicht einfach über den Haufen zu schießen.

Er kehrte wieder ins Hier und Jetzt zurück, als die Sonnenstrahlen das Ende des Pfads ankündigten. Ben fragte sich, wie es seiner guten alten Freundin gehen mochte und ob sie noch immer mit Dr. Ainsley verheiratet war.

Mai schirmte ihre Augen mit der Hand gegen die Sonne ab, als sie unter dem kühlen Blätterdach heraus in den gleißenden Sonnenschein traten. Hohes Gras und Farnkraut lösten den schlammigen Matsch aus verwesenden Blättern und Flechten auf dem Pfad ab. Gebäude ragten in der Ferne empor. Mai wischte ein paar Erdklumpen von ihrem Rock, unwillkommene Erinnerungen an ihre Begegnung mit den beiden grässlichen Unholden, während die Sonne angenehm ihren Rücken wärmte.

Am Stadtrand bogen sie in die Camp Street ein, wo einige Gäste des Post Office Hotels sie neugierig beäugten. Schließlich bogen sie um eine Straßenecke, und Ben deutete auf ein großes Holzhaus. Davor befanden sich ein Garten und ein Zaun, sodass das mit frischer weißer Farbe gestrichene Haus nur hier und da hervorblitzte.

»Da wohnt Euer Dr. Ainsley«, erklärte Ben mit verdrossener Miene. »Hat sich ganz gut gemacht, wie es aussieht. Das Haus ist mindestens doppelt so groß, wie ich es in Erinnerung habe.«

Als sie auf das Haus zukamen, wandte Ben sich Fong Hoy zu und streckte die Arme aus. »Dann wollen wir Sie mal herunterheben.«

Voller Dankbarkeit sah Mai zu, wie der kräftige Europäer Fong Hoy vom Pferd hob und ihn behutsam absetzte.

»Nun«, sagte Mai und nahm den Arm ihres Großvaters, »ich will mir nicht ausmalen, was passiert wäre, wenn Sie uns nicht zu Hilfe gekommen wären.«

»Ich freue mich, dass ich helfen konnte. Mistkerle wie diese sollten für immer hinter Gitter wandern.« Er wies mit dem Kopf in Richtung des Wohnhauses und der Praxis des Arztes. »Ich bringe Sie noch bis zur Tür.«

»Danke, aber das wird nicht nötig sein«, wiegelte Mai höflich ab. Sie war dankbar für das Angebot, wollte jedoch Bens Zeit nicht länger in Anspruch nehmen. »Sie haben bestimmt eine Menge zu erledigen.«

Bens Miene verhärtete sich. »Das kann warten«, erklärte er knapp. »Gehen wir.« Ben warf Fong Hoy ein ermutigendes Lächeln zu, obwohl dieser es nicht sehen konnte, und griff nach seinem anderen Arm. Langsam gingen sie auf das Haus zu. Unter ihren Füßen knirschten die Muschelscherben, die auf dem Pfad verstreut lagen. Als sie die Haustür erreichten, war Mai dankbar für Bens Hilfe, denn Fong Hoy war trotz seiner Zerbrechlichkeit erstaunlich schwer.

Ben betätigte den Türklopfer mit einer solchen Heftigkeit, dass Mai erschrocken zusammenfuhr. Minuten vergingen, ohne dass etwas geschah. Stirnrunzelnd trat Ben auf die sorgsam geschrubbte Türschwelle und ließ den Türklopfer erneut auf das Holz niedersausen.

»Glauben Sie, der Doktor ist weggegangen? Vielleicht sollten wir ja später wiederkommen.«

Ben schüttelte den Kopf. »Ich höre etwas. Da ist jemand«, erklärte er und verstärkte seinen Griff um Fong Hoys Arm, als der alte Mann zusammenzusinken drohte.

Ein Rumpeln drang aus dem Haus, leise zuerst, dann

immer lauter werdend, als es sich der Tür näherte. Sie hörten ein Klicken, als der Riegel der Eingangstür zurückgeschoben wurde. Gleich darauf öffnete sich die Tür und gab den Blick auf eine alte Frau in einem Rollstuhl frei.

»Ja? Was wollen Sie?«, fragte sie scharf, riss ihren Rollstuhl mit einer abrupten Bewegung herum und öffnete die Tür noch ein wenig weiter.

Als Ben abrupt Fong Hoys Arm losließ, taumelte Mai, da sich ihr Großvater mit seinem gesamten Körpergewicht auf sie stützen musste. Erstaunt über Bens unvermittelte Gedankenlosigkeit, sah sie zu ihm auf. Doch er schien sie und ihren Großvater vollkommen vergessen zu haben, denn er hatte die Hand an den Türstock gelegt und starrte die alte Frau im Rollstuhl an.

Kapitel 2

Bens Mund fühlte sich mit einem Mal ganz trocken an. Wie gebannt starrte er die alte Frau an. Über sechs Jahre waren vergangen, seit er sie das letzte Mal gesehen hatte. Schon damals hatte sie wie eine Leiche ausgesehen, die reif für den Sarg war. Er hatte geglaubt, sie sei längst tot. Doch die tief liegenden Augen, die Hakennase und das fahle, faltige Gesicht gehörten eindeutig Prudence Ainsley.

»Und? Was gibt's? Was wollen Sie?«, fragte die alte Frau noch einmal und tippte ungeduldig mit einem ihrer gekrümmten, arthritischen Finger auf die Lehne ihres Rollstuhls.

Ein Schmerzenslaut veranlasste Ben, seine Aufmerksamkeit wieder auf Fong Hoy zu richten. Für einige Augenblicke löste er den Blick von der alten Frau und nahm sanft Fong Hoys Arm.

»Sie erkennen mich nicht wieder, wie, Missus?«, erkundigte sich Ben höflich, während er mit der einen Hand den alten Mann stützte und mit der anderen seinen Hut zog.

Mit offenem Mund musterte ihn die alte Frau eindringlich. Schließlich flackerte die Erkenntnis in ihren alten, rotgeränderten Augen auf.

»Ben Corbett«, erklärte sie mit einem herablassenden Schnauben.

»Genau der. Leibhaftig.« Ben lächelte freudlos.

»Was tun Sie hier?«

»Dasselbe könnte ich Sie fragen. Ich dachte, Sie sind schon lange tot.«

Eisige Wut flackerte hinter der Fassade der Hochnäsigkeit auf. »Sie sind hier nicht willkommen«, herrschte sie ihn an. »Vertreter und Dienstboten müssen die Hintertür benutzen.«

Sie griff nach dem Türknauf und machte Anstalten, die Tür zuzuschlagen. Doch Ben war schneller und stellte den Fuß dazwischen. »Einen Augenblick, Missus«, stieß er hervor. »Wir haben hier einen Verletzten. Er braucht Hilfe.«

Fong Hoys Wunde hatte wieder zu bluten begonnen, und mittlerweile war er so schwach, dass er sich mit seinem ganzen Gewicht auf Mai und Ben stützen musste. Prudence jedoch würdigte ihn kaum eines Blickes.

»Dann bringt ihn sonstwo hin. Der Doktor ist viel zu beschäftigt, um sich um ihn zu kümmern.«

»Wir rühren uns nicht von der Stelle. Diese Leute sind wegen Dr. Ainsley hergekommen, also wird Dr. Ainsley sie auch empfangen.«

»Bitte!«, sagte Mai besorgt. »Suchen wir einen anderen Arzt. Ich habe Angst um Großvater – es geht ihm plötzlich viel schlechter.«

»Nein!« Ben starrte Prudence Ainsley mit finsterer Miene an. Für wen hielt sich diese hartherzige alte Vogelscheuche eigentlich? Einfach einen Mann wegzuschicken, der Hilfe braucht?

Er legte den Arm um Fong Hoys Schulter, schob den Rollstuhl ein Stück zur Seite und half dem alten Mann über die Schwelle, ohne Mai, die erschrocken nach Luft schnappte, weitere Beachtung zu schenken.

»Das hätten Sie nicht tun dürfen. Sie ist alt und hilflos in diesem Stuhl!« Mai war schockiert.

»Wie können Sie es wagen!« Prudence krallte die Finger um die Rollstuhllehnen, sodass ihre Knöchel weiß hervortraten.

»Wo ist der Behandlungsraum?«, wollte Ben ungerührt wissen.

»Sie verschwenden nur Ihre Zeit, Sie unverschämter Dummkopf!«, stieß Prudence empört hervor und löste eilig den Griff um die Räder des Stuhls, als Ben ihm einen weiteren Stoß verpasste, sodass er rückwärts rollte.

»Nein!« Mai machte einen Satz und trat zwischen Ben und die alte Frau. »Hören Sie sofort damit auf. Sie tun ihr weh!«

Mais schreckgeweitete Augen ließen ihn innehalten. Er holte tief Luft und rang um seine Fassung. »Tut mir leid«, sagte er, wenn auch eher an Mai als an die Mutter des Arztes gerichtet. »Aber wir werden nirgendwo hingehen, bevor Ihr Großvater nicht beim Doktor war.«

Sie sahen auf, als die Tür aufging und ein Mann erschien – ein Mann, dessen Züge sich unauslöschlich in Bens Gedächtnis eingebrannt hatten.

Der Arzt war noch immer schlank. Nichts deutete auf den Bauch hin, der sich so oft bei Männern seines Standes in den mittleren Jahren einstellte. Das Einzige, was sich in den sechs Jahren äußerlich an ihm verändert hatte, war sein Haar, das ein wenig schütter geworden war und vereinzelte graue Strähnen an den Schläfen aufwies.

Der Doktor würdigte Mai und Ben kaum eines Blickes. »Schnell. Ins Sprechzimmer mit ihm«, befahl er knapp.

Ben hob Fong Hoy auf die Arme und trug ihn in den Behandlungsraum, wo er ihn vorsichtig auf den Untersuchungstisch legte. Ohne zu zögern begann der Arzt mit der Untersuchung.

»Nicht so schlimm«, murmelte er und sah sich die Wunde am Kopf an, nachdem er das Blut abgewaschen hatte. »Nur eine oberflächliche Verletzung. Aber die Gehirnerschütterung macht mir Sorgen.« Zum ersten Mal seit ihrem Auftauchen wandte er sich an Ben. »Er muss heute Nacht unter Beobachtung bleiben. Es wäre das Beste, wenn er …« Er zögerte für den Bruchteil einer Sekunde, und Überraschung zeichnete sich auf seinem Gesicht ab, als die Blicke der Männer einander begegneten, »… über Nacht ins Krankenhaus käme.«

Ben nickte, wohl wissend, dass Cam Ainsley ihn erkannt hatte. »Ich sorge dafür.«

Mit einem Schlag war von Fong Hoys Lethargie nichts mehr zu sehen. »Nicht ins Krankenhaus. Schlechter Ort!«, schrie er, schüttelte den Kopf und winkte ab.

Ben warf Mai, die Fong Hoys heftige Reaktion erstaunt beobachtete, einen Seitenblick zu.

»Großvater mag keine Krankenhäuser. Sie sind nur für die Toten, sagt er«, erklärte sie. »Danke für Ihre Zeit, Doktor«, fügte sie höflich hinzu, ehe sie sich an Ben wandte. »Und Ihnen auch, Mr Corbett, für die Mühen, die Sie wegen uns hatten. Ich fürchte, mein Großvater und ich wären beide nicht mehr am Leben, wenn Sie uns nicht geholfen hätten.«

Dr. Ainsley blickte verwirrt Mai und Ben an. »Entschuldigung, aber ich dachte, Sie sind zusammen hier – als Paar.«

Ben schüttelte belustigt den Kopf. »Ach ja? Nein. Ich habe die beiden auf dem Weg hierher kennengelernt. Sie wurden von diesen beiden hinterhältigen Dieben Thwaites und Parker überfallen. Das sind Fong Mai und ihr Großvater Fong Hoy.«

»Miss Mai und Mr Hoy«, murmelte der Arzt nickend.

»Nein, Fong ist unser Familienname«, korrigierte Mai höflich. »Aber die Leute nennen Großvater Fong Hoy und mich Mai. Das ist einfacher für sie.«

Der Doktor wurde rot.

Ben fragte sich, wie oft Mai diese Erklärung wohl schon hatte abgeben müssen.

»Natürlich. Wie gedankenlos von mir.« Dr. Ainsley wandte sich erneut an Ben. »Sie sagten, Mai und Fong Hoy wurden überfallen? Rührt Fong Hoys Wunde daher?«

»Ja«, warf Mai ein, und ihre Miene verfinsterte sich.

»Diese miesen Dreckskerle«, ergriff Ben erneut das Wort.

»Sie waren drauf und dran, sie zu v-« Er unterbrach sich, als er bemerkte, dass Mai vor Verlegenheit rot wurde und den Kopf senkte.

Der Arzt schien aufrichtig schockiert zu sein. »Vielleicht sollten Sie mit Fong Hoy nach draußen ins Wartezimmer gehen, so lange ich Mai untersuche.«

»Nein, bitte«, widersprach Mai und schüttelte heftig den Kopf. »Mir geht es gut. Abgesehen davon, dass diese Männer Großvater verletzt und uns eine Heidenangst eingejagt haben, ist nichts passiert. Wir wurden nur ein wenig auf dem Weg zu Ihnen aufgehalten.«

»Aber er sollte sich Ihr Kinn genauer ansehen, Mai. Es sieht mächtig geschwollen und lädiert aus«, meinte Ben, in der Annahme, dass Mai Angst vor einer intimen Untersuchung hatte.

»Nein!«

»Es wäre bestimmt besser und dauert auch nur ein paar Minuten«, bekräftigte Dr. Ainsley.

»Nein«, beharrte Mai etwas ruhiger. »Es tut schon nicht mehr so weh wie vorhin.« Vorsichtig betastete sie ihr Kinn. »Außerdem geht die Schwellung schon zurück.«

»Wenn Sie sicher sind …« Der Arzt musterte sie zweifelnd.

»Ja. Aber Großvater ist wegen etwas anderem zu Ihnen gekommen. Wir waren auf dem Weg zu Ihnen, als wir überfallen wurden.«

Der Arzt hob überrascht die Brauen. »Also war die Verletzung Ihres Großvaters nicht der eigentliche Grund für Ihren Besuch?«

»Nein. Wir sind aus Stafford hergekommen. Großvater hat von einigen Leuten gehört, die Sie von ihrer Blindheit geheilt haben. Er möchte, dass Sie sich seine Augen ansehen.«

»Ich kann sie untersuchen, aber tun kann ich nichts für Sie. Es wäre eine reine Zeitverschwendung.«

»Aber jemand hat uns erzählt, Sie hätten ihn von seiner Blindheit geheilt.«

Ben betrachtete noch einmal ihr Gesicht. Mit ihren ungewöhnlich ausgeprägten Wangenknochen und den eher schlitz- als mandelförmigen Augen besaß sie nicht unbedingt die Schönheit, die er an den wenigen Chinesinnen gesehen hatte, die ihm in Amerika begegnet waren. Aber sie hatte ein freundliches Gesicht und schien ein nettes Mädchen zu sein. Nach der langen, beschwerlichen und auch gefährlichen Reise die Küste entlang war Ainsleys mangelnder Enthusiasmus zweifellos eine herbe Enttäuschung für die beiden.

»Dieser Mann hat gesagt, Sie hätten seinen grauen Star operiert«, fuhr Mai fort.

Dr. Ainsley trat an die Tür und öffnete sie. »Das habe ich auch, Madam. Aber das war unter Anleitung eines sehr erfahrenen Kollegen, der leider nicht mehr hier ist.«

»Aber wir sind von so weit hergekommen …«, beharrte Mai flehend.

Ben hatte nichts davon gewusst, dass Cam Ainsley Blinde heilen konnte, doch Mai schien so vehement an dem Gedanken festzuhalten, der Arzt könnte Fong Hoy helfen, dass er sich verpflichtet fühlte, das Wort zu ergreifen.

»Sie könnten sich seine Augen doch wenigstens ansehen.«

»Was sollte das bringen? Und wenn Sie jetzt bitte …«

»Nein, das werde ich nicht. Wie diese Lady hier schon sagte, hätten sie den langen Weg völlig umsonst gemacht, wenn Sie sich nicht einmal die Mühe machen würden, Fong Hoy zu untersuchen«, erklärte er, unfähig, dem Drang zu widerstehen, das Messer noch einmal in der Wunde zu drehen. »Aber warum sollte mich das überraschen? Ich hätte nicht erwarten dürfen, dass Sie auch nur einen Funken Mitgefühl für einen armen, alten Chinesen aufbringen.«

Ben kochte vor Zorn. Ainsley hatte sich nicht im Mindesten geändert – er war noch immer derselbe arrogante Mistkerl wie früher. Vor Jahren, als Ben noch nach Gold gegraben hatte, waren er und Poppy Bramwell Partner gewesen. Er hätte derjenige sein sollen, der sie zur Frau bekam, nicht Ainsley. Dieser Mistkerl hatte es darauf angelegt, ihr den Kopf zu verdrehen, als er nach Charleston gekommen war und alles in seiner Macht Stehende getan hatte, um sie gegen Ben aufzubringen. Er und diese alte Krähe von seiner Mutter.

Der Arzt verzog das Gesicht. »Mein Zögern, bei diesem Fall meine Dienste zur Verfügung zu stellen, hat nichts mit der Rasse oder dem Glauben zu tun. Wie können Sie es wagen, mich der Selbstgerechtigkeit zu bezichtigen?«

»Womit hat Ihr Zögern dann zu tun?«

»Was berechtigt ausgerechnet Sie zu dieser Frage, Sir?«

»Bitte! Wir müssen bezahlen und wieder gehen«, unterbrach Mai, die spürte, dass die Feindseligkeit zwischen Ben und dem Arzt nichts mit ihr und Fong Hoy zu tun hatte.

Ben trat neben Fong Hoy und legte sich den Arm des alten Mannes um die Schulter. »Wenn Sie die Rechnung fertig machen, werde ich sie sofort begleichen.«

Dr. Ainsley schüttelte den Kopf. »Die Behandlung war kostenlos.«

»Wir müssen aber bezahlen. Wir haben Geld«, protestierte Mai und reckte stolz den Kopf. »Wir wären nicht hergekommen, wenn wir kein Geld gehabt hätten.«

»Sparen Sie sich Ihre Mildtätigkeit«, knurrte Ben und wies mit dem Finger auf Cam. »Wir bedauern, einen so wunderbaren Arzt gestört zu haben.« Er wandte sich an Mai. »Stecken Sie Ihr Geld ein, Mai. Ich werde für die Behandlung bezahlen, ob er will oder nicht.«

Zwei rote Flecke erschienen auf Dr. Ainsleys Wangen. Allem Anschein nach stand er im Begriff, seine Meinung zu ändern. »Bitte! Ich entschuldige mich für meinen Mangel an Verantwortungsgefühl – bei Ihnen allen«, beteuerte er, offenbar aufrichtig beschämt.

Ben knurrte höhnisch. Dieser Dreckskerl konnte sich seine Entschuldigung sonst wohin schieben. Dafür war sie zu lächerlich und kam zu spät. »Gehen wir«, sagte er und schob Mai zur Tür.

Der Doktor folgte ihnen. »Der Zustand Ihres Großvaters ist nicht ernst, trotzdem sollte er heute Abend unter Beobachtung stehen«, sagte er zu Mai.

»Dann bringen wir ihn in ein Gasthaus und sorgen dafür, dass er beobachtet wird«, gab Ben zurück, ohne sich umzudrehen.

»Er braucht aber eine genaue Überwachung. Ich kann es nicht verantworten, dass er die Nacht in einem Gasthaus verbringt«, erklärte der Arzt Mai. »Angesichts Fong Hoys Abneigung gegen Krankenhäuser schlage ich vor … Sie verbringen alle beide die Nacht hier, wenn Sie möchten.«

»Danke, aber da Sie nichts für Großvaters Augen tun können, ist es sinnlos, noch länger hier zu bleiben. Wir wollen Ihre Zeit nicht unnötig in Anspruch nehmen«, beharrte Mai, deren ruhige Würde ihrer Missbilligung weitaus besser Ausdruck verlieh, als zornige Worte es vermocht hätten.

Dr. Ainsley seufzte. »Wenn Sie heute Nacht hier bleiben, werde ich mir morgen Früh seine Augen ansehen.« Für den Bruchteil einer Sekunde kniff er die Augen zusammen, als könnte er kaum glauben, dass diese Worte über seine Lippen gekommen waren.

Mai strahlte dankbar. »Wollen Sie das wirklich tun?«

Cam, der sein Angebot augenscheinlich bereits bereute, nickte widerstrebend. Was um alles in der Welt hatte ihn geritten, so etwas zu versprechen? Er hatte keineswegs die Absicht, Fong Hoys Augen zu operieren. Weshalb also hatte er diesen Leuten falsche Hoffnungen gemacht?

Aber er kannte die Antwort darauf – Corbett und seine

verdammten Sticheleien. Und, nicht zu vergessen, der Anstand. Er hätte unmöglich zulassen können, dass der alte Mann die Nacht in einem Hotel zubrachte. Und da er sich geweigert hatte, in ein Krankenhaus zu gehen, war dieses Angebot die einzige Alternative gewesen.

»In diesem Fall nehmen wir Ihre Gastfreundschaft gern an«, erklärte Mai. »Ich danke Ihnen sehr.«

»Ich kann Ihnen aber nichts versprechen«, wandte der Arzt eilig ein. »Es wäre dumm, wenn ich das täte. Um die Wahrheit zu sagen, bin ich mir sogar sicher, dass ich Ihnen nicht weiterhelfen kann, aber wenn es Sie beruhigt, wenn ich es mir einmal ansehe …«

»Sie werden uns helfen können, das weiß ich ganz einfach.«

Erstaunt betrachtete Ben Mais Lächeln, das strahlend und voller Vertrauen war und ihrem eher unscheinbaren Gesicht eine bezaubernde Anziehungskraft verlieh. Doch trotz seines Mitgefühls für Mai und ihren Großvater rührte sich tief in seinem Inneren ein winziger Anflug von Gehässigkeit und der Hoffnung, Cam Ainsley möge mit seinen Bemühungen, dem alten Mann zu helfen, scheitern. Voller Abscheu musterte er den Mann, der ihm die einzige Frau weggenommen hatte, die er jemals geliebt hatte.

Von ihrem Zimmer aus lauschte Prudence den knappen Abschiedsworten ihres Sohnes an Ben Corbett, ehe sich die Haustür hinter ihm schloss. Sie rollte an den Waschtisch und goss etwas Wasser aus der Kanne in die Schlüssel. Ihre Hand zitterte, sodass sie dabei ein wenig verschüttete. Sie stellte den Krug ab und hievte sich mühsam aus dem Rollstuhl, wobei sie das Gesicht verzog, als ein arthritischer Schmerz durch ihre Glieder fuhr.

Sie tauchte die Hände in die Waschschüssel, benetzte ihr Gesicht und die Unterseite ihrer Handgelenke mit Wasser und atmete tief ein, als die angenehm kühle Flüssigkeit ihre

Haut berührte. Dann ließ sie sich wieder in ihren Stuhl sinken und rollte vor die Ankleidekommode, wo sie sich im Spiegel betrachtete – etwas, das sie dieser Tage nicht mehr sehr häufig tat. Ehrlich gesagt hatte es auch schon früher nicht zu ihren regelmäßigen Gewohnheiten gehört. Sie war eine schlichte, unauffällige Frau, vielleicht sogar an der Grenze zur Hässlichkeit, was sie in jüngeren Jahren auch mehr als einmal zu hören bekommen hatte. Das hatte sie schon immer gewusst. Doch nun, da sie alt war und jene für ältere Frauen so typische Gesichtslosigkeit besaß, schien sich niemand auch nur einen Pfifferling um ihr Aussehen zu scheren. Nur hinter ihrem Rücken flüsterten sie; all diejenigen, die kein Recht dazu hatten, die nichts über ihre Gedanken, ihre Sehnsüchte und ihre Vergangenheit wussten.

Der Anblick dieses ungehobelten, anmaßenden Corbett heute hatte sie mehr aus dem Gleichgewicht gebracht, als sie ihrem Sohn gegenüber zugeben würde. Das verrieten auch ihre noch immer zitternden Hände. Sie legte sie an die Wangen und zog die pergamentdünne Haut ihres Gesichts zu einer grotesken Maske zurück, sodass die Runzeln verschwanden und ihr eingefallener Mund eine dünne Linie bildete.

Als Cam und sie nach Charleston gekommen waren, hatte sich dieser Mann als wahre Last herausgestellt. Er war gewöhnlich, ein Flegel, dem jede Finesse fehlte. Er hatte nur sich selbst und sein Claim, das er auch nur mit Hilfe des Geldes der armen Poppy erworben hatte. Und ständig umgarnte er das Mädchen.

Keiner dieser Kolonialdummköpfe ahnte auch nur, was sie für ihren gesellschaftlichen Aufstieg hatte erdulden müssen. Sie alle dachten – und genau das sollten sie auch –, sie habe schon von Geburt an zur Oberschicht gehört. Sie stieß ein höhnisches Lachen aus und ließ die Hände in den Schoß sinken.

Oberschicht? Ha! Eine Dienstbotin, das war sie gewesen. Die Tochter einer bescheidenen Haushälterin und selbst kaum mehr als eine Haushälterin war sie gewesen, als sie eine Anstellung auf der Meadow Farm gefunden und sich mit dem verwitweten Alexander Ainsley, Cams Vater, eingelassen hatte. Resultat einer Nacht voll betrunkener Lust war Basil, Cams älterer Bruder, gewesen.

Alexander hatte sie geheiratet – widerstrebend, obwohl sie ihm zwei Erben geschenkt hatte. Aber seine Freunde und die anderen Mitglieder der Gesellschaft hatten sie nie akzeptiert. Oh, in Alexanders Gegenwart hatten sie Höflichkeit vorgeschützt. Doch sie hatte ihre Bemerkungen gehört und ihre gerümpften Nasen gesehen, wenn sie über die Dummheit des Besitzers der größten Ländereien in ganz Devon gelacht hatten, sich auf diese Weise von einer Frau angeln zu lassen.

»Wenn sie wenigstens eine Augenweide wäre«, hatten einige gesagt. »Oder eine reiche Erbin«, hatten andere eingeworfen, »aber eine unansehnliche Dienstbotin mittleren Alters?«

Aber sie hatte ihm geschenkt, was seine junge und hübsche Frau ihm nicht geben konnte – zwei Söhne. Doch auch dafür hatte sie nichts als Hohn und Spott geerntet. »Also hat es die Muttersau geschafft, ein quiekendes Ferkel zu werfen!«, hatte sie nach Basils Geburt eines der Hausmädchen sagen hören. Und sie konnte sich noch gut an die unverhohlene Verblüffung erinnern, die Cams Geburt gerade mal ein Jahr später ausgelöst hatte.

Aber all das war umsonst gewesen. Eine Träne löste sich und sickerte in eine der tiefen Furchen, die sich über ihre Wangen zogen. Der Reichtum der Meadow Farm, gewachsen und gediehen unter Alexanders Schläue und ausgeprägtem Geschäftssinn, war in Basils Händen geschrumpft. Sie war sich dessen sehr wohl bewusst gewesen, doch als Basil bei einem Reitunfall ums Leben gekommen war, hatte sie zu ihrem Entsetzen feststellen müssen, dass sie rein gar nichts mehr besaßen. Basils Spielschulden hatten alles aufgefressen – das Land, die Farm, das Haus, das Geld. Alles weg.

Sie hatte keine andere Wahl gehabt, als England zu verlassen und mit Cam ans andere Ende der Welt zu reisen – in diese infernalische Kolonie, tausende Meilen von der Heimat entfernt. Hätte er sich doch nur in Christchurch oder Dunedin niedergelassen, wo zumindest der Anschein von Zivilisation vorherrschte – aber nein, er hatte ausgerechnet diesen Ort ausgesucht, der durch zahllose Berge, Wälder, Flüsse und Seen von jeder anderen Stadt getrennt war.

Und nun war sie auf das hier reduziert – ein vertrocknetes altes Wrack in einem Rollstuhl, dessen einzige Zukunftsperspektive die Erlösung durch den Tod darstellte.

Kapitel 3

Henry Bramwell lehnte sich über die Reling der *Mizar.* Sein Magen, der sich von den ständigen Übelkeitsanfällen förmlich wund anfühlte, zog sich bei der Berührung mit dem Metall erneut zusammen. Hätte er die Möglichkeit gehabt, mit einem Fuchs zu tauschen, der von einer Horde wild gewordener Hunde gejagt wurde, hätte er es mit Freuden getan. Und hätte er gewusst, wie sehr ihm die Seekrankheit zusetzte, hätte er garantiert niemals den sicheren Boden Devons verlassen, um nach Neuseeland zu segeln und sich auf die Suche nach seiner Schwester zu machen.

Er spürte, wie jemand ihn an der Jacke zupfte, und wandte sich um. Doch er hatte Mühe, den Mann zu erkennen, der ihn bei den Schultern nahm.

»Ruhig, Freund. Wenn Sie nicht aufpassen, gehen Sie noch über Bord und ertrinken«, sagte der Mann mit ausgeprägtem schottischen Akzent.

Henry starrte ihn düster an. Wenn er ertränke, hätte sein Leid wenigstens ein Ende. Bevor er sich den Schotten genauer ansehen konnte, beugte er sich vor und übergab sich so heftig, dass er fürchtete, sein Herz zerspringe in seiner Brust. Endlich, als sein Magen nichts mehr in sich hatte, was er noch von sich geben konnte, wischte er sich mit zitternden Fingern den Mund ab und stöhnte, als seine Knie nachzugeben drohten. Hätten ihn die kräftigen Hände nicht gehalten, wäre er an Deck zusammengebrochen.

»Kommen Sie, gehen wir dort hinüber.«

Henry ließ die Reling los, und er taumelte vor dem

Fremden her, der die Tür zur Offiziersmesse öffnete und den Kopf einzog, als er die schmale Treppe betrat.

»Kommen Sie, Freund, hier runter.«

»Ich glaube, ich springe lieber über Bord und mache dem ein Ende«, nuschelte Henry, dessen Lippen von der Gallenflüssigkeit und der salzigen Gischt angeschwollen waren.

»Hmmppff!« Ohne besonderes Mitgefühl an den Tag zu legen, ging der Fremde die Treppe hinunter und bedeutete Henry, ihm zu folgen. »Trotzdem fühle ich mich verpflichtet, Sie vor sich selbst zu beschützen, Freund, und wenn Sie wegen ein bisschen Seekrankheit schon Ihr Leben beenden wollen, tut's mir leid für Sie. Es gibt wohl viel schlimmere Dinge als ein bisschen Galle.«

Henry bekam kaum mit, was er sagte, da ihn eine neuerliche Welle der Übelkeit erfasste und er sich erbrach. Sollte das Leben tatsächlich noch Schlimmeres bereithalten, wünschte er sich, niemals geboren worden zu sein. Er schloss die Augen und stieß ein zitterndes Stöhnen aus, als ihm schwarz vor Augen wurde und sämtliche Geräusche um ihn herum verebbten.

Henry spürte die angenehme Kühle eines feuchten Tuches auf seiner Stirn und kam wieder zu sich. Durch halb geschlossene Lider sah er, dass er sich auf einer gepolsterten Bank im Salon befand und der Schotte seine Stirn betupfte.

»Ich bin Ihnen wirklich dankbar, Mister«, sagte Henry und musste sich anstrengen, um das monotone Dröhnen der Schiffsmotoren zu übertönen.

Der Fremde grunzte. »Es soll bald besser werden. Der Wind hat nachgelassen, und die Flut sollte bald hoch genug sein, damit wir in den Buller River einlaufen können. Und danach sind wir im Nu in Westport.«

Er tauchte den Lappen in eine Schüssel mit Wasser, drückte ihn aus und reichte ihn Henry. »Vielleicht wollen

Sie das ja lieber selber machen, Junge. Ich sehe, Sie haben wieder ein bisschen Farbe bekommen.«

Henry fuhr sich mit der Zunge über die rauen Lippen und verzog beim Geschmack nach Erbrochenem das Gesicht. »Ich dachte, ich hätte die Seekrankheit hinter mir. Als ich auf der *Strathnaver* von England hergekommen bin, wollte ich die erste Woche einfach nur sterben, aber dann hat es aufgehört.« Er faltete den Lappen zusammen, presste ihn gegen seine Stirn und genoss die tröstliche Kühle. »Ich hätte nicht gedacht, dass es wiederkommt.«

»Aye, nun ja, so was kann schon mal vorkommen, Freund. Der Hang zu Seekrankheit bleibt einem immer. Es fängt jedes Mal wieder an, sowie man einen Fuß auf ein Boot setzt, hab ich gehört. Ich kann da nicht aus Erfahrung sprechen, weil ich es noch nie erlebt habe«, erklärte der Schotte fröhlich und streckte die Hand aus. »Donald MacKinnon, Ladenbesitzer. Ich bin unterwegs nach Hokitika, von wo ich dann weiter landeinwärts nach Stafford reise.«

Henry rang sich ein schwaches Lächeln ab und schüttelte seine Hand. »Henry Bramwell. Sie sind der erste Schottländer, mit dem ich zu tun habe«, fügte er hinzu. »Die auf der *Strathnaver* sind meistens unter sich geblieben.«

Donalds freundliche Züge verdüsterten sich für den Bruchteil einer Sekunde, und seine blauen Augen fixierten Henry. »Es gibt keine Schottländer, Freund! Es gibt schottischen Whiskey und schottisches Rindfleisch, und die Leute heißen Schotten. Und wo wir schon dabei sind – ich bin waschechter Sgitheanach, auf Skye geboren und aufgewachsen. Wenn schon, seien Sie wenigstens so gut und nennen uns Schotten.«

»Tut mir leid, Mr MacKinnon«, sagte Henry errötend und angemessen demütig. »Ich wollte Sie nicht beleidigen.«

»Aye, nun ja, das haben Sie auch nicht. Aber jetzt wissen Sie es ja, und ich bin sicher, Sie werden es nicht wieder vergessen. Und was führt Sie hierher?«, wechselte er zu Henrys Erleichterung das Thema. Jemandem auf den Schlips zu treten, kaum dass er einen Fuß in dieses Land gesetzt hatte, war das Letzte, was er wollte.

»Ich bin unterwegs nach Charleston.«

Donald hob eine buschige Augenbraue. »Aye? Dann hoffe ich nur, dass Sie nicht darauf setzen, Ihr Glück mit Gold zu machen, Freund. Die Zeiten, als das noch ganz einfach war, sind längst vorbei.«

Henry schüttelte den Kopf, während er den älteren Mann das erste Mal genauer betrachtete. Er hatte einen kräftigen Bart und einen dichten Schopf drahtiger Haare, die beinahe ebenso flammend rot waren wie seine eigenen.

»Nein. Meine Schwester lebt in Charleston«, erwiderte er. »Ich hoffe, ich kann bei ihr bleiben und dort Arbeit finden.«

»Sie freut sich bestimmt schon auf Sie.«

»Das würde sie, wenn sie wüsste, dass ich komme.«

»Dann haben Sie es sie also nicht wissen lassen?« Donald klang überrascht.

»Das konnte ich nicht. Wir haben vor einiger Zeit den Kontakt zueinander verloren.«

»Und wann haben Sie das letzte Mal von ihr gehört?«

»Vor fünf Jahren. Sie hat geschrieben, sie hätte einen Dr. Ainsley geheiratet, mit dem sie in Charleston lebt.«

»Das ist eine ganze Weile her – inzwischen könnte sie überall sein. Vielleicht hat sie ja sogar das Land verlassen, wer weiß?«

»Darüber habe ich noch gar nicht nachgedacht«, meinte Henry beunruhigt und wünschte, der Schotte hätte diese Möglichkeit nicht zur Sprache gebracht.

Donald MacKinnon zog seine riesige Knollennase kraus, schnaubte, zog ein großes Taschentuch heraus und nieste so heftig, dass Henry instinktiv zurückwich, um nichts abzubekommen.

»Tut mir leid, Kumpel«, meinte Donald und putzte sich geräuschvoll die Nase. »Sieht so aus, als hätte ich mir eine Erkältung eingefangen. Ich hab ein paar Dinge an der Küste zu erledigen, sobald wir in Westport anlegen. Das Schiff segelt noch mit derselben Flut weiter, deshalb bleibt mir nicht viel Zeit. Das heißt, wenn ich mich nicht verlaufe. Ich bin sicher, die Stadt hat sich wegen all der Überflutungen seit meinem letzten Besuch sehr verändert.« Er knöpfte seine braune Tweedjacke zu und zuckte resigniert die Achseln. »Ich hab noch nie eine Stadt wie diese gesehen, wo heute noch ein Haus an der einen Stelle steht und morgen an einer ganz anderen. Soll ich Ihnen etwas mitbringen, Freund? Die Reise von Westport nach Charleston ist ziemlich lang. Brauchen Sie etwas, das es Ihnen ein bisschen leichter macht?«

»Vielen Dank, Sir, aber, nein. Diese Seekrankheit ist eine Erfahrung, die ich nicht noch einmal machen will. Ich werde das Schiff auch dort verlassen und auf dem Landweg nach Charleston reisen.« Er erhob sich und nahm das kleine Bündel mit seinen Habseligkeiten.

Donalds blaue Augen funkelten vergnügt. »Wie Sie meinen, Freund. Aber die Reise ist lang und beschwerlich, und vielleicht ist die Kutsche bereits abgefahren. Mit einem ordentlichen Wind im Rücken bin ich lange vor Ihnen in Charleston.« Er lachte leise. »Wenn nicht sogar in Schottland. Und von dort aus geht's weiter nach Hokitika und dann nach Hause, nach Stafford.«

Entrüstet über die Art und Weise, mit der sich der Ältere auf seine Kosten lustig machte, warf Henry ihm einen kühlen Blick zu. »Dann mache ich mich mal auf den Weg. Ich will noch zum Kapitän und sehen, ob ich etwas von meinem Geld zurückkriege, weil ich nicht bis Charleston an Bord bleibe.«

Donald lachte grollend. »Geld zurück? Von Oliver Watkins? Da kann ich Ihnen nur viel Glück wünschen. Aus dem pressen Sie keinen Penny heraus, mein Freund. Von diesem Mann hätte Silas Marner noch was lernen können!«

Irritiert schob sich Henry an der hoch gewachsenen Gestalt vorbei. »Mag sein, aber ich will ihn trotzdem sprechen.«

Lachend verpasste Donald ihm einen so kräftigen Schlag auf den Rücken, dass sämtliche Luft aus seinen Lungen gepresst wurde. Das Lachen des Schotten klang Henry noch in den Ohren, als er davonging, ehe es in ein keuchendes Husten umschlug, wie er befriedigt bemerkte.

Schäumend vor Wut ging Henry durch die Palmerston Street, ohne die schönen neuen Geschäfte und Häuser zu registrieren. Stattdessen rümpfte er angewidert die Nase, als er an einem offenen Kanal vorbeikam, dem ein penetranter Gestank nach Müll, Exkrementen und anderem widerlichen Abfall zweifelhafter Herkunft entströmte.

Bei seinem Gespräch mit dem Kapitän der *Mizar* hatte er zu seiner Verärgerung feststellen müssen, dass Donald MacKinnons wenig schmeichelhafte Beschreibung des Mannes keineswegs übertrieben gewesen war. Oliver Watkins war in Gelächter ausgebrochen, als Henry nach einer Erstattung des Fahrpreises gefragt hatte. Und als Henry gemeint hatte, in diesem Fall bleibe er doch an Bord und füge sich in sein Schicksal der Seekrankheit, hatte er ihn prompt des Schiffes verwiesen.

Voller Verbitterung dachte er über diese Demütigung nach, als sich zwei junge Burschen unsanft links und rechts an ihm vorbeischoben und er erschrocken zusammenfuhr.

»Entschuldigung, Mister«, sagte der eine und wischte mit dem Handrücken über Henrys Jacke.

»Schon gut«, murmelte Henry, ehe er beschloss, dass mit diesen düsteren Gedanken auch keinem geholfen war. Also schob er die wenig erfreuliche Erinnerung an Kapitän Watkins beiseite und blickte sich um. Er dachte an seine Schwester Poppy und war ihr dankbar, dass sie ihm Lesen und Rechnen beigebracht hatte, sodass er die Aufschrift auf dem Schild über einem Ladenfenster entziffern konnte. *Struther, Eisenwaren.*

Er betrachtete die üppige Auslage aus Heugabeln, Schaufeln, Hämmern und Sägen und war froh, dass er nichts von all dem brauchte. Sein restliches Geld würde gerade für die Kutschfahrt nach Charleston reichen.

Er schob die Hand in die Tasche und tastete nach den Münzen. Sein Herzschlag schien auszusetzen, denn sie waren nicht mehr da. Er durchforstete die andere Tasche und musste bestürzt feststellen, dass auch sie leer war. In diesem Moment fielen ihm die beiden Burschen wieder ein, die ihn im Vorbeigehen angerempelt hatten. Er ließ den Blick über die Straße schweifen, doch außer einer erschöpft aussehenden Frau mit mehreren Kindern, die hinter ihr herstapften, und einem Grüppchen diskutierender Männer ein Stück die Straße entlang war nichts zu sehen. Keine Spur von den Jungs, die ihn bestohlen hatten.

Nachdem er einige Male ergebnislos die Palmerston Street auf und ab gegangen war, blieb ihm nichts anderes übrig, als resigniert aufzugeben. Er würde sein Geld nie wieder sehen.

»Wahrscheinlich verstecken sie sich irgendwo und verjubeln es«, murmelte er halblaut. Die Frau mit der Kinderschar warf ihm einen eigentümlichen Blick zu, versammelte ihren Nachwuchs um sich und ging in großem Bogen an ihm vorbei.

Wie sollte er jetzt nach Charleston kommen? Er trat zu den Männern, die er zuvor auf der Straße gesehen hatte, und schilderte ihnen seine missliche Lage, worauf sie ihm den Weg zum Polizeirevier erklärten.

Doch was der Constable dazu zu sagen hatte, war noch unerfreulicher. »Wenn es die waren, die ich im Kopf habe, sind sie längst über alle Berge – mit Ihrem Geld. Sie tauchen immer wieder in der Stadt auf und bestehlen die Leute, ehe sie verschwinden, bevor die meisten auch nur bemerkt haben, dass sie ausgeraubt worden sind«, erklärte er beinahe genüsslich.

Henrys Magen knurrte lautstark, als er das Revier verließ, was ihn daran erinnerte, dass er im Grunde seit Tagen nichts gegessen hatte. Aus einer Bäckerei neben ihm drang ein köstlicher Duft. Sehnsüchtig starrte er die Kuchen und Pasteten im Schaufenster an, schmeckte beinahe das Aroma des Fleisches auf der Zunge, weich und zart vom langen Kochen …

Vielleicht fand sich ja im Hinterhof der Bäckerei etwas Essbares oder er stieß irgendwo auf einen Schweinekübel. Vorsichtig, damit die Pappe auf den Löchern in seinen Schuhen nicht nass wurde, ging Henry um die schlammigen Pfützen auf der Straße herum und folgte seiner Nase hinter die Bäckerei. Doch dort war kein Schweinekübel, von einem übrigen Stück Pastete ganz zu schweigen. Pech, dachte er, und wandte sich zum Gehen. In diesem Moment ging die Tür der Bäckerei auf, und ein Mann mit einer schmuddeligen weißen Schürze kam heraus und musterte Henry neugierig. »Morgen«, sagte er und verschwand um die Ecke.

»Morgen«, gab Henry zurück und starrte zu der geöffneten Tür hinüber. Eilig sah er sich um, ob ihn auch niemand beobachtete, dann trat er entschlossen ein. Ein Tablett mit dampfenden Pasteten stand auf einer Bank. Er streckte die Hand aus, um eine davon zu nehmen, zögerte jedoch. Doch sein Magen knurrte so laut, dass er ohne Weiteres eine halbe Kuh hätte vertilgen können. Er nahm die Pastete und blies darauf, ehe er einen großen Bissen davon nahm. Die Pastete war glühend heiß, sodass er nach Luft schnappte, als er sich die Zunge verbrannte.

»He! Was tust du denn da?«

Henry hätte um ein Haar die Pastete fallen lassen, als der Bäcker wieder hereinkam.

»He, verdammter Dieb, her damit!« Der Bäcker machte einen Satz und versuchte, ihm die Pastete zu entreißen.

Henry sprang zur Seite, wild entschlossen, seine wertvolle Mahlzeit nicht herzugeben.

»Ich hetz dir gleich die Polizei auf den Hals!«

Und die würde ihn bestimmt schneller schnappen, als die Burschen ihm das Geld aus der Tasche gezogen hatten, ging es Henry auf. Er stieß den Bäcker zur Seite und setzte sich in Bewegung. Im Laufen warf er einen Blick über die Schulter und sah, dass der Bäcker die Verfolgung aufgenommen hatte.

Er spürte heftiges Seitenstechen, während er sich panisch nach einem Versteck umsah. Er lief weiter, eine Hand gegen den stechenden Schmerz in seine Seite gedrückt. Er bog um eine Ecke in eine schmale Gasse und drückte sich in eine Nische.

Schwer atmend kauerte er sich zusammen, voller Angst, dass ihn sein hämmernder Herzschlag verriet, während die Schritte des Bäckers immer näher kamen. Doch dankbarerweise blieb sein Verfolger stehen, unsicher, wohin er sich wenden sollte. Schließlich wurden die Schritte leiser.

Ohne zu warten, bis sich sein Atem beruhigt hatte, nahm Henry einen herzhaften Bissen von der Pastete. In diesem Moment bemerkte er den halb verhungerten Hund mit den vorstehenden Rippen, der mit gebleckten Zähnen auf ihn zukam. Der Köter starrte ihn an. Ein dumpfes Knurren entrang sich seiner Kehle, ehe er unvermittelt einen Satz nach vorn machte und nach der Pastete schnappte. Verdutzt beobachtete Henry, wie sich das Biest mit seiner Mahlzeit davonmachte.

»Du elender Dreckskerl! Ich hoffe, diese Pastete war vergiftet und du verreckst jämmerlich daran!«, schrie Henry ihm verbittert nach. Seine Beine gaben nach, doch er fuhr erschrocken hoch, als er etwas Weiches hinter sich spürte. Er wirbelte herum und erstarrte, als sein Blick auf die leblose Gestalt auf dem Boden fiel. Es war Donald MacKinnon.

Harry ging in die Hocke und rollte die Gestalt herum. »Armer Kerl«, murmelte er und betrachtete die schmutzigen Kleider des Mannes, die auf einmal gar nicht mehr so nobel aussahen. Der Brustkorb des Mannes hob und senkte sich nicht. Er war eindeutig tot, und Henry konnte nichts mehr für ihn tun. Aber wenn er die Polizei holte, würde er bestimmt eine aufs Dach bekommen, weil er die Pastete gestohlen hatte. Schlimmer noch – was, wenn sie glaubten, er hätte MacKinnon getötet? Am besten sah er zu, dass er von hier wegkam, bevor er in der Klemme steckte.

Sein Magen zog sich vor Hunger schmerzhaft zusammen. In diesem Moment kam ihm ein Gedanke. MacKinnon hatte doch gesagt, er sei Ladenbesitzer. Und wohlhabend genug hatte er ausgesehen. Bestimmt hatte er eine Börse voller Geld bei sich gehabt. Was nützte ihm das jetzt noch?

Schuldbewusst verharrte seine Hand über dem Gehrock des Mannes, als er sich ins Gedächtnis rief, wie er ihm auf dem Schiff geholfen hatte. Aber jetzt war er tot – bestimmt würde er Henry einen vollen Bauch und das Fahrgeld nach Charleston nicht missgönnen, oder? Schließlich griff er nach der Tasche – und stieß einen erschrockenen Schrei aus, als der »Tote« stöhnte und dessen Finger sich um sein Handgelenk schlossen.

Henrys Eingeweide drohten ihn zu verraten. »Ähm, es tut mir leid, Mister. Ich wollte Ihnen nichts tun«, stieß er hervor und befreite sich aus MacKinnons Griff.

»Helfen … Sie … mir hoch«, ächzte Donald und richtete sich halb auf. Er hustete – ein raues Rasseln tief in seiner Brust, ehe er zurücksackte.

Henry rang mit seinem Gewissen. Eigentlich ging ihn dieser Mann nichts an – er hatte genug eigene Sorgen. Entschlossen, die Bitte des Mannes nicht zu beachten, erhob er sich und blickte sich suchend in der schmalen Gasse um. Doch im nächsten Augenblick beugte er sich wieder über den Verletzten.

»Na gut. Dann heben wir Sie mal hoch.« Er schob einen Arm unter Donalds Rücken, half ihm auf und legte den Arm des älteren Mannes um seine Schulter.

»Zwei junge Burschen haben mich ausgeraubt«, krächzte Donald, als sie sich in Richtung Palmerston Street schleppten. »Ich bin ihnen nachgelaufen bis zu dieser Gasse, und dann weiß ich nichts mehr.«

»Es werden dieselben beiden Kerle gewesen sein, die auch mich ausgeraubt haben«, meinte Henry mit neu entfachter Verbitterung über die fette Beute, die diese beiden Übeltäter gemacht hatten.

»Hier rein, Freund, hier«, sagte Donald, als sie sich der Eingangstür eines Hotels näherten. *Royal Hotel. Henry Stannard, Eigentümer,* stand auf der Glasscheibe über der Tür des massiven, zweigeschossigen Gebäudes aus Holz und Wellblech.

»Da drin kennt man mich – die geben mir Kredit, bis ich wieder an Geld komme.« Donalds Stimme klang ein wenig kräftiger als zuvor, auch wenn er noch immer reichlich blass war und Schweißtropfen auf seiner Stirn standen.

»Er ist verletzt und meinte, Sie helfen ihm bestimmt«, sagte Henry zu dem untersetzten, bärtigen Mann hinter dem Tresen, als er und Donald in die Halle taumelten.

»Meine Güte, es ist Donald MacKinnon«, rief Stannard, eilte herbei und nahm Donalds freien Arm, um Henry ein wenig zu entlasten.

»Hier hinauf mit ihm. Wir bringen ihn gleich ins nächste Zimmer«, sagte er und deutete mit dem Kopf zur Treppe.

Als die beiden Männer Donald ins Bett verfrachtet hatten, musterte der Hotelbesitzer Henry eingehend. Unter dem kühlen Blick des Mannes errötend, dachte Henry an die gestohlene Pastete zurück und daran, wie wenig gefehlt hatte, Donald zu bestehlen, auch wenn dieser nichts mehr bei sich gehabt hatte, das er ihm hätte wegnehmen können. Er war sicher, dass dieser Mann seine Schuld auf den ersten Blick erkennen konnte.

»Und was haben Sie mit Donald MacKinnons Zustand zu tun?«

Die Direktheit seiner Frage überraschte Henry.

»Ich … ich war nur …«

»Raus damit, Junge.« Stannard kniff argwöhnisch die Augen zusammen.

Henrys Handflächen waren schweißfeucht.

»Der Bursche hat meine Haut gerettet«, murmelte Donald und hob den Kopf. »Gib ihm etwas zu essen. Und dann kann er das Zimmer mit mir teilen. Ich sehe dich dann, sobald ich wieder auf den Beinen bin.«

Stannards Miene wurde ein wenig freundlicher, und er warf Henry einen wohlwollenden Blick zu. »Abendessen gibt's erst um sechs«, erklärte er knapp.

Noch zwei Stunden! Henry starrte Stannard düster an, während sein Magen für ihn sprach, indem er ein nicht enden wollendes Grollen von sich gab.

»Hmmph«, machte der Hotelbesitzer, »so hungrig wie Sie sind, sollte ich lieber meiner Frau sagen, dass sie Ihnen etwas macht. Kommen Sie mit. Ich bringe Sie in die Küche.«

Dem Herrn sei Dank! Mit wackligen Beinen folgte Henry dem Gastwirt die Treppe hinunter. Er war so hungrig, dass er notfalls auch seine Stiefel gekocht und gegessen hätte, und dieser Mann bewegte sich höchstens so schnell wie eine Schnecke.

»Es gibt aber nur Eier mit Speck. Es ist noch viel zu früh

für ein richtiges Abendessen«, knurrte Lizzie Stannard, die verärgert über die Störung ihrer gewohnten Routine war.

»Die Kohlenkessel müssen noch gefüllt werden, wenn's Ihnen nichts ausmacht. Der Kohlenhaufen ist draußen auf der rechten Seite. Die Schaufel liegt oben drauf.«

Speck und Eier! Henry leckte sich die Lippen. Er hatte bestenfalls auf ein Stück Brot und ein bisschen Käse gehofft, falls die Frau des Hotelbesitzers sich von ihrer großzügigen Seite zeigen sollte. Aber bevor sie es sich anders überlegen konnte, eilte er nach draußen und füllte im Handumdrehen die Kohlekessel.

»Sonst noch was, Missus?«, fragte er, als er den letzten Kessel neben dem Herd abstellte.

»Nein, vorerst nicht«, gab Lizzie zurück und sah von der Pfanne auf, in der Speckscheiben brutzelten.

Henry war sicher, dass sie ihm seinen Hunger ansah. Er begann, eine kleine Melodie zu pfeifen, und tat so, als kümmere es ihn nicht im Mindesten, ob er etwas zu essen bekam oder nicht.

Lizzies Miene wurde eine Spur weicher. »Setzen Sie sich hin. Ich bringe Ihnen gleich was«, sagte sie keineswegs unfreundlich.

Henry wusste nur zu gut, dass er sie keine Sekunde lang hinters Licht geführt hatte.

Vor dem Küchentisch stand eine lange, schmale Bank. Henry setzte sich auf die Kante, sorgsam darauf bedacht, sich nicht mit den Ellbogen auf die makellos saubere Oberfläche zu stützen.

»Kahikatea – weiße Pinie, die hier wächst«, erklärte Lizzie und nickte befriedigt beim Anblick seiner Hände, die in seinem Schoß statt auf ihrer Tischplatte lagen. »Hier finden Sie nirgendwo einen saubereren Tisch. Wird nach jeder Mahlzeit geschrubbt.«

»Ich habe auch noch nie einen saubereren Tisch gesehen, Missus. Ich kann ja fast mein Gesicht drin sehen«, bestätigte Henry eifrig, um der Frau zu gefallen. Er wollte verdammt sein, wenn er um seine Mahlzeit kam, nur weil er sie wegen seiner Wortwahl gegen sich aufgebracht hatte!

Ein übervoller Teller mit Speck, Eiern, Blutwurst und zwei dicken Scheiben Brot wurde vor ihn gestellt. Er warf seiner Gastgeberin einen kurzen Blick zu, in der Hoffnung, dass sie ihn allein ließ. Er wollte nicht, dass jemand zusah, wie er sein Essen verschlang.

Als hätte sie seine Gedanken gelesen, hörte Lizzie auf, die Pfanne zu schrubben, trocknete sie ab und hängte sie an den Haken neben dem geschwärzten Herd.

»Dann lasse ich Sie mal in Ruhe essen. Und vergessen Sie nicht, Ihren Teller abzuwaschen, wenn Sie fertig sind.«

»Danke, Missus«, murmelte Henry. Sobald Lizzie die Küche verlassen hatte, begann er, sich das Essen in den Mund zu schaufeln – noch schneller, als er die Kohlen in die Kessel geschaufelt hatte.

Kapitel 4

Poppy Ainsley musterte Kapitän Oliver Watkins mit kaum verhohlener Abneigung, als er sie und Nelly O'Connor an Bord der *Mizar* willkommen hieß. Diese eigentümlich blassen Augen, nicht blau, aber auch nicht grau, schienen einem ständig auszuweichen, und seine kriecherische Art war eher abstoßend als einladend. Aber zumindest blieb ihr seine Übelkeit erregende Scharwenzelei erspart, da der Mann einen Groll gegen Cam hegte.

In der kurzen Zeit, seit er mit der *Mizar* nach Charleston kam, hatte sich der Kapitän bereits den Ruf zugelegt, ein unaufrichtiger Mensch zu sein. Viel schlimmer jedoch war für seine Kumpane seine Zögerlichkeit, anderen einen Drink zu spendieren.

Poppys Abneigung gegenüber Oliver Watkins rührte von einem Vorfall her, als dieser ein verletztes Mitglied seiner Mannschaft in Cams Praxis gebracht hatte. Der Matrose, im Grunde noch ein Junge, hatte sich den Arm gebrochen, als er ausgerutscht und gestürzt war. Behauptete Watkins. Doch beim Anblick der Angst in den Augen des Jungen, wann immer der Kapitän in seine Richtung blickte, hatte Cam ihn gebeten, den Raum zu verlassen.

Ohne Watkins' bedrohliche Anwesenheit hatte er ihm im Handumdrehen die Wahrheit entlockt – der Kapitän war mit einem Belegnagel auf den Jungen losgegangen.

Cam hatte Watkins zur Rede gestellt, worauf ein übler Streit zwischen den beiden Männern entbrannt war. Wahrscheinlich wäre es sogar zu Handgreiflichkeiten gekommen, hätten Cams Patienten nicht eingegriffen.

»Ich kann diesen Mann einfach nicht ausstehen«, flüsterte Nelly, sobald ihnen der Kapitän den Rücken zukehrte.

»Er hat seinen Spitznamen mehr als verdient«, stimmte Poppy leise zu, umfasste ihre Tasche noch fester und drückte sie gegen ihre Brust – und beschützte damit sowohl ihr Geld als auch ihre Tugend.

Nelly schnitt eine Grimasse. »Schmier-Ollie. Ich kriege eine Gänsehaut, wenn ich nur an ihn denke. Ich wünschte, wir hätten die Kutsche nicht verpasst. Ich hasse Schiffsreisen.«

»Ja, wir hatten wirklich Pech. Aber ich wage nicht, die Kinder auch nur einen Tag länger in Mrs Howards Obhut zu lassen.«

Poppy stieß einen Seufzer aus. Emma Howard, ihre Köchin und Haushälterin, konnte nicht einmal an ihren besten Tagen als fröhlicher Mensch bezeichnet werden. Sie war überaus unglücklich gewesen, sich während Poppys Reise nach Westport um die Zwillinge Ruby und David kümmern zu müssen. »Ich sag's ja nicht gern, Ma'am, aber Ihr David, der kann schon ein ordentliches Äffchen sein. Ich mach's nur, weil Sie jemanden von der Reise mitbringen, der mir hier im Haus hilft«, hatte sie mit bekümmerter Miene erklärt.

Poppy war sehr verärgert über diese Bemerkung gewesen, hatte sich aber eine scharfe Erwiderung verkniffen, weil sie die Frau nicht verlieren wollte. Und obwohl sie es nur widerstrebend zugab, hatte die Haushälterin Recht. Mit seinen sieben Jahren konnte David ein wahrer kleiner Teufel sein. Und Ruby, die ihn regelrecht vergötterte, ließ sich nur allzu leicht von ihm anstiften. Durch ihre Unnachgiebigkeit den beiden gegenüber trieb Cams Mutter David förmlich zu weiteren Streichen an.

Und nun kehrte Poppy ohne Hilfe für ihre Haushälterin nach Hause zurück.

»Aber dieses Mädchen hätten Sie nicht nehmen können«, beharrte Nelly. »Haben Sie ihr Haar gesehen? So schlaff und ungepflegt. Als hätte es noch nie einen Kamm gesehen! Stellen Sie sich nur vor, welches Ungeziefer sich dort eingenistet hat und sich ungehindert fortpflanzt. Eine regelrechte Kolonie, die sich im Handumdrehen im ganzen Haushalt verbreiten würde.«

»Meine Güte, Nelly, wie kommst du nur immer auf solche Gedanken!« Poppy verdrehte entsetzt die Augen. Nelly, die eingestellt worden war, um sich um die Wäsche des Ainsleyschen Haushalts zu kümmern, hatte sich mittlerweile zu einer treuen Freundin entwickelt. Poppy hielt große Stücke auf ihr scharfes Urteilsvermögen.

Kaum hatte das Schiff abgelegt, war eine kühle Brise aufgekommen. Dankbar für die Wärme, die ihr die modische, bis zu den Hüften reichende Jacke spendete, blieb Poppy mit Nelly an Deck. Gemeinsam sahen sie zu, wie die *Mizar* die Mündung des Buller verließ, die Landzunge im Westen umrundete und Westport hinter sich ließ.

»Ich fürchte mich schon davor, Mrs Howard unseren Misserfolg zu gestehen. Bestimmt ist sie tagelang beleidigt, wenn sie erfährt, dass es mir nicht gelungen ist, eine Hilfe für sie zu finden«, sagte Poppy. »Aber all diese Mädchen werden einem vor der Nase weggeschnappt, bevor man überhaupt von ihnen hört. Und wenn man Glück hat und eine überreden konnte, für einen zu arbeiten, reicht schon ein böses Wort, und schon schmollen sie tagelang. Oder, was noch schlimmer ist, sie packen ihre Sachen und verschwinden, ohne auch nur Auf Wiedersehen zu sagen.«

Nelly zog die Schultern gegen den scharfen Wind hoch. »Diese Reise war reine Zeitverschwendung. Wir haben gedacht, wir kriegen drei Frauen zu sehen. Und dann stellt sich heraus, dass eine verheiratet, die zweite nach Australien ausgewandert ist und die dritte … tja, wer hätte die schon genommen?«

Schritte waren auf den Holzplanken zu hören. Zu Poppys Missfallen kam Oliver Watkins auf sie zu.

»Oh, nein. Schnell, gehen wir hinein!« Poppy und Nelly rafften die Röcke und hasteten so schnell die Treppe hinunter, wie es die schmalen Stufen erlaubten.

Oliver Watkins stand mit finsterer Miene am oberen Treppenabsatz. Ohne jeden Zweifel waren ihm die beiden Frauen absichtlich ausgewichen. Sein Ärger wuchs. Er hätte sich ohnehin nicht dazu herabgelassen, mit dieser Ainsley zu reden, deren verdammter Ehemann ihm ein ordentliches Sümmchen abgeknöpft hatte, als er dem Schiffsjungen den Arm gebrochen hatte. Neben den Kosten für seine Behandlung hatte er ihn gezwungen, diesem Jammerlappen die Kutschfahrt und den Lohn zu bezahlen, den er ihm noch schuldete.

Zum Teufel mit diesen beiden Weibsbildern. Sein Tag war erfolgreich genug gewesen. Er würde zwei Säcke Mehl und eine Schachtel Käse von der Ladung einsacken und damit einen hübschen Gewinn einstreichen. Außerdem war es ein echtes Vergnügen gewesen, sich diesen jungen Bramwell, diesen armen Schlucker, vom Hals zu schaffen. Ein Heidenspaß, zuzusehen, wie der Maat ihn an Land verfrachtet hatte, nachdem der Junge frech geworden war. Watkins grinste. Je früher dieser Pöbel lernte, wohin er gehörte, umso besser.

Gott allein wusste, wo MacKinnon abgeblieben war, aber diese beiden Frauen, die unerwartet aufgetaucht waren und ihn für den Verlust der beiden anderen entschädigten, waren ein echter Glücksfall gewesen. Zweimal das Geld für die Überfahrt, das in seine Tasche wanderte. Nein, er konnte sich nicht beschweren. Mittlerweile hatte er ein hübsches Sümmchen beiseite gelegt – 30 £. Noch weitere 100 £, und er konnte sich einen voll ausgestatteten Bristol-Zweimaster zulegen, vielleicht sogar einen kleinen Dampfer. In Westport hatte er einen für 125 Guineen gesehen, der genau das Richtige wäre. Aber er würde sich Geld leihen müssen, um ihn bezahlen zu können, und Zinsen waren eine reine Verschwendung, es sei denn, sie wanderten in seine eigene Tasche. Oliver zog einen silbernen Zahnstocher aus seiner Jackentasche und begann, seine Zähne methodisch damit zu bearbeiten.

Cam saß am Tisch und las Poppys Telegramm. Also kam sie heute Abend nach Hause. Nun, das war immerhin ein kleiner Trost. Der Tag war anstrengend gewesen, was an sich nicht weiter erstaunlich war, aber er hatte einige höchst unerfreuliche Wendungen genommen.

Da war zum einen Ben Corbetts Auftauchen, dieses derben und schlagfertigen Goldschürfers ohne besondere Bildung und ohne Geld, der sich früher einmal Chancen bei Poppy ausgerechnet hatte. Als Cam mit ihr zusammengekommen war, hatte er sich als echte Plage erwiesen. Cam hatte ihn nicht mehr gesehen, seit er vor all den Jahren die Stadt verlassen hatte. Und nun war er wieder hier und sorgte erneut für Zwistigkeiten. Beunruhigt dachte Cam an seine Mutter, die sich sofort hingelegt hatte, nachdem Corbett verschwunden war.

Er zog eine Schublade seines Schreibtisches auf, faltete das Telegramm zusammen und legte es hinein, ehe er nach Fong Hoys Krankenblatt griff. Natürlich hatte er schon vorher grauen Star operiert, aber eben nur unter der Anleitung seines Freundes und Kollegen George Lyndhurst, der nicht mehr in Charleston lebte. Leider weilte George nicht mehr unter ihnen. Dass ein Augenarzt mit Georges Fähigkeiten und Wissen in der Blüte seiner Jahre aus dem Leben gerissen werden konnte, war eine Tragödie. Angestachelt von Cams Begeisterung und den lebhaften Schilderungen von Neuseeland, hatte George beschlossen, sich selbst auf das Abenteuer eines Lebens in einer Kolonie einzulassen. Doch die Strapazen der Überfahrt an Bord eines Schiffes in Verbindung mit dem unangenehm feuchten Klima der Tropen, durch die sie gesegelt waren, hatten ihren Tribut gefordert. Der bellende, trockene Husten, den er sich auf dem Schiff zugezogen hatte, war immer schlimmer geworden. Der blutige Auswurf und die immer wiederkehrenden Fieberschübe hatten gezeigt, dass er unter fortgeschrittener Tuberkulose litt. Irgendwann war er zu dem Schluss gelangt, dass die langen, trockenen Sommer in Südfrankreich besser für seine Gesundheit wären als der ständige Regen und die Feuchtigkeit an der Westküste Neuseelands, und hatte sich auf den Rückweg nach England gemacht. Er war an Bord des Schiffes gestorben, wenige Tage vor der Ankunft zu Hause und ohne je einen Fuß auf französischen Boden gesetzt zu haben.

Cam schob seine Notizen beiseite und gestand sich ein, dass seine Zögerlichkeit, Fong Hoy zu operieren, in Wahrheit wenig mit der mangelnden Unterstützung durch George zu tun hatte. Es war lediglich eine Ausrede, um die Tatsache zu verbergen, dass er die Nerven verloren hatte.

Er verfluchte Corbett im Geiste, ebenso wie sich selbst, weil er dessen Köder geschluckt hatte. Denn mit seinem Versprechen, sich Fong Hoys Augen anzusehen, hatte er den beiden Chinesen nichts als falsche Hoffnungen gemacht.

Er spürte, wie sein Kopf auf eine nur allzu vertraute Art zu hämmern begann, und massierte mit Daumen und Zeigefinger seine Schläfen, während er sich fragte, wie sein Leben wohl verlaufen wäre, wenn Basil nicht umgekommen wäre.

Ganz bestimmt hätten sie das Gut in England mit dem fruchtbaren Land und den Farmhäusern trotzdem verloren. Nur wäre Basil als der ältere Bruder derjenige gewesen, der die Last des Lebens mit ihrer Mutter zu tragen gehabt hätte.

Was für eine Ironie, dass ausgerechnet Basil, der ruhige, ernste und fleißige Sohn, ihren Niedergang ausgelöst hatte, und nicht Cam, der das Leben und das Trinken liebte. Damals hatte seine Tätigkeit als Arzt an zweiter Stelle gestanden, zumal ihn die großzügigen jährlichen Zuwendungen von der Pflicht befreit hatten, für seinen Lebensunterhalt tatsächlich zu arbeiten, ganz im Gegensatz zur Mehrzahl seiner Kollegen.

Natürlich hatte der Verlust des Guts das Ende dieser Einnahmen mit sich gebracht. Selbst heute noch, nach all den Jahren, rebellierte sein Magen bei der Erinnerung daran, wie sie Basils Spielschulden und die Tatsache entdeckt hatten, dass alles weg war.

Und dann die Demütigung, als seine Kollegen nur widerstrebend auf seine Bitte um Arbeit reagiert hatten. Sein allseits bekannter Hang zum süßen Leben und sein Widerwille gegen harte Arbeit hatten sich als ausgesprochen hinderlich erwiesen. Selbst George, sein engster Freund, hatte ihn reichlich misstrauisch beäugt, als er ihm eine Partnerschaft vorgeschlagen hatte. Allerdings war er mit dem Vorschlag angekommen, eine Übersiedelung nach Neuseeland könnte die Lösung für Cams Probleme darstellen.

Und so war es gewesen. Ehrlich gesagt war dieser Schritt seine Rettung gewesen.

Angestachelt von der Erinnerung an das herablassende Mitgefühl seiner Altersgenossen und der kaum verhohlenen Schadenfreude, hatte er Tag und Nacht daran gearbeitet, sich in Charleston einen Namen zu machen. Die Herausforderung hatte ihn aufblühen lassen und ihm den Respekt der Bevölkerung in der Stadt eingebracht. Und dann war Poppy in sein Leben getreten; ein wunderbares Mädchen mit ihrer Lebendigkeit, ihrem guten Aussehen und ihrer Liebe zum Leben. Er hatte sein Glück kaum fassen können, als sie bereit gewesen war, ihn zu heiraten. Das Leben war so wunderbar gewesen. Wahrscheinlich war es unvermeidlich gewesen, dass irgendetwas passierte, um ihn daran zu erinnern, dass sich das Leben und das Glück von niemandem kontrollieren ließen; dass das Schicksal einen wie eine Schachfigur auf dem Spielfeld hin und her schieben konnte. Was für ein verdammter Narr er doch gewesen war! Zu viel Alkohol, und dann die verpfuschte Tracheotomie. Und nun war diese ständige Stimme des Zweifels in seinem Kopf, die sein Selbstwertgefühl aushöhlte und seine Fähigkeiten untergrub.

Cam sprang auf, als ein unheimlicher Schrei durch das Haus gellte. Er stürzte in die Küche und wäre um ein Haar über Mrs Howard gestolpert, die neben dem Herd auf dem Fußboden lag. Er kniete sich neben die Frau, die das Bewusstsein zu verlieren drohte.

»Großer Gott, Frau, was ist passiert?«

»Oh, mein Herz, Herr Doktor«, stöhnte Mrs Howard, deren Gesicht und Schürze voll Ruß waren. Mühsam rappelte sie sich auf.

»Stimmen! Ich hab Stimmen gehört.« Sie deutete in Richtung des Herdes. »Stimmen. Ich schwör's. Ich habe sie gehört. Von da, aus dem Kamin.«

Cam sah zum Ofen hinüber. Mrs Howard hatte Recht. Gedämpfte Stimmen drangen aus dem Kamin, dicht gefolgt von lautem Klappern und einer dichten Rußwolke aus dem Rauchfang.

Cam stürzte nach draußen und sah Ruby auf dem Dach stehen und ein Paar Beine umklammern, das aus dem Kamin ragte.

»Was zum Teufel ist hier los?«, dröhnte er.

Vor Schreck ließ Ruby die Beine los und stieß einen spitzen Schrei aus, als sie ein Stück weiter im Kamin verschwanden.

»David wollte den Kamin sauber machen, Papa.«

Mit gesenkten Augen standen Ruby und David vor Cam. Rußflecke zierten Rubys Schürze. Davids Kragen war zerrissen, sein Haar stand ihm in wilden Büscheln vom Kopf ab, und das Weiße in seinen Augen stach wie poliertes Porzellan aus seinem mit Ruß verschmierten Gesicht.

»Mit einem Kissen, du Dummer?«

»Es tut mir leid, Papa. Am Anfang hab ich ja einen Besen benutzt, aber dann ist der Stiel abgebrochen und stecken geblieben. Dann fiel mir ein, ich könnte ja das Kissen benutzen, um den Besen weiter nach unten zu schieben, sodass ich von unten danach greifen und ihn herausziehen kann.« David ließ mutlos die Schultern sinken.

»Und dann ist das Kissen stecken geblieben und David auch, als er versucht hat, es herauszuziehen«, warf Ruby ein. »Also bin ich aufs Dach geklettert und habe versucht, ihn herauszuziehen.« Mit tränenerfüllten Augen schaute sie zu Cam auf. »Nur dass du dann gekommen bist und mich angeschrieen hast. Und da hab ich ihn losgelassen.«

Cam scheuchte die beiden ins Waschhaus und befahl ihnen, sich nicht von der Stelle zu rühren, während er den Kupferkessel anheizte, um Badewasser zu erhitzen. Unglücklicherweise war dies das erste Mal, dass er so etwas tat, und er hatte nicht die leiseste Ahnung, wie er das Feuer in Gang bringen sollte. Als es beim dritten Versuch immer noch nicht klappte, stob er unter wilden Flüchen davon.

»Kann ich Ihnen vielleicht helfen?«

Mai stand im Türrahmen, die Hände sittsam vor der Brust gefaltet. Cam fragte sich, wie lange sie wohl schon dort gestanden und seine ungeschickten Bemühungen beobachtet hatte. In ihren Augen lag ein belustigtes Funkeln, und obwohl Cam vermutete, dass sie sich trotz ihrer ernsten Miene insgeheim über ihn amüsierte, war er froh über ihr Angebot.

Während das Wasser im Kessel heiß wurde, ging Mai auf der Suche nach einer Schürze in die Küche. Nach einer Weile fand sie eine in der Speisekammer, die jedoch für Mrs Howard gedacht war und sich deshalb beinahe zweimal um ihre schlanke Gestalt schlingen ließ.

Sie kehrte zum Waschhaus zurück, hielt jedoch inne, als

sie ein seltsames Zischen hörte. *Pffft.* Vorsichtig trat sie in den mit Dampf erfüllten Raum und sah sich um, als sie zwei nackte Hinterteile erspähte. Die Zwillinge hatten sich mittlerweile ausgezogen und knieten auf zwei Stühlen vor dem Fenster.

»Ha! Ich hab doch gleich gesagt, ich kann weiter spucken als du«, rief David und spie aus dem Fenster.

»Aber nur, weil du einen größeren Mund hast als ich.« Ruby beugte sich vor und ließ unverzüglich eine eigene Ladung Speichel folgen.

»Daneben, daneben«, jubelte David und sprang so abrupt auf, dass er um ein Haar das Gleichgewicht verloren hätte und vom Stuhl gefallen wäre. In diesem Moment fiel sein Blick auf Mai, die hinter ihnen stand.

»Was ist – oh!« Ruby wandte sich um und starrte Mai mit offenem Mund an.

Mai hatte Mühe, beim Anblick der beiden rußgeschwärzten Gesichter ernst zu bleiben, und ihr Mundwinkel begann zu zucken, als David nach seinem Hemd griff und sich züchtig bedeckte.

»Ich bin sicher, euer Papa würde ein anständigeres Betragen von euch erwarten«, tadelte sie. Doch ihr Herz zog sich vor Mitgefühl zusammen, als David kleinlaut sagte: »Und Sie werden es ihm bestimmt erzählen, oder?«

»Worauf zielt ihr denn?«, fragte Mai, ohne Davids Frage zu beantworten, trat ans Fenster und sah hinaus.

Ruby deutete auf ein weiß geflecktes Huhn, das unter dem Fenster vorbeiging. »Auf dieses Huhn. Das dumme Ding bricht ständig aus dem Stall aus und scharrt in Mamas Garten.« Erneut wurde Mai von einer Woge der Zuneigung erfasst. Dieses kleine Mädchen erwartete ohne jeden Zweifel eine saftige Standpauke.

»Tja, dann verdient es dieses dumme Huhn wohl nicht besser.« Bevor Mai es sich anders überlegen konnte, schürzte sie die Lippen, sammelte den Speichel im Mund

und spuckte herzhaft in Richtung der Henne. Sie traf es unmittelbar unter dem Kamm, sodass das Tier ein empörtes Gackern ausstieß und davonstob.

Besäße sie Zeichentalent, hätte sie sich hinsetzen und die verblüfften Gesichter der Zwillinge festhalten müssen, dachte Mai später, nachdem sie ihnen ein kaltes Abendessen zubereitet und sie zu Bett gebracht hatte – früh, wie der Doktor angewiesen hatte, als Strafe für ihre Kamineskapade.

Aber sie hatten so verängstigt ausgesehen, als sie sie beim Spucken erwischt hatte, dass sie es nicht übers Herz gebracht hatte, sie auszuschimpfen. Offenbar hatte sie irgendein Teufelchen geritten, ein winziges Fünkchen Kind, das noch in ihr steckte. Außerdem hatte sie den Eindruck, dieses Haus hätte ein wenig Freude und Gelächter bitter nötig.

Sie dachte an Mrs Ainsley, die sich schon lange auf ihr Zimmer zurückgezogen hatte, mit der Begründung, ihr sei ein wenig schwindlig – auch wenn die Ursache dafür eher emotionaler denn physischer Natur war, wie Mai vermutete. Trotz der mürrischen Art der alten Dame tat sie ihr leid. Sie war alt, und es musste sehr frustrierend sein, in einem Rollstuhl gefangen zu sein. Was auch immer zwischen ihr und Ben in der Vergangenheit vorgefallen war (und irgendetwas *musste* passiert sein), er hatte kein Recht, sie so anzugreifen, wie er es getan hatte. Wäre Mai nicht zuvor Zeuge seiner Freundlichkeit geworden – und hätte nicht selbst davon profitiert –, sie hätte niemals geglaubt, welche Güte und Mitgefühl in ihm steckten.

Aber die Probleme der Menschen in diesem Haus spielten im Grunde keine Rolle für sie. Ein Gefühl gespannter Erregung erfasste sie beim Gedanken daran, dass ihr Großvater operiert werden und bald wieder sehen können würde.

Kapitel 5

Nelly weckte Poppy, als die *Mizar* sich der Constant Bay näherte. Poppy rieb sich den Schlaf aus den Augen, nahm ihre Sachen von der schmalen Bank und folgte der älteren Frau die Stufen hinauf.

Charles Craddock lenkte sein Brandungsboot neben die *Mizar*, während sie das Schiff vertäuten. Das Tageslicht war beinahe vollständig verschwunden. Nur ein schmales silbriges Band schimmerte noch zwischen den schiefergrauen Wolken hindurch, und die erleuchteten Fenster der Hotels am Constant Quay verströmten ein warmes, einladendes Licht. Trotz der hereinbrechenden Dunkelheit konnte Poppy Cams schlanke Gestalt am Sandstrand ausmachen.

Wenige Minuten später saßen sie im Brandungsboot und fuhren auf das Ufer zu. Sobald es auf Grund stieß, halfen zwei Matrosen Poppy und Nelly heraus und trugen sie ins Trockene, noch bevor das Schiff den Strand erreichte.

Poppy bemerkte, dass Cam erschöpft aussah. Sie registrierte die Falten, die sonst nicht zu sehen waren, und den fahlen, gräulichen Ton seiner Haut. Sie hätte ihn nicht so lange allein lassen dürfen. Die Praxis allein zu führen, war auch ohne die Belastung, die die launenhafte Mrs Howard und seine kränkliche Mutter darstellten, schon mehr als genug, ganz zu schweigen von den Zwillingen.

»Und, wo ist sie?«, erkundigte sich Cam und stellte Poppy auf den Boden.

»Oh je«, sagte Poppy, wohl wissend, dass alle erwarteten, dass sie von einer Hausangestellten begleitet wurde. »Wir haben niemanden gefunden, der passend war«, erklärte sie. »Die Reise war eine reine Zeitverschwendung.«

»Verflixt und zugenäht! Aber eine der Frauen, die ihr gesehen habt, wäre doch bestimmt die Richtige gewesen.«

Poppy runzelte die Stirn. Cam reagierte doch sonst nicht so gereizt.

»Wenn du sie gesehen hättest, würdest du verstehen, weshalb wir zu diesem Schluss gekommen sind. Wir müssen eben so weitermachen wie bisher.«

»Ich fürchte, das wird nicht möglich sein«, entgegnete Cam knapp und trug die Päckchen zum Einspänner.

»Warum nicht?«, fragte Poppy besorgt. »Was ist passiert?«

»Mama ist unpässlich.«

Poppy stieß einen tiefen Seufzer aus. »Wann ist sie das denn nicht?«

Cam presste die Lippen zusammen. »Und Mrs Howard hat uns verlassen.«

»Wie bitte?«

»Außerdem haben wir unerwartet Gäste bekommen.«

»Du willst mich auf den Arm nehmen«, rief Poppy bestürzt.

Doch Cams Miene verriet, dass es nicht so war.

Unerwartete Gäste. Keine Mrs Howard und keine andere Hilfe als Nelly an den Waschtagen, und Cam brauchte praktisch vierundzwanzig Stunden am Tag ihre Hilfe. Poppy schwirrte der Kopf.

»Und wer sind diese Gäste?«, fragte sie, ehe sie sich an Nelly wandte, ohne seine Antwort abzuwarten. »Es ist mir peinlich, zu fragen. Ich weiß ja, wie beschäftigt du bist und dass ich dich mit dieser Reise nach Westport schon arg belastet habe, aber glaubst du, du könntest mir für einen oder zwei Tage aushelfen, Nelly?«

»Wir werden Nellys Hilfe nicht benötigen«, warf Cam ein. »Möglicherweise habe ich eine Lösung für unser häusliches Problem gefunden, wenn auch nur eine vorläufige. Ich glaube, einer unserer Gäste ist bereit, uns als Gegenleistung für Kost und Logis zu helfen.« Er hielt inne. »Und für eine Operation meinerseits.«

Cams Gedanken wanderten kurz zu den beiden Chinesen, die die Nacht im Bedienstetenquartier verbracht hatten und sich möglicherweise überreden ließen, noch ein wenig länger zu bleiben.

Erleichtert warf Poppy einen letzten Blick auf die *Mizar.* »Gott sei Dank ist diese Reise vorüber. Ich …« Sie unterbrach sich, als sie Oliver Watkins' boshaften Blick auf sich spürte.

»Ja?«, fragte Cam.

Poppy erschauderte beim Anblick dieser Bösartigkeit und schluckte gegen das trockene Gefühl in ihrer Kehle an. »Ich … ich dachte schon, sie endet nie.«

Mai und Fong Hoy erwarteten sie in der Küche. Begeistert nahm Poppy Mais Angebot an, ihr bei der Zubereitung des Abendessens zu helfen. Immer wieder blickte sie von dem kalten Hammelfleisch auf, das sie in Scheiben schnitt, und staunte über die ruhige Emsigkeit, mit der Mai das Gemüse schnippelte, das Feuer schürte und die Töpfe auf den Herd stellte.

Mai lehnte Poppys Vorschlag ab, von dem Hammel mit Gemüse zu essen, und bat stattdessen darum, ihre eigene Mahlzeit zubereiten zu dürfen. Fasziniert beobachtete Poppy, wie Mai einen runden Kochtopf – einen Wok, wie sie ihn bezeichnete –, zwei Paar Essstäbchen und zwei Schalen auf den Tisch stellte. Kein Wunder, waren die Chinesen so zierlich, wenn man sich die Größe der Schalen ansah.

Nachdem Mai und Fong Hoy sich im Bedienstetenquartier für die Nacht eingerichtet hatten, kochte Poppy Kaffee und brachte ihn in den Salon, wo sie schockiert Cams Schilderung des brutalen Angriffs auf die beiden lauschte.

»Ich will mir lieber nicht ausmalen, was passiert wäre, wenn nicht ein vorbeikommender Reisender eingegriffen hätte«, erklärte Cam und trank seinen Kaffee aus.

»Noch eine Tasse?«, bot Poppy an und nahm erleichtert sein Nicken zur Kenntnis. Nach George Lyndhursts Tod war Cam so hoffnungslos und am Boden zerstört gewesen, dass er sich regelmäßig bis zur Besinnungslosigkeit betrunken hatte. Es war eine Tragödie notwendig gewesen, um ihn in den Zustand der Nüchternheit zurückzukatapultieren. Und obwohl es Monate zurücklag, dass er die Abende zusammengesunken in Gesellschaft seines üblichen Begleiters, einem Glas Whiskey, in einem Armsessel zugebracht hatte, fürchtete Poppy noch immer, diese trübseligen, trunkenen Abende könnten zurückkehren.

Sie trat zur Anrichte und griff nach der Kaffeekanne.

»Ben Corbett ist wieder in der Stadt«, erklärte Cam unvermittelt.

Die Kanne entglitt ihr, sodass einige Spritzer Kaffee auf die Untertasse tropften.

»Er war der Reisende, der unsere Gäste gerettet hat.«

»Wie geht es ihm? Irgendwelche Neuigkeiten?«, fragte sie und tupfte eilig mit ihrem Taschentuch die Kaffeetropfen ab, ehe sie Cam die Tasse reichte.

»Hätte er denn welche haben sollen, die dich betreffen?«

Mit glühenden Wangen schüttelte Poppy den Kopf. »Nein, natürlich nicht.«

»Er war so anmaßend wie immer. Hoffen wir, dass sein Aufenthalt in der Stadt kurz ist.«

»Ich nehme an, er ist hergekommen, um seine Angelegenheiten zu regeln. Es steht ihm immer noch Geld aus unserer alten Partnerschaft in der Goldmine zu.«

»Der Teufel soll ihn holen.« Cam trank seinen Kaffee aus und stellte die Tasse so abrupt auf die Untertasse, dass Poppy erstaunt war, dass das Geschirr nicht zerbrach.

Sie deutete seine Reaktion vollkommen zu Recht als Eifersucht, kniete sich vor ihren Ehemann und blickte zu ihm auf. Sie betrachtete sein hageres Gesicht, die finstere, unnachgiebige Miene, die sie dennoch so sehr liebte.

»Du bist müde«, stellte sie fest und legte ihren Kopf auf seine Knie.

Cams Miene wurde eine Spur weicher. Sanft strich er ihr übers Haar. »Ich war ungehobelt«, sagte er. »Und egoistisch. Ich war so mit mir selbst beschäftigt, dass ich keinen Gedanken daran verschwendet habe, dich zu fragen, wie deine Reise verlaufen ist. Aber du und Nelly wart guter Stimmung, als ihr angekommen seid, und durch die Seeluft hat dein Gesicht eine hübsche frische Farbe bekommen.«

Poppy lächelte wehmütig, wohl wissend, dass die »hübsche frische Farbe« vom Wind und der Sonne schon bald der unvermeidlichen Blässe weichen würde. »Die Seereise war eine spontane Entscheidung. Wir haben die Kutsche verpasst, und ich wollte unbedingt so schnell wie möglich nach Hause zurück, um Mrs Howard nicht zu verärgern. Aber vergeblich, wie ich sehe.«

Erschaudernd dachte sie an Oliver Watkins' düsteren Blick, als sie von Bord gegangen waren.

Kapitel 6

ZUM ERSTEN MAL, seit sie vor zwei Tagen ins Royal Hotel getaumelt waren, saß Donald MacKinnon voll bekleidet auf der Kante seines Bettes und starrte mit angewiderter Miene auf das Glas in seiner Hand.

»Mann, Freund, es wär mir lieber, wenn in diesem Glas ein ordentlicher Schluck Whiskey wäre und nicht diese jämmerliche Brühe. Egal, was Lizzie sagt, das wäre erheblich besser für mich als dieses ekelhafte Zeug.« Er verzog das Gesicht, trank den mit Zitrone versetzten Gerstensaft aus und reichte Henry das leere Glas.

Erfreut über die bemerkenswerte Verbesserung von Donalds Zustand, grinste Henry angesichts dieser treffenden Formulierung seines Widerwillens.

Nach seinem unerfreulichen Abenteuer hatte der Schotte den ganzen Nachmittag, die Nacht und den gesamten nächsten Tag geschlafen und erst am darauf folgenden Tag das Bett verlassen.

»Und«, fuhr Donald fort, »haben Sie über meinen Vorschlag nachgedacht?«

Henry hatte an kaum etwas anderes gedacht. Donald war nicht nur ein erfolgreicher Ladenbesitzer, sondern nannte auch ein wenig Land und einige Häuser sein Eigen. Er hatte Henry eine Stellung in seinem Gemischtwarenladen in Stafford angeboten. Es war eine hervorragende Gelegenheit, und er wäre ein Narr gewesen, wenn er sie nicht nutzen würde.

»Mr MacKinnon –«

»Donald!«

»Mr … Donald, ich danke Ihnen für das Angebot und bin sicher, ich bekomme nie wieder ein so gutes …«

»Dann nehmen Sie es an, mein Freund, nehmen Sie es an!«, unterbrach ihn Donald. »Packen Sie die Gelegenheit beim Schopf, denn wenn Sie's nicht tun, werden Sie's bestimmt bereuen.«

»Das weiß ich nur zu gut, und es bekümmert mich sehr, Ihr Angebot nicht annehmen zu können, aber da ist nun mal meine Schwester. Ich hoffe, dass ich bei ihr leben und eine Arbeit in Charleston finden kann.«

Donald griff nach seiner Pfeife und stopfte sie. »Oh, glauben Sie nicht, es wäre klug, mein Angebot anzunehmen, Freund? Schließlich könnte Ihre Schwester inzwischen sonst wo sein.«

»Das ist durchaus möglich, aber da ich schon einmal den ganzen Weg gekommen bin, sollte ich zumindest versuchen, sie zu finden.«

Donald zündete seine Pfeife an, zog einige Male daran und stieß eine dicke Rauchwolke aus, die kräuselnd über ihren Köpfen aufstieg. Henry, den das giftige Gemisch abstieß, schniefte und musste niesen, als ihm das durchdringende Aroma in die Nase stieg.

»Nun, Henry, wenn Sie so wild entschlossen sind, Ihre Schwester zu finden, werde ich die Kosten für die Fahrt mit der Kutsche nach Charleston übernehmen«, erklärte Donald und hob eine Hand, als Henry Einwände erheben wollte. »Das haben Sie sich redlich verdient. Sie haben sich in den letzten Tagen gut um mich gekümmert. Heutzutage findet man nicht mehr oft Männer, die so rechtschaffen und ehrlich sind wie Sie, mein Freund, und nicht viele hätten mir so geholfen, wie Sie es getan haben. Die meisten hätten mich einfach sterben lassen.«

Donalds Worte nagten an Henrys Gewissen. Schließlich hatte er ihn um ein Haar sterben lassen, als er ihn in der Gasse gefunden hatte. Und wäre Donald nicht urplötzlich wieder »ins Leben zurückgekehrt«, hätte er ihn auch noch ausgeraubt. Donalds Vertrauen in ihn ließ ihm im Grunde keine andere Wahl, als sein Angebot anzunehmen, da dies die einzige Möglichkeit war, sein Gewissen zu beruhigen.

Aber es blieb nach wie vor die Frage nach seiner Schwester.

»Ich stehe in Ihrer Schuld, Donald, und ich werde Ihr Angebot annehmen. Aber da die *Mizar* auf dem Weg nach Hokitika ohnehin in Charleston vorbeikommt, könnte ich mir nicht die Zeit nehmen und nach meiner Schwester suchen?« Er hoffte, dass er den Schotten damit nicht beleidigt hatte, und er beschloss, dass er auch ohne ihn zurechtkam.

Einen Moment lang schien Donald ein wenig verärgert zu sein, doch dann nickte er. »Aye … nun, ich nehme an, wäre ich so weit gereist, um meine Schwester zu finden, würde ich auch nach ihr suchen, wenn ich glauben würde, sie sei in der Nähe. Und ein Arzt und seine Frau sind bestimmt bekannte Leute. Sie werden nicht lange brauchen, um herauszufinden, ob sie immer noch in Charleston leben. Bestimmt werden Sie wieder an Bord der *Mizar* sein, bevor sie nach Hokitika weitersegelt«, sagte er.

Als er Donalds kleine Kiste im Salon auf der *Mizar* verstaut hatte, ging er an Deck, während der Schotte mit Oliver Watkins in irgendeine geschäftliche Besprechung vertieft war.

Henry, der sich geschworen hatte, bis zu seinem Lebensende nie wieder einen Fuß an Bord eines Schiffes zu setzen, verzog beim Gedanken an seine letzte Begegnung mit Oliver Watkins das Gesicht. Doch beim Anblick von Donald MacKinnons Geldmünzen war der Kapitän sofort bereit gewesen, ihn wieder an Bord zu lassen.

Trotz der milden Brise und der ruhigen See wurde Henry von der gefürchteten Seekrankheit heimgesucht, kaum hatten sie die Mündung des Buller River hinter sich. Er suchte sich ein einsames Plätzchen an Deck, klammerte sich an die Reling und sah jämmerlich zu, wie die Wellen gegen die Schiffswand schlugen.

Oliver Watkins trat neben ihn. »Ihr Freund Donald MacKinnon«, brummte er.

»Ja?«, fragte Henry und wischte sich mit dem Handrücken über den Mund.

»Am besten gehen Sie runter und sehen mal nach ihm. Scheint ihm nicht besonders gut zu gehen.«

Dicht gefolgt von Watkins, ging Henry eilig die Treppe hinunter. Zu seiner Bestürzung fand er Donald zusammengesunken auf einer schmalen Bank sitzend und heftig schwitzend vor. Ein Pfeifen, das an eine schlecht gespielte Harmonika erinnerte, drang aus seiner Brust. »Es geht ihm sehr schlecht. Haben Sie einen Lappen und etwas Wasser?«, fragte Henry, dessen Sorge um Donald größer war als sein Unbehagen gegenüber Watkins.

»Ich brauche etwas, um sein Gesicht damit abzuwischen. Er glüht ja förmlich.«

»Ich bin nicht Ihr verdammter Dienstbote«, murrte Watkins, verschwand jedoch, um wenige Augenblicke später mit einer Schüssel Wasser und einem Tuch zurückzukehren, die er Henry reichte. Dann verließ er das Zimmer erneut.

Henry drückte das Tuch aus und legte es auf Donalds Stirn. Doch Donald riss es mit einem Ruck beiseite, fuhr hoch und starrte mit glasigen Augen auf einen Punkt hinter Henry.

»Mary … Mary … Mädchen. Es dauert nicht mehr lange …«

In der Erwartung, jemanden hinter sich stehen zu sehen, drehte Henry sich um, musste jedoch zu seiner Bestürzung feststellen, dass der kleine Raum leer war. Kein gutes Zeichen …

»Kommen Sie schon, Donald, reißen Sie sich zusammen. Da ist nichts. Nur Luft. Und jetzt legen Sie sich zurück, damit ich etwas Kühles auf Ihr Gesicht geben kann.« Sanft drückte Henry ihn auf der Bank zurück.

Watkins erschien am Fuß der Treppe. »Sieht nicht gut aus, was?« Henry registrierte, dass der Kapitän, der aussah, als wäre er gerade in einen Kuhfladen getreten, gehörigen Abstand von Donald hielt. Zweifellos fürchtete er, sich mit etwas anstecken zu können.

»In diesem Zustand kann er nicht bis nach Hokitika hier bleiben«, fuhr Watkins fort. »Wir sind bald in Charleston. Dort können Sie ihn an Land bringen und nach jemandem suchen, der ihm hilft.«

»Sie werfen ihn von Bord, nur weil er krank ist?« Henry war fassungslos über die Gefühllosigkeit des Mannes und schüttelte angewidert den Kopf.

»Dort gibt es eine Menge Ärzte. Charleston ist eine zivilisierte Stadt, müssen Sie wissen«, gab Watkins trotzig zurück.

Wäre es nicht so gewesen, hätte es auch keine Rolle gespielt, vermutete Henry. Watkins hätte Donald trotzdem von Bord geschickt. Aber er würde sich nicht vom Kapitän herumschubsen lassen. Diesmal nicht. Ganz bestimmt nicht.

Er trat vor ihn und starrte ihn an, wobei seine hoch gewachsene Gestalt den kleinen, stämmigen Mann um etliche Zentimeter überragte.

»Sie werden uns das Geld für die Überfahrt zurückgeben, verstanden?«

Watkins musterte Henry, als wäre er ein widerlicher Käfer, der aus den Planken gekrochen war. »Sie haben ja Humor.«

Henry spürte, wie er wütend wurde. Er ballte die Faust und schlug sich mit einer beiläufigen Geste in die Handfläche. »Das habe ich allerdings, und er wird genau in dieser Sekunde gehörig strapaziert.«

Watkins erbleichte. »Machen Sie sich nicht lächerlich.

Ich kann Ihnen das Geld nicht zurückgeben. Ich bin dem Eigentümer der *Mizar* gegenüber verpflichtet.«

Henry packte den Kapitän an der Schulter und reckte drohend die Faust. Watkins hob flehend die Hände.

»Ich werde mich sofort darum kümmern.«

Henry, der darauf brannte, einen Blick auf Charleston zu werfen, als sie in die Constant Bay fuhren, legte die Hand auf Donalds Stirn. Sie glühte immer noch, doch die teigiggräuliche Gesichtsfarbe war verschwunden, und sein Atem schien ein wenig ruhiger zu gehen.

»Donald, können Sie mich hören, Mann?«

Donald schlug die Augen auf und richtete den Blick mit einem leisen Seufzer auf Henry. Er nickte.

»Ich bin oben an Deck. Es dauert nicht lange. Nur ein paar Minuten.« Er tätschelte beschwichtigend Donalds Hand, kehrte ihm den Rücken zu und ging die Treppe hinauf an Deck.

Er lehnte sich gegen die Reling und ließ den Blick zurück zur Küste von Cape Foulwind wandern. Grüne Wälder zogen sich hin, so weit das Auge reichte. Davor erstreckte sich ein meilenlanger Sandstrand – ein langer, grauer Saum, der das Buschland vom Meer trennte, ohne einen Hinweis auf Zivilisation zu geben.

Sein Magen hob sich; nicht wegen der Seekrankheit, sondern weil er beim Anblick der Abgeschiedenheit dieses Ortes einen unvermittelten Anflug von Heimweh verspürte. Charleston war Stunden von jeder anderen Stadt entfernt und nur schwer mit dem Schiff oder über Land zu erreichen. In Wahrheit befand sich dieses ganze Land am anderen Ende der Welt, Monate von England, von zu Hause entfernt. Hatte er vollkommen den Verstand verloren, hierher zu kommen?

Die *Mizar* änderte ihren Kurs und steuerte auf den Hafen zu. Einen Moment lang wünschte Henry, er wäre unter

Deck geblieben. Beim Anblick der gegen die ausgewaschenen Felsen klatschenden Wellen und der schmalen Passage dazwischen bekam er beinahe keine Luft mehr. Sie würden doch wohl nicht zwischen diesen Felsen hindurch segeln, oder? Er umklammerte die Reling, und sein Magen zog sich zusammen, als ihm dämmerte, dass ihm genau das bevorstand.

»Heute wird's schön ruhig«, erklärte der Maat, der neben Henry trat und dessen Besorgnis bemerkt hatte. »Nur eine leichte Brise aus Südwest. Das ist schon was anderes als der Wind von Norden, da muss man sich ordentlich festhalten.« Er grinste beim Anblick von Henrys weiß hervortretenden Fingerknöcheln.

Hinter den Segeln konnte Henry ein Brandungsboot ausmachen und richtete den Blick fest auf das Gefährt und auf die Berge dahinter. Noch nie in seinem Leben war er sich seiner Bedeutungslosigkeit auf diesem Planeten so bewusst und zugleich von einem ungekannten Gefühl der Freiheit erfüllt gewesen …

Mit Henrys Hilfe, der ihn von hinten anschob, gelang es Donald, die Treppe zu erklimmen, doch es verlangte ihm all seine Kraft ab, und Henry musste ihn halb zerren, halb tragen, bis sie endlich die Seite der *Mizar* erreicht hatten, wo das Brandungsboot auf sie wartete.

Einer der Männer, der Henrys Not bemerkte, kletterte herauf und half ihm, den Kranken auf das Boot zu hieven.

»Hilfsbereit wie immer, Kapitän Watkins«, rief der Mann dem Kapitän zu, der müßig herumstand und ihnen zusah.

»Ihnen auch einen guten Tag, Mr Craddock«, rief der Kapitän zurück, ohne sich vom Sarkasmus des anderen beeindruckt zu zeigen.

Henry bemühte sich, es Donald so bequem wie möglich zu machen, ehe er sich der Frage zuwandte, wie er wohl einen Arzt für ihn finden könnte. Und war dieser Arzt vielleicht zufällig Dr. Ainsley?

Der Mann, den der Kapitän als Mr Craddock angesprochen hatte, musterte Donald besorgt. »Ihr Freund sieht nicht besonders gut aus.«

»Watkins konnte es kaum erwarten, uns von Bord zu haben«, erklärte Henry verbittert.

»Ich kann nicht behaupten, dass ich ihm einen Vorwurf daraus mache. Wenn er etwas Ansteckendes hat, will Watkins nicht, dass die anderen es auch kriegen.«

»Aber Sie haben uns doch geholfen«, wandte Henry ein.

»Das habe ich auch, aber wir sind hier nicht so.« Der Mann zuckte die Achseln. »Wenn ich mir was einfangen soll, dann wird es sich durch nichts verhindern lassen, und wenn meine Zeit gekommen ist, vor den Schöpfer zu treten, kann ich sowieso nichts daran ändern. Und wenn es nicht so ist, dann wird mich nichts früher als geplant ins Jenseits befördern.«

Wahrscheinlich wäre der Mann nicht ganz so philosophisch, wenn er einer Herde stampfender Pferde gegenüber stünde, doch für den Augenblick war Henry dankbar für die ruhige Gelassenheit, mit der er das Schicksal hinnahm.

»Nun, ich hoffe sehr, Ihre Zeit ist noch lange nicht gekommen, Mr … Craddock. So war doch Ihr Name, richtig?«

»Hmmpf«, schnaubte der Mann. »Craddock – Charles Craddock.«

»Henry Bramwell.« Henry deutete auf Donald. »Und das ist Donald MacKinnon, mein Arbeitgeber.«

»Sie werden einen Doktor suchen.«

»Allerdings«, stimmte Henry zu. »Ich weiß nur nicht, wie ich ihn zu einem schaffen soll. Sie haben ihn ja gesehen, er kann kaum gehen.«

»Ich bringe Sie zu Dr. Drakers ins Krankenhaus. Mein Einspänner steht am Ufer.«

»Ein Krankenhaus – in Charleston?«, fragte Henry überrascht.

Charles Craddock warf ihm einen gekränkten Blick zu. »Seit sieben Jahren«, erklärte er stolz. »Und einen Großteil der Kosten haben die Leute in der Stadt bezahlt. Für eine Guinee im Jahr können wir uns kostenlos behandeln lassen.«

»Gibt es hier einen Dr. Ainsley?«, fragte Henry.

»Allerdings. Warum fragen Sie?«

»Er ist mit meiner Schwester verheiratet.« Henrys Aufregung wuchs bei der Vorstellung, wie überrascht Poppy wäre, wenn er plötzlich vor ihrer Tür stünde.

»Ach ja? Dann besteht ja kein Grund, Ihren Freund ins Krankenhaus zu bringen. Stattdessen fahre ich Sie zu Dr. Ainsley. Sie wollen bestimmt Ihre Schwester sehen, hab ich Recht?« Craddock nickte in Donalds Richtung, der leichenblass und halb ohnmächtig dalag. »Und der Doktor kann sich um Mr MacKinnon kümmern, während Sie und Mrs Ainsley über alte Zeiten plaudern.«

Kapitel 7

»Wollen Sie zum Doktor?«, fragte ein hagerer Mann mit einem beinahe an einen Totenschädel erinnernden Gesicht, als die Kutsche vor Dr. Ainsleys Haus zum Stehen kam. Mit einem Rechen in der Hand stand er vor dem Tor wie ein Soldat, der das Haus bewachte.

Der Gärtner, vermutete Henry.

»Ganz recht, Duffy.«

»Tja, er ist vor einer Weile weggegangen. Ich hab's selber gesehen.«

»Tatsächlich, Duffy?«

Am liebsten hätte Henry angesichts dieser enttäuschenden Neuigkeiten aus dem Mund des kleinen, drahtigen Mannes laut aufgestöhnt. Was sollte er jetzt mit Donald anstellen? Er sah mitgenommener aus als je zuvor. Seine Augen waren geöffnet, doch sie wirkten glasig, und er murmelte leise vor sich hin.

»Machen Sie sich keine Sorgen«, beruhigte Craddock ihn. »Wir bringen Mr MacKinnon ins Krankenhaus. Das Treffen mit Ihrer Schwester wird eben warten müssen.«

Duffy klemmte sich den Rechen unter den Arm, zog ein Taschentuch heraus und trompetete so heftig hinein, dass seine silberne Stirnlocke flatterte. »Genau. Allerdings. Daran besteht kein Zweifel.«

Duffys Reaktion auf Craddocks Worte folgte mit so großer Verzögerung, dass Henry sich einen Moment lang fragte, wovon der Mann sprach. Musste dieser Kerl eigentlich alles dreimal bestätigen?, fragte er sich leicht verärgert.

»Aber jetzt ist er wieder da«, fügte Duffy hinzu.

Henry war sichtlich verwirrt.

»Duffy denkt ein bisschen anders als die meisten anderen Menschen«, erklärte Craddock.

Mit einer ausladenden Geste legte Duffy die Hände auf den Rechenstiel und stützte das Kinn darauf ab. Beinahe so, als mache er sich auf ein langes Gespräch gefasst, dachte Henry.

»Bei ihm und seiner netten Frau wohnt ein fremder Chinesenmann und eine Frau. Ich weiß auch nicht, was die sich dabei gedacht haben. Sie könnten sich doch alle möglichen Krankheiten von denen einfangen. Man weiß nie, was diese Leute so mit sich rumtragen, oder?«

»So ist es nun mal, was, Duffy?«

»Wohl wahr, Mr Craddock«, erwiderte Duffy mit der feierlichen Miene eines Priesters bei der heiligen Messe.

»Dann haben Sie den Doktor also nicht angefasst, Duffy?«, meinte Craddock und bedeutete Henry, ihm zu helfen, Donald aus der Kutsche zu heben.

Duffy riss seine eng zusammenstehenden Augen auf. »Allerdings nicht. Das habe ich noch nie gemacht. Nur sein nettes Weib. Ihr hab ich beim Einsteigen in den Einspänner geholfen. Reizendes Ding, diese Mrs Ainsley, eine hübsche Frau. Kann man nichts sagen«, meinte er und folgte ihnen den Weg zum Haus hinauf, ohne Anstalten zu machen, ihnen bei dem Patienten zu helfen.

Der erschöpft aussehende Charles Craddock warf Duffy einen Blick über die Schulter zu. »Ah, also hast du Mrs Ainsley in den Einspänner geholfen, ja?«

»Genau, hab ich doch gesagt, oder?«

»Dann solltest du unbedingt auf Anzeichen einer Krankheit achten, Duffy.«

»Oh, heilige Maria und Josef, wieso sagen Sie so was?«, rief Duffy, während sich ein entsetzter Ausdruck auf seiner feierlichen Miene ausbreitete.

»Weil sie vielleicht auch den Chinesen und die Frau angefasst hat, Duffy. Und wenn sie sich von den beiden eine Krankheit eingefangen hat, dann hat sie sie vielleicht jetzt auf dich übertragen.«

Duffys Kinnlade fiel herunter.

»Oh, beinahe hätte ich es vergessen – du hast da einen wüsten Ausschlag auf der Nase, Duffy. Du solltest ihn mal ansehen lassen. Könnte ein Hinweis auf eine Krankheit sein.«

Erschrocken rieb Duffy sich mit dem Finger über die Nase, ehe er die Männer durchdringend anstarrte, als erwartete er, dass sich der Ausschlag auf sie übertrug.

Craddock griff nach dem Türklopfer. »Abergläubisches Volk, diese Iren«, sagte er zu Henry. »Die glauben einem alles, was man ihnen erzählt, so lange man ein ernstes Gesicht macht.«

Henry lächelte höflich. Der einzige Chinese, den er jemals zu Gesicht bekommen hatte, war ein Seemann auf der *Strathnaver* gewesen, mit dem er keine Unterhaltung zustande gebracht hatte, und da Henry noch nie vorher mit Iren zu tun gehabt hatte, konnte er sich auch zu diesem Volk nicht äußern. »Zumindest hat er eine reichlich rote Nase«, bemerkte er leise.

»Die rührt aber keinesfalls von irgendeiner Krankheit her – es sei denn, man bezeichnet den Hang zur Flasche als Krankheit.«

Auf Henrys ungeduldiges Klopfen hin erschien eine junge Frau an der Tür. Henry starrte seine Schwester an und registrierte die Energie in ihrer Haltung, als sie vor sie trat. Goldene Reflexe tanzten in ihrem kastanienbraunen Haar, als sie fragend den Kopf neigte. Sie erkannte ihn eindeutig nicht wieder.

»Ach, du meine Güte, am besten bringen Sie ihn gleich herein«, rief sie mit einem Blick auf den bleichen, schwitzenden Donald, der nur halb bei Bewusstsein zu sein schien.

Sie trat beiseite, um sie hereinzulassen, und deutete auf den breiten Korridor, der zur Praxis führte. »Schnell«, fügte sie hinzu.

Doch Henry rührte sich nicht vom Fleck. »Poppy!«, rief er krächzend.

Plötzlich weiteten sich Poppys Augen erstaunt.

»Henry! Das kann doch nicht …«

Craddock blieb nichts anderes übrig, als Donald allein zu stützen, während Henry vortrat und seine Schwester in die Arme zog.

»Henry, mein lieber Bruder!« Poppys Stimme war ein wenig brüchig, und in ihren Augen glitzerten Tränen. »Du bist ja so groß und kräftig geworden!«

Craddock räusperte sich. »Wenn Sie mich nicht brauchen …«

»Mr Craddock!«, rief sie. »Es tut mir sehr leid. Bitte verzeihen Sie, und helfen Sie uns, diesen armen Mann ins Haus zu bringen.«

Cam diagnostizierte, dass Donald an Lungenentzündung litt. Nachdem er Henry beruhigt hatte, dass der Schotte bei guter Pflege wieder vollständig gesund werden würde, verfrachtete er Donald mit Henrys Hilfe in den Einspänner und fuhr ihn den kurzen Weg ins Krankenhaus.

Als sie in der Gewissheit nach Hause zurückkehrten, dass Donald sich in guten Händen befand, konnte Henry das Essen genießen, das Poppy für ihn aufgewärmt hatte. Er zerteilte eine Scheibe Brot in zwei Hälften, versenkte sie im letzten Rest des kräftigen, aromatischen Eintopfs auf seinem Teller und ließ den Blick durch die geräumige Küche schweifen.

Sein Blick blieb an dem blau-weißen Porzellan in dem mit Schnitzereien verzierten Geschirrschrank hängen – genau dasselbe Service, das er im Schaufenster des Eisenwarenhändlers in Westport gesehen hatte. Ihr ganzes Häuschen in England hätte bequem in diesen einen Raum gepasst, bemerkte er. Poppy hatte es gut erwischt.

Aufgeregt betrat seine Schwester die Küche und lächelte beim Anblick seines leeren Tellers.

»Komm schon, Henry. Komm mit in den Salon. Du musst mir alles erzählen, was es zu Hause Neues gibt, wie du hergekommen bist und warum.«

»Eins nach dem anderen, Poppy.« Grinsend folgte Henry seiner Schwester in den Salon.

Er kam sich beinahe wie ein Prinz in diesem riesigen Haus vor, als er sich in den üppigen Polstern eines Sessels zurücklehnte und seinen Kopf gegen den Schonbezug sinken ließ.

»Henry, es ist fast wie im Traum, dass du hier vor mir sitzt. Ich habe beinahe Angst, ich könnte jeden Augenblick aufwachen, und du bist verschwunden. Als ich nie Antwort auf meine Briefe bekommen habe, dachte ich, dass ich meine Familie nie wieder sehe.«

»Aber …« Henry wollte protestieren, dass sie nur einen einzigen Brief von ihr erhalten hatten, den er selbst beantwortet hatte. Doch dann fiel ihm beschämt ein, dass seine Mutter, Poppys Stiefmutter, sie nie gemocht hatte und froh gewesen war, dass sie das Land verlassen hatte. Sie musste die Briefe vernichtet haben, ehe er sie in die Finger bekommen hatte.

»Du ahnst ja nicht, wie sehr ich mich freue«, fuhr Poppy fort und tätschelte Henrys Hand. »Ruby und David sind bestimmt bettfertig. Du musst sie kennenlernen. Ich habe zu Mai gesagt – auch sie kennst du noch nicht –, sie soll sie herbringen, damit du sie siehst. Sie waren so aufgeregt, als ich ihnen erzählt habe, dass ihr Onkel Henry hier ist.«

Es klopfte an der Tür, und eine junge Chinesin schob zwei Kinder in den Salon.

»Ruby und David, sagt eurem Onkel Henry Guten Tag«, forderte Poppy die beiden stolz lächelnd auf.

Henry stand auf, um seine Nichte und seinen Neffen zu begrüßen, doch sein Blick hing wie gebannt auf Mai, die schüchtern lächelte. Mit ihrem dunklen, zu einem schlichten, eleganten Knoten im Nacken frisierten Haar und den schokoladenbraunen Augen sah sie völlig anders aus als jedes Mädchen, dem er bisher begegnet war. Sie war – er holte tief Luft – reizend.

»Wie geht es Ihnen, Sir?« David streckte Henry die Hand hin.

Henry ergriff sie.

»Hallo, Onkel Henry.« Ruby stieß David an und bemühte sich nach Kräften, nicht zu kichern, als Henry sich umdrehte und sie den gestickten Sesselschoner bemerkten, der an seinem Rücken klebte.

»Äh … hallo.« Henry richtete seine Aufmerksamkeit auf seine Nichte.

Nach dem Austausch weiterer Höflichkeiten, in deren Verlauf Henrys Blick immer wieder zu Mai wanderte, verkündete Poppy, dass es an der Zeit sei, schlafen zu gehen. Mai reagierte auf ihr Stichwort und schob die beiden zur Tür. David drehte sich um und deutete mit einer Unschuldsmiene auf Henrys Schulter. »Ist das die neueste Mode in England, Onkel Henry?«

Henry reckte den Hals und bemerkte den Schoner, der an seinem Jackett hing. Die Hitze schoss ihm in die Wangen, als ihm klar wurde, dass auch Mai ihn mit diesem Stickwerk auf dem Rücken hatte herumlaufen sehen. Für was für einen törichten Narren musste sie ihn gehalten haben!

»David!« Poppy riss den Schoner von Henrys Jacke.

Kichernd ließen Ruby und David sich von Mai aus dem Zimmer schieben.

Wenig später gesellte sich Cam zu ihnen. Mit der Zeitung unter dem Arm trat er zur Anrichte, wo eine Kanne mit Kaffee stand.

»Kaffee? Oder lieber ein Glas Whiskey?«, erkundigte sich Cam.

»Nein, danke, Sir.« Henry verzog angewidert das Gesicht. Er hatte eine ausgeprägte Abneigung gegen beide Getränke entwickelt, nachdem Poppy zuvor darauf bestanden hatte, dass er sie probierte. Das eine schmeckte wie die Medizin, die Ma ihm eingeflößt hatte, wenn er Fieber hatte, und das andere war nicht besser als das widerliche Gebräu, das er auf ihren Befehl gegen Wurmbefall hatte trinken müssen.

Cam schenkte sich eine Tasse Kaffee ein, setzte sich hin und faltete mit geübten Fingern die Zeitung auseinander. Immer wieder blieb Henrys Blick an seinem Schwager hängen, der sich in den *Charleston Herald* vertieft hatte. Wie er selbst war Cam glatt rasiert, und trotz seines leicht hochnäsigen Gebarens musste Henry zugeben, dass sein Schwager ein durchaus gut aussehender Mann war – insbesondere, wenn man bedachte, dass er mittlerweile … wie alt war? Um die sechsunddreißig? Jedenfalls in den mittleren Jahren. Poppys Ehemann gehörte offensichtlich nicht zu der Sorte Mann, der sich aus der Ruhe bringen ließ. So hatte er kaum mit der Wimper gezuckt, als Poppy ihm früher an diesem Tag atemlos vor Aufregung ihren Bruder Henry vorgestellt hatte.

»Freut mich, dass du uns besuchen kommst, Junge«, hatte er erklärt und eine aristokratische Braue leicht gehoben, als stünde jeden Tag ein Verwandter vom anderen Ende der Welt unangemeldet vor seiner Tür.

»Du musst unbedingt ein ernstes Wörtchen mit Ruby und David sprechen«, sagte Poppy zu ihrem Ehemann und riss Henry damit aus seinen Gedanken. »Sie haben sich heute Abend über Henry lustig gemacht. Sie müssen lernen, ihre Zunge im Zaum zu halten.«

»Ich rede morgen mit ihnen«, erwiderte Cam, ohne den Blick von der Zeitung zu nehmen.

»Und was die Sache mit dem Kamin betrifft – ich kann

der armen Mrs Howard keinen Vorwurf daraus machen, dass sie ihre Sachen gepackt und uns verlassen hat.«

Diese Bemerkung gewann Cams volle Aufmerksamkeit. »Unsere Köchin Mrs Howard hat uns verlassen, nachdem sie zuerst Stimmen aus dem Ofen gehört hat und dann von einer dicken Rußschicht eingehüllt wurde«, erklärte er Henry und schilderte den Rest der Geschichte.

Henry nickte höflich, während er der Erzählung seines Schwagers lauschte, doch seine Gedanken schweiften immer wieder zu der schönen Frau, deren Bekanntschaft er erfreulicherweise soeben gemacht hatte …

Kapitel 8

»Verschwindet, ihr naseweisen kleinen Teufel!« Henry schlenderte die Auffahrt hinunter und reckte drohend die Faust beim Anblick des Grüppchens Kinder, die vor dem Tor der Ainsleys standen und Spötteleien riefen. »Wenn ich euch erwische, setzt es was!« Seine Warnung ging in einem Hagel niederprasselnder Steine unter, die sie über den Zaun warfen und von denen einer Fong Hoy um ein Haar erwischte.

»Großvater!«, rief Mai und trat eilig vor Fong Hoy, um ihn zu schützen. Ihr Gesicht war wutverzerrt, als die Kinder ihr Hänseleien zuriefen. Noch ein Stein flog über den Zaun und traf Fong Hoy am Kinn.

»Ching chong ch...« Die Sprechchöre hörten schlagartig auf, und die Kinder nahmen die Beine in die Hand, als Henry auf das Gartentor zulief und ihnen nachsetzte. Als er um die Ecke bog, blieb er stehen und musste zu seiner Verärgerung feststellen, dass sie verschwunden waren.

»Haben Sie etwas verloren?«

Henry nickte atemlos und wandte sich der Frau zu, die ihn angesprochen hatte. Sie besaß üppige Proportionen und ein faltenloses Gesicht, das ihr wahres Alter Lügen strafte. Breitbeinig trat sie mit zwei großen Leinentaschen in den Händen auf ihn zu.

»Ja, eine Horde kleiner, naseweiser Lümmel.«

»Was haben diese kleinen Racker jetzt wieder angestellt?«

»Sie haben Steine geworfen und sich lustig gemacht. Denen würde ich ordentlich die Leviten lesen, wenn ich sie erwischen würde, das kann ich Ihnen sagen.«

Die Frau lachte. »Das will ich gern glauben, und ein kräftiger Tritt in den Hintern würde ihnen bestimmt nicht schaden. Richtige kleine Plagegeister sind das. Aber solange Sie sie nicht kriegen, sind Sie machtlos. Die haben Steine nach Ihnen geworfen, ja?«

»Nein.« Henry griff nach den Taschen der Frau und trug sie, während sie die Straße entlanggingen. »Nicht nach mir, sondern nach den beiden Chinesen, die bei Dr. Ainsley wohnen.«

»Ah, Sie meinen Fong Hoy und seine Enkeltochter Mai.«

»Sie kennen sie?«

»Natürlich kenne ich sie. Ich habe sie kennengelernt, als ich am Montag Poppys Wäsche gemacht habe. Die junge Mai hat ein gutes Herz. Sie hat mir beim Waschen und Glattziehen der Wäsche geholfen, was mehr ist, als die aufgeblasene Mrs Howard jemals getan hat. Ihre Schwester hat ein prima Waschhaus, ja, das hat sie.« Offenbar hatte sich Henrys Ankunft mittlerweile herumgesprochen. »Das hier ist der einzige Haushalt, den ich besuche, um die Wäsche zu machen. Die Wäsche der anderen Leute nehme ich immer mit nach Hause. In denen hier.« Sie deutete auf die Leinentaschen in Henrys Händen. »Ich habe meine eigene Wäschemangel, und mein Sohn Duffy dreht sie für mich«, erklärte sie stolz.

»Ich bin Nelly O'Connor. Ich mache die Wäsche für die Ainsleys, und Duffy kümmert sich um ihren Garten, wenn es notwendig ist.«

Henry fragte sich, wie eine so wache Frau einen so dümmlichen Sohn haben konnte.

»Er ist ein bisschen langsam im Kopf, mein Duffy«, erklärte Nelly als Antwort auf Henrys unausgesprochene Frage. »Aber das war nicht immer so, müssen Sie wissen.

Als Junge wäre er beinahe am Fieber gestorben, und so ist er dann geblieben.«

Henry nahm beide Leinentaschen in eine Hand und streckte die freie Hand aus. »Henry Bramwell. Freut mich, Sie kennenzulernen.«

»Ah, ja, ich weiß, wer Sie sind. Ich habe gehört, dass Sie in der Stadt sind. Hier sprechen sich Neuigkeiten schnell herum.« Strahlend schüttelte Nelly Henry die Hand.

»Wissen Sie, Mrs O'Connor –«

»Nelly. Nennen Sie mich bitte Nelly – das tun alle.«

»Nelly«, sagte Henry. »Diese kleinen Teufel haben den armen alten Fong Hoy zu Tode erschreckt. Er und Mai sind nur ein wenig im Garten spazieren gegangen – nicht einmal auf der Straße – und haben sich um ihre eigenen Angelegenheiten gekümmert, als diese Nichtsnutze kamen, sie mit Schimpfnamen beleidigt und mit Steinen beworfen haben. Wenn ich die erwische, werde ich Ihren Rat beherzigen und ihnen einen ordentlichen Tritt in den Hintern verpassen, das kann ich Ihnen sagen.«

Nelly schnaubte. »Von mir auch gleich einen! Ständig machen sie meinem Duffy das Leben schwer mit ihren Hänseleien und ihren Steinen. Und es gibt bestimmt noch ein, zwei andere, die nichts dagegen hätten, wenn diese Rüpel eins hintendrauf bekämen.« Vor einem Wellblechhäuschen an der Straßenecke kamen sie zum Stehen.

»Tja, da wären wir. Es war nett, Sie kennengelernt zu haben, Mr Bramwell«, sagte sie und lächelte dankbar, als Henry ihr die schweren Taschen an der Tür reichte. Sie wollte gerade hineingehen, als ein elegant gekleideter, stämmiger Mann auf sie zutrat.

»Ben Corbett!«, rief Nelly strahlend. »Haben Sie schon Poppys Bruder, Mr Bramwell, kennengelernt?«

Henry streckte ihm die Hand entgegen. »Bitte nennen Sie mich doch Henry«, sagte er, an Nelly und Ben Corbett gewandt.

»Nun denn«, meinte Ben, nahm Henrys Hand und schüttelte sie kräftig. »Ich dachte mir schon, dass Sie ein Verwandter sein müssten, auch wenn Nelly es mir nicht gesagt hätte. Diese Haare sind ziemlich verräterisch.«

Henry fragte sich, in welchem Verhältnis Ben Corbett wohl zu seiner Schwester stand.

»Und wie geht es Mai und ihrem Großvater? Fühlen Sie sich allmählich bei Ihrer Schwester zu Hause?«

Henry spürte einen eifersüchtigen Stich. Was hatte Ben Corbett mit Mai zu tun?

»Ihre Schwester und ich waren einmal gute Freunde. Es ist typisch für Poppy, Mai und ihren Großvater in ihrem Haus aufzunehmen. Ich habe sie auf dem Weg hierher kennengelernt. Zwei hinterhältige Schweine wollten ihr echte Schwierigkeiten machen«, erklärte Ben.

Henry stieß einen erleichterten Seufzer aus.

Sorgsam darauf bedacht, nicht allzu fest zu drücken, betupfte Mai den Kratzer am Kiefer ihres Großvaters. Unergründlich, so wurden sie von manchen Europäern bezeichnet. Sie schienen zu glauben, dass sie keinerlei Gefühle besaßen.

»Barbaren«, murmelte sie, ehe sie mit einem Anflug von Scham Poppy den Raum betreten sah. Der Doktor und seine Frau waren so gut zu ihnen gewesen, ebenso wie Ben Corbett. Nicht alle Europäer waren gedankenlose Schweine.

Poppy musterte den roten Fleck auf Fong Hoys Kinn. »Wenn das Blut erst mal abgewaschen ist, sieht es gleich viel besser aus. Zum Glück ist es nur ein Kratzer. Ich denke, Sie sollten sich jetzt ausruhen«, sagte sie zu dem alten Mann. »Wir bringen Sie in Ihr Zimmer.«

Sie half Fong Hoy beim Aufstehen. Er legte eine Hand auf Mais Schulter, ehe sie sich auf den Weg zu den Dienstbotenquartieren machten.

»Ich habe die kleinen Mistkerle nicht erwischt. Sie waren zu schnell für mich«, rief Henry hinter ihnen her. »Wie bedauerlich. Nelly O'Connor meinte, sie wären echte Quälgeister.«

Hätte er sich mehr ins Zeug gelegt, wenn Großvater dieselbe Hautfarbe gehabt hätte wie er selbst?, fragte sich Mai …

Kapitel 9

Cam, der vor den zweiflügeligen, beinahe bis zur Decke reichenden Fenstern in der Praxis fast wie ein Zwerg wirkte, wartete bereits, als Mai Fong Hoy durch den Behandlungsraum führte.

Wie üblich hatte Mais Großvater eine Hand auf ihre Schulter gelegt und folgte ihr mit unsicheren, langsamen Schritten. Mit seinen knochigen, gebeugten Schultern wirkte der alte Mann gebrechlicher denn je. Dennoch umgab ihn eine Aura der Ruhe, die Cam überraschte. Die meisten Patienten legten bei der Aussicht auf einen chirurgischen Eingriff ein gewisses Maß an Nervosität an den Tag, doch der alte Mann schien keinerlei Bedenken im Hinblick auf die Operation zu haben.

Dieses Vertrauen war zwar schmeichelhaft und hätte Cam mit Zuversicht erfüllen sollen, stattdessen ging es ihm auf die Nerven. Cam musste zugeben, dass in diesem Fall nicht der Patient nervös war, sondern der Chirurg. Er streckte die Hände aus und bemerkte das leichte Zittern. Cam öffnete und schloss sie ein paar Mal, in der Hoffnung, dem kaum merklichen Beben ein Ende zu setzen. Dann deutete er auf den Stuhl vor dem Fenster, der so positioniert war, dass Fong Hoy mit der rechten Gesichtshälfte zum Licht sitzen würde.

»Setzen Sie ihn bitte dort hin«, bat er Mai.

Mai führte ihren Großvater zu dem Stuhl und half ihm, sich bequem hinzusetzen. Sie berührte ihn an der Schulter und lächelte – auch wenn ihre zu Fäusten geballten Hände ihre Anspannung verrieten, als sie den Raum verließ.

»Ihnen ist klar, dass Sie die ganze Zeit ganz still sitzen müssen?«, sagte Cam zu Fong Hoy und berührte den Arm des alten Mannes.

Fong Hoy nickte.

Cam deutete auf einen Stuhl in der Nähe der Tür. »Henry, stell diesen Stuhl bitte neben Fong Hoy. Nein, weiter nach vorn, wenn es geht. Ja, so ist es besser. Und jetzt setz dich hin und halte die Hand des Patienten ganz fest. Du darfst auf keinen Fall loslassen. Hast du mich verstanden?«

»Ja.« Angesichts der Verantwortung, die ihm übertragen wurde, brachte Henry kaum mehr als ein Krächzen heraus.

Hätte Cam sich zu einer Regung seiner erstarrten Gesichtszüge durchringen können, hätte er Henry ein aufmunterndes Lächeln geschenkt, doch er brachte lediglich ein kurzes, anerkennendes Nicken zustande.

»Ich bleibe hier hinter Fong Hoy stehen«, erklärte Cam und deutete auf Poppy. »Wenn du dich neben mich stellen würdest, wie damals, als du mir und George assistiert hast …«

Cam verschränkte die Finger ineinander, holte tief Luft, ließ seinen Blick über das Tablett auf dem Rollwagen schweifen und überprüfte im Geiste die notwendigen Instrumente – George Lyndhursts Vermächtnis, das seit seinem Tod unberührt im Schrank gelegen hatte.

Nur das Ophthalmoskop – dieses wunderbare Werkzeug, das dem Arzt einen Blick auf das Augeninnere und die Beurteilung der Durchsichtigkeit der Kristalllinse gestattete, und Georges ganzer Stolz und Freude – war schon einmal in Gebrauch gewesen.

Und zwar erst vor einer Woche, als Cam die erste Untersuchung an Fong Hoys Augen vorgenommen hatte. Er hatte eine durch eine Verletzung hervorgerufene Netzhautablösung am linken Auge festgestellt, die jede Art von Behandlung unmöglich machte.

»Habe einen schweren Schlag auf das Auge bekommen«, hatte Fong Hoy erklärt.

Doch das rechte Auge war vom grauen Star befallen und, wenn sie Glück hatten, genau im richtigen Reifestadium für den Eingriff. Bei einer zu weit fortgeschrittenen Entwicklung hätte sich das Problem der Schrumpfung und der Verhärtung der Rinde gestellt, was die Erfolgschancen erheblich geschmälert hätte. Doch die Linse war ganz und gar undurchsichtig, sodass der Hintergrund bei der Untersuchung mit dem Ophthalmoskop kein rotes Licht reflektiert hatte. Befriedigt war Cam zu dem Schluss gekommen, dass die Operation mit an Sicherheit grenzender Wahrscheinlichkeit glücken würde.

Bei der ersten Untersuchung war Cam ungeduldig geworden, als Fong Hoy gezögert hatte, das Seidentuch abzunehmen, das er sich unter seinem Hut um den Kopf geschlungen hatte. Doch als der Stoff vom Schädel des alten Mannes geglitten war, hatte Cam vergeblich versucht, ein entsetztes Aufstöhnen zu unterdrücken. Statt des erwarteten Zopfes fiel sein Blick auf vernarbtes Gewebe, das so dünn war, dass es sich wie eine durchsichtige Hautschicht über Fong Hoys Schädelknochen zu spannen schien.

»Großer Gott! Was hat denn eine solche Wunde hervorgerufen?«

»Jemand hat mich für Indianer gehalten und wollte meinen Skalp, glaube ich. Hat meinen Zopf zu nahe am Kopf abgeschnitten«, erklärte der alte Mann als zynischen Versuch eines Scherzes.

»Wann – wo ist das passiert?«, hatte Cam entsetzt weiter gefragt.

»In Australien – Lambing Flat. Bergarbeiter haben chinesisches Lager überfallen. Daher stammt auch Augenverletzung. Habe Glück gehabt, dass ich nicht verblutet. Mein Sohn hat nicht so viel Glück haben – er dort getötet worden.«

Fong Hoy schluckte gegen die aufsteigende Galle in seiner Kehle an. Selbst heute noch, nach dreizehn Jahren, konnte er sich nur allzu gut an den Geruch seiner eigenen Angst und der hunderter seiner Brüder erinnern. Das Bild seines einzigen Sohns, Fong Soo, wie er tot auf der Erde lag, den Schädel vom Pickel eines Bergarbeiters eingeschlagen, flammte vor seinem geistigen Auge auf. Fong Soos irische Hure, aufgelöst und hysterisch schreiend, hatte ihr gemeinsames Kind Mai, die damals gerade einmal drei Jahre alt gewesen war, zurückgelassen, als sie um ihr Leben lief. Fong Hoy erinnerte sich an seinen eigenen Schmerzensschrei, als das Messer durch seine Kopfhaut gedrungen war, und an das betäubende Entsetzen, als das Blut an seinem Hals entlanggesickert war und sein Hemd durchnässt hatte ... ehe sich die dankbare Dunkelheit über ihn legte.

Cam war dankbar für Fongs stoische Haltung, da sie eine Betäubung überflüssig machte. So sanft wie möglich legte er ein dünn gepolstertes Kissen hinter den Kopf des alten Mannes, um die gespannte Hautschicht zu schützen. Dann nahm er das Graefe-Messer zur Hand. Unwillkürlich schob sich das Bild eines sterbenden Kindes vor sein inneres Auge, das Gesicht verzerrt vor Angst, verzweifelt um Atem ringend ... Seine Kehle fühlte sich staubtrocken an, als sich die Dämonen des Zweifels zu Wort meldeten.

Vielleicht waren die erfolgreichen Operationen, die er unter Georges Anleitung vollführt hatte, reines Glück gewesen? Was, wenn der Glaskörper nach vorn fiel, während er die Linse entfernte? Er würde den Löffel hinter die Linse schieben müssen, um sie herausheben zu können, und vielleicht mehr Schaden anrichten als Nutzen. George mochte beschrieben haben, wie die Entfernung der Linse in diesem Fall vorgenommen werden musste, doch er hatte keinerlei praktische Erfahrung damit.

Er starrte das Messer in seiner Hand an. Sein Blick hing

wie gebannt an der scharfen Klinge, als er sich ausmalte, wie es seinem Griff entglitt, eine viel zu große Wunde hinterließ und irreparable Schäden verursachte. Die Ironie dieses Gedankens ließ seine Hand zucken. Beim letzten Mal – das einzige Mal! –, als er einen irreparablen Schaden verursacht hatte, war ein zu *kleiner* Schnitt die Ursache gewesen. Außerdem hatte es sich um eine vollkommen andere Operation gehandelt. Schweiß sammelte sich in seinen Handflächen.

Er spürte die Blicke seiner kleinen Zuschauerschaft auf sich, legte das Messer auf das Tablett zurück und ging durch den Raum in Richtung Veranda. Er machte einige tiefe, gierige Atemzüge und rief sich Georges letzte Worte ins Gedächtnis: *Cam, du hast ein seltenes Gespür für Ophthalmologie. Du darfst dieses Talent und deine Fähigkeiten nicht an diesem Ort hier vergeuden.*

»Cam?«

Er wandte sich um und sah Poppy mit besorgter Miene neben sich stehen. Hatte sie seine Panik, seine Versagensangst gespürt?

»Fong Hoy wartet auf dich.«

Ihr Blick war ruhig, und ihre Stimme verriet keinerlei Zweifel. So unvermittelt, wie die Panik aufgebrandet war, verebbte sie wieder.

Als er diesmal nach dem Graefe-Messer griff, war seine Hand ruhig und sein Verstand nur auf die vor ihm liegende Aufgabe gerichtet. Er hielt es mit der scharfen Seite nach oben gerichtet und durchdrang die Lederhaut. Er hörte Georges Worte so laut und deutlich, als stünde er neben ihm.

Jetzt weiter bis zu der Stelle, wo du die Spitze durch die Hornhaut im Auge sehen kannst, dann vor die Iris und die Pupille schieben, bis die Spitze den Punkt direkt gegenüber von der ursprünglichen Einschnittstelle erreicht.

Schieb die Spitze weiter aus dem Auge, dann machst du

eine vorsichtige Aufwärtsbewegung, sodass die Verbindung zwischen Horn- und Lederhaut durchtrennt wird.

Als das Messer sichtbar wurde, neigte er es leicht nach hinten, um einen kleinen Bindegewebslappen zu durchtrennen, der den Einschnitt am Ende verschließen sollte.

Jedes Geräusch um ihn herum erstarb, als er die Entfernung der Iris vornahm. *Jetzt nicht zu viel, aber es darf auch nichts in der Wunde zurückbleiben,* ermahnte sich Cam, packte eine Hautfalte mit einer feinen Pinzette und schnitt sie mit der Schere ab.

Als Nächstes folgte die Kapsulotomie. Mit einer langen, dünnen, gekrümmten Nadel stach er ein Loch in die Vorderseite der Linsenkapsel und machte sich entschlossen daran, die Linse herauszunehmen. Er schob sie aus dem Auge, indem er die Hornhaut mit Hilfe eines kleinen Gummilöffels nach oben in Richtung des Einschnitts bewegte. Als er sicher war, dass sich kein Rindenmaterial mehr in der Wunde befand, gestattete er sich, seine Schultern zu lockern und die Anspannung zu lösen, die sich unwillkürlich eingestellt hatte, als er sich in seine Aufgabe vertieft hatte.

Ein Hochgefühl brandete ihn ihm auf, auch wenn argwöhnische Vorsicht noch immer an ihm zehrte. Er war sicher, dass die Operation zufrieden stellend verlaufen war. Doch es bestand noch immer das Risiko, dass die Wunde zu eitern begann und damit all seine Bemühungen zunichte gemacht wurden.

Sobald die Verbände angelegt waren, half Cam Fong Hoy aus dem Stuhl hoch und schickte Poppy los, damit sie Mai vom erfolgreichen Ausgang der Operation berichtete. Die junge Chinesin erschien so schnell im Behandlungsraum, dass er vermutete, sie habe die ganze Zeit vor der Tür gewartet.

Fong Hoy war der perfekte Patient gewesen. Cam nahm an, dass er auch ohne Henrys Griff nicht ein einziges Mal gezuckt hätte. Dennoch hielt er es für besser, Leinenstreifen um die Handgelenke seines Patienten zu wickeln und sie am Bettgestell zu fixieren. Von Graefe hatte diese Vorgehensweise grundsätzlich für ein paar Tage empfohlen, hatte George gesagt. Besser diese leichte Unbequemlichkeit für den Patienten für kurze Zeit, als die Arbeit des Operateurs zu ruinieren, weil sich der Patient aus einem Reflex heraus die Augen rieb, weil die Wunde nach der Operation juckte.

Auf Mais freudiger Miene zeichnete sich besorgte Verwirrung ab, als Cam die Fesseln um die Handgelenke ihres Großvaters festzog. Aber er beschwichtigte sie schnell. »Machen Sie sich keine Sorgen, das ist üblich. Er wird Schmerzen haben, und wir müssen dafür sorgen, dass er sich nicht die Augen reibt.«

»Danke. Sie sind ein guter Mensch, Doktor«, sagte Mai und lächelte erleichtert.

Mit einem kurzen Nicken machte Cam auf dem Absatz kehrt, sorgsam darauf bedacht, sie die Tränen nicht sehen zu lassen, die ihm in die Augen gestiegen waren.

Kapitel 10

PRUDENCE AINSLEY SASS in ihrem Rollstuhl an ihrer Lieblingsstelle am Ende des Pfades auf der Südseite von Constant Bay und sah unter dem bewölkten Himmel geduldig David und Ruby zu, wie sie ihre Schuhe, Strümpfe und Socken auszogen, um im Wasser herumzuplanschen.

Ihre Enkelkinder waren die einzige Freude in ihrem Leben. Ein Schluchzen entrang sich ihrer Kehle. Gäbe es sie nicht, hätte sie schon vor Jahren das Zeitliche gesegnet und sich von der Unwürdigkeit des Alters, den schmerzenden Gliedern, der Kurzatmigkeit und der Abhängigkeit von ihrem Sohn und seiner Frau befreit.

Unvermittelt teilten sich die Wolken, und die Sonne schickte warme Strahlen auf die Erde. Sie genoss diesen Augenblick. Kurze Zeit später wurde Prudence jedoch aus ihren Gedanken gerissen, da sich eine Gestalt vor ihr aufbaute.

»Guten Tag, Mrs Ainsley.«

Prudence warf Ben Corbett einen kühlen Blick zu. »Was wollen Sie?«

»Nichts Besonderes, Missus. Ich gehe nur spazieren und genieße den Ausblick.«

»Dann schlage ich vor, Sie gehen weiter und genießen noch mehr davon«, schnappte Prudence, verärgert über diesen ungehobelten Kerl, der sie beim Genuss eines der wenigen vergnüglichen Augenblicke störte.

»Sie haben nichts von Ihrem Charme eingebüßt, Missus.«

»Verschwenden wir unsere Zeit nicht mit Höflichkeiten.

Es gibt nichts, das uns miteinander verbindet«, erklärte sie, als er sich zum Gehen wandte.

Er wirbelte herum. »Ah! In diesem Punkt irren Sie sich. Was ist mit Ihrer Schwiegertochter, die mich geheiratet hätte, wäre nicht Ihr hochnäsiger Sohn dahergekommen und hätte sich in unser Leben eingemischt?«

Die Albernheit seiner Behauptung entlockte Prudence ein belustigtes Gackern. »Unsinn. Poppy hätte nie im Leben einen Flegel wie Sie geheiratet. Daran hat sie nicht einmal eine Sekunde gedacht.«

Bens Kehle schnürte sich vor Zorn zusammen. Dieses alte Miststück! Vom ersten Augenblick ihrer Begegnung an war sie ihm gegenüber überheblich und herablassend gewesen. Er würde nie vergessen, wie sie ihn angesehen hatte. Als wäre er nichts als schmieriger, stinkender Schmutz. Sie war ebenso entschlossen gewesen wie ihr verdammter Sohn, sich zwischen ihn und Poppy zu drängen, und hatte nicht davor zurückgeschreckt, ihn in aller Öffentlichkeit zu bezichtigen, er habe das Haus und die Praxis ihres geschätzten Sohns niedergebrannt, obwohl sie nur zu gut gewusst hatte, dass er es nicht gewesen sein konnte. Allein durch ihre bösartigen Verdächtigungen war er ins Gefängnis gewandert. Wäre es ihm nicht gelungen, zu entkommen und seinen Namen von der Schuld reinzuwaschen, nachdem er das Land verlassen hatte, er hätte für den Rest seines Lebens hinter Gittern geschmort.

Widerwille und Abscheu wallten in ihm auf. Er würde es dieser alten Hexe schon zeigen: Er würde dafür sorgen, dass sie sich fürchtete, wie sie es noch nie in ihrem Leben getan hatte. Er beugte sich vor und stützte sich mit den Händen auf den Lehnen ihres Rollstuhls ab.

Prudence hielt den Atem an und wandte den Kopf ab, als Bens wutverzerrte Züge nur wenige Zentimeter über ihr auftauchten. Er schüttelte ihren Rollstuhl so heftig, dass ihre Zähne aufeinanderschlugen.

»Wo sind jetzt Ihre schlauen Worte?«

»Lassen Sie mich in Ruhe, sonst schreie ich«, fauchte Prudence. Doch ihre Stimme war kaum mehr als ein raues Flüstern, und ihr blieb nicht einmal genug Zeit zum Luftholen, bevor Ben ihr die Hand auf den Mund legte. Der durchdringende Gestank nach Tabak und Schweiß stieg in ihre Nase.

»Niemand würde Sie hören. Sehen Sie …« Er deutete in Richtung der Leute, die am Ufer ihrer Arbeit nachgingen, und der Gäste, die die Hotels in Constant Quay betraten und verließen. Sie alle waren so weit entfernt, dass sie kaum größer als Spielzeugsoldaten aussahen.

Zitternd machte Prudence einige flache, panische Atemzüge, die Augen starr auf die goldenen Spitzen der Blätter einiger umstehender Keulenlilien gerichtet, deren strahlende Schönheit in krassem Gegensatz zu ihrem Entsetzen stand.

»K… kann nicht …« Seine Handfläche dämpfte die Worte.

»Was? Ich verstehe Sie nicht. Ich dachte immer, ihr hochnäsigen Angeber sprecht ordentliches Englisch!« Beim Anblick ihres Unbehagens zog Corbett grinsend seine Hand weg, sodass Prudence einige tiefe, hektische Atemzüge machen konnte. Ihr Herz hämmerte und setzte einen Schlag aus, als er sie am Kiefer packte und ihren Kopf herumriss. Sie versuchte zu schreien, doch ihre vergeblichen Bemühungen schienen Corbett zu belustigen, und er verstärkte den Griff um ihren Kieferknochen. Der Mann hatte den Verstand verloren – er war eindeutig verrückt! Verzweifelt betete sie, die Kinder mögen zurückkommen, sodass dieser Grobian gezwungen war, sie loszulassen und das Weite zu suchen.

»Sehen Sie sich das an, Missus.« Er riss ihren Kopf herum

und nickte in Richtung Ufer. »Sehen Sie das?« Er lockerte seinen Griff erneut. »Wer würde es jemals herausfinden, wenn ich Ihren Rollstuhl da hinüberschieben und Sie ins Meer rollen lassen würde?«

»Das würden Sie nicht wagen!«, stieß Prudence hervor, doch beim Anblick des fiebrigen Glanzes in seinen Augen setzte ihr Herzschlag erneut für den Bruchteil einer Sekunde aus.

»Wagen? Wagen, Missus? Was gibt es da zu wagen?« Er zuckte die Achseln. »Ich schiebe Sie einfach rein. So einfach ist das.« Er löste die Bremse am Rollstuhl. »Dann los.«

Er zerrte den Rollstuhl über den holprigen Untergrund und steuerte auf die Bucht zu. Kalte Angst ergriff Prudences Herz. Nur ein Wahnsinniger konnte den ungelenken Rollstuhl in diesem Tempo über den unebenen Untergrund schieben.

Wenige Zentimeter vor den Felsen blieb Ben stehen. Gischtschwaden legten sich auf ihr Gesicht, als die Wellen unter ihr gegen die Felsen schlugen.

»Sie sollten lieber Frieden mit Ihrem Schöpfer schließen, Missus.«

Sie schloss die Augen und wappnete sich für den Tod. Sie betete, dass er schnell kommen und ihrem Entsetzen ein Ende bereiten möge. Sie stieß ein Wimmern aus, als der Rollstuhl grob herumgerissen wurde. Als sie die Augen aufschlug, stellte sie fest, dass er sie mit dem Gesicht zur Stadt gedreht hatte. Für den Bruchteil einer Sekunde genoss sie den Luxus der Erleichterung, ehe sie einen stechenden Schmerz im Kopf verspürte und es vor ihren Augen flimmerte. Sie wollte nach ihrem Kopf greifen, stellte jedoch zu ihrem Entsetzen fest, dass sie nur einen Arm bewegen konnte – den linken – und kein Wort über ihre Lippen drang.

»Sie dachten, Ihr letztes Stündchen hätte geschlagen, was?«, schnaubte Corbett, hob den Rollstuhl über einen

Felsbrocken und schob sie auf demselben Weg zurück, wie sie gekommen waren. »Und? Wo ist Ihre hochnäsige Arroganz geblieben? Vielleicht denken Sie ja daran, in Zukunft ein bisschen freundlicher zu sein«, fuhr er im Plauderton fort, als habe er irgendeine Bemerkung über das Wetter gemacht und nicht erst vor wenigen Sekunden gedroht, sie umzubringen.

»Jetzt hat's Ihnen die Sprache verschlagen. Wohl die Hosen voll, wie?« Er beugte sich vor, und sein Mund verzog sich angewidert. »Ahhh, Sie jämmerliches altes Weib, Sie sabbern ja regelrecht vor Angst.«

In der Ferne erkannte Prudence die Zwillinge, die auf sie zugelaufen kamen, doch es schien, als wäre alles um sie herum plötzlich unendlich langsam geworden, sodass jeder Schritt eine halbe Ewigkeit dauerte. Sie öffnete den Mund, um nach ihnen zu rufen, doch zu ihrer Verzweiflung kam nur ein unverständliches Nuscheln heraus. Ihre Augen füllten sich mit Tränen und verwandelten die Zwillinge in zwei verwischte Schatten.

Mai fuhr ein letztes Mal mit dem Speisemesser über das Reinigungsleder, ehe sie die Bratpfanne vom Herd nahm und die riesige Hammelkeule hineinlegte. Mühsam hob sie die schwere Gusspfanne hoch und wollte sie in den Ofen stellen. Erschrocken fuhr sie zusammen, als Henry hinter sie trat.

»Vorsicht, Mai, sonst verbrühen Sie sich noch mit dem heißen Fett, wenn Sie nicht aufpassen«, sagte er, griff nach einem Topflappen und nahm ihr die Pfanne aus der Hand. »Soll sie zurück in den Ofen?«

»Ja, bitte«, antwortete Mai dankbar und krümmte die Finger, die überempfindlich von dem mit Fett versetzten Polierleder waren.

»Sie haben doch nichts von dem Fett auf die Hände bekommen, oder?«

»Nein, Sie machen sich viel zu viele Umstände, Mr Bramwell. Nichts von dem Fett ist auf meine Hände gespritzt.«

»Das glaube ich Ihnen nicht«, erklärte er, griff nach ihren Händen und inspizierte sie.

»Sehen Sie, keine Verbrennungen. Meine Finger sind nur so aufgeweicht, weil ich das Silber poliert habe.«

Henry schien ihre Finger nur ungern loslassen zu wollen, und Mai stellte überrascht fest, welche Freude ihr sein Widerstreben bereitete.

»Sie sehen ziemlich erschöpft aus«, erklärte er schließlich. »Kommen Sie, und setzen Sie sich eine Weile in den Garten.« Er nickte in Richtung des frisch polierten Bestecks, das fein säuberlich auf dem Tisch aufgereiht lag. »Ich helfe Ihnen, das Besteck wegzuräumen.«

»Seien Sie vorsichtig, Mr Bramwell, dass es keine Flecken bekommt«, warnte Mai, als er ein Messer an der Klinge hochhob. Sie wollte nicht, dass all die Arbeit durch schmierige Fingerabdrücke zunichte gemacht wurde. »Sie legen das Polierleder auf die Anrichte, während ich mich um das Besteck kümmere.«

»Ganz wie Sie wünschen, Miss Fong«, sagte Henry mit gespielter Ernsthaftigkeit, während er gehorsam das Polierleder verstaute. »Aber glauben Sie nicht, es wäre einfacher, wenn Sie mich so wie alle anderen Henry nennen würden?«

»Das wäre unhöflich«, erwiderte Mai leicht schockiert über diesen Vorschlag. »Ich bin doch nur eine Bedienstete.«

»Genauso wie ich«, wandte Henry ein. »Auch ich muss für mein Abendessen arbeiten.«

»Das ist nicht dasselbe. Sie sind Mrs Ainsleys Bruder.«

»Und stehe ebenso auf Cams Lohnliste wie Sie, also können wir endlich mit diesem Unsinn aufhören.«

Obwohl Mai nicht ganz glücklich mit dieser Erklärung war, nickte sie und legte behutsam die Messer in die mit

Filz ausgelegten Holzkassetten, sodass keine Fingerabdrücke ihren Glanz beeinträchtigen konnten. Henry sah ihr ungeduldig zu. »Wenn Sie noch länger damit brauchen, bleibt uns keine Zeit mehr, im Garten zu sitzen. Ich muss bald zur Bucht, um die alte Mrs Ainsley und die Zwillinge abzuholen.«

Froh, der quälenden Hitze der Küche für ein paar Minuten zu entfliehen, verstaute Mai eilig das restliche Besteck und folgte Henry nach draußen.

Sie saßen im Garten, sogen das süße Aroma der Gewürznelken ein, das von den dichten Sträuchern herüberwehte, und beobachteten lächelnd die Mätzchen eines fetten Gimpelhähers, der auf dem Ast eines nahen Kowhai-Baums herumhüpfte. Henry nahm ihre Hand, und es schien eine so natürliche Geste zu sein, dass sie versucht war, sie ihm zu überlassen. Doch es war besser, diese Torheiten nicht auch noch zu ermutigen. Entschlossen entzog sie ihm ihre Finger und fuhr erschrocken zusammen, als der Gimpelhäher einen empörten Schrei ausstieß und davonflog.

Wenige Sekunden später fand ihre selige Ruhe ein jähes Ende.

»Die Mutter des Doktors ist hier – jemand muss sich um sie kümmern«, rief eine Stimme von der Straße.

Ben Corbett sprang von dem Einspänner, der vor dem Gartentor angehalten hatte. Charles Craddock reichte ihm ein zusammengesunkenes Bündel, das kaum als Prudence Ainsley zu erkennen war. Dann sprang Craddock herunter und hob den Rollstuhl der alten Frau von der Ladefläche des Wagens herunter.

Ruby und David kamen den Weg entlanggerannt, dicht gefolgt von Ben Corbett, der Prudence in ihren Rollstuhl gesetzt hatte.

»Sie ist krank! Holen Sie den Doktor!«, rief Ben und schob den Rollstuhl den Pfad entlang, wo seine Räder augenblicklich in den Muschelschalen versanken.

Henry lief ins Haus.

Prudence kauerte in ihrem Rollstuhl, den Mund halb geöffnet, aus dem eine Speichelspur über ihr Kinn rann.

»Wir haben sie so unten in der Bucht gefunden«, erklärte Ben atemlos und trat beiseite.

Mai nahm die Finger der alten Frau, doch Prudence löste eine Hand aus der Umklammerung und deutete stöhnend auf Ben. Mais Herz zog sich beim Anblick ihrer Hilflosigkeit, ihres vergeblichen Versuchs zu sprechen bekümmert zusammen.

»Shhh, Sie regen sich nur noch mehr auf«, beschwichtigte sie sie. »Henry holt schon den Doktor. Er wird wissen, was zu tun ist.«

Mai wandte sich um, als sie ein herzerweichendes Wimmern hinter sich hörte, und sah David mit bleichem Gesicht und bebender Unterlippe einen Arm um Ruby legen, die laut schluchzte. Sie sahen so verängstigt und erschüttert aus, dass Mai am liebsten in Tränen ausgebrochen wäre. Sie löste sich von Prudence, nahm die Kinder in die Arme und drückte sie kurz an sich, ehe sie sie in Richtung Haus schob. »Rein mit euch. Sagt eurer Mama, sie soll herauskommen, falls Henry sie nicht schon gefunden hat.«

Froh über diese Möglichkeit, zu entkommen, liefen die Zwillinge ins Haus.

Mai wandte sich wieder an Ben. »Sie hatte großes Glück, dass Sie gekommen sind.«

Die Augen der alten Frau flackerten auf, und sie deutete heftig auf Ben.

»Natürlich!«, rief Mai. »Sie wollen Ben danken, dass er Ihnen geholfen hat, stimmt's? Aber ich bin sicher, er weiß, wie dankbar Sie ihm sind.«

Prudences groteske Gesten wurden noch eindringlicher, bis sie zu husten begann. Eilig öffnete Mai die Knöpfe auf dem Rückenteil des Kleides der alten Frau und beobachtete mit Erleichterung, wie die krampfhaften Zuckungen nachließen und sie ruhiger wurde. Es erschien ihr wie eine Ewigkeit, bis Cam endlich auftauchte und seiner Mutter zu Hilfe eilte.

Mit professioneller Ruhe legte er die Finger an ihren Hals und ließ sie eine Minute lang dort ruhen. »Ich kann nichts für Mama tun«, erklärte er mit aschfahlem Gesicht.

»Sie meinen …« Ben Corbett starrte Prudence an und schüttelte langsam den Kopf. »Ich habe nicht … ich habe niemals …« Ausdruckslos starrte er Cam an. »Es war doch nur …«

»Sie haben alles getan, was Sie konnten«, erklärte Mai, gerührt von Bens Besorgnis.

»Oh, ich habe ihr allerdings geholfen. Ich habe dafür gesorgt, dass sie …«, erklärte Ben mit rauer Stimme und fuhr sich mit dem Arm übers Gesicht, ehe er auf dem Absatz kehrtmachte und davonging.

»Corbett! Ich bin Ihnen zu großem Dank verpflichtet«, rief Cam ihm nach.

Doch Corbett blieb nicht stehen, um sich umzudrehen.

Poppy und Henry kamen aus dem Haus gelaufen.

»Oh, gütiger Himmel. Cam … ist sie …?« Poppy starrte die reglose Gestalt in dem Rollstuhl an.

»Ich fürchte, ja.«

Auch Henry starrte Prudence an. »Sie kann doch nicht tot sein!«

Hilfe suchend sah Mai Cam und Poppy an, doch die beiden schienen noch erschütterter zu sein als sie selbst, und als Henry die Arme nach ihr ausstreckte, schmiegte sie sich dankbar an seine breite Brust. Doch gleich darauf löste sie sich von ihm, als ihr klar wurde, dass der Frieden, den sie empfand, nicht nur von der unvermittelten Wärme von Henrys Körper herrührte. Ihre Gefühle für ihn wurden immer verworrener …

Kapitel 11

DIE ABENDDÄMMERUNG SENKTE sich allmählich über das Haus der Ainsleys. Im letzten Licht des Tages bereitete Mai Fong Hoys Mahlzeit zu.

Henry brachte das Anzündholz für den Morgen herein, legte es neben den Herd und schnupperte genüsslich. »Wonach duftet das? Es riecht gut. Gibt es das zum Abendessen?«

»Ja, aber für Großvater, nicht für Sie.« Mai schlug ein Tuch auseinander, nahm eine Schale und Essstäbchen heraus und füllte die Schale bis zum Rand mit dem Gericht aus Nudeln und Schweinefleisch. »Für Sie gibt es das Hammelfleisch im Ofen.«

»Es riecht aber nicht mal halb so gut wie das hier.«

»Möchten Sie etwas probieren?«

Henrys Züge erhellten sich. »Wenn Sie sicher sind, dass genug davon da ist. Es sieht köstlich aus. Eine Art Kanincheneintopf, hab ich Recht?«

»So etwas in dieser Art.« Mai unterdrückte ein Lächeln und reichte ihm ein Paar Stäbchen. »Aber dann müssen Sie auch damit essen«, neckte sie ihn.

Belustigt betrachtete Henry die Stäbchen. »So etwas habe ich noch nie benutzt. Kann ich nicht mit Messer und Gabel essen?«

»Damit schmeckt es aber viel besser. Sie sollten es versuchen.« Schnell senkte Mai den Kopf, falls Henry das Lächeln bemerkt haben sollte, das schon wieder um ihre Lippen spielte.

Sie sah, wie er drei umständliche Versuche unternahm,

ein Stück Fleisch zu fassen zu bekommen, ehe sie sich seiner erbarmte.

»So geht das.« Sie nahm die Stäbchen und benutzte sie wie eine Pinzette. Damit nahm sie das Fleischstück, das sich Henrys Griff entzogen hatte, und schob es ihm in den Mund.

»Sehr raffiniert, Mai«, meinte Henry beeindruckt. »Es schmeckt sehr, so … anders.«

Mai gab ihm die Stäbchen zurück, die er stirnrunzelnd betrachtete. Er warf Mai einen hoffnungsvollen Blick zu. »Ich dachte, Sie helfen mir vielleicht noch ein bisschen.«

»Sie werden es nie lernen, wenn ich Ihnen immer helfe.«

»Haha!«, rief Henry, als es ihm gelungen war, beim zweiten Versuch ein Stück Fleisch zu erwischen. Doch sein Triumph währte nicht lange, da es ihm in der nächsten Sekunde entglitt und in die Schale zurückfiel. Seufzend legte er die Stäbchen auf den Tisch.

»Haben Sie doch Mitleid, Mai. Ich verhungere noch, wenn ich so lange warten muss, bis ich mit diesen Dingern richtig umgehen kann.«

Mai griff nach den Stäbchen, pickte einige Fleischstücke heraus und schob sie ihm in den Mund.

»Mmm, mit Stäbchen schmeckt es wirklich viel besser.«

Als sich seine Finger sanft um ihre Hand legten, ließ sie die Stäbchen um ein Haar fallen. Mais Lächeln verschwand. Sie entzog ihm ihre Hand und stellte erleichtert fest, dass er keinen weiteren Versuch unternahm, sie zu berühren. Gleichzeitig tat es ihr ein klein wenig leid, doch Großvater hätte dieses Verhalten niemals gebilligt. Ebenso wenig wie sie selbst.

Schwierigkeiten sollten stets aus dem Weg geräumt werden, ehe sie sich zu einem ernsthaften Problem ausweiten konnten.

Henry stellte die leere Schale beiseite. »Heute Abend

sollte man sich besser nicht hier im Haus aufhalten. Nach der Beerdigung wird es einige Zeit lange Gesichter geben. Haben Sie Lust auf einen Spaziergang zum Krankenhaus? Wir könnten nach meinem Freund Donald sehen.«

»Ich muss Großvater beim Essen helfen«, erklärte Mai und blickte demonstrativ in den Wok. »Solange noch etwas übrig ist«, fügte sie hinzu und unterdrückte erneut ein Lächeln.

»Dann eben danach.«

»Ich muss mich um das Essen kümmern. Und was ist, wenn mich jemand braucht?« Mai seufzte, denn sie wäre zu gern der niedergeschlagenen Atmosphäre im Haus entflohen.

»Wir bleiben nicht lange weg, ich verspreche es. Bestimmt sind wir wieder hier, bevor jemand merkt, dass wir überhaupt fort waren – das Krankenhaus ist nur ein Stück die Straße hinauf. Ich schüre das Feuer, und die Hammelkeule schmort auch allein vor sich hin.«

Sobald Mai dem Haus den Rücken gekehrt hatte, fühlte sie sich besser. Sie beschleunigte ihr Tempo, um mit Henry Schritt halten zu können. Die bernsteinfarbenen Wolken, die sich am Abendhimmel türmten, erschienen ihr auf einmal wie ein Omen. Die Vorkommnisse des Tages würden sicherlich schon bald mit der Endlosigkeit der Zeit verschmelzen und das Leben in seine gewohnten Bahnen zurückkehren.

»Henry!«, begrüßte Donald ihn polternd, als die beiden den Krankensaal betraten.

Mai erkannte den Mann mit der gesunden roten Gesichtsfarbe als den Besitzer des großen Ladens in Stafford wieder.

»Wie schön, Sie zu sehen. Setzen Sie sich doch, mein Freund«, erklärte Donald und klopfte einladend auf die Bettkante.

Beim Gedanken an die Abneigung ihres Großvaters gegenüber Krankenhäusern trat Mai eilig hinter Henry.

»Haben Sie sich etwa einen kleinen Schatten zugelegt?«, wollte Donald wissen.

Henry zog Mai nach vorn. »Das ist Mai. Sie kocht für meine Schwester. Sie und ihr Großvater leben in ihrem Haus, bis sein Auge verheilt ist.«

»Köchin ist sie, sagen Sie? Hmmpff, da kann man nur hoffen, dass sie gute, einfache Hausmannskost kochen kann und nicht dieses orientalische Zeug, das sie als Essen bezeichnen.«

Mai presste die Lippen zusammen.

»Sie wissen gar nicht, was Sie versäumen, Donald. Es ist wirklich köstlich«, widersprach Henry.

»Hmmpff, jedem das Seine«, erklärte Donald, setzte sich mühsam auf und rückte sein Kissen zurecht. »Jetzt kommt bestimmt gleich wieder dieses verdammte Weibsbild und legt das Kissen so hin, wie sie es haben will, als müsste sie darauf schlafen. Die kann einen Mann einfach nicht in Ruhe lassen.«

Er starrte die streng dreinblickende Frau mit der weißen Schürze an, die soeben zur Tür hereingekommen war und sie beobachtete. Er wandte sich Mai wieder zu. »Sie wohnen also bei Henrys Leuten, bis das Auge Ihres Großvaters verheilt ist, sagen Sie? Was genau ist denn mit seinem Auge passiert, Mädchen?«

»Eine Operation, bei der der graue Star entfernt wurde.«

»Grauer Star entfernt, sagen Sie? Hier in Charleston?« Donalds Miene verriet Überraschung.

Mai nickte.

»Warum denn nicht in Charleston?«, wollte Henry ärgerlich wissen. »Dr. Ainsley ist ein sehr guter Arzt. Sie werden ziemlich lange suchen müssen, wenn Sie einen besseren finden wollen.«

»Das bezweifle ich nicht, mein Freund. Bei mir hat der

Doktor genau das Richtige getan. Aber eine Operation wegen grauem Star? Das ist doch ein bisschen was anderes.« Er schaute wieder Mai an. »Und jetzt kann Ihr Großvater wieder sehen?«

»Das wissen wir erst in drei Wochen. Erst wenn die Verbände abgenommen werden.«

»Ah. Verstehe. Die Fähigkeiten des Arztes müssen also erst noch bewiesen werden.«

Obwohl Mai volles Vertrauen in Dr. Ainsleys Fähigkeiten hatte, sank ihr Mut angesichts Donald MacKinnons Pessimismus. Warum musste dieser Mann ihre Hoffnungen dämpfen? Warum konnte er sich nicht einfach für sie und Großvater freuen?

»Cam hat seine Sache wunderbar gemacht«, erklärte Henry mit einem zuversichtlichen Nicken. »Fong Hoy wird wieder ganz gesund. Sobald die Verbände weg sind, wird er wie jeder andere sehen können.«

Mai schenkte Henry ein dankbares Lächeln.

»Das kann durchaus sein, aber das wird Ihnen Ihre Schwester erzählen müssen, weil ich nämlich morgen entlassen werde. Wir nehmen das nächste Schiff, das nach Hokitika fährt.«

Mai sah kurz zu Henry hinüber und spürte, wie sich Enttäuschung in ihr ausbreitete.

»Was diesen Job angeht, Donald …« Verlegen zupfte Henry am Rand seiner Mütze herum.

»Sie wollen doch noch mitkommen, Henry? Sie haben es sich nicht etwa anders überlegt?«

»Eigentlich nicht. Aber da die alte Mrs Ainsley so plötzlich gestorben ist, ist im Moment alles ein wenig in Aufruhr.«

Donald richtete sich auf. »Die Mutter des Doktors ist gestorben? Wann ist denn das passiert?«

»Heute Nachmittag. Sie hatte einen Schlaganfall, hat Cam gesagt.«

»Aye, nun … sie hatte mehr Zeit als die meisten anderen«, erklärte Donald und zuckte philosophisch die Achseln.

»Das ist wohl wahr, aber sie grämen sich sehr über ihren Tod. Sie waren wohl nicht darauf gefasst. Und meine Nichte und mein Neffe haben die alte Dame sehr gern gemocht. Es wäre nicht fair, sie ausgerechnet jetzt zu verlassen.«

Henry trat näher zu Mai und legte ihr eine Hand auf den Rücken. Es war eine beiläufige Geste, dennoch erstarrte sie, als sie Donalds scharfen Blick auf sich und Henry spürte.

»Solange Sie sicher sind, dass sie der Grund sind, weshalb Sie nicht von hier weggehen können.«

Henry wurde rot. »Aye«, erklärte er und ahmte Donalds Zungenschlag nach. »Da bin ich mir ziemlich sicher.«

Donalds rotes Gesicht verzog sich zu einem Grinsen. »Aye, na schön. In Ordnung. Aber ich kann nicht versprechen, dass ich den Job ewig für Sie frei halte.«

»Das weiß ich, und ich will auch nicht undankbar erscheinen, das können Sie mir glauben. Ich schätze, in drei Wochen hat die Familie das Schlimmste überstanden, und ich kann mich auf den Weg zu Ihnen machen.«

»Drei Wochen, ja? Genau so lange, bis auch Ihre kleine Freundin aufbricht? Schön vorsichtig sein, mein Junge.« Er senkte die Stimme. »Das Leben ist auch ohne unnötige Lasten schwer genug.«

Mai, die ihn nur zu gut verstanden hatte, warf ihm einen verärgerten Blick zu, obwohl sie genau wusste, dass er Recht hatte. Wie auch immer ihre Gefühle für Henry sein mochten, sie konnten niemals mehr als gute Freunde sein. Mr MacKinnon wäre überrascht, wenn er wüsste, dass Fong Hoy eine derartige Verbindung ebenso kategorisch ablehnen würde wie er selbst.

Kapitel 12

Henry reckte den Hals und spähte zur Spitze des Begräbniszugs. Erleichtert bemerkte er die schwarze Kutsche mit dem Sarg der alten Dame, als diese um eine Biegung fuhr, und entspannte sich ein wenig. Auf der gewundenen Straße zum Nile-Friedhof war es ein langer, mühsamer Marsch gewesen, und die neuen Schuhe, die Poppy ihm unbedingt hatte kaufen müssen, rieben ihm die Fersen wund. Graue Regenwolken türmten sich am Himmel, und die schwere, stickige Hitze lastete auf ihm. Er warf einen Blick über die Schulter auf die anderen Trauergäste, die überraschend zahlreich erschienen waren.

Die alte Dame bekam einen angemessenen Abschied, obwohl sie allem Anschein nach ein übellauniges Weib gewesen war. Doch vermutlich hatten sich die meisten Trauernden aus Respekt für Cam und Poppy eingefunden. Was durchaus einleuchtend war, wenn man genau darüber nachdachte: Schließlich ging niemand wegen des Verstorbenen selbst zum Begräbnis.

Er schob einen Finger zwischen seinen Hals und den geliehenen Kragen, der ihm die Luft abschnürte. Cams Kragenweite musste mindestens zwei Größen kleiner sein als seine eigene.

Henry wollte nicht Sargträger sein, hatte es jedoch nicht über sich gebracht, abzulehnen, als Cam mit seiner Bitte an ihn herangetreten war. Da er so etwas noch nie zuvor getan hatte, fürchtete er, er könnte sich zum Narren machen, indem er den Sarg am falschen Ende anhob oder unter seinem Gewicht ins Straucheln geriet. Er war sehr erleichtert gewesen, als sie den Sarg endlich auf der Ladefläche des Einspänners abgestellt hatten.

Gemeinsam mit den anderen Trägern trat er vor, als der Trauerzug zum Stehen kam. Gleichzeitig hoben sie den Sarg an und trugen ihn zu dem frisch ausgehobenen Grab. Es war nur ein kurzer Gang, und obwohl Prudence Ainsley nicht sehr füllig gewesen war, wurde der Sarg mit jeder Sekunde schwerer. Er hätte schwören können, dass das alte Mädchen bei ihrer letzten Mahlzeit Steine zu sich genommen hatte.

Als endlich der Sarg in das Grab hinabgelassen wurde, begann zu allem Überfluss sein Hals zu jucken. Doch da sich die gesamte Trauergesellschaft um Poppy und Cam versammelt hatte, konnte er sich wohl kaum hinstellen und in aller Öffentlichkeit wie ein Affe kratzen. Er behalf sich mit einem unauffälligen Recken des Halses und der Schultern.

»Ich hasse Beerdigungen«, murmelte Ben Corbett und sah Henry an.

»Ich auch, auch wenn ich nicht behaupten kann, ich wäre schon bei vielen gewesen.«

»Wenn Sie lange genug hier bleiben, werden Sie zu einer ganzen Menge gehen müssen. Und lassen Sie es sich gesagt sein, es wird bei jeder Einzelnen regnen.«

Henry blickte zu dem sich verdunkelnden Himmel hinauf und blinzelte, als ihm ein Regentropfen ins Gesicht fiel.

Cam nahm eine Hand voll Erde in die Hand und warf sie in das geöffnete Grab. Poppy tat es ihm nach. In der Annahme, dass dasselbe von ihm erwartet wurde, griff er nach etwas Erde, ließ sie auf den Sargdeckel fallen und malte sich erschaudernd aus, wie Prudences gekrümmte alte Finger erschienen und sie wegwischten.

Ben Corbett war bleich. Das Ganze schien ihm ziemlich nahe zu gehen, als auch er eine Hand voll Erde in den Sarg warf.

Feiner Nieselregen setzte ein, und die Trauergäste begannen sich zu zerstreuen. Cam streckte Ben Corbett die Hand hin. »Corbett, wir danken Ihnen für alles, was Sie in den letzten Tagen für unsere Familie getan haben. Wir stehen wirklich in Ihrer Schuld.«

»Das ist nicht nötig«, erwiderte Ben und schüttelte Cams Hand. »Ich habe doch nichts getan.« Er sah verlegen drein und ließ eilig die Hand des Doktors los.

»Ganz im Gegenteil.« Cams Stimme, heiser von all den Gesprächen mit den zahllosen wohlmeinenden Trauergästen, versagte, sodass er sich räuspern musste, ehe er fortfahren konnte. »Ich will mir lieber nicht vorstellen, wie die Kinder zurechtgekommen wären, wenn Sie nicht da gewesen wären, um Mama zu helfen.«

Bens Gesicht nahm eine ungesunde, gräuliche Farbe an. »Ich habe nur Charles Craddock geholt, damit er uns hilft, sie nach Hause zu bringen. Das hätte jeder getan.«

Ben nickte knapp und ging davon, blieb jedoch stehen, als Poppy seinen Namen rief und ihm nachlief, dicht gefolgt von Cam. Henry, der nicht genau wusste, was von ihm erwartet wurde, folgte ihnen mit einigen Schritten Abstand.

»Es gibt einige Dinge, die wir besprechen müssen«, erklärte Poppy, als sie Ben eingeholt hatte. »Dir steht noch eine beträchtliche Summe Geld aus deinem alten Claim zu.«

»Ich wohne im European Hotel, wenn du mit mir reden willst.«

Enttäuschung zeichnete sich auf Poppys Miene ab. »Du kommst nicht auf eine Erfrischung mit zu uns nach Hause?«

»Nein, vielen Dank, aber ich sollte mich auf den Weg machen.«

Cam trat vor und hakte sich bei Poppy unter. »Sie wären uns aber sehr willkommen.«

Ben zögerte, während sein Blick auf den verschlungenen

Armen des Paares ruhte. »Nein, wie ich schon sagte, ich sollte mich auf den Weg machen. Ich habe einige geschäftliche Angelegenheiten zu regeln und bin spät dran.«

Als sie nach Hause zurückkehrten, war aus dem feinen Nieselregen ein wahrer Wolkenbruch geworden. Die Türen zwischen dem vorderen Salon und dem Wohnzimmer standen offen, sodass sie einen einzigen großen Raum bildeten. Ein unangenehm muffiger Geruch stieg von den feuchten Kleidern der Gäste auf, von denen einige schon längere Zeit keine Seife mehr gesehen hatten, wie Henry vermutete.

In dem Raum mussten sich mehrere hundert Menschen aufhalten, schätzte er, als er sich zwischen ihnen hindurchdrängte, um zu den mit Speisen beladenen Tischen zu gelangen. Den ganzen Vormittag über waren unablässig Leute herbeigeströmt, um ihre Gaben abzuliefern. Er suchte mit den Augen den Raum nach Mai ab und lächelte, als er sie mit einem Tablett auf einen der Tische zusteuern sah.

Er fing ihren Blick auf. »Ich komme gleich in die Küche und helfe Ihnen, sobald ich das hier losgeworden bin«, sagte er zu ihr, nahm ihr ein Tablett ab und stellte es auf den Tisch. Er schnappte sich zwei lecker aussehende Sandwiches, verschlang sie mit einem Bissen und folgte Mai.

»Bestimmt haben wir diese Teller schon dreimal abgewaschen«, stöhnte Henry, als Nelly O'Connor mit einem weiteren Stapel schmutzigen Geschirrs in die Küche kam.

»Sie sollten bald fort sein«, meinte Mai sanft.

Nelly lachte laut auf. »Die – fort? Oh, nein. Ein paar von ihnen, vielleicht, aber so lange sie für ihre Drinks nichts zahlen, wird die Bande nicht nach Hause gehen. Der Doktor wird schon den Bierhahn zudrehen müssen, wenn er sie loswerden will. Und, unter uns gesagt, soweit ich sehe, deutet im Augenblick nichts darauf hin. Zumindest lenken sie ihn von seiner Trauer ab, so lange sie hier sind. Immerhin hat er heute seine Mutter begraben. Sie war eigentlich gar kein so übles Mädchen, wenn sie mal für einen Moment vergaß, welche gesellschaftliche Stellung sie früher einmal bekleidete. Ich will nicht schlecht über die Toten reden, bei Gott nicht, aber die Wahrheit ist nun mal die Wahrheit, und jetzt tut sie ihr ja nichts mehr.«

»Nach dem, was ich so gehört habe, war sie ein ziemliches Biest«, warf Henry unverblümt ein.

Angesichts einer derart respektlosen Bemerkung über einen Menschen, der gerade erst unter die Erde gebracht worden war, blieb Nelly der Mund offen stehen. Doch dann nickte sie nur zustimmend.

»Trotzdem sag ich Ihnen was«, meinte sie mit einem wehmütigen Lächeln, »damals in Europa hatten wir einige wirklich großartige Leichenschmäuse. Ich weiß noch, wie die Leute sich ans Klavier geschwungen haben. Das Bier ist wie der Nile bei Flut geflossen. Und erst die Tänze, die sie hingelegt haben … Ein Fremder hätte glatt glauben können, er wäre bei einer Hochzeit!« Sie stieß einen Seufzer aus. »Tja, ich mache mich wohl besser auf den Weg und suche nach ein paar schmutzigen Tellern.«

»Wie? Ans Klavier schwingen? Sie wollte mich wohl auf den Arm nehmen«, wandte sich Henry fragend an Mai, als Nelly davongerauscht war.

»Ich glaube nicht. Ich habe gehört, dass einige von ihnen so viel trinken, bis sie umfallen und aus vollem Halse lachen, sodass man glauben könnte, sie feiern, statt zu trauern. Großvater hat gesagt, er hätte sich stets von den Europäern ferngehalten, wenn sie einen Leichenschmaus abgehalten hätten, weil die Trunkenbolde manchmal auf die Idee gekommen seien, ihnen nachzusetzen und ihnen die Zöpfe abzuschneiden.«

»Das kann nicht sein! Trotzdem ist es wohl immer noch besser, den Zopf zu verlieren, als verprügelt zu werden.«

Mais Hände unterbrachen ihre Tätigkeit. Sie musterte

Henry so kühl, dass er sie erschrocken anblickte. Was hatte er gesagt, das sie so wütend machte?

»Oft verprügeln sie sie auch. Und einem Chinesen den Zopf abzuschneiden, ist etwas Schreckliches. Es ist eine Schande, ohne Zopf nach China zurückzukehren. Aber diese Barbaren finden es lustig.«

»Ich bin sicher, ihnen ist nicht klar, wie schlimm es ist, seinen Zopf zu verlieren«, erklärte er. »Oder warum sollten sie sonst so etwas Gemeines tun?«

»Sie sind so naiv, Henry. Natürlich wissen sie es. Das ist ja der Grund, weshalb sie es tun.«

Henry rief sich Fong Hoys hässliche Narbe ins Gedächtnis, jene silbrige, hauchdünne Hautschicht, die sich über den Schädel des alten Mannes zog, wo der Zopf abgetrennt worden war.

»Sie behaupten, wie nehmen ihnen ihre Arbeit und ihr Geld weg. Sie wollen nicht, dass meine Leute Geld nach China schicken und so schnell wie möglich dorthin zurückkehren. Sie denken nie an die vielen Stunden, die wir tagaus, tagein arbeiten. Wir haben in diesem Land keine Rechte, aber wir haben unseren Stolz. Wir sind nur nicht so dumm, ihn auch zu zeigen.«

Henry lauschte Mais Ausbruch mit wachsender Verblüffung und Scham. »Ich … ich weiß nicht, was ich sagen soll, Mai. Ich habe nicht einmal im Traum gedacht, wie schwer das Leben für Sie und Ihren Großvater gewesen sein muss.« Mitfühlend berührte er Mais Arm und errötete, als sie seine Hand abschüttelte. »Aber wir sind doch nicht alle so.

Sehen Sie sich doch nur Cam und Poppy an. Sie haben Sie und Fong Hoy bei sich aufgenommen, und Cam hat Ihren Großvater am Auge operiert. Und manchmal zielen die Beleidigungen nicht einmal auf Ihr Volk ab. Nelly hat gesagt, diese kleinen Mistkerle, die Fong Hoy Schimpfworte zugerufen haben, ärgern auch Duffy und viele andere Schwächere. Manche Leute können einfach nicht anders, sondern müssen auf Menschen herumhacken, die sich nicht wehren können, ob nun Chinesen, Iren oder Deutsche.«

Mai schien keineswegs überzeugt zu sein. »Der Doktor war nur bereit, meinen Großvater zu operieren, weil Ben Corbett ihn praktisch dazu gezwungen hat und er sich hätte schämen müssen, wenn er es nicht getan hätte. Und er hat uns erlaubt, hier zu bleiben, weil sie eine Köchin und Haushälterin gebraucht haben.«

Henry öffnete den Mund, um Cam zu verteidigen, doch Mais entschlossene und verbitterte Miene ließ ihn innehalten. Er hatte keine Chance, sie dazu zu bringen, ihre Meinung zu ändern, solange sie sich in dieser Stimmung befand. Am besten wartete er, bis sie sich ein wenig beruhigt hatte, und er nahm sich vor, später noch einmal mit ihr zu reden.

Er griff nach der Schüssel für den Abwasch. »Das Wasser muss ausgetauscht werden«, erklärte er und bemerkte erleichtert, dass die Anspannung ein wenig nachließ, als Nelly mit zwei jüngeren Frauen im Schlepptau die Küche betrat.

»Hier sind noch ein paar Helferinnen. Das sind Emily, kurz Em, und Mabel. Das ist Henry – Henry Bramwell, Mrs Ainsleys Bruder, der gerade aus England angekommen ist – und das ist Mai.«

Zwar schenkten Em und Mabel Henry ein strahlendes Lächeln, doch er spürte ihre Herablassung, als sie Mai mit einem Nicken begrüßten und sie in Windeseile von Kopf bis Fuß musterten.

Mai quittierte ihre kritischen Blicke mit einem knappen Nicken. »Ich muss nach Großvater sehen«, erklärte sie, faltete sorgfältig ihr Geschirrtuch zusammen, legte es auf den Tisch und verließ die Küche.

»Unverschämtes Weibsbild. Für wen hält die sich eigentlich? Uns einfach mit all dem Geschirr allein zu lassen«, erklärte Em entrüstet.

»Ah, diese Schlitzaugen sind doch ein dummes Pack«, erklärte Mabel und nickte so heftig, dass Henry nur staunen konnte, dass ihr Kopf noch auf ihrem Hals blieb.

Vor Mais Ausbruch hätte Henry die Bemerkungen der beiden Frauen als unhöflich empfunden und sich geärgert, dass Mai das Ziel ihrer Beleidigungen war, doch zugleich hätte er sich verpflichtet gefühlt, seine Verärgerung im Zaum zu halten. Doch mit einem Mal konnte er die Wahrheit dessen erkennen, was sie ihm erzählt hatte. Er war außer sich vor Wut.

»Ihr dummen Weibsbilder!«

Den beiden blieb vor Verblüffung der Mund offen stehen, wie zwei Vogelkindern, die auf eine Wurmration warteten.

»Ihr seid es doch nicht wert, dass Mai sich die Stiefel an euch abputzt.«

»Ich ... Sie ... wie können Sie es wagen?«, stammelte Em. »Ihnen gehört einmal ordentlich die Meinung gesagt!«

»Hier, machen Sie Ihren verdammten Abwasch alleine«, blaffte Mabel und löste ihre Schürze.

Em knallte einen Teller auf den Tisch und löste ebenfalls ihre Schürzenbänder.

Henry warf Mabel sein Geschirrtuch zu. »Schert euch doch zum Teufel! Ich verschwinde«, erklärte er und stürmte zur Tür. Er hatte nicht die geringste Lust, allein mit dem restlichen Abwasch dazustehen. Er hatte sowieso nur wegen Mai geholfen. Er knallte die Tür hinter sich zu und stapfte in Richtung Pferdeställe.

»Was würde ich darum geben, mit dir zu tauschen«, murmelte Henry und rieb Lucifers weiche Nase. Der Hengst stieß ein behagliches Schnauben aus. »Du kriegst etwas zu fressen und zu saufen. Und wenn eine Stute deine Dienste braucht, bringen sie dich einfach zu ihr, damit du tun kannst, was du tun musst. Du brauchst nicht ihre Gedanken zu lesen und aufzupassen, was du sagst, wenn du ihre Unterröcke zum Flattern bringen willst.«

Nelly kam in den Stall. »Sie waren ein bisschen hart mit Em und Mabel«, tadelte sie. »Die beiden haben kein einfaches Leben, müssen Sie wissen. Eine einzige Plackerei, wenn ich ehrlich sein soll. Ems Ehemann ist ein Trunkenbold, der glaubt, ihr Gesicht sei ein Sandsack, auf den er eindreschen kann, wenn er getrunken hat, was die meiste Zeit der Fall ist. Sie arbeitet Tag und Nacht, macht die Wäsche und was auch immer sie sonst noch kriegen kann, um ihre Familie zu ernähren. Und trotzdem nimmt sie sich die Zeit, anderen zu helfen, so wie heute.«

»Aber Sie haben doch selber gehört, was sie über Mai gesagt haben«, brachte Henry zu seiner Verteidigung vor.

»Das habe ich«, erwiderte Nelly, »aber hier leben im Großen und Ganzen ordentliche Leute – es gibt eben einige, deren Verstand nicht ausreicht, um sich in andere hineinzuversetzen. Mit der Zeit würden Em und Mabel über Mai gewiss genauso denken wie wir. Aber mit Ihrem Ausbruch vorhin haben Sie das ein für alle Mal verhindert, mein Freund.«

Henry stöhnte, wohl wissend, dass Nelly Recht hatte. »Ich weiß, ich hätte die Beherrschung nicht verlieren dürfen, Nelly, aber Mai ist ohnehin nicht gut auf mich zu sprechen, und ich habe wohl meine schlechte Laune an ihnen ausgelassen.«

»Ah, was passiert ist, ist passiert. Vielleicht denken sie ja beim nächsten Mal wirklich zuerst nach, bevor sie den Mund aufmachen. Aber Sie müssen vorsichtig sein, Henry. Das Leben ist auch so schon schwer genug. Sie sollten sich nicht wegen jemandem Feinde machen, der in einer Woche sowieso für immer aus Ihrem Leben verschwunden sein wird.«

»Sie wird für immer Teil meines Lebens sein, Nelly. Ich würde sie nämlich morgen heiraten, wenn sie mich haben wollte.«

Nelly blieb der Mund offen stehen. »Jesus Christus, Henry«, stammelte sie. »Jetzt bleibt mir aber die Spucke weg!«

Henrys Ankündigung war für ihn nicht minder schockierend wie für die gutherzige Irin. Doch ihm wurde klar, dass er jedes seiner Worte ernst gemeint hatte. Nun, da er sie ausgesprochen hatte, fühlte er sich schlagartig besser.

»Oh, aber das meinen Sie doch nicht ernst, Henry?«, fuhr Nelly fort. »Sie kennen das Mädchen doch kaum.«

»Doch, das tue ich. Und ich werde alles daransetzen, dass sie mich will.«

Nelly seufzte. »Tja, es ist Ihr Leben. Sie müssen wissen, was Sie damit anstellen wollen. Wenn Sie die Frau ist, die Sie haben wollen, dann kann ich Ihnen nur Glück wünschen.«

Henry wusste, dass Nellys Wünsche von Herzen kamen, doch ihre besorgte Miene verriet ihm, dass sie sich keine allzu großen Hoffnungen machte, dass er mit dieser Verbindung glücklich werden würde.

Kapitel 13

Henry lehnte die Axt gegen sein Bein, spuckte in die Hände und rieb sie sich. Beinahe eine Woche war seit der Beerdigung der alten Dame vergangen, und die Stimmung im Haus war noch düsterer und niedergeschlagener als in den Tagen vor dem Begräbnis.

Mai war nach wie vor nicht gut auf ihn zu sprechen. Zwar war er so nett zu ihr gewesen, wie er nur konnte, doch sie sprach kaum ein Wort mit ihm.

David war zu dieser Zeit ein ungewöhnlich stilles Kind, und seine Schwester Ruby hatte er mehrere Male weinend vorgefunden. Cam machte ein Gesicht wie drei Tage Regenwetter, und Poppy schien ebenfalls todunglücklich zu sein.

Er selbst war höchstens dem Teufel eine gute Gesellschaft, doch sogar dieser alte Kerl würde nach einer Stunde in seiner Gegenwart das Weite suchen, darauf ging er jede Wette ein.

Henry legte das Holzstück auf den Block und ließ die Axt herabsausen, sodass es sauber in zwei Teile zerbarst. Wenigstens darüber hatte er die Kontrolle, dachte er verdrossen, und griff nach einem weiten Holzscheit.

Als das Holz gehackt und aufgestapelt war, sah er durchs Küchenfenster zu Mai hinüber, die den Brotteig knetete.

Henry lächelte ihr zaghaft zu und hob grüßend die Hand. Mais kühler Blick ruhte eine Sekunde auf ihm, ehe sie die Arbeit wieder aufnahm, als hätte sie ihn nicht bemerkt.

Vielleicht bescherte ihm ein Spaziergang wieder einen klaren Kopf, und ihm fiel eine Möglichkeit ein, wie er Mais Gunst zurückgewinnen konnte.

Als er an Nellys Haus vorbeikam, sah er die Irin Holz hacken. Die Axt, die beinahe ebenso groß wie sie selbst war, fuhr mit einem Ruck in den Hackblock, da sie den Holzklotz verfehlte.

»Lassen Sie mich das machen, Nelly«, erbot er sich und nahm ihr die Axt aus der Hand.

»Gott segne Sie, Henry.« Stöhnend reckte sich Nelly und rieb sich den Rücken. »Dieser Duffy! Dem zieh ich das Fell über die Ohren, wenn ich ihn erwische! Ich hab ihm gesagt, er soll sich heute Morgen um das Anzündholz kümmern, den Kessel aufsetzen und eine Schaufel Kohle in den Ofen geben, bevor er geht. Und was sehe ich? Der Ofen ist kalt wie ein Wintertag. Der Kessel ist voll, aber es brennt kein Feuer drunter, und kein Fitzelchen Anzündholz ist im Haus, damit ich es anzünden kann. Ah, dieser Mann ist ein schrecklicher Träumer.«

Erleichtert über eine Beschäftigung, die ihm half, seine Gedanken von Mai abzulenken, machte Henry sich daran, das Holz zu Anzündscheiten zu verarbeiten. Nur ein einziges Mal hielt er inne, als er ein Nest voll fetter, weißer, sich windender Maden in einem verrotteten Holzklotz freilegte.

»Igitt, Maden«, bemerkte Nelly, die zu ihm getreten war, um zu sehen, wie er vorankam. »Es heißt, die Maoris essen sie gern.« Sie kicherte, als sie Henrys angewidertes Gesicht sah. Beim Anblick der säuberlich aufgeschichteten Holzscheite neben der Hintertür erhellten sich ihre Züge.

»Nun, das ist überaus freundlich von Ihnen, Henry. Möchten Sie vielleicht auf eine Tasse Tee bleiben?«

Unter beide Arme hatte sie sich ein Huhn geklemmt. »Hähne. Kommen in den Suppentopf. Ein ganzes Dutzend Eier hab ich unter diese Henne gelegt, und was kommt dabei heraus? Drei nicht ausgebrütete Eier und neun Hähne. Es ist schon ein Fluch, so wenig Erfolg mit dem alten gackernden Federvieh zu haben.«

Henry musterte die zappelnden Tiere. Vielleicht konnte er Mais Gunst zurückgewinnen, wenn er ihr ein junges, zartes Hähnchen mitbrachte?

»Danke für das nette Angebot, aber ich sollte mich wieder auf den Weg machen. Aber wenn Sie einen dieser Vögel da erübrigen könnten, würde ich Ihnen gern einen abkaufen.«

»Abkaufen? Nachdem Sie all das Holz gehackt haben? Das kann nicht Ihr Ernst sein, Henry. Sie tun mir einen Gefallen, wenn Sie mir einige dieser übellaunigen Viecher abnehmen. Hier, nehmen Sie sie – ich hole mir ein paar andere.«

»Aber ich brauche nicht alle beide«, wandte Henry ein.

»Natürlich brauchen Sie alle beide. Und keine Widerrede.«

Mais erfreutes Lächeln war eine mehr als angemessene Belohnung für Henrys harte Arbeit bei Nelly.

»Für Sie und Fong Hoy. Ich hacke ihnen gleich die Köpfe ab«, sagte er und reichte Mai einen der kreischenden Hähne, während er sich den zweiten unter den Arm klemmte und zum Hackblock eilte.

Mit der einen Hand drückte er den Hahn auf den Block, mit der anderen holte er weit aus und ließ die Axt mit einer solchen Wucht herabsausen, dass der Kopf des Tieres sauber vom restlichen Körper abgetrennt wurde. Der kopflose Vogel rappelte sich auf, sprang vom Hackblock und lief taumelnd im Hof herum.

»Oh, mein Gott«, rief Henry und hörte Mai hinter sich lachen. Er wollte, dass sie glücklich war, doch nicht zu dem Preis, dass er wie ein Narr dastand.

Angelockt von dem Radau, kamen Poppy und die Zwillinge herbeigelaufen. Ruby stieß einen schrillen Schrei aus, als der Hahn auf sie zustürzte. David krümmte sich angesichts ihrer Panik vor Lachen, während Poppy sich die Hand vor den Mund schlug und vergeblich versuchte, ein Kichern zu unterdrücken, als sie Henrys bestürztes Gesicht sah.

Das Fenster des Behandlungszimmers ging auf, und Cam spähte heraus. »Was zum Teufel ist denn hier los?«, wollte er wissen. Der kopflose Hahn rannte immer noch herum, und Poppys unterdrücktes Kichern ging in einen schrillen Schrei über, als sie ihm ausweichen musste. »Gütiger Himmel«, murmelte Cam kopfschüttelnd und schloss das Fenster wieder.

Endlich sank der Hahn zu Boden.

»Verdammt noch mal, wie konnte denn das passieren?«, murmelte Henry und kratzte sich verlegen am Kopf.

»Achte auf deine Ausdrucksweise, Henry!«, mahnte Poppy und warf ihrem Bruder einen strengen Blick zu.

Mai hielt den Hahn in die Höhe. »So macht man das.« Mit einer kräftigen Drehung ihrer Hände brach sie dem zweiten Hahn das Genick.

»Ja verdammt ...!«

»Henry!« Poppy schürzte missbilligend die Lippen.

»Mai, Ruby sagt, es bringt Unglück, wenn man einen Hahn tötet«, schaltete sich David ein, während Poppy ihn ins Haus scheuchte.

»Das ist auch so«, stimmte Mai zu, »jedenfalls für den Hahn.«

Kapitel 14

Ben nickte Ed Williams, dem Leiter der Bank, kurz zu, als er die Tür zu seinem Büro öffnete und ihn und Poppy nach draußen begleitete.

»Du hättest mir das Geld nicht zu schenken brauchen«, sagte Ben zu Poppy und tätschelte seine Jackentasche. »Es war das Letzte, was ich im Sinn hatte, als ich nach Neuseeland zurückgekommen bin.«

»Ich habe es dir nicht geschenkt. Diese hundert Pfund gehören von Rechts wegen dir.«

»Möglich.« Ein Anflug von Bedauern zeichnete sich auf Bens Miene ab.

Poppy wusste, was er empfand. In den letzten Jahren hatte sie kaum einen Gedanken an Ben verschwendet, doch auch ihr war nicht ganz wohl bei dem Gedanken daran, wie ihre alte Partnerschaft geendet hatte. Eine Tür zur Vergangenheit, die sie stets als angelehnt betrachtet hatte, schien nun für immer verschlossen zu sein.

»Das ruft nach einer kleinen Feier«, erklärte er, auch wenn er keineswegs wie jemand aussah, der etwas zu feiern hätte. »Hast du Lust, etwas mit mir zu trinken?«

»Oh, nein, Ben, das geht nicht.«

»Hast du etwas anderes vor?«

»Das ist es nicht. Wir sind noch in Trauer und Prudence ist kaum unter der Erde. Es wäre einfach nicht passend.«

In Wahrheit scherte sich Poppy keinen Pfifferling um die Einhaltung der Trauerzeit. Angesichts der düsteren Stimmung zu Hause war ein Drink mit Ben überaus verführerisch, aber die Sehnsucht in seinen Augen verriet ihr, dass er sie immer noch begehrte. Deshalb war es das Beste, ihn nicht weiter zu ermutigen. Sie streckte die Hand aus. »Ich wünsche dir alles Gute für die Zukunft.«

Mit bis zu den Ellbogen aufgerollten Ärmeln und umgeben von Keramikgefäßen, eingekochtem Gemüse und Marmelade half Poppy Mai, die Regale in der Vorratskammer sauber zu machen.

Henry steckte den Kopf zur Tür herein. »Ben Corbett ist hier. Er will dich sprechen«, sagte er zu Poppy. »Ich habe ihn in den Salon gebracht und Tee gekocht.«

»Ich dachte, Ben hätte die Stadt inzwischen verlassen! Oh je, ich muss wie eine Vogelscheuche aussehen.«

Sie nahm die Schürze ab und hastete in Richtung Salon, wo sie einen Augenblick vor der mit üppigen Schnitzereien verzierten Kommode in der Diele stehen blieb und prüfend ihr Spiegelbild betrachtete. Sie befeuchtete ihr Taschentuch mit etwas Speichel, wischte sich eine Schmutzspur vom Kinn und kniff sich in die Wangen, damit sie eine rosige Farbe bekamen. Dann strich sie ihren Rock glatt und war bereit, ihren Besucher zu empfangen.

»Es überrascht mich, dass du noch hier bist«, sagte Poppy, schenkte eine Tasse Tee ein und reichte sie Ben. »Ich dachte, du hättest dich inzwischen auf den Weg gemacht.«

Ben zuckte die Achseln. »Es gibt ein paar Leute, mit denen ich mich treffen muss. Schulden begleichen. Außerdem müssen wir doch noch über alte Zeiten plaudern, da du ja nicht bereit warst, einen Drink mit mir zu nehmen.«

Er nippte an seinem Tee, und Poppy bemerkte, wie gelassen er wirkte, als er mit der zarten Porzellantasse in seinen kräftigen Händen vor ihr saß. Ein himmelweiter Unterschied zu dem Mann, den sie in Erinnerung hatte. Ein Mann mit von der Arbeit rauen Händen, die sich um einen groben Keramikbecher schlossen. Um die Wahrheit zu sagen, es war so ziemlich alles anders an Ben. Sein gut geschnittener Anzug mit dem langen Gehrock und der dazu passenden Weste waren einem Gentleman angemessen und nicht zu vergleichen mit den abgetragenen, derben Twillhosen und der fadenscheinigen Jacke aus seinen Tagen als Goldgräber.

Sie hatte ihn am Tag ihrer Ankunft in Charleston kennengelernt. Das Brandungsboot, das sie an Land gebracht hatte, war gekentert und Dr. Summers, ihr Arbeitgeber, in den Fluten ertrunken. Seine Frau war noch am selben Tag an Lungenentzündung gestorben, und das Ehepaar, Poppys Freunde und Arbeitgeber gleichermaßen, hatten ihr das Haus und ihr gesamtes Vermögen vermacht. Allein in einem wildfremden Land, war sie froh über Bens Freundschaft gewesen und hatte sich an seinem Claim beteiligt.

»Du hast mir nie erzählt, wohin du gegangen bist, nachdem du Charleston verlassen hattest. Und auch nicht, wo du all die Jahre warst.«

»In Amerika. In Michigan, um genau zu sein.«

Das erklärte auch den leichten Akzent, den er sich angeeignet hatte.

»Hast dein Glück mit Gold versucht, nehme ich an.«

Ben trank seinen Tee aus und stellte die Tasse auf dem Tisch neben seinem Sessel ab. »Nein, als ich kam, war der große Goldrausch in Kalifornien schon lange vorbei. Außerdem ist die Jagd nach dem gelben Zeug etwas für Narren. Ständig glaubt man, das nächste Feld gibt mehr her als das letzte, und bevor du weißt, was los ist, hat dich das Fieber gepackt, und du kannst nicht mehr aufhören, diesem Traum nachzujagen.«

»Und was hast du stattdessen getan?«

»Ich bin herumgereist und habe Rezepturen aufgekauft und weiterverkauft. Leute, die ich auf meinen Reisen kennengelernt habe, waren nur zu gern bereit, mir ihre alten Familienrezepte zu verkaufen, um Geld damit zu machen und um mir wiederum andere Rezepte abzukaufen. Am

Anfang habe ich für einen Dr. Chase in Ann Arbor gearbeitet, dann habe ich es auf eigene Faust versucht. Ich habe sogar ein eigenes Rezeptbuch drucken lassen – das sich so gut verkauft hat, dass Dr. Chase mir die Rechte daran abgekauft hat.«

»Kaufen und Verkaufen. Dann bist du also im Handel tätig?« Poppy konnte sich den derben, kräftigen Ben Corbett beim besten Willen nicht vorstellen, wie er durch Amerika reiste und Rezepte an den Mann brachte. »Und was für Rezepte waren das?«

Ben lachte leise. »Für alles Mögliche. Arzneien gegen Keuchhusten, für die Herstellung von Bleichmittel, Seife, Apfelwein, Wundsalbe für die Pferde. Alles, was du dir nur vorstellen kannst.« Er musterte sie ernst. »Los, frag mich etwas. Das Erste, was dir in den Sinn kommt, und ich nenne dir ein Rezept dafür.«

»Aber damit konntest du doch nicht so viel Geld verdienen, wie du offensichtlich –« Verärgert über ihre Taktlosigkeit, unterbrach sie sich.

»– wie ich offensichtlich besitze?«

»Nun … ja.«

»Die Leute zahlen eine Menge für gute Rezepturen. Für eines habe ich mal fast dreihundert Dollar bekommen.«

Poppy schnappte nach Luft. »Was? Das ist ja kaum zu glauben!«

»Es stimmt, Poppy. So wahr ich hier sitze. Es war eine Rezeptur für einen Umschlag, den ich einem Pferdezüchter verkauft habe. Er wollte seine beste Rennstute damit behandeln. Sie hatte eine hässliche Wunde am Bein, und nichts, was immer er auch versuchte, hatte bisher geholfen. Er konnte mir das Geld gar nicht schnell genug geben, nachdem er herausgefunden hatte, dass ich genau das hatte, was er so dringend brauchte.«

»Du hast es gut erwischt, Ben.«

»Das habe ich, Poppy, aber es wäre noch schöner gewesen, hätte ich jemanden an meiner Seite gehabt, mit dem ich mein Vermögen hätte teilen können«, sagte Ben und sah ihr länger in die Augen, als sie es als angenehm empfand.

»Freunde sind ein wahrer Segen im Leben«, stimmte Poppy zu und legte seine Bemerkung mit Absicht falsch aus. Zu ihrer Erleichterung betrat Cam in diesem Moment den Salon.

»Corbett, wie geht es Ihnen? Ich dachte, Sie hätten die Stadt schon verlassen«, meinte Cam und reichte Ben die Hand.

Er stand auf, um die Hand des Doktors zu schütteln. »Erst in ein, zwei Tagen. Wie ich gerade zu Poppy gesagt habe, gibt es noch ein paar geschäftliche Dinge, die ich hier zu erledigen habe. Tja, dann mache ich mich mal auf den Weg.«

Poppy musterte Ben anerkennend, der neben ihrem Ehemann stand. Sie kam nicht umhin, zu bemerken, wie gut er aussah. Sein dichter Lockenschopf war mit einem ordentlichen Haarschnitt gebändigt, und sein maßgeschneiderter Anzug brachte seine kräftige Gestalt perfekt zur Geltung.

Vor Jahren war er gegenüber dem schlankeren und besser gekleideten Cam eindeutig im Nachteil gewesen, doch nun sah er wir ein echter Gentleman aus. Doch so wortgewandt und selbstsicher Ben auch geworden sein mochte, Poppy wusste nur zu gut, dass im Hinblick auf ihre Gefühle keine Rivalität zwischen den beiden Männern bestand. Die hatte es nie gegeben und würde es auch niemals geben.

»Bitte, besuch uns doch noch mal, bevor du die Stadt verlässt. Ich würde zu gern mehr von deinen Abenteuern in Amerika erfahren«, erklärte sie spontan, sowohl aus Mitgefühl als auch aus aufrichtigem Interesse heraus.

Ein Anflug von Verärgerung zeichnete sich auf Cams Miene ab.

»Wenn das so ist … gern«, meinte Ben. »Ein Mann sollte

sich freuen, wenn er in den Genuss einer angenehmen Gesellschaft kommt«, fuhr er an Cam gewandt fort, doch Poppy wusste nur zu gut, dass die Worte in Wahrheit für sie bestimmt waren. Und wenn sie das finstere Gesicht ihres Mannes ansah, bestand kein Zweifel, dass auch er verstanden hatte.

Kapitel 15

Mai legte die Hand um den Haltegriff des Einspänners und lächelte Henry freundlich an. Irgendetwas hatte sich an jenem Tag, als er ihr die beiden Hähne gebracht hatte, verändert. Statt wie beabsichtigt Eindruck bei ihr zu schinden, hatte das Geschenk für ausgelassene Freude gesorgt. Und sein unbeholfener Eifer, ihr zu gefallen, hatte darüber hinaus ihre Entschlossenheit dahinschmelzen lassen, ihm mit Gleichgültigkeit gegenüberzutreten. Inzwischen genoss sie es, in Henrys Nähe zu sein – eine Freude, die sie bisher noch nie erlebt hatte.

Sie rief sich ihre erste Begegnung ins Gedächtnis. Wie erschrocken sie über sein *hung mo* – sein rotes Haar – gewesen war. Seine Sommersprossen waren ihr wie eine Abnormität vorgekommen.

Damals war er ein unbeholfener Riese für sie gewesen. Doch mittlerweile waren die Sommersprossen und das rote Haar zu einem liebenswerten Teil Henrys geworden, und seine hoch gewachsene Gestalt gab ihr ein Gefühl von Sicherheit.

»Dann wollen wir mal.« Henrys Hände legten sich um ihre Taille und hoben sie aus dem Einspänner.

Sie hatte die Fahrt in die Stadt in schüchternem Schweigen verbracht und sich ausgemalt, wie schockiert Henry wäre, wenn er wüsste, wie sehr sie sich danach sehnte, die Hand auszustrecken, seine Finger zu berühren und sie festzuhalten …

Kaum hatten sie einen Fuß in den Lebensmittelladen gesetzt, lenkte Mr Gascoigne, stets auf ein gutes Geschäft bedacht, Henrys Aufmerksamkeit auf einige der soeben eingetroffenen Waren.

»Ich wäre Ihnen sehr verbunden, wenn Sie Mrs Ainsley wissen ließen, dass wir eine neue Lieferung Strickwolle erhalten haben. Sie hat bei ihrem letzten Besuch danach gefragt. Erstklassige Qualität«, meinte er und packte die letzten Sachen auf ihrer Liste zusammen: eine Packung Tee und eine in braunes Papier eingewickelte Flasche Essig. »Sie muss sich beeilen. Die Wolle wird schnell ausverkauft sein. Das ist immer so«, fügte er hinzu.

»Ich sorge dafür, dass sie es erfährt«, versicherte Henry, nahm die Einkäufe und schob Mai vor sich her.

»Wieso einen Hund haben und trotzdem selber bellen?«, rief jemand von der Tür herüber.

Mai erkannte den harschen Tonfall.

Alf Thwaites und Grub Parker kamen in den Laden geschlendert. Auf ihren Gesichtern lag ein Ausdruck arroganter Verächtlichkeit.

»Warum tragen Sie Ihre Sachen selber, wenn Sie ein Schlitzauge haben, das die Arbeit für Sie machen kann?«, wollte Thwaites wissen und musterte Henry. »Die arbeiten doch so gern, hab ich Recht?«

Mr Gascoigne schürzte missbilligend die Lippen. »Das reicht jetzt. Wenn ihr beide etwas kaufen wollt, dann tut das und verschwindet wieder, wenn es euch nichts ausmacht.«

»Tja, nun, es macht mir aber was aus.« Schniefend wischte sich Parker mit dem Ärmel die Nase ab, sodass eine feuchte Spur darauf zurückblieb. »Es macht mir was aus, dass Sie diesen Abschaum offenbar eher bedienen als rechtschaffene Leute wie uns.«

»Rechtschaffen? Ihr beide? Wie um alles in der Welt kommt ihr denn auf die Idee?«, fragte Mr Gascoigne. »Ihr beide seid der einzige Abschaum hier. Von Kerlen wie euch brauche ich kein Geld. Und jetzt verschwindet und seht zu, dass ihr euch hier nicht mehr blicken lasst.«

Parker musterte den Ladenbesitzer und spuckte auf den Boden, dann trat er mit dem Fuß nach einem Eichenfass, das prompt ins Taumeln geriet. Einige Dosen mit Polierpaste und Bürsten fielen zu Boden. Er schlenderte auf Mai zu.

»Letztes Mal bist du uns noch entkommen, aber diesmal können dir dein Chinesenfreund und seine Flinte nicht helfen. Wie wär's mit 'nem kleinen Ausflug mit Alf und mir?« Er packte Mai am Arm und zog sie zu sich.

Instinktiv stieß Mai ihn von sich und bemerkte seinen entsetzten Blick, als Henry die Einkäufe fallen ließ, ihn an der Schulter packte und unsanft zu Boden warf. Ein unschönes Knacken war zu hören, als Henrys Faust mit Parkers Nase Bekanntschaft machte. Der Mann ging wie ein Mehlsack zu Boden.

Henry rieb sich die Faust und bückte sich, um die Einkäufe aufzuheben.

Taumelnd kam Parker auf die Füße, packte einen Besen und hob ihn drohend.

Mai stieß einen Schrei aus.

Henry sprang beiseite, sodass der Besen seinen Kopf um Haaresbreite verfehlte. Er bekam die Aufschläge von Parkers verschmutzter Jacke zu fassen, hob ihn hoch und schüttelte ihn wie einen nassen Hund.

In diesem Augenblick warf sich Thwaites auf Henry, verfehlte ihn jedoch und schlug mit dem Rücken auf dem Boden auf. Henry taumelte auf die Tür zu und warf Parker auf die schlammige Straße hinaus, ehe er aufschrie, weil sich Thwaites' Zähne in das weiche Fleisch seines Ohrläppchens gruben. Er packte den Mann an den Haaren und zerrte ihn herum. Wieder ging Thwaites zu Boden.

»Und jetzt schafft euren Hintern aus meinem Blickfeld, bevor ich euch die Beißerchen ausschlage und das Geld für den Zahnarzt erspare«, knurrte Henry und baute sich drohend über ihnen auf.

Die Ladenbesitzer und Kunden aus den umliegenden Geschäften waren inzwischen herbeigeeilt, um sich das Spektakel anzusehen. Die Princess Street hallte vom Gelächter und dem Applaus wider, als Parker und Thwaites sich auf ihre Pferde schwangen und davongaloppierten.

Mr Gascoigne lief zu Henry. Besorgnis zeichnete sich auf seinem Gesicht ab, als er das Blut aus Henrys Ohrläppchen strömen sah.

»Dr. Ainsley sollte sich das lieber ansehen«, meinte er, nahm seine Schürze ab und reichte sie Henry. »Hier, nehmen Sie das, um die Blutung zu stoppen.«

Henry knüllte die Schürze zusammen, presste sie auf sein Ohr und grinste Mai an. »Kopf hoch, Liebes«, sagte er beim Anblick ihres bleichen Gesichts. »Ich bezweifle, dass wir dieses Gespann so schnell wieder zu Gesicht bekommen.«

Wie betäubt betrachtete Mai das Blut, das zwischen den weißen Stofffalten heraussickerte. Wäre sie nicht bei Henry gewesen, wäre all das nie passiert. Es war alles ihre Schuld.

Mittlerweile waren drei Wochen seit Fong Hoys Operation vergangen. In den letzten fünf Tagen hatte der Doktor darauf bestanden, dass sein Patient jeden Tag an die frische Luft ging, zuerst ein kleiner Spaziergang im Garten und dann jeden Tag ein kleines Stück weiter.

Mit seinem tief über die Verbände gezogenen Hut, die noch immer seine Augen bedeckten, bot ihr Großvater einen höchst merkwürdigen Anblick.

»In letzter Zeit vertreten einige Ophthalmologen die Meinung, es sei nicht gut, einen Patienten nach einer Star-Operation in dunklen Räumen genesen zu lassen«, hatte Cam Ainsley erklärt. »Ich bleibe lieber auf der sicheren Seite, trotzdem wird es nicht schaden, die Augen behutsam an das Licht zu gewöhnen und Ihren geschwächten

Zustand ein wenig zu stärken. Wir müssen doch dafür sorgen, dass Sie gesund genug für die Rückreise nach Stafford sind.«

Für heute hatte der Doktor vorgeschlagen, dass Henry mit Mai und Fong Hoy nach Constant Bay fuhr. Als sie am Strand entlanggingen, beobachtete Mai ihren Großvater aufmerksam, weil sie besorgt war, der Ausflug könnte ihn zu sehr ermüden.

»Möchtest du dich einen Moment ausruhen, Großvater?«

»Ja, es ist gut, sich hinsetzen und das Meer beobachten«, erwiderte Fong Hoy und lächelte über seinen Scherz. Sie brachten ihn zum Halcyon Hotel, wo Mai ihm half, sich auf eine Holzbank im Freien zu setzen, während sich Henry einen Brandy holte.

»Stört es Sie, wenn wir Sie einen Augenblick allein lassen, um mit dem Bootsmann zu reden?«, erkundigte sich Henry.

»Der Wind ist kalt. Ich will keine Erkältung bekommen. Bitte nicht so lange wegbleiben«, meinte Fong Hoy leicht widerstrebend.

»Wir sind bald wieder da.« Zum Schutz gegen die kühle Meeresbrise legte Henry einen Arm um Mais Schultern und führte sie fort von den Männern, die an den Schleppern arbeiteten. Sie gingen zu einer Stelle, wo im Sand Sträucher wuchsen.

»Hier wird es gehen«, sagte er, nahm Mais Hand und setzte sich. »Du bist so zart wie eine Eierschale, Mai. Manchmal habe ich fast Angst, dich zu berühren, weil ich denke, du könntest zerbrechen. Was denkst du …« Er zögerte und bemühte sich nach Kräften, den Mut nicht zu verlieren. »Was wird Fong Hoy wohl sagen, wenn ich ihn um deine Hand bitte, was denkst du?«

Mais Herz raste, ehe es sich beim Gedanken an die Reaktion ihres Großvaters schmerzlich zusammenzog.

»Bitte, Henry, so etwas darfst du nicht einmal denken! Er würde es niemals erlauben.«

»Aber warum denn nicht? Ich kann uns alle ernähren. Donalds Angebot, mir eine Stelle zu geben, gilt immer noch. Und wenn ich es nicht annehme, habe ich immer noch zwei gesunde Hände und Beine. Ich werde Arbeit finden. Es wird uns gutgehen. Ich habe gehört, dass sie für die Eisenbahnstrecke auf dem Mount Rochford nördlich von Westport Männer suchen.« Er blickte Mai fest in die Augen. »Außerdem heißt es, in der Nähe von Westport würden eine Eisenbahnstation, eine Brücke und Kais gebaut werden. Auch dafür werden sie Leute brauchen.«

»Es hat nichts damit zu tun, dass du für uns sorgen kannst, Henry.«

Mais Kehle fühlte sich eng an, als sie nach den richtigen Worten suchte. Fong Hoy war ein stolzer Mann. Er hatte Mai immer voll und ganz als eine der ihren akzeptiert, obwohl fremdes Blut durch ihre Adern floss. Doch sie wusste, dass es ihm großen Kummer bereitet hatte, als ihr Vater sich eine Irin ins Bett geholt hat. Es würde ihn zweifellos ins Grab bringen, wenn sie nun einen dieser »fremden Teufel« heiraten würde.

»Das wäre verrückt, Henry. Man würde dich beleidigen und sich über dich lustig machen. Hast du vergessen, was dir diese beiden üblen Burschen wegen mir angetan haben?«

»Nicht alle sind Heuchler, Mai. Es bringt nichts, sich wegen Leuten wie Parker und Thwaites Gedanken zu machen. Sie sind durch und durch schlecht. Für diese beiden ist jeder Freiwild, egal, welche Hautfarbe er hat oder welcher Rasse er angehört. Aber zusammen sind wir stark genug, uns dem zu stellen. Ich könnte es nicht ertragen, dich zu verlieren, Mai. Allein der Gedanke ist entsetzlich.«

Seine Zuversicht und Begeisterung waren ansteckend. Mai spürte ein Fünkchen Hoffnung in sich aufkeimen. Vielleicht gab es ja doch eine Chance für sie. Vielleicht würde Fong Hoy ihnen seinen Segen geben, wenn sie ihn nur überzeugen konnten …

Sanft drückte Henry ihre Hände. »Ich werde mit ihm sprechen.«

Mais Hoffnung schlug in Bestürzung um. Es war ein schöner Traum, doch wenn Henry sich ohne sorgfältige Vorbereitung an Fong Hoy wandte, würde er sich damit seinen Zorn zuziehen, und jede noch so kleine Chance auf eine Heirat wäre für immer zerstört.

»Nein! Bitte, Henry, wir müssen das Ganze gut vorbereiten. Ihn jetzt damit zu konfrontieren, würde jede Hoffnung auf eine Hochzeit ruinieren.«

Henrys klarer, ruhiger Blick wanderte über ihr Gesicht, als verberge sich in seinen Tiefen die Lösung für ihr Dilemma. »Wir werden sehen«, sagte er schließlich.

Mai stand auf, klopfte sich den Sand vom Rock und verschloss ihr Herz gegen die Sehnsucht in seinen Augen. »Wir müssen zurück. Und, bitte, Henry, kein weiteres Wort zum Thema Heirat mehr.«

Fong Hoy war gereizt, als sie zurückkamen. »In der Zeit, als ihr weg wart, hätte man ein Schiff bauen können, während ich hier sitzen und frieren muss.«

»Wir wollten dich nicht warten lassen, Großvater«, erklärte Mai schuldbewusst.

»Ich muss Sie etwas fragen«, sagte Henry und setzte sich neben Fong Hoy.

»Nein!«, stieß Mai hervor.

»Ja?«, sagte Fong Hoy, als Henry innehielt. Flehend richtete sie ihren Blick auf ihn.

»Es ist nichts, das nicht auch noch warten könnte«, murmelte Henry schließlich und half Fong Hoy auf.

Sie hatten beinahe den Einspänner erreicht, als Fong Hoy das Wort ergriff. »Ich wollte, dass du es erst erfährst, wenn wir wieder nach Hause kommen, aber ich glaube, dass jetzt der richtige Zeitpunkt gekommen ist.«

Eine eisige Hand griff nach Mais Herz.

»Bevor wir nach Charleston gekommen sind, hat Yan Gar Chan um deine Hand angehalten.«

Mais Knie gaben nach. Sie wäre gestürzt, hätte Henry sie nicht aufgefangen.

»Aber sie kann nicht –«, platzte Henry heraus.

»Sie wird tun, was ich sage«, erklärte Fong Hoy ruhig.

Auf dem Nachhauseweg dachte Mai an Yan Gar Chan. Im letzten Jahr hatte er ihrem Vater in der Gärtnerei geholfen. Er war ein stiller, manchmal sogar mürrischer Mann, der nie ein Wort mit ihr gewechselt, sondern ihr bestenfalls Anweisungen erteilt hatte. Sie hatte ihm nie besondere Beachtung geschenkt. Wie um alles in der Welt konnte ihr Großvater eine solche Verbindung für sie ins Auge fassen?

Doch während sie sich diese Frage stellte, kannte sie bereits die Antwort. Fong Hoy mochte in den letzten Wochen blind gewesen sein, aber sein Instinkt, der stets so empfänglich für ihre Stimmungen gewesen war, hatte ihm ihre wachsende Liebe zu Henry verraten. Diese Ehe war nicht aus Gehässigkeit eingefädelt worden, sondern aus Liebe. Und aus dem Bedürfnis des alten Mannes, sie vor den Konsequenzen närrischen und gedankenlosen Handelns zu bewahren.

Es war ihre Pflicht, ihrem Großvater zu gehorchen. Sie hatte gewusst, dass eine Heirat mit Henry unmöglich war, aber sie war dumm genug gewesen, sich zu gestatten, davon zu träumen.

Es dauerte nur noch drei qualvolle Tage, bis Fong Hoys Verbände abgenommen wurden. Noch drei Tage, in denen sie versuchen musste, Henry aus dem Weg zu gehen, ihn wie einen Fremden zu behandeln, um nicht schwach zu werden.

Obwohl sie jedes Stück Silberbesteck im Haus wieder und wieder polierte, unermüdlich jede Oberfläche schrubbte und wienerte, nicht nur kochte, sondern auch nähte und flickte, machte sich eine unsagbare Melancholie in Mai breit. Sie hatte die Hintertreppe geputzt, bis sie wieder in ihrem jungfräulichen Weiß erstrahlte, auch wenn sie sich kaum darauf konzentrieren konnte. Als sie fertig war, schüttete sie das Putzwasser in den Küchengarten und machte sich auf den Weg ins Haus.

»Mai.«

Ihr Herz raste bei Henrys Anblick, doch sie streckte die Hände von sich, um sicherzugehen, dass er auf Distanz blieb. Er sah müde aus, als hätte er in den letzten Nächten nicht allzu viel Schlaf bekommen. Trauer trat in seine Augen, als er ihre abwehrende Haltung sah.

»Keine Angst«, sagte er. »Ich werde dir nicht zu nahe kommen, wenn du es nicht willst. Aber wir können die Dinge nicht einfach auf sich beruhen lassen. Fong Hoy hat kein Recht, dich zwingen, diesen – Yan Gar Chan zu heiraten. Ich habe deinen Blick gesehen, als er ihn erwähnt hat. Allein der Gedanke an ihn ist dir zuwider.«

Mai trat hinter den Tisch, um ihn als Schutzschild für ihre Verletzbarkeit zu benutzen. Henry beugte sich vor und stützte sich mit den Handflächen auf der Tischplatte ab.

»Wir müssen uns etwas einfallen lassen. Wir dürfen uns nicht trennen, nicht jetzt, da wir einander gefunden haben.«

»Henry, es darf nicht sein. Es gibt keine Zukunft für uns.«

Die Worte schienen aus dem Mund einer anderen Frau gekommen zu sein. Mai spürte, wie ihr Herz brach, als Henry sie voller Verzweiflung und Schmerz ansah.

»Ich kann dich nicht einfach gehen lassen, Mai«, flehte er. »Du liebst diesen – diesen« – seine Lippen verzogen sich – »Mann nicht. Wir werden es Fong Hoy gemeinsam sagen. Er muss es verstehen.«

»Er versteht es, Henry. Das ist ja der Grund, weshalb ich Yan Gar Chan heiraten soll.«

»Wie kannst du zulassen, dass dein Großvater so etwas tut? Wie kannst du diesen Mann heiraten? Du empfindest doch keine Liebe für ihn, nicht einmal Zuneigung. Wenn du seinen Namen hörst, siehst du regelrecht krank aus.«

»In Großvaters Augen ist Liebe nicht wichtig. Und in meinen auch nicht.«

Die Worte klangen selbst in ihren eigenen Ohren hohl. Wie sollte sie erwarten, dass Henry diese Erklärung hinnahm? Aber sie musste stark sein. Der Pfad ihres Lebens war festgelegt. Yan Gar Chan würde im entscheidenden Moment neben ihr stehen, nicht Henry.

»Mai, so lange wir zusammen sein können, werden wir überleben.«

»Versuch nicht, mich umzustimmen. Es ist sinnlos. Mein Entschluss steht fest.«

Unbeirrt streckte Henry die Hand aus, legte sie um ihr Kinn und zwang sie, ihm in die Augen zu sehen.

»Hier können wir nicht in Ruhe reden. Komm mit.« Er trat um den Tisch herum und strich mit den Händen über ihre Arme. »Ich verspreche, ich werde dich nicht lange aufhalten.«

Mai wappnete sich gegen Henrys Berührung, gegen die Sehnsucht, die drohte, ihre Entschlossenheit ins Wanken geraten zu lassen. Sie wäre eine Närrin, wenn sie sich von seinen Bitten erweichen ließe. Es würde den Abschied nur umso schwerer machen. Aber als sie in seine Augen schaute und die Verletzung und die Sehnsucht sah, die in ihren Tiefen schlummerten, wollten ihre Lippen nicht die gewünschten Worte formen.

»Gut«, flüsterte sie. »Aber nur, damit du ein für alle Mal begreifst, dass wir niemals zusammen sein können.«

Ihr Magen krampfte sich zusammen, als sie die Hoffnung aufglimmen sah. Es war, als sei er überzeugt davon, dass ihre Worte nichts zu bedeuten hatten, sondern nichts als eine leere Geste waren. Sie hätte seinem Drängen nicht nachgeben sollen, denn sie weckte nur falsche Hoffnungen damit. Doch ihre Beine gehorchten ihrem Herzen, nicht ihrem Verstand. Sie schob sämtliche Gedanken an Fong Hoy und Yan Gar Chan beiseite, ließ zu, dass Henry ihre Hand nahm, und folgte ihm.

Statt wie erwartet in den Garten zu gehen, schlug Henry den Weg zu seinem Zimmer ein.

»Nicht da hinein, Henry«, stieß Mai erschrocken hervor und blieb abrupt stehen. »Was sollen die Leute denken?«

Bei der Vorstellung, ihr Großvater oder Mrs Ainsley könnten sie in Henrys Schlafzimmer erwischen, wurde ihr regelrecht übel.

Henry zog sie sanft an der Hand. »Niemand wird davon erfahren.«

»Es schickt sich nicht.«

»Mai, ich will doch nur Gelegenheit haben, mit dir zu reden, ohne ständig über deine Schulter sehen zu müssen, ob uns jemand belauscht.«

Mai zögerte noch immer. »Was ist, wenn uns jemand entdeckt?«, flüsterte sie, und ihr Herz hämmerte beim Gedanken an die Schande.

»Mai, nur ein paar Minuten, mehr verlange ich nicht. Bitte.«

Am Ende war es der Schmerz in seinen Augen, der sie einwilligen ließ. »Aber nur eine Minute«, wisperte sie und trat ein.

»Setz dich zu mir«, sagte Henry und ließ sich auf die Bettkante sinken.

Eine schuldbewusste Röte breitete sich auf ihren Wangen aus. Sie musste den Verstand verloren haben, sich auf seinen Vorschlag einzulassen. Sie wandte sich zum Gehen, doch Henry ergriff ihre Hand und zog sie sanft neben sich.

»Mai, Liebes, du bist hier sicher. Du weißt doch, dass ich dir niemals wehtun würde«, erklärte er und streichelte ihre Hand mit einer Zärtlichkeit, die ihr schlechtes Gewissen und ihre Besorgnis verscheuchte.

Mai unterdrückte ein Schluchzen. Wie sollte sie Henry sagen, dass allein die Tatsache, hier mit ihm zu sein, so schmerzlich war, wo sie doch wusste, dass ihre gemeinsamen Tage gezählt waren und ein neues Leben auf sie wartete, ein Leben, vor dem sie sich entsetzlich fürchtete.

»Könnte dieser Augenblick doch nur für immer dauern«, sagte sie mit brüchiger Stimme.

»Aber das kann er, Mai«, erwiderte Henry.

Heiße Tränen stiegen in Mais Augen auf. »Das ist nur ein närrischer Traum.« Sie legte ihm einen Finger auf die Lippen, um ihn zum Schweigen zu bringen.

Doch Henry ließ sich nicht beirren. »Wir können nicht zulassen, dass Fong Hoy uns das antut.« Er zog sie an seine Brust.

Mai rief sich Yan Gar Chans missmutiges Gesicht ins Gedächtnis. Als Henrys Lippen ihren Mund berührten, klammerte sie sich an ihn, kämpfte verzweifelt darum, dass seine zärtliche Liebe das Bild ihres künftigen Ehemanns verscheuchte, und erwiderte Henrys Berührung, als er sie behutsam aufs Bett drückte. Alles um sie herum wurde bedeutungslos, nur die Einzigartigkeit des Moments zählte. Ihr Körper suchte nach dem seinen, und sie gab sich ihm bereitwillig hin …

»Oh, Gott, Mai, wie konnte ich das nur tun?« Henry wandte den Blick ab, als Mai aufstand und ihren Rock glatt strich.

Mai zitterte so heftig, dass ihre Zähne klapperten, teils aus Entsetzen darüber, was sie soeben getan hatten, teils, weil ein winziger Teil von ihr unbändige Freude darüber empfand, was gerade geschehen war. Damit hatte sie eine wunderschöne Erinnerung, an die sie sich in den düsteren Tagen, die ihr bevorstanden, klammern konnte. Die Erinnerung an eine wertvolle Zeit, die ihr niemand wegnehmen konnte.

»Du musst mit mir fortgehen«, flehte Henry, die blauen Augen eindringlich auf sie geheftet. »Wir können schon heute Abend aufbrechen. Sie werden erst bemerken, dass wir weg sind, wenn ihnen der Magen knurrt, weil das Essen noch nicht auf dem Tisch steht.«

In Mais Augen brannten ungeweinte Tränen, und ihr Herz blutete. Sie sehnte sich so sehr danach, seinem Drängen nachzugeben, doch sie war selbstsüchtig und gedankenlos gewesen. Sie konnte ihren Großvater nicht im Stich lassen. Yan Gar Chan war kein Familienmitglied. Er würde sich nicht in derselben Weise um Fong Hoy kümmern wie sie.

»Großvater wird uns vermissen«, sagte sie sanft, verließ das Zimmer und schloss die Tür hinter sich.

Kapitel 16

Heute würde Cam Fong Hoy die Verbände abnehmen. Trotz der augenscheinlichen Zuversicht des Doktors erfüllte Mai der Gedanke an die Enttäuschung ihres Großvaters, falls er feststellen sollte, dass er noch immer nicht sehen konnte, mit großer Besorgnis. Er hatte so viel auf sich genommen, um sein Augenlicht zurückzugewinnen.

Sie stand hinter Dr. Ainsley und sah zu, wie er die Verbände abnahm, die Fong Hoys Augen in den vergangenen vier Wochen geschützt hatten.

Poppy, die mit ihrer weißen Schwesternschürze höchst geschäftsmäßig aussah, stand mit einem Tablett in der Hand neben ihrem Großvater. Als die Blicke der Frauen einander begegneten, schenkte sie Mai ein aufmunterndes Lächeln.

Cam drückte die Finger leicht gegen die Wange seines Patienten und drehte seinen Kopf zur Seite, um sein Auge untersuchen zu können.

»Erwarten Sie nicht zu viel. Ihr Sehvermögen wird nicht ganz unbeeinträchtigt sein. Sie dürfen nicht enttäuscht sein, wenn –«

»Aiiiyah!« Fong Hoys Schrei hallte von den Wänden des Behandlungsraums wider.

Cams Gesicht verzog sich zu einem fröhlichen Lächeln. »Ich schließe daraus, dass die Operation ein Erfolg war?«

Eine Woge der Freude brandete in Mai auf. Sie lachte und weinte und japste, als Poppy sie so ungestüm an sich drückte, dass sämtliche Luft aus ihren Lungen gepresst wurde.

»In Ihrem Auge ist keine Linse mehr, Fong Hoy. Sie

ist entfernt worden«, erklärte Cam, als der allgemeine Begeisterungssturm verebbt war, sodass die Anwesenden ihn wieder hören konnten. »Und Sie werden eine Brille tragen müssen, die ich Ihnen noch anpassen muss.«

Doch keine Flut und kein Wirbelsturm auf dieser Welt vermochten Fong Hoys Freunde zu dämpfen. Die feinen Falten auf seinen hohlen Wangen vertieften sich zu einem dichten Furchennetz, als er sich strahlend umsah. Seine unbändige Freude rührte alle Umstehenden zutiefst.

»Danke, danke. Sie sind ein sehr guter Doktor.« Seine Stimme bebte, und er hob die Hand, um sich über die Augen zu wischen.

»Nein!« Hastig schob Cam Fong Hoys Hand weg. »Sie müssen noch eine Weile vorsichtig mit Ihren Augen sein«, warnte er.

»Ah!« Fong Hoy lächelte. »Ja, ja, Doktor. In meinem Glück habe ich das vergessen. Mein Herz ist voll, ich kann Ihnen nicht genug danken.«

Cam errötete vor Rührung. Er sah Poppy und Mai an und freute sich über deren Begeisterung. »Dafür müssen Sie schon einer höheren Macht danken.«

Poppy schob ihre Hand in Cams und drückte sie.

Überrascht registrierte Mai die Demut des Doktors und blinzelte gegen ihre aufsteigenden Tränen an.

Henry wartete vor dem Behandlungsraum. Mai hätte ihn beinahe über den Haufen gerannt, wäre er nicht hastig einen Schritt zurückgesprungen, als die Tür aufgerissen wurde.

»Wie geht es ihm? Kann er sehen?«

»Die Operation war ein voller Erfolg«, erwiderte Mai, obwohl der Anblick des mitgenommen wirkenden Henry ihre Freude schlagartig dämpfte.

Er trat beiseite, um die anderen vorbeizulassen. »Mai, kann ich dich sprechen?«

»Es gibt nichts mehr zu sagen.« Mai schob sich an ihm

vorbei. Sie konnte förmlich seine Verzweiflung spüren, als sie davonging.

Cam hatte darauf bestanden, dass sie die Heimreise mit dem Schiff antraten, um keinen Schaden an Fong Hoys Augen zu riskieren, den er sich bei der beschwerlichen und langen Reise auf der Küstenstraße zuziehen könnte. Er hatte die Überfahrt bezahlen wollen. Fong Hoy hatte sich zwar für das großzügige Angebot bedankt, es jedoch abgelehnt.

»Sie haben kein Geld für die Operation und unseren Aufenthalt hier genommen. Es ist zu viel, wenn Sie nun auch noch das Schiff bezahlen.«

»Gütiger Himmel, Mai hat die Kosten für die Behandlung und die Unterbringung durch ihre Arbeit verdient. Und jetzt seien Sie vernünftig und lassen mich die Überfahrt bezahlen. Schließlich reisen Sie ja auf diesem Weg, weil ich Sie dazu dränge.«

Fong Hoy hatte gelächelt. »Mai ist ein gutes Mädchen, und ich bin kein Gelehrter, aber ich weiß, dass sie nicht so viel verdient hat. Ich würde nicht mit dem Schiff fahren, wenn ich nicht wollte.«

Nun, nachdem ihre wenigen Habseligkeiten gepackt und verstaut waren, wartete Mai neben der Kutsche, während Cam Fong Hoy beim Einsteigen half und eine Decke über seine Knie breitete. Sie hatte gehofft, Henry noch einmal zu sehen, um sich von ihm zu verabschieden und ihn ein letztes Mal betrachten zu können. Aber der Mann, der ihr sehr am Herzen lag, war nirgendwo zu entdecken.

In diesem Moment hörte sie eine Stimme ihren Namen rufen. Eilig drehte sie sich um und sah zu ihrer Enttäuschung Nelly O'Connor die Straße entlanghasten.

»Ich hab schon gedacht, ich hätte dich verpasst, Liebchen«, erklärte Nelly schnaufend. »Ich hab dir die da mitgebracht.«

Entrüstetes Gackern und Krähen drang aus einer zu

einem behelfsmäßigen Transportbehälter umgebauten Schachtel, die Nelly auf den Boden des Einspänners stellte. »Zwei Hähne für dich. Denen kannst du den Hals umdrehen, wenn du sie brauchst.«

Bei der Erinnerung, die die aus den Schachtelschlitzen ragenden Schnäbel und roten Kämme auslösten, zog sich Mais Herz zusammen.

»Und einen Kuchen für die Reise«, fügte Nelly hinzu und reichte Mai ein großes, rechteckiges, in Zeitungspapier eingeschlagenes Päckchen. Nelly runzelte die Stirn. »Ich hab gedacht, Henry sei hier, um sich zu verabschieden. Es überrascht mich, dass er dich und deinen Großvater nicht zur Bucht bringt.« Mais Augen füllten sich mit Tränen.

»Nun, nun, Liebchen. Manche Dinge sollen eben einfach nicht sein«, erklärte Nelly halblaut, sodass die anderen sie nicht hören konnten.

Mai, die wusste, dass die Augen der Irin voller Mitgefühl waren, brachte es nicht über sich, hinzusehen. »Sie waren alle so freundlich. Ich werde Sie vermissen«, sagte sie und reichte Fong Hoy das Paket.

»Wir euch auch«, erwiderte Poppy.

Cam räusperte sich. »Ich schätze, es wird Zeit, dass wir aufbrechen. Wir wollen doch nicht, dass das Schiff ohne euch ablegt, oder?«

Zögernd stieg Mai in die Kutsche und nahm ihren Platz ein, auch wenn sie noch immer Ausschau nach Henry hielt, als Cam die Zügel in die Hand nahm. Doch die einzigen rothaarigen Gestalten in dem Grüppchen von Menschen, das ihnen nachwinkte, waren die Frau des Doktors und der kleine David.

Sie löste ihren Blick von den Zurückbleibenden, die ihr als Henrys Familie und Freunde so sehr ans Herz gewachsen waren, und starrte geradeaus. Die Tränen in ihren Augen nahmen ihr die Sicht, als der Einspänner um die Biegung fuhr und auf die Bucht zusteuerte.

Kapitel 17

Bekleidet mit einem reich bestickten roten Seidenrock, einem roten Hemd und einer langen, ärmellosen Jacke, stand Mai neben Yan Gar Chan. Die Seide ihres Hochzeitsgewands fühlte sich auf ihrer Haut klamm an. Trotz der Wärme zitterte sie und wünschte, der Tag läge bereits hinter ihr. Charleston und Henry waren mittlerweile zu einem Traum verblasst.

Die Zeremonie war eine Mischung aus östlicher und westlicher Tradition. Nachdem der herbeigerufene Geistliche sie mit missbilligend geschürzten Lippen zu Mann und Frau erklärt hatte, vollführten Mai und Yan Gar Chan die drei obligatorischen Kotaus vor Himmel und Erde, dann drei vor den Alten und schließlich einen voreinander.

Mai hörte das Feuerwerk vor der Kirche, das entzündet worden war, um ihr neu begonnenes Leben als Mann und Frau zu feiern. Sie brachte es kaum über sich, Yan Gar Chan anzusehen. Nicht, weil er hässlich war – seine hohen, ausgeprägten Wangenknochen und sein voller, sinnlicher Mund verliehen ihm eine Arroganz, die manche Frau durchaus als gut aussehend empfinden würde.

Eine tiefe Sehnsucht rührte sich schmerzlich in ihrem Herzen. Es war die hoch gewachsene Gestalt mit den europäischen Zügen und dem roten Haar, nach deren Anblick sie sich sehnte, und nicht nach Yan Gar Chans kaltem Gesicht. Aber Henry war für immer verloren, und Yan Gar Chan war nun ihr Ehemann. Und sie würde ihm eine gute, pflichtbewusste Frau sein.

Die Gäste, die Mais artig gesenkte Augen als Zeichen

des Respekts und des Gehorsams gegenüber ihrem Ehemann werteten, quittierten die Geste mit wohlwollendem Nicken.

Das Hochzeitsmahl fand im Freien in der Gärtnerei der Fongs statt, doch Mai verspürte kein Verlangen nach den Feierlichkeiten und den Köstlichkeiten.

Teilnahmslos betrachtete sie die Gäste, die sich an dem am Spieß gebratenen Schwein und an den Unmengen Brandy schadlos hielten und hier und da lautstark rülpsten, um ihre Zufriedenheit mit der Großzügigkeit der Gastgeber kundzutun.

Bevor die Gäste sich auf den Nachhauseweg machten, defilierten sie an Mai vorbei. Einige von ihnen ließen kleine Goldnuggets, andere ein paar Goldmünzen in ihren Schoß fallen.

Mai ging langsam zurück zur Hütte, um auf ihren Ehemann zu warten. Um zu verhindern, dass Yan Gar Chan herausfand, dass sie ihre Jungfräulichkeit bereits verloren hatte, würde sie Schmerz vortäuschen, wenn sie die Ehe vollzogen. Unter normalen Umständen hätte ein solcher Verrat aufs Übelste gegen ihr aufrichtiges Naturell verstoßen. Doch sie hatte so viel aufgegeben und würde noch so vieles in Zukunft erdulden müssen, dass sie lediglich den Anflug eines schlechten Gewissens empfand.

Als die Stunden vergingen, ohne dass ihr Ehemann erschien, wuchs ihre Besorgnis, doch der lange, freudlose Tag forderte ihren Tribut, sodass sie irgendwann erschöpft einschlief.

Sie schreckte aus dem Schlaf und zuckte vor dem durchdringenden Gestank nach Alkohol und Erbrochenem zurück, als Yan Gar Chan in den Raum torkelte. Laut fluchend ließ er sich aufs Bett plumpsen und zog Mai grob an sich.

In seiner Ungeduld, die Ehe endlich zu vollziehen, unternahm er keinerlei Versuch, Mais Verlangen zu entfachen.

Stattdessen rollte er sich auf sie und versuchte seinen halb erschlafften Penis in sie zu schieben. Seine Hände, die rau und schwielig von der Gärtnerarbeit waren, zerrten und zogen unsanft an ihrem zarten Fleisch. Sie schnappte entsetzt nach Luft, als er sein Knie zwischen ihre Oberschenkel rammte und sie zwang, die Beine weiter zu spreizen. Seine Bewegungen wurden rascher, und unvermittelt vergrub er seine Zähne in einer ihrer Brüste.

Erschüttert stellte Mai fest, dass ihr Schmerz ihn noch mehr erregte, und bemühte sich nach Kräften, nicht zu schreien, als Yan Gar Chan sich unsanft in sie rammte. Seine erbarmungslosen Stöße schienen sich ewig hinzuziehen, doch schließlich gab er ein Grunzen von sich und sank wie ein Mehlsack auf ihr zusammen. Vor Angst, ihn durch eine Bewegung zu wecken und noch einmal seinen brutalen Übergriffen ausgesetzt zu sein, lag sie reglos da, bis ihr sein Schnarchen verriet, dass sie für den Augenblick keine weiteren Misshandlungen zu befürchten hatte. Sie schob ihren mit blauen Flecken übersäten Körper unter ihm hervor.

In der Dunkelheit lag Mai da und dachte darüber nach, wie anders der Liebesakt mit Henry gewesen war. Anfangs hatte es zwar geschmerzt, aber dann nicht mehr. Mit seiner Zärtlichkeit und Geduld hatte Henry ihren Körper auf die Vereinigung vorbereitet, und sie hatte sich danach gesehnt, dass er in sie drang. Zitternd fragte sie sich, welche Schmerzen ihr Yan Gar Chans Brutalität zugefügt hätte, wäre sie noch Jungfrau gewesen. Mit einem Anflug von Ironie rief sie sich ihre Besorgnis ins Gedächtnis, Schmerzen vortäuschen zu müssen.

Am nächsten Tag neben Fong Hoy und Yan Gar Chan in der Gärtnerei hergehen zu müssen, erwies sich als echte Probe für Mais Leidensfähigkeit, denn bei jedem Schritt schien das wunde und geschwollene Fleisch zwischen ihren Schenkeln vor Schmerz zu glühen. Als sie sich bückte, um eine Hand voll Unkraut aus dem Boden zu reißen, schnappte sie erschrocken nach Luft.

Fong Hoy schaute auf. »Ist dir nicht gut?«

»Nur ein kurzer Schwindel. Ich muss mich einen Augenblick setzen.« Die Lüge kam mühelos über ihre Lippen. Sie ertrug den Gedanken nicht, dass ihr Großvater von ihrer Schande erfuhr.

»Wenn du dich nicht wohl fühlst, musst du dich ausruhen«, erklärte Fong Hoy.

Yan Gar Chan musterte sie finster. »Es geht ihr gut. Es gibt keinen Grund, dass sie sich ausruht.«

Als sie an diesem Tag mit der Arbeit fertig waren, eilte Mai zu den Büschen, die die Gemüsefelder umzäunten. Vorsichtig stieg sie über die dicken, dunklen Kletterranken, die den Waldboden bedeckten, und folgte dem Pfad zur Bucht. Sie streifte die weiten Baumwollhosen ab, watete ins Wasser und sog scharf die Luft ein, als ihre geschundene Haut mit dem kühlen Nass in Berührung kam. Sie bespritzte sich mit Wasser, bis sie sich wieder sauber fühlte.

Als sie zur Hütte zurückkehrte, war Yan Gar Chan verschwunden. Erschöpft schlief Mai noch vor Sonnenuntergang ein. Einige Zeit später weckte sie das Geräusch seiner watschelnden Schritte. Sie zog die Knie bis zum Kinn an, als er die Decke zurückschlug.

Beim Gedanken daran, wie ihre Schmerzenslaute und ihre Angst seine Lust noch gesteigert hatten, beschloss Mai, seine Aufmerksamkeiten in stoischem Schweigen zu ertragen. Dadurch hoffe sie, dass er rasch fertig werde und sofort einschlafen würde. Doch stattdessen wurde er wütend und warf ihr fluchend vor, schuld an seiner mangelnden Potenz zu sein. Als Strafe legte er die Hände um Mais zarte Brüste und drückte brutal zu. Ein Schrei stieg in ihrer Kehle auf, doch sie presste sich die Hand auf den Mund, um ihn zu ersticken.

Grunzend rollte sich Yan Gar Chan auf sie, schob sich in ihr wundes, schmerzendes Fleisch und stieß ein einziges Mal zu, ehe er sich von ihr löste, sich umdrehte und innerhalb von Sekunden einschlief.

Mai lag noch Stunden wach, ehe sie kurz vor Tagesanbruch in einen flüchtigen Schlaf fiel. Als Yan Gar Chan sie wachrüttelte, waren ihre Augen geschwollen vom Weinen, und ihr Körper fühlte sich an, als wäre eine Herde wild gewordener Tiere darüber hinweggetrampelt. Was im Grunde nicht allzu weit von der Wahrheit entfernt war, dachte sie mit einem sarkastischen Seufzer.

Die Tage und Nächte zogen in einer wenig erfreulichen Eintönigkeit dahin. Yan Gar Chan betrank sich jeden Abend und begann sie zu schlagen, um sie zu bestrafen, weil sie in seinen Augen die Schuld an seiner Impotenz trug. Die Arbeit war Mais einzige Möglichkeit, all dem zu entfliehen. Ohne die blauen Flecke und Male zu beachten, die ihren Körper bedeckten, schuftete sie unermüdlich, um sich der lähmenden Traurigkeit ihrer Gedanken zu entziehen. Abends verschwand Yan Gar Chan, um seiner Trink- und Spielleidenschaft nachzugehen, während Mai ihrem Großvater half, aus den Holzstücken, die er über die Jahre gesammelt hatte, einen soliden Fußboden für die Hütte zu zimmern.

Und Mai war nicht die Einzige, die im Zentrum von Yan Gar Chans Unmut stand.

»Glaubst du vielleicht, ich habe den ganzen Tag Zeit, zu warten, während du durch die Gegend schlurfst, alter Mann?«, herrschte er Fong Hoy eines Tages an. »Setz deine knarrenden Knochen endlich in Bewegung. Die da müssen aufgesammelt werden, bevor du endgültig vertrocknest und an Altersschwäche stirbst.«

Ihr Magen verkrampfte sich vor Angst, als Mai sah, wie ihr Ehemann mit wutverzerrtem Gesicht über Fong Hoy aufragte und einen Kopf Senfkohl aus der Erde riss.

»Die da sollten schon längst abgeerntet sein, damit ich sie in die Stadt bringen kann.« Yan Gar Chan sah zur Sonne hinauf, die sich durch den frühmorgendlichen Dunst kämpfte. »Die Sonne trocknet sie aus. Wer wird dann noch einen guten Preis für sie bezahlen, du dummer, alter Holzkopf? Wir werden sie verschenken müssen.« Ohne Vorwarnung schlug er Fong Hoy ins Gesicht, sodass der alte Mann zu Boden fiel.

»Hör auf, Yan Gar Chan! Was bildest du dir ein?« Mai lief an Fong Hoys Seite und stieß ein Japsen aus, als ihr ein heftiger Schlag auf den Rücken sämtliche Luft aus den Lungen presste.

»Womit habe ich nur diese beiden Faulpelze verdient?«, beschwerte sich Yan Gar Chan schnaubend, nahm den Korb mit den Kohlköpfen und ging davon.

Mai half ihrem Großvater auf.

»Er hat den Teufel im Leib«, sagte Fong Hoy mit bekümmerter Miene. »Aber er sagt nur die Wahrheit. Ich bin ein dummer, alter Holzkopf.« Er schüttelte den Kopf. In seinen Augen standen Trauer und Qual. »Ich habe gewusst, dass du Gefühle für deinen weißen Freund gehabt hast, die lieber nicht weiter ermutigt werden sollten. Deshalb habe ich auf der Ehe mit Yan Gar Chan bestanden. Ich habe gesehen, wie hart er arbeitet, und dachte, er sorgt gut für dich. Aber ich habe gesehen, wie die Freude dich verlassen hat. Hat er dich auch geschlagen?«

»Ja«, antwortete Mai, den Blick auf Fong Hoy gerichtet, dessen zerfurchtes Gesicht mittlerweile wie Pergamentpapier aussah. Nicht sein Alter, sondern vielmehr die Sorgen und der Kummer ließen ihn wie einen zutiefst gebeugten Mann erscheinen.

Yan Gar Chan schlug sie regelmäßig, doch bis zum heutigen Tag hatte er kein einziges Mal die Hand gegen Fong Hoy erhoben, und Mai war sorgsam darauf bedacht gewesen, ihre Wunden vor ihm zu verbergen. Fong Hoy war sich zwar der scharfen Zunge des Jüngeren bewusst gewesen, doch niemals seiner Neigung zu körperlicher Gewalt.

Fong Hoy hielt Mais Arm umfasst, während er sich von dem Schlag erholte. Was war nur aus ihnen geworden? Sollte Yan Gar Chan ihren Großvater ebenso brutal schlagen wie sie, musste sie um sein Leben fürchten. Ein alter, schwacher Mann und eine Frau waren keine ebenbürtigen Gegner für ihren launenhaften Ehemann.

Inzwischen konnte sie kaum noch glauben, wie froh sie und Großvater damals gewesen waren, als Yan Gar Chan von den Schürfstätten in Otago gekommen war. Die Zukunft der Gärtnerei hatte wegen Fong Hoys Blindheit und zunehmender Schwäche auf dem Spiel gestanden. Yan Gar Chans Angebot, ihnen zu helfen, war ihnen wie ein Geschenk des Himmels erschienen. Sie und Großvater hatten einige zusätzliche Räucherstäbchen angezündet, um Houchi, dem Gott der Ernte, für seine Gunst zu danken.

Yan Gar Chan, der gesund und stark war, hatte unermüdlich von morgens bis abends im Garten gearbeitet. Seine Arbeit hatte ihren Gewinn noch erhöht, und Mai war entzückt gewesen, als er Fong Hoy überzeugt hatte, einen Karren zu kaufen, um das Obst und das Gemüse damit in die Stadt zu fahren, statt es in ihren Körben oder mit dem Joch zu tragen.

Auch damals schon war er ein sauertöpfischer Mann gewesen, doch hatte nichts auf sein ungestümes Temperament und seine Brutalität hingewiesen. Großvater hatte ihm ohne mit der Wimper zu zucken die Gärtnerei anvertraut, als sie nach Charleston gereist waren.

»Es gibt nichts, was wir tun können. Wir müssen eben darauf achten, dass wir ihn in Zukunft nicht mehr reizen«, erklärte Mai und klopfte sich den Schmutz von der Kleidung, obwohl sie innerlich zutiefst verzweifelt über die Art und Weise war, wie ihr Ehemann den Großvater behandelte. Schließlich hatte er nichts getan, womit er sich seinen Zorn zugezogen hätte. Andererseits, dachte sie mit einem hilflosen Achselzucken – was hatte sie selbst getan, was seine Schläge rechtfertigte?

Nachdem sie Yan Gar Chan geholfen hatte, den Wagen zu beladen, sah sie zu, wie er davonfuhr. Sie vermisste es, die Waren selbst in die Stadt zu bringen, auch wenn die Stunden ohne ihren Ehemann eine angemessene Entschädigung dafür waren. Fong Hoy machte es ebenfalls traurig, denn auch als er nicht mehr hatte sehen können, hatte er die Fahrt nach Stafford, gewürzt mit Mais Beobachtungen und den lebhaften Schilderungen der Ereignisse um sie herum, genossen. Seit ihrer Heirat hatte Yan Gar Chan das Ausliefern übernommen und fuhr grundsätzlich allein in die Stadt.

»Welchen Nutzen hat es, einen alten Mann und eine schwache Frau mitzunehmen?«, erklärte er achselzuckend. »Es ist besser, ihr bleibt hier und macht euch so lange auf dem Feld nützlich.«

Mai machte sich keine Illusionen darüber, dass Fong Hoy zwar offiziell der Besitzer der Gärtnerei war, doch Yan Gar Chan immer mehr zum Eigentümer wurde.

Diesmal war Yan Gar Chan beinahe guter Stimmung, als er zurückkam. »Ein guter Tag«, erklärte er ihnen mit einem listigen Grinsen, obwohl Mai auffiel, dass er kein Geld auf den Tisch legte. Unbehaglich sah sie ihn an, während Fong Hoy stirnrunzelnd darauf wartete, dass sein Schwiegersohn ihm das Geld aushändigte, das er mit dem Verkauf ihrer Waren eingenommen hatte. Ohne auf Fong Hoys durchdringenden Blick zu achten, befahl Yan Gar Chan Mai, ihm eine Schüssel Wasser zu holen, damit er sich waschen konnte. Sie zögerte kurz, da sie den beiden nur ungern den Rücken kehren wollte.

»Hol mir Wasser! Ich hab nicht den ganzen Abend Zeit zu warten, während du herumtrödelst, du dummes Weibsbild!«

Mai, die gerade tun wollte, was er verlangte, erstarrte jedoch, als Fong Hoy die Hand ausstreckte. »Es freut mich, dass du einen guten Tag gehabt hast, aber noch mehr freue ich mich, wenn du mir das Geld gibst, damit ich es zählen und verstauen kann.«

Yan Gar Chans Augen verengten sich. Er packte Fong Hoy am Kragen, sodass dessen Hemd zerriss, und fuchtelte mit der Faust vor dem Gesicht des alten Mannes herum.

Mai eilte Fong Hoy zu Hilfe, indem sie sich zwischen die beiden Männer schob.

»Du traust mir also nicht, dummer, alter Holzkopf?«, knurrte Yan Gar Chan, schüttelte Fong Hoy und stieß Mai so brutal beiseite, dass sie zu Boden fiel. Sie nahm an, dass ihr Großvater Yan Gar Chan bitten würde, ihn loszulassen, doch stattdessen starrte er ihm mit angespanntem Kiefer entschlossen ins Gesicht.

»Mein Geld, bitte«, erklärte Fong Hoy mit heiserer Stimme, während sich die Faust des Jüngeren in seine Kehle bohrte.

Mit finsterer Miene löste Yan Gar Chan seinen Griff und holte eine Hand voll Münzen aus der Tasche. Er schleuderte sie auf den Tisch, sodass sie über die Platte und zu Boden rollten.

Mai unterdrückte das Bedürfnis, in Jubel über den Sieg ihres Großvaters auszubrechen.

Eine Hand zur Faust geballt, stapfte Yan Gar Chan zur Tür. Mai vermutete, dass er noch weitere Münzen darin hielt, aber wenigstens hatten sie den Großteil ihres Geldes bekommen, weil Fong Hoy ihm so tapfer standgehalten hatte.

»Ich hatte Angst um dein Leben, Großvater«, sagte sie, als ihr Ehemann verschwunden war. »Manchmal ist es, als wäre er von Dämonen besessen.« Sie half dem erschütterten Fong Hoy, sich zu setzen.

»Mein Hals fühlt sich an, als wäre er wie der eines Hühnchens umgedreht worden, und mein Herz schlägt so sehr, dass ich Angst habe, es zerspringt gleich«, sagte Fong Hoy und rieb sich den Hals. »Aber meine Seele singt vor Freude. Ich bin vor diesem Kerl aufgestanden und habe gesiegt.«

»Das hast du«, stimmte Mai zu, obwohl sich ein Anflug von Traurigkeit in ihr Lächeln mischte. Hätte auch sie zu Beginn ihrer Ehe den Mut aufgebracht, sich gegen Yan Gar Chan aufzulehnen, wäre ihr vielleicht einiges an Prügel erspart geblieben.

Fong Hoy stand auf und durchquerte humpelnd den Raum. Er kniete sich vor den Ofen, hob drei Bodendielen an und nahm eine zerbeulte, ramponierte Büchse heraus, deren einstmals leuchtend rotes und goldenes Muster längst verblasst war. Mai erkannte sie als das Gefäß, in dem Fong Hoy ihr Geld aufbewahrte. Die Dose hatte immer unter seinem Bett gestanden, deshalb erstaunte es sie, dass er sie nun unter der Bodendiele hervorholte.

»Es hat Geld gefehlt, deshalb habe ich mir ein neues Versteck gesucht. Es ist nicht klug, sie dort aufzubewahren, wo er sie finden kann«, erklärte Fong Hoy und versteckte die Dose wieder im Boden, ehe er die Dielen sorgfältig darüberlegte.

Mai lächelte. Sie hatte sich schon über das plötzliche Interesse ihres Großvaters gewundert, einen Holzboden zu verlegen, obwohl ihm der Lehm in der Hütte bisher ausgereicht hatte. Die Dielen waren in den verschiedensten Längen und Breiten gezimmert, sodass sie wie ein großes Puzzle aussahen, von dem niemand je erraten würde, welches Geheimnis sie bargen.

»Yan Gar Chan darf es nie finden, sonst stiehlt er das Geld und gibt es für Glücksspiele und Brandy aus. Wir müssen das Geld sparen, damit du eines Tages nach China zurückkehren kannst. Dort wirst du dir Land kaufen können, und das Leben wird einfacher für dich werden.«

China. Die Vorstellung, in das Land ihrer Vorfahren zu reisen, war nicht mehr so aufregend für Mai, wie es früher einmal gewesen war. Inzwischen deprimierte sie der Gedanke, in einem Land zu leben, das sie nie kennengelernt hatte. Eine Woge der Übelkeit überkam sie. Sie legte die Finger um die Tischkante, als die Kraft aus ihren Beinen wich und die Dielen vor ihren Augen zu verschwimmen begannen.

»Hat er dir wieder wehgetan?«, fragte Fong Hoy und humpelte zu ihr herüber.

»Nicht mehr als sonst. Es ist nur der Schock, als ich gesehen habe, wie der dich bedroht. Ich dachte allen Ernstes, er bringt dich um«, sagte sie.

Der Schwindel erinnerte sie daran, dass sie seit einiger Zeit nicht mehr geblutet hatte. Es schien, als würde der Haushalt Zuwachs bekommen. Eigentlich hätte sie außer sich vor Freude sein sollen, doch stattdessen verspürte sie blanke Verzweiflung. In die Obhut eines brutalen Kerls wie Yan Gar Chan hineingeboren zu werden, erschien ihr als grausames Schicksal für ein unschuldiges Kind.

Kapitel 18

Poppy wanderte ruhelos im Haus herum und fing in jeder Ecke mit irgendeiner Arbeit an, ohne auch nur eine davon zu beenden. Als sie in den Salon schlenderte, registrierte sie bedrückt die Leere, die Stille, die im ganzen Haus herrschte.

Mehr als ein Monat war vergangen, seit Mai und Fong Hoy nach Stafford zurückgekehrt waren, trotzdem war das Haus noch immer von der deprimierenden Atmosphäre von Krankheit und Tod erfüllt. Und ihre Stimmung war um kein Haar besser. Sie hatte keine Ahnung gehabt, wie sehr Mai und Fong Hoys Gesellschaft sie von den Auswirkungen von Prudences Tod abgelenkt hatte. Und wie viel Leben Mai mit ihrer ruhigen, gutmütigen Art und ihrem Humor in den Haushalt gebracht hatte.

Die Zwillinge waren bei Nelly O'Connor und halfen ihr, nach Eiern zu suchen, die ihre stets flüchtigen Hühner in jede Ritze und Spalte legten, die sie finden konnten. Schon mehr als einmal waren die beiden nach faulen Eiern stinkend nach Hause gekommen, weil sie in ein mit Eiern gefülltes Loch in Nellys Garten getreten waren. Die mütterliche Irin genoss die Gesellschaft der Zwillinge über alle Maßen, und die Eiersuche stellte lediglich eine willkommene Ausrede dar, um die beiden mit Kuchen und Biskuits voll zu stopfen und mit liebevoller Aufmerksamkeit zu überschütten.

Cam war ins Krankenhaus gegangen, und von Henry war ebenfalls keine Spur zu sehen. In der letzten Woche hatte sie ihren Bruder kaum zu Gesicht bekommen, und wenn er sich die Mühe gemacht hatte, sich zu zeigen, war seine

Stimmung alles andere als heiter gewesen. Poppy nahm an, dass seine schlechte Laune auf Mais Abwesenheit zurückzuführen war. Sie hatte beobachtet, wie er das Mädchen mit mehr als nur beiläufigem Interesse angesehen hatte, ebenso wenig war ihr die irritierende Nähe zwischen den beiden entgangen. Er hatte kaum ein Wort mit Poppy gewechselt, ehe er mit Donald MacKinnon losgezogen war, der geschäftlich in Charleston zu tun hatte.

»Ah, da bist du ja, Poppy.«

Sie schenkte ihrem Bruder ein freundliches Lächeln, als er in der Salontür erschien. »Henry! Ich habe mich so nach Gesellschaft gesehnt. Das Haus ist neuerdings so leer. Bleib doch hier und lass uns Tee trinken.«

Henry zögerte. »Kein Tee für mich, danke«, sagte er und setzte sich in den Sessel gegenüber von seiner Schwester.

»Jetzt, wo alles wieder beim Alten ist, müssen wir eine Arbeit für dich hier in Charleston finden.«

»Poppy, ich werde nicht bleiben.«

»Du gehst weg?« Poppy seufzte beim Gedanken an den langen, einsamen Nachmittag, der ihr bevorstand.

»Nein, ich bleibe nicht hier.«

»Bei uns, meinst du? Hier im Haus?«

»Ich verlasse Charleston.«

Poppy umklammerte die Sessellehne, als sie schlagartig eine Mischung aus Heimweh, Einsamkeit und Verzweiflung überfiel. »Aber du weißt doch, dass du jederzeit hier bleiben kannst, so lange du willst, auch wenn du keine Arbeit findest. Im Haus gibt es so viel zu tun, jetzt wo Mai nicht mehr bei uns ist. Es ist schwer, gute, verlässliche Dienstboten zu finden …« Sie unterbrach sich, als sie Henrys starre, unnachgiebige Miene sah.

»Ihr beide habt mich mit offenen Armen aufgenommen, und ich habe mich hier wie zu Hause gefühlt, aber jetzt hält mich nichts mehr.«

»Natürlich tut es das, Henry. Abgesehen von Cam und

den Kindern bist du mein einziger Verwandter hier, und du liegst mir sehr am Herzen. Ich würde dich dafür hassen, wenn du mich verlässt«, flehte Poppy.

Tief in ihrem Innern hatte sie immer gewusst, dass Henry eines Tages weiterziehen würde, und wenn er nicht Charleston verließe, dann zumindest das Haus der Ainsleys. Es war nur natürlich für einen gesunden jungen Mann, dass er nach Abenteuern dürstete, insbesondere in einem jungen und unentdeckten Land wie diesem. Doch sie ertrug den Gedanken nicht, ihn schon so bald zu verlieren.

»Habe ich dich in irgendeiner Weise verärgert? Wenn ja, dann sag es mir, damit wir die Dinge in Ordnung bringen können.«

»Es hat nichts mit dem zu tun, was du getan oder nicht getan hast«, beruhigte Henry sie. »Aber ich muss Charleston verlassen.«

»Es ist wegen Mai, hab ich Recht?«

Eine verräterische Röte breitete sich auf Henrys Gesicht aus. Großer Gott, ich hatte Recht, dachte Poppy. Die Vorstellung, dass ihr Bruder und Mai ein Paar waren, erschütterte sie zutiefst.

»Henry, es wäre niemals gut gegangen. Eine Heirat zwischen dir und Mai hätte euch beide in großes Unglück gestürzt.« Sie beugte sich vor und nahm seine Hände. »Bleib hier bei uns. Du wirst Arbeit finden, und irgendwann wirst du bestimmt ein nettes Mädchen kennenlernen.«

»Ein nettes *europäisches* Mädchen, das willst du doch damit sagen, nicht wahr?«, stieß Henry verbittert hervor.

Poppy biss sich auf die Lippen. »Henry, ich wollte Mai nicht beleidigen. Ich habe sie sehr gemocht. Zufällig habe ich gerade eben darüber nachgedacht, wie leer und einsam mir dieses Haus ohne sie und Fong Hoy vorkommt. Aber du musst einsehen, dass eine Ehe mit ihr niemals gutgegangen wäre.«

Henry stieß ein höhnisches Knurren aus. »Keine Sorge,

sie wollte mich sowieso nicht. Sie wird einen Chinesen heiraten. Wahrscheinlich hat sie es sogar schon getan.« Seine Augen verdüsterten sich vor Schmerz.

»Oh, Henry, es tut mir so leid. Wirklich.« Und das entsprach der Wahrheit, auch wenn sie gleichzeitig erleichtert war. »Aber wenn schon jemand um Mais Hand angehalten hat, dann nützt es dir doch auch nichts, wenn du uns verlässt. Mit der Zeit wird der Schmerz nachlassen.«

»Ich weiß.« Henry entzog ihr seine Hände. »Trotzdem muss ich fort. In einer Stunde geht ein Schiff nach Hokitika, und Donald segelt mit ihm. Er will immer noch, dass ich in seinem Laden in Stafford arbeite.«

Poppy war bestürzt. »Das tust du nur, um näher bei Mai zu sein!« Henry unternahm keinen Versuch, ihren Vorwurf abzustreiten.

»Henry, Mai wird bald verheiratet sein. Vielleicht ist sie es sogar schon. Das hast du mir selbst vor zwei Minuten erzählt. Eine saubere Trennung ist das Beste. Halte dich von diesem Mädchen fern. Sie wiederzusehen, würde es nur noch schwerer für dich machen.«

»Poppy, ich will doch nur sicher sein, dass es ihr gutgeht und sie glücklich ist. Wenn sie es ist, lasse ich sie in Ruhe, ich schwöre.«

Alles andere als überzeugt drückte Poppy ihm heimlich beide Daumen. »Du musst mir versprechen, dass du zu uns kommst, solltest du jemals Hilfe brauchen«, sagte sie.

Poppy fuhr Henry zur Bucht. Auf dem Weg hielt sie bei Nelly an, um die Kinder einzusammeln. Da sie fürchtete, von einer Woge der Traurigkeit übermannt zu werden, wenn sie sich auch nur eine Träne gestattete, lauschte sie dankbar dem Geschnatter der Kinder, als sie sich voneinander verabschiedeten.

Als sie in Constant Bay ankamen, saß Donald bereits im Brandungsboot und wartete darauf, zur *Mizar* gebracht zu werden. Poppy bemühte sich nach Kräften, keine schlechten Gefühle aufkommen zu lassen, als sie ihnen nachwinkte. Doch es wollte ihr nicht gelingen. Hätte Henry diesen Mann nicht kennengelernt, würde er sie jetzt nicht verlassen und Gott weiß welchen Gefahren entgegensegeln, und das nur wegen seiner Zuneigung zu einer Ausländerin, die wahrscheinlich ohnehin mit einem anderen verheiratet war. Abgesehen davon wusste nur der Schöpfer allein, welche Rohlinge in der Stadt lebten, in der Donald MacKinnon seinen Laden hatte.

»Ich hoffe, Cam wird dir nicht allzu böse sein, weil du mir den hier geliehen hast«, erklärte Henry und hob Cams Lederkoffer in die Höhe, als er in das Brandungsboot stieg. »Ich bringe ihn dir eines Tages zurück, das verspreche ich.«

Poppy war so unglücklich, dass sie kein Wort herausbrachte, sondern nur nicken konnte. Obwohl die Kolonie in den letzten Jahren zu ihrem Zuhause geworden war, hatte Henrys Anwesenheit sie erkennen lassen, dass ein Teil von ihr sich stets nach ihrer alten Heimat in Devon gesehnt hatte.

Wie eine Statue stand sie da, unfähig, den Blick von dem Schiff abzuwenden, als es aus der Bucht auslief, als fürchte sie, es verschwände für immer, sobald sie es tat. Sie rieb sich die Brust, um den Schmerz in ihrem Herzen zu lindern, und kniff die Augen wegen der Sonnenstrahlen zusammen, die fröhlich auf den sanft plätschernden Wellen glitzerten und ihre Traurigkeit zu verhöhnen schienen.

David löste sich von ihr und lief zum Einspänner, während Ruby, die die Verzweiflung ihrer Mutter instinktiv spürte, zurückblieb und Poppys Hand nahm.

»Keine Sorge, Mama«, sagte sie. »Onkel Henry kommt bestimmt eines Tages zurück. Vielleicht können wir ihn ja mal besuchen.«

»Du hast sicher Recht, mein Schatz«, erwiderte Poppy und wischte sich eine Träne ab.

Kapitel 19

Die Arme voller Päckchen und mit einem nicht minder beladenen Ladengehilfen im Schlepptau, verließ Poppy *Mulligan & Halligan, Tuchhändler.* Ihre düstere Stimmung hob sich augenblicklich, als Ben Corbett neben sie trat.

»Ich wollte dich heute Nachmittag besuchen«, meinte er, nahm ihr die Päckchen ab und verstaute sie im Einspänner. »Und Mai und Fong Hoy. Ich habe mich gefragt, wie seine Operation wohl verlaufen ist.«

»Sie sind schon einige Zeit fort«, erwiderte Poppy und griff nach den Zügeln. »Ich dachte, du hättest davon gehört.«

»Auf Gerüchte kann man sich nicht immer verlassen«, erklärte Ben grinsend. »Außerdem war ich oben in Nelson und habe ein paar Geschäfte gemacht. Ich bin erst seit gestern wieder hier.« Er nahm seine Uhr aus der Tasche und warf einen Blick darauf. »Ich nehme an, du hast es eilig, nach Hause zu kommen.«

Beim Anblick seines freundlichen Gesichts und der Aussicht, sich ausnahmsweise über etwas anderes als Krankenhausbudgets und Beschwerden irgendwelcher Patienten unterhalten zu können, erschien Poppy die Vorstellung, einen Nachmittag mit Ben zu verbringen, erheblich aufregender, als Eier einzulegen, wie sie ursprünglich vorgehabt hatte. »Warum kommst du nicht mit?«

»Warum eigentlich nicht?«, meinte Ben mit einem überraschten Lachen, stieg in den Einspänner und griff nach den Zügeln. Sie rückte beiseite, um ihm Platz zu machen.

»Und wie geht es Henry dieser Tage?«, erkundigte er sich, als sich das Gefährt in Bewegung setzte.

»Er hat eine Anstellung bei Donald MacKinnon in Stafford gefunden.«

»Donald MacKinnon, sagst du? Ich habe schon von ihm gehört. Scheint nicht viel hier zu geben, wo er seine Finger nicht drin hat.«

»Ist er etwa kein Ehrenmann?«, fragte Poppy erschrocken.

»Über seine Ehrenhaftigkeit kann ich nichts sagen, da ich mich mit den Privatangelegenheiten dieses Mannes nicht auskenne. Aber ich habe gehört, dass er seine Geschäfte ehrlich erledigt. Ich habe sogar schon überlegt, ob ich mich an ihn wenden soll.«

»Dem Himmel sei Dank. Ich hätte nicht gewollt, dass Henry sich mit jemandem einlässt, der ihn betrügt oder ihn nicht ordentlich bezahlt.« Ben lachte leise.

»Es freut mich zu sehen, dass du meine Bemerkungen so amüsant findest«, erklärte Poppy beleidigt.

»Komm schon, ich wollte dich nicht beleidigen«, entgegnete Ben, noch immer lächelnd. »Aber man muss schon ein tapferer Mann sein, um deinen Bruder betrügen zu wollen. Er ist ein ziemlich großer und kräftiger Bursche, Poppy. Wie ich gehört habe, hat er sich neulich Thwaites und Parker vorgeknöpft und sie aus dem Laden geworfen. Und zwar mit einer Hand.«

»Ich vergesse immer, wie groß er ist. Für mich ist er immer noch mein kleiner Bruder«, sagte sie. »Außerdem hast du ja dasselbe mit diesen zwei üblen Burschen gemacht.«

Ben lächelte sie an. »Mach dir um Henry keine Sorgen. Er ist ein kräftiger Kerl. Mit ein bisschen Glück wird er sich da draußen gut machen. Und wenn Donald MacKinnon ihm tatsächlich eine Stellung angeboten hat, ist das Glück schon auf seiner Seite.«

Poppy bestätigte Bens Ausführungen mit einem Nicken. Damals, bei ihrer Ankunft in Charleston, war er selbst nicht gerade vom Glück begünstigt gewesen.

»Nicht so wie ich, als ich das letzte Mal hier war, oder was meinst du, Poppy?«, sprach Ben ihre Gedanken laut aus. »Ich war wie all die anderen Träumer: fest überzeugt, eines Tages mit dem gelben Zeug reich zu werden, und dabei bin ich mit jedem Tag ärmer geworden. Aber als du gekommen und eingestiegen bist, dachte ich, das Blatt hätte sich gewendet.« Er lachte wehmütig. »Eine Zeit lang war ich sogar dumm genug zu glauben, du würdest mich vielleicht heiraten. Aber dann ist Cam auf der Bildfläche erschienen – der gute Herr Doktor, den ganzen Weg von England ist er hergekommen. So charmant und hoch geschätzt im Vergleich zu mir, einem einfachen Goldgräber. Als ich gemerkt habe, wie du ihn ansiehst, kam ich mir so dumm vor. Ich konnte nicht glauben, dass ich die Stirn besitzen und hoffen konnte, ich könnte dich halten.«

Mit vor Verlegenheit brennendem Gesicht lauschte sie Bens Geständnis. Behutsam berührte sie seine Hand. »Ben, du brauchst mir all das nicht zu erzählen. Du warst der beste Freund, den ich jemals haben konnte, und ich wünschte, es wäre anders zwischen uns gekommen. Aber manche Dinge sollen eben einfach nicht sein.«

Ben starrte stur geradeaus, als hätte er sie nicht gehört, und Poppy wusste, dass sie den Finger in eine noch immer offene Wunde gelegt hatte.

»Tja, dann erzähl mir doch, ob Fong Hoy jetzt aus hundert Metern Entfernung ein Karnickel trifft«, unterbrach Ben die verlegene Stille.

Poppy lächelte. »Ich denke, das hängt davon ab, ob er früher in der Lage war, ein Karnickel aus hundert Metern Entfernung zu treffen. Ehrlich gesagt kann ich mir das nicht vorstellen.«

»Er kann also wieder sehen, ja?«

»Aber natürlich. Hattest du etwa Zweifel am Erfolg der Operation?«

Ben zuckte die Achseln. »Ich hatte eher den Eindruck,

dass der Doktor Zweifel hatte. Er wollte sich Fong Hoys Augen nicht einmal ansehen, von einer Operation ganz zu schweigen. Er hat sich nur bereit erklärt, weil ich ihn so beschämt habe, dass ihm nichts anderes übrig blieb.«

Bens höhnischer Tonfall ärgerte Poppy, obwohl sie nur zu gut wusste, dass mehr als ein Fünkchen Wahrheit in seinen Worten lag.

»Er wollte nur vorsichtig sein«, meinte sie knapp.

»Wenn du meinst. Aber vielleicht hatte er auch ernsthafte Zweifel an seiner Fähigkeit, seine Sache ordentlich zu machen«, wandte Ben ein und löste die Augen von der Straße, um ihr einen bedeutungsvollen Blick zuzuwerfen.

»Er hatte seine Gründe dafür. Er wollte nicht noch einmal –« Sie unterbrach sich und ärgerte sich über ihren Patzer, als sie die Neugier in Bens Augen aufflackern sah.

»Er wollte *was* nicht noch einmal?«, bohrte er und zog an den Zügeln, um das Tempo zu drosseln, als sie auf das Haus zufuhren.

»Würde es dir etwas ausmachen, ums Haus herum zum Stall zu fahren?«, bat Poppy, ohne auf seine Frage einzugehen.

Ben hielt den Einspänner an. »Gehe ich recht in der Annahme, dass dem Doktor bei irgendeinem armen Teufel ein Schnitzer passiert ist, als er dessen Augen behandelt hat?«

Ein Anflug von boshafter Befriedigung erschien auf Bens Gesicht, der in Poppy das schier unwiderstehliche Bedürfnis auslöste, sie ihm aus dem Gesicht zu schlagen.

»Es hatte nichts mit den Augen eines Patienten zu tun. Es war etwas vollkommen anderes, ein tragischer Unfall. Das Kind wäre sowieso gestorben, egal, was Cam getan hätte – oh!« Sie schnappte entsetzt nach Luft, als ihr klar wurde, dass sie viel mehr preisgegeben hatte als beabsichtigt.

Doch Ben hatte bereits angebissen. »Ha! Also hat er jemanden auf dem Gewissen, hab ich Recht?«

»Ich – ja – nein!«

»Hat er oder hat er nicht, Poppy? Und nach deinem blassen Gesicht zu schließen würde ich sagen, er hat.« Er stieß ein geringschätziges Schnauben aus. »Ich fand immer schon, dass er größenwahnsinnig ist.«

»Nein, nein, du verstehst nicht ... Sie – das Kind –, sie hatte Diphtherie. Sie lag im Sterben, drohte zu ersticken. Cam hat einen Luftröhrenschnitt vorgenommen, aber der Schnitt war zu klein. Sie ist gestorben, während er versucht hat, sie zu intubieren.«

Ben stieß einen erschütterten Pfiff aus. »Der Schnitt war zu klein?«

»Ja«, erwiderte Poppy, die sich hundeelend bei der Erinnerung daran fühlte.

»Der tolle Dr. Ainsley schafft es nicht mal, einen richtigen Schnitt zu machen, und bringt ein armes Kind um?«, meinte Ben und schüttelte ungläubig den Kopf. »Großer Gott, war er betrunken?«

Poppy, mit einem Mal schweißgebadet, wandte den Blick ab, in der Hoffnung, er würde die plötzliche Röte auf ihren Wangen nicht bemerken.

»Aha! Er war es, stimmt's? Der Mistkerl hatte ein Glas zu viel intus, und deshalb hat ein Patient sein Leben verloren.« Ben schob sich auf dem Sitz zurück und verschränkte die Arme vor der Brust – der Inbegriff der überheblichen Selbstzufriedenheit. »Tja, nach einem solchen Vorfall haben wohl nicht mehr allzu viele an seine Tür geklopft, wie? Nicht, nachdem sich diese Geschichte herumgesprochen hatte. Es ist auch so schon schwer genug, dafür zu sorgen, dass die Kinder nicht sterben. Die Leute brauchen nicht noch einen betrunkenen Arzt, der das für sie erledigt.«

Poppy wand sich beschämt angesichts der Verachtung in Bens Augen. Aber wie konnte er es wagen, Cam zu verurteilen, ohne die ganze Geschichte zu kennen? »Du hast gut reden. Du glaubst, du wüsstest alles, und könntest jemandem die Schuld zuweisen, wo es nichts zuzuweisen gibt«, gab sie zurück, während ihre Scham in helle Wut auf Ben und seine Arroganz umschlug.

»Ich mag nur ein einfacher Mann sein, der nicht das Privileg einer guten Ausbildung genossen hat, aber ich weiß, dass man sich des Mordes strafbar macht, wenn man einem anderen Menschen das Leben nimmt. Und dieser Unsinn, von wegen, niemand könne ihm einen Vorwurf machen, ist nichts als Wunschdenken.«

Er ließ die Zügel fallen und machte Anstalten, aus dem Einspänner zu steigen.

»Bitte warte«, bat sie und packte ihn am Arm. »Du musst mich anhören. Es ist nicht so, wie es scheint.«

Ben schüttelte ihre Hand ab und schwang ein Bein aus der Kutsche.

»Ben, bitte, lass es mich doch erklären«, flehte sie und umklammerte seinen Arm erneut, sodass ihre Fingerknöchel weiß hervortraten. »Du musst verstehen, dass das Kind sowieso gestorben wäre, egal, was Cam an diesem Abend gemacht hätte. Cams Praxis hat sich enorm entwickelt, seit du Charleston vor Jahren verlassen hast. Er hat immerzu gearbeitet, hier und im Krankenhaus, hatte nie Zeit für sich selbst, konnte sich nie ausruhen. Ein Freund und Kollege kam aus England, um ihm zu helfen, aber er war schwer krank. Er hatte Schwindsucht, und als er starb, hat sich das Cam sehr zu Herzen genommen. Damals fing er an, sehr viel zu trinken, aber immer erst abends, nach den Operationen und den Patientenbesuchen.«

Ben lauschte schweigend.

»Der Vater des Mädchens hat sie spät an diesem Abend zu uns gebracht«, fuhr Poppy fort. »Sie war schon seit Tagen krank. Sie lag im Sterben, wie ich schon sagte, und es gab nichts mehr, was man für sie hätte tun können. Aber Cam hat sich die Schuld an ihrem Tod gegeben. Danach hat er monatelang nicht mehr operiert, sondern alle Patienten ins Krankenhaus geschickt, wenn sie eine Operation gebraucht haben.«

»Also hat er die Nerven verloren«, stellte Ben fest.

»Seine Zögerlichkeit, Fong Hoy zu operieren, rührte von dem her, was damals passiert ist. Aber am Ende war ihm doch klar, dass er der Einzige ist, der dem alten Mann sein Sehvermögen wieder zurückgeben kann, und deshalb hat er sich bereit erklärt, es zu tun. Nicht weil ein anderer ihn so beschämt hat, dass ihm keine andere Wahl blieb.«

Sie sank in sich zusammen, als hätte sie jedes Quäntchen Energie für die flammende Verteidigungsrede über ihren Ehemann aufgebraucht.

»Mag ja sein, aber das ist ein ziemlich schwacher Trost für den Vater des Mädchens, der zusehen musste, wie sein armes Kind in den Händen eines Betrunkenen stirbt.«

»Aber so war es nicht! Er hat gewusst, dass Cam alles getan hat, um das Leben des Mädchens zu retten, und dass ihr Tod unvermeidlich war. Er hat sich Vorwürfe gemacht, weil er sie nicht früher zu Cam gebracht hat.«

»Dann war er ein Narr! Aber wenn es um deinen verdammten Ehemann geht, hattest du ja schon immer Scheuklappen auf!« Er sprang aus dem Einspänner und stürmte davon.

»Ben! Versprich mir, dass du niemandem davon erzählen wirst!«, rief Poppy seinem Rücken zu. »Damit ist niemandem geholfen. Denk an Cams guten Namen.«

Ben wirbelte herum und öffnete den Mund, um etwas zu sagen, ehe sich ein resignierter Ausdruck auf seinem Gesicht ausbreitete. Er schüttelte den Kopf, als könne er Poppys unerschütterlichen Glauben an ihren Ehemann nicht fassen. »Ich werde nichts sagen, Poppy – aber um deinetwillen und nicht wegen Cam«, erklärte er, wandte sich um und ging.

Kapitel 20

INZWISCHEN KOCHTE MAI abends nicht mehr für Yan Gar Chan. Seine Trink- und Spielexzesse waren schlimmer geworden. Wenn er in der Gärtnerei fertig war, fuhr er mit dem Karren nach Stafford und kehrte erst in den frühen Morgenstunden zurück.

Seit er über Mais Zustand Bescheid wusste, hatte er sie nicht mehr geschlagen. Ebenso wenig hatte er sich ihr körperlich aufgezwungen.

Stattdessen hatte er die Brust gereckt, als sie ihm die Nachricht überbracht hatte, und sogar gelächelt, auch wenn es nur wenige Tage gedauert hatte, bis sich seine übliche Übellaunigkeit wieder einstellte.

Ein Anflug von Besorgnis beschlich Mai, als sie ihren Mann die Hütte betreten hörte. Er kam aus der Stadt zurück, wo er das Gemüse verkauft hatte, und ließ das Geld mit einem verächtlichen Knurren vor Fong Hoy auf den Tisch fallen.

Der alte Mann zählte es, runzelte die Stirn und fing noch einmal von vorn an zu zählen.

»Was ist jetzt schon wieder los?«, brummte Yan Gar Chan, während sein Blick von dem Geld auf dem Tisch zu Fong Hoys Gesicht schoss.

»Es ist nicht genug Geld.«

»Diese Weißen sind keine ehrlichen Leute. Sie betrügen mich.«

»Warum sollten sie dich betrügen? Großvater haben sie doch auch nie hinters Licht geführt«, erklärte Mai, sorgsam darauf bedacht, Abstand zu ihrem Mann zu halten, da sie Gefahr lief, einen Fußtritt zu kassieren, weil sie es gewagt hatte, ihm eine Frage zu stellen.

Yan Gar Chan warf ihr einen verdrossenen Blick zu.

»Euch bin ich bestimmt keine Erklärung schuldig«, knurrte er und stapfte davon, ehe sie etwas sagen konnten.

Mai, die lange vor Einbruch der Dunkelheit zu Bett gegangen war, schlief tief und fest, bis das schrille Krähen des Hahns sie am nächsten Morgen weckte. Yan Gar Chan lag nicht neben ihr. Sicherlich war er schon aufgestanden und bei der Arbeit. Beim Gedanken an seinen Zorn, wenn sie zu spät aufs Feld kam, ergriff sie Panik, und sie schlüpfte eilig in Hose und Tunika.

Fong Hoy saß am Tisch und trank seinen Tee, als sie den Vorhang beiseite zog, der die Schlafstatt von dem Rest des kleinen Raums trennte. Suchend spähte er über ihre Schulter hinweg.

»Er ist nicht hier, Großvater«, sagte sie. »Er muss schon draußen auf dem Feld sein.«

»Da war ich schon. Ich habe ihn nirgendwo gesehen.«

»Dann ist er wohl heute Nacht nicht nach Hause gekommen.«

»Bist du sicher?« Der ängstliche Ausdruck in seinen Augen verflog, und seine Schultern entspannten sich. »Was, wenn er irgendwo betrunken am Straßenrand liegt? Wir müssen ihn suchen.«

Gemeinsam durchkämmten sie das Gebüsch an der Bucht, ohne eine Spur von Yan Gar Chan zu finden.

»Vielleicht hatte er ja einen Unfall«, meinte Fong Hoy mit einem Anflug von Hoffnung in der Stimme.

Mai schüttelte den Kopf und bemühte sich, ihre eigene aufkeimende Hoffnung im Zaum zu halten. »Er kommt bestimmt wieder nach Hause.«

»Und er wird keine gute Laune haben, wenn er kommt. Was habe ich uns nur angetan?«

»Yan Gar Chan ist ein hinterlistiger Mann, Großvater. Du konntest nicht wissen, dass er ganz anders ist, sobald er mich geheiratet hat.«

»Sobald er dachte, er könnte Hand an dein Geld legen.«

Mais Herz wurde schwer beim Klang seiner schwachen Stimme. Als sie Charleston verlassen hatten, war es ihm so gut gegangen, doch nun schien ihn die Kraft zu verlassen, und Yan Gar Chan war der Einzige, der die Schuld daran trug.

»Vielleicht wurde Yan Gar Chan in einen Streit verwickelt und liegt tot in irgendeinem Gebüsch.«

Könnten sie so großes Glück haben?, fragte sich Mai.

Sie machten sich an die Arbeit, und mit jeder Stunde, die ihr Ehemann sich nicht blicken ließ, hob sich Mais Stimmung. Als er endlich, nach abgestandenem Alkohol und Parfüm stinkend, auftauchte, gab er keinerlei Erklärung für seine Abwesenheit ab. Beim Geruch des widerlichen Parfüms drehte sich Mai der Magen um. Schlagartig wurde ihr klar, warum er ihr neuerdings nicht mehr mit seinen sexuellen Forderungen zu Leibe rückte.

Sie wusste, dass die Tatsache, dass ihr Mann die Gesellschaft anderer Frauen suchte, sie mit Scham erfüllen und eifersüchtig machen sollte. Doch das Einzige, was sie empfand, war ein Gefühl gleichgültiger Verachtung und Erleichterung darüber, dass ihr dank dieser unmoralischen Geschöpfe seine Annäherungsversuche erspart blieben.

Kurz nachdem sie ihr Tagwerk vollbracht hatten, verschwand Yan Gar Chan wieder. Mai, die völlig erschöpft war, weil sie an diesem Morgen nicht nur ihre eigene, sondern auch seine Arbeit gemacht hatte, schlief beinahe schon, als ihr Kopf auf das Kissen sank. Schlaftrunken schreckte sie auf, und ihr Herz hämmerte voller Furcht, als sie unsanft aus dem Bett gedrängt wurde.

»Los, mach Platz für mich, nutzloses Weib«, befahl Yan

Gar Chan und trat über Mai hinweg, als sie zu Boden fiel.

Sie rollte sich zusammen und legte die Hände über ihren Bauch, um das Kind zu beschützen, das in ihrem Leib heranwuchs. Der Tritt, ein kräftiger Schlag in die Rippen, der sie über den Fußboden schlittern ließ, war beinahe eine Erleichterung. Sie lag reglos da, lauschte ihrem Atem und Yan Gar Chans Grummeln und Fluchen, als er ins Bett stieg. Innerhalb von Sekunden erfüllten die trunkenen Schnarchtöne den Raum. Mai zog eine Decke vom Bett, schlang sie um ihren zitternden Körper und legte sich auf den Boden.

Am nächsten Morgen spürte sie jeden einzelnen Muskel. Jeder Hieb mit der Hacke verstärkte ihren Schmerz, und sie konnte ihre Arbeit nur mit Mühe verrichten. Irgendwann geriet sie ins Straucheln und fiel zu Boden.

Fong Hoy kam herübergehumpelt. Seine Gelenke gaben ein vernehmliches Krachen von sich, als er neben ihr in die Knie ging.

»Was ist los? Hat er dir wehgetan?«

»Nein«, sagte Mai schnell, als das Gesicht ihres Mannes auftauchte. »Ich bin gestolpert. Das Baby macht mich so träge.«

»Du musst dich ausruhen«, erklärte Fong Hoy. »Wir schaffen es auch ohne dich.«

Yan Gar Chan hob drohend die Faust. »Pah! Ihr fehlt nichts. Sie ist nur ein Faulpelz. Sorg dafür, dass sie aufsteht, alter Mann, sonst wirst du meinen Stiefel zu spüren bekommen.«

Fong Hoy stützte sich auf seine Harke und stand auf. »Ich warne dich, Yan Gar Chan. Lass uns zufrieden. Wir lassen uns deine Grobheiten nicht länger gefallen.«

Yan Gar Chans Augen verengten sich. Mai schnappte nach Luft, als er mit geballten Fäusten vortrat. Doch dann ließ er die Hand unvermittelt sinken, als wäre ihm gerade eingefallen, dass er Fong Hoy unverletzt statt verprügelt und verletzt brauchte, damit er weiterhin seiner Arbeit nachgehen konnte.

»Tapfere Worte, alter Mann. Tapfere Worte«, schnaubte er, kehrte ihnen den Rücken zu und begann wieder zu hacken.

Am Ende des Vormittags war jede Bewegung eine Qual für Mai, doch ihre Furcht vor Yan Gar Chans Zorn war zu groß, als dass sie sich eine Pause gegönnt hätte.

Als eine vertraute Stimme an ihre Ohren drang, ignorierte sie sie, da sie glaubte, sie hätte sie sich nur eingebildet. Doch dann hörte sie die Stimme wieder. Sie unterbrach ihre Tätigkeit, blickte auf und traute ihren Augen kaum – aber es war Henry, der vor ihr stand. Hier in der Gärtnerei. Er sprang vom Lieferkarren des *Emporium*-Ladens und kam auf sie zu.

Yan Gar Chan beäugte ihn argwöhnisch. Für den Bruchteil einer Sekunde hielt Mai den Atem an, da sie fürchtete, er werde auf Henry losgehen. Doch ein Blick auf Henrys hoch gewachsene, kräftige Gestalt genügte, um sie zu beruhigen. Yan Gar Chan mochte zwar ebenfalls gestählt und kräftig von der Arbeit in der Gärtnerei sein, doch er war mindestens einen Kopf kleiner als Henry und erheblich leichter. Und er war ein Feigling, der sich grundsätzlich alte Männer und wehrlose Frauen als Opfer aussuchte.

»Schönen guten Morgen, Mai«, sagte Henry mit einem Lächeln, das ihre düsteren Gedanken wie helle Sonnenstrahlen vertrieb.

»Henry, was für eine Überraschung«, rief sie und erwiderte sein Lächeln, ehe sie sich an Yan Gar Chan wandte. »Das ist Henry Bramwell, Mrs Ainsley Bruder, von dem wir schon erzählt haben.«

Ihr Lächeln verebbte ein wenig, als sie Yan Gar Chan zunickte, ehe sie sich wieder an Henry wandte. »Und das ist Yan Gar Chan, mein Ehemann.«

Mit verdrossener Miene begrüßte Yan Gar Chan Henry mit einem knappen Nicken.

Mai zuckte zusammen, als ein scharfer Schmerz durch ihre Rippen fuhr.

»Mai, was fehlt dir?« Henry trat vor, um sie zu stützen, zog sich jedoch wieder zurück, als Yan Gar Chan sich neben seine Frau stellte.

Instinktiv warf Mai ihrem Ehemann einen kurzen Blick zu. »Nichts«, sagte sie. Ermutigt von Henrys Gegenwart, kehrte sie Yan Gar Chan den Rücken zu.

Selbst Fong Hoy schien sich über den Anblick des hoch gewachsenen, rothaarigen Europäers zu freuen. Er nickte ihm freundlich zu und lud ihn zu einer Tasse Tee ein.

Mai hoffte, dass Yan Gar Chans unverhohlene Abneigung Henry gegenüber ihn davon abhalten würde, ihnen Gesellschaft zu leisten, doch zu ihrer Enttäuschung folgte er ihnen in die Hütte.

»Nun, Henry, du hast also Mr MacKinnons Angebot angenommen«, sagte Mai und brachte die dampfenden Teebecher nach draußen, wo die Männer auf umgedrehten Weidenkörben Platz genommen hatten.

»Das habe ich.«

Mais Lächeln verflog. Bevor sie und Großvater nach Charleston gereist waren, hatte Mr MacKinnon sie stets mit großer Höflichkeit behandelt, wenn sie seinen Laden besucht hatten, doch seine Unverblümtheit bei ihrem Krankenhausbesuch mit Henry hatte ihr sehr missfallen.

»Ich fahre zweimal im Monat die Kunden besuchen und nehme ihre Bestellungen entgegen. Bisher hat Donald das immer selbst getan, aber neuerdings fällt es ihm zunehmend schwerer. Am Ende einer Reise tue ihm jeder Knochen im Leib weh, meint er, deshalb habe ich ihn überredet, es mich versuchen zu lassen. So weit ist er früher nie hinausgefahren. Ich habe ihm vorgeschlagen, die Runde noch zu erweitern, und er war einverstanden. Ich habe zusätzliche

Waren mitgebracht, mehr als die Dinge, die die Leute bestellt haben. Deshalb ist die Auswahl jetzt größer.«

Mai konnte ihr strahlendes Lächeln nicht länger zurückhalten.

Yan Gar Chan musterte sie finster.

»Es macht Ihnen doch nichts aus, wenn Mai einen Blick darauf wirft, oder?«, meinte Henry und musterte ihn wachsam.

»Wir haben eine Menge Arbeit zu erledigen.« Yan Gar Chan stand ohne jede Vorwarnung auf und schleuderte den heißen Tee aus seinem Becher in Henrys Richtung.

Mit einem erschrockenen Aufschrei sprang Henry auf die Füße, um zu verhindern, dass sich die heiße Flüssigkeit über seinen Schoß ergoss.

Mais Gesicht wurde flammend rot beim Anblick dieser Beleidigung. Bebend vor Zorn und zutiefst beschämt über ihre Unfähigkeit, etwas dagegen zu unternehmen, stand sie ebenfalls auf und machte Anstalten, Yan Gar Chan aufs Feld zu folgen. »Wir sehen uns ein anderes Mal, Henry.«

Auch Fong Hoy erhob sich und nickte Henry zu – sicher ein Akt des Trotzes, der eher auf seinem Zorn als auf seiner Tapferkeit beruhte, vermutete Mai. »Wir würden uns sehr gern ansehen, was Sie mitgebracht haben.«

Mai warf Fong Hoy einen dankbaren Blick zu, doch ihre Freude fand ein jähes Ende, als sie den Blick ihres Ehemannes auffing, der wartend dastand und offensichtlich davon ausging, dass sie ihren Großvater ignorierte und an seine Seite eilte.

Fong Hoy machte eine wegwerfende Handbewegung in Yan Gar Chans Richtung. »Wir kommen nach, sobald wir uns Henrys Waren angesehen haben.«

Zorn flackerte in Yan Gar Chans Augen auf. Mit einem finsteren Blick auf Henry marschierte er auf das Feld zurück.

Mais Beine drohten nachzugeben. Sie würde für den Trotz

ihres Großvaters büßen müssen. Aber nun war Henry hier und es gab andere Dinge – schönere und erfreulichere – anzusehen und zu bestaunen.

Eifrig nahm sie das Sortiment auf dem Wagen in Augenschein. Reis, Mehl, Sardinenbüchsen, Marmeladen, Eau de Cologne, Seifen, Tabak, Ballen aus Futterstoff, Baumwolle und Crêpe; Wolle, Strickwaren und Garne. Der Wagen war ein wahres Kaleidoskop aus Farben. Fong Hoy entschied sich für eine Dose Tabak, während Mai nach eingehender Prüfung der Waren ein paar Meter Baumwollflanell auswählte.

»Du könntest ruhig etwas Hübscheres nehmen«, bemerkte Henry und schlug routiniert den Stoffballen um, ehe er ihn mit der Schere abschnitt.

»Es ist für das Kind, das bald kommt«, erklärte Fong Hoy stolz, während sich das dichte Netz aus Falten in seinem Gesicht vertiefte, als er lächelte.

Stechender Schmerz durchfuhr Mai, als sie Henrys verletzten Blick sah.

»Oh … verstehe«, murmelte er. »Da müssen Sie sich aber mächtig freuen.«

Fong Hoy nickte begeistert.

Henry wühlte in einer Schachtel, in der früher Wollstränge aufbewahrt worden waren, zog eine Rolle mit rotem Samtband hervor und schnitt ein großzügiges Stück davon ab. Er reichte es Mai. »Hier, ein Geschenk für dich«, erklärte er. »Für dein Haar.«

Tränen brannten in Mais Augen. Sie fuhr mit den Fingern über den Samt, drückte das Band an ihre Wange, staunte über seine weiche Glätte und genoss den Gedanken, dass Henrys Hände es zuvor berührt hatten.

»Es wird mir immer besonders wertvoll sein, Henry.« Sie wandte sich ab und kehrte seinem sehnsuchtsvollen Blick den Rücken, aus Furcht, es könnte sich auf ihren eigenen Zügen widerspiegeln.

»Dann sehe ich dich also in zwei Wochen?« Mit einer geschmeidigen Bewegung seiner langen Beine kletterte er auf den Wagen und fuhr los.

Mai sah ihm nach, bis er zur Straße gelangte. Er lenkte die Pferde in die andere Richtung, drehte sich noch einmal um und winkte, während Mai sich erschöpft zurück aufs Feld schleppte.

Kapitel 21

Ben war ausser sich vor Empörung, als er zurück zum European Hotel ging. Poppys Enthüllungen über die Trunksucht ihres Ehemanns und die Tatsache, dass er einen seiner Patienten auf dem Gewissen hatte, hatten ihm die Sprache verschlagen. Der Doktor hatte stets auf der Sonnenseite des Lebens gestanden. Wäre Cam Ainsley in England, wo er hingehörte, geblieben, wäre Ben derjenige, der heute mit Poppy verheiratet wäre. Und trotzdem verteidigte sie diesen Mann und wollte, dass er sich um den guten Ruf dieses Mistkerls scherte. Und so dumm es auch klingen mag – er wusste, dass er wegen Poppy genau das tun würde.

Er stapfte in die Bar, setzte sich auf einen Hocker, legte ein paar Münzen auf den Tresen und begann zu trinken, als beabsichtige die Brauerei, demnächst die Produktion einzustellen.

Einige Zeit später gesellte sich ein Mann zu ihm. »Ganz allein beim Trinken?«

Ben wäre um ein Haar von seinem Hocker gefallen, als er sich umdrehte, um zu sehen, wer ihn angesprochen hatte. Mit zusammengekniffenen Augen starrte er den adrett gekleideten Mann in Kapitänsuniform an, der neben ihm am Tresen stand.

»Oliver Watkins«, stellte sich der Mann vor und streckte die Hand aus. »Kapitän auf der *Mizar.*«

»Ben Corbett.« Er schüttelte die angebotene Hand.

Nachdem er den Kapitän auf mehrere Drinks eingeladen hatte, ohne dass dieser Anstalten machte, sich zu revanchieren, schob Ben sein Geld in die Tasche. »Sie sind dran«, murmelte er und blickte demonstrativ auf die leeren Gläser auf dem Tresen.

Watkins machte ein großes Aufheben darum, seine Taschenuhr herauszuziehen und aufzuklappen. »Die Zeit fliegt dahin, ich sollte mich auf den Weg machen«, sagte er, als hätte er Ben nicht gehört, und glitt von seinem Hocker. »Danke für die Gesellschaft.«

»Knickriger Mistkerl«, murmelte Ben, verärgert über die Weigerung des Kapitäns, eine Runde auszugeben. »Genau wie dieses Schwein Ainsley. Drückt sich auch davor, für seine Schulden zu bezahlen.«

Watkins' Züge wurden wachsam wie die eines Fuchses. Er setzte sich wieder hin. »Ainsley? Reden Sie vom Doktor? Was hat er denn getan, das Sie so auf den Plan bringt?«, erkundigte er sich und legte ein paar Geldstücke auf den Tresen.

»Der Mann verdient eine ordentliche Tracht Prügel«, erwiderte Ben und nickte befriedigt, als die Barfrau ihre Gläser füllte.

»Hat Sie wohl geärgert, wie?«

»Allerdings«, erwiderte Ben, nahm sein Glas und kippte den Inhalt mit einem langen Zug hinunter. »Es spielt keine Rolle, was er macht. Dieser Mistkerl könnte auf Pferdeäpfeln ausrutschen und wäre trotzdem noch mit Goldstaub bedeckt, wenn er wieder aufsteht.«

Der eifrige Ausdruck auf Watkins' Miene verflog, und er schnaubte verächtlich. »Also ist es der reine Neid, der Sie plagt, ja?«, maulte er, rutschte erneut vom Hocker und griff nach seinem Wechselgeld.

Eingehüllt in eine Wolke trunkener Melancholie, starrte Ben stumpf auf sein leeres Glas.

»Sie und ich, wir können unsere Schnitzer nicht vertuschen, so wie er es kann. Wenn wir jemanden umbringen, müssen wir dafür bezahlen.«

Plötzlich war Watkins ganz Ohr. »Schenk meinem Freund noch mal nach«, forderte er die Kellnerin auf.

Sie warf ihm einen säuerlichen Blick zu. »Muss ja ein ganz besonderer Tag sein, wenn Oliver Watkins seine Geldbörse aufmacht.«

»Für deinesgleichen immer noch Kapitän Watkins.«

Ihre Augen funkelten zornig, trotzdem füllte sie Bens Glas, bis eine dicke Schaumschicht über den Rand schwappte.

Plötzlich argwöhnisch geworden, verfiel Ben in düsteres Schweigen. Da war irgendetwas, was er nicht tun sollte. Etwas, das mit Poppy zu tun hatte.

Er schüttelte den Kopf, um den undurchdringlichen Alkoholnebel zu vertreiben.

»Also, mein Freund, Sie sagten, der Doktor hätte irgendeine arme Seele umgebracht«, murmelte der Kapitän beifällig, als spreche er übers Wetter.

»Genau«, stimmte Ben zu, während sich der beharrliche Gedanke in die schwammigen Tiefen seines Verstandes zurückzog. »Hat einiges für die Flasche übrig, unser kluger Herr Doktor. Hat ein armes Kind operiert, als er ein bisschen angesäuselt war, und die Kleine umgebracht.«

Watkins schob sein Hinterteil auf den Hocker und rückte näher an Ben heran. »Und wie genau hat er das angestellt?«

»Dif – Diphtherie«, nuschelte Ben. »Der arme kleine Teufel hat keine Luft mehr bekommen. Ainsley hat ihr ein Loch in den Hals geschnitten, damit sie atmen kann, nur dass er es nicht richtig gemacht und sie dabei umgebracht hat.«

Oliver Watkins' Augen glühten. »Und weiß hier jemand von der Geschichte?«

Ben starrte ausdruckslos auf die Wand vor sich. Die Regale schienen vor seinen Augen zu schwanken, und er spürte, wie ihm übel wurde.

»He! Ich hab gefragt, ob irgendjemand davon weiß?« Watkins packte Ben am Ärmel und schüttelte ihn.

»Wovon weiß?« Ben starrte Watkins mit zusammengekniffenen Augen an. Er wollte verdammt sein, wenn dieser Kerl keine drei Augen hatte! Er grinste dümmlich und kniff die Augen erneut zusammen, riss sie kurz darauf weit auf, ehe er sich zwang, die Gestalt, die vor ihm stand, zu fokussieren.

Watkins zog ein finsteres Gesicht. »Was haben Sie mir gerade erzählt?«

»Oh!« Bens Kopf kippte zur Seite. »Nur ich und Poppy. Und der Doktor.«

»Na schön. Wie ich es verstehe, ist ein Kind gestorben, weil dieses betrunkene Schwein einen Fehler gemacht hat, ja?«

»He – wer soll hier ein Schwein sein?«, maulte Ben und knallte sein Glas auf den Tresen.

»Nicht Sie – Ainsley«, erklärte Watkins eilig und zog den Rückzug an.

»Dann isses ja gut«, brummte Ben, gähnte herzhaft und ließ den Kopf auf die Arme sinken. Dabei stieß er sein Glas um, und eine Bierlache breitete sich auf dem Tresen aus, während er langsam in die Besinnungslosigkeit glitt.

Kapitel 22

»Pah«, murmelte Henry, als Donald die Füße anhob, um ihn um seinen Stuhl herum fegen zu lassen.

Seit seinem Besuch bei den Fongs war Henry ziemlich durcheinander. Mais Neuigkeit über das Baby hatte ihn völlig aus der Bahn geworfen. Obwohl sie keineswegs glücklich ausgesehen hatte. Nicht wie eine Frau in ihrem Zustand aussehen sollte.

Und Fong Hoys Zerbrechlichkeit hatte ihn nicht minder erschüttert. Bei ihrer letzten Begegnung hatte der alte Mann noch so gut ausgesehen, wohingegen er jetzt so eingefallen wirkte, als ob ihn schon der kleinste Windstoß wegpusten könnte. Kaum mehr als Haut und Knochen. Irgendetwas stimmte in diesem Haushalt nicht. Und was es auch sein mochte, Henry war sicher, dass der gemein aussehende Yan Gar Chan der Grund dafür war.

Donald, der die Einnahmen gezählt hatte, unterbrach seine Tätigkeit, schob die sorgfältig sortierten Geldstapel auf dem Tisch beiseite und klatschte befriedigt in die Hände. »Du hast deine Sache gut gemacht, mein Freund. Ich bin stolz auf dich. Ein Verkaufstalent wie deines sieht man wirklich selten.«

»Freut mich, dass Sie zufrieden sind.«

»Ah, komm schon. Du siehst aus, als hätte ich dich gerade getadelt, nicht gelobt. Was plagt dich denn? Wärst du auch so abwesend, wenn ich dir mehr Geld anbieten würde?«

Henry lehnte sich auf den Besenstiel und warf Donald ein listiges Grinsen zu. »Tun Sie das denn?«

»Hmmpf. Also, wie mir scheint, ist mit deinem Gehör alles in Ordnung, ja?«

»Und, tun Sie's?« Henry lehnte den Besen gegen die Wand und griff nach einer Kehrschaufel.

Donald schob seine Daumen unter die Hosenträger, setzte sich auf den Stuhl zurück, kippte ihn nach hinten und begann zu schaukeln.

»Nicht so schnell, Freundchen, nicht so schnell. Es braucht schon noch ein Weilchen, bis ich überzeugt bin, dass du auch wirklich mehr Geld verdienst.«

»Die Einnahmen von der Liefertour haben sich beinahe verdoppelt, seit ich sie übernommen habe«, erklärte Henry, den Donalds gerissene Erwiderung enttäuschte, aber keineswegs überraschte. Er kannte den Älteren erst seit einigen Monaten, aber lange genug, um zu wissen, dass er mit Geld höchst vorsichtig umging. Einige würden ihn als gemeinen Kerl bezeichnen, doch Henry stimmte dieser Einschätzung nicht zu. So gerissen er in Geschäftsangelegenheiten sein mochte, so weichherzig zeigte er sich jedem gegenüber, der ernsthaft Hilfe benötigte.

»Und wie kommst du darauf?«

»Jimmy hat es mir erzählt«, erwiderte Henry und deutete mit der Kehrschaufel auf die Tür, die in den Laden führte.

»Ach ja, hat er das?« Donald hob den Kopf und spähte durch das Fenster in den Laden, wo Jimmy Edwards, der zweite Gehilfe, gerade einen Kunden bediente. »Dieser Jimmy hat ein Mundwerk wie ein Waschweib. Nichts als Klatsch im Sinn.«

»Aber es ist die Wahrheit, stimmt's, Donald?«

»Aye, tja nun … du hast Recht. Es ist so«, räumte Donald widerstrebend ein.

»Dann sollte ich auch mehr bekommen. Finden Sie nicht auch, dass das nur fair wäre?«

Donald zog seine dichten Augenbrauen hoch. »Nicht so

schnell, Freundchen«, meinte er. »Ich hab da ein, zwei Sachen im Kopf, aber es ist noch ein bisschen zu früh, um mich festzulegen.«

Henry zuckte gleichmütig die Achseln. Er hatte keinen Grund, sich zu beschweren. Es ging ihm gut bei Donald, und der Mann zeigte sich nicht kleinlich, wenn es ums Essen ging. Trotzdem könnte er das Geld gut gebrauchen, um noch etwas mehr auf die hohe Kante legen zu können. Denn seit er überrascht festgestellt hatte, wie gut ihm die Arbeit im Laden gefiel, träumte er davon, eines Tages ein eigenes Geschäft zu eröffnen.

»Mir scheint, du bist ein wenig enttäuscht, Henry.« Donald stellte seinen Stuhl wieder auf alle vier Füße. »Ich verspreche, ich denke darüber nach, was ich dir anbieten kann.«

»Oh, es ist nicht nur das zusätzliche Geld, weswegen ich mir Gedanken mache. Ich weiß, dass Sie meinen Verdienst verdoppeln werden, noch bevor ich richtig darüber nachdenken kann.« Er quittierte Donalds Schnauben mit einem Grinsen.

»Ich habe heute Mai gesehen.«

Donalds gute Laune verschlechterte sich eine Spur. »Die kleine Chinesin? Wo hast du sie gesehen?«

»In ihrer Gärtnerei«, erwiderte Henry und registrierte mit Besorgnis, dass Donald die Brauen so grimmig zusammengezogen hatte, dass seine Augen fast vollständig darunter verschwanden.

»Das ist also der Grund, weshalb du die Runde unbedingt erweitern wolltest, stimmt's? Damit du den Chinesen und seine Sippschaft aufsuchen kannst. Ich war nicht so dumm, zu glauben, dass du eine solche Arbeitswut an den Tag gelegt hast, nur um mir zu gefallen. Aber ich hätte nicht gedacht, dass du so dumm bist, dich wieder mit diesem asiatischen Ding einzulassen.«

»Ich habe mich nicht mit ihr eingelassen. Ich wollte

nur sehen, wie es ihr und Fong Hoy geht, ob sie zurechtkommen.«

»Sie?« Donald musterte ihn skeptisch. »Ich hätte nicht gedacht, dass ein strammer Kerl wie du so viel Interesse für einen alten Chinamann aufbringt.«

Henry errötete, als ihm klar wurde, wie mühelos Donald seine Ausrede durchschaut hatte. Zu beschämt, um seinem Arbeitgeber in die Augen zu blicken, konzentrierte er sich darauf, den Staub auf die Kehrschaufel zu fegen.

»Ich will dich ja nicht davon abhalten, dich ein bisschen zu amüsieren, mein Freund, aber sich zwischen Eheleute zu drängen, ist das Dümmste, was man tun kann.«

»Ich dränge mich nicht zwischen Eheleute. Mai hat einfach nur sehr schlecht ausgesehen. Sie erwartet ein Kind, Donald, und sieht erschöpft und viel zu dünn aus. Genau wie Fong Hoy. Ich traue diesem Kerl, mit dem sie verheiratet ist, nicht über den Weg. Die beiden haben ausgesehen, als hätten sie Todesangst. Ich weiß, dass er sie nicht gut behandelt. Sie brauchen unsere Hilfe.«

»Tja, das war's dann«, erklärte Donald und schlug sich mit den Händen auf die Oberschenkel.

»Dann sind Sie also auch der Meinung, wir sollten dafür sorgen, dass sie von diesem Yan Gar Chan wegkommen?«, fragte Henry, angenehm überrascht von der enthusiastischen Reaktion seines Freundes.

Donald schnaubte. »Das finde ich überhaupt nicht, du junger Narr. Ich meine, wir sollten uns tunlichst von ihnen fern halten. Manchmal kauft Yan Gar Chan bei uns ein, wenn er in die Stadt kommt. Du brauchst also nicht zu ihnen zu fahren. Wenn wir ihn ärgern, besorgt er sich seine Sachen anderswo. Deshalb ist es nicht gut, wenn du deine Nase da reinsteckst.«

Henry warf ihm einen verärgerten Blick zu. Dieser Mann hatte offensichtlich nicht die leiseste Ahnung, wovon er redete, und es juckte ihn mächtig in den Fingern, ihm genau das zu sagen. Doch er musste an seinen Job denken, und ohne Geld konnte er Mai und Fong Hoy unmöglich helfen.

Er hängte den Besen und die Kehrschaufel an den Haken an der Tür und stürmte hinaus in den Laden, wobei er die Tür so heftig hinter sich zuschlug, dass beides polternd zu Boden fiel.

»Du hast doch nicht etwa den Boss verärgert?«, wollte Jimmy wissen. »Donald ist ein guter Mann, aber mittlerweile solltest du wissen, dass es sich nicht auszahlt, ihn gegen sich aufzubringen.«

»Er will, dass ich Mai und ihren Großvater nicht mehr besuche.«

»Madam Yan, meinst du?«

»Madam *wer?«* Henrys Stimme hob sich um eine halbe Oktave.

»Madam Yan. So nennen die Chinesen ihre Frauen – Madam. Nicht Missus, wie wir es tun.«

Henry schlug mit der flachen Hand auf den Tresen. »Warum muss mich jeder daran erinnern, dass sie verheiratet ist?«

»Vorsicht, Henry. Fast wären die Eier heruntergefallen«, warnte Jimmy, streckte die Hand aus und zog den Korb mit den Eiern ein Stück zurück. »Außerdem versuche ich gar nicht, dich daran zu erinnern, dass sie verheiratet ist«, fügte er mit beleidigter Miene hinzu. »Ich sage doch nur, wie die Chinesen ihre Frauen nennen, mehr nicht.«

»Da! Du tust es schon wieder!«

Dieses Mal war Jimmy vorbereitet. Er packte den Griff des Eierkorbs und hielt ihn fest, während Henrys Faust auf den Verkaufstresen sauste. »Schon gut, beruhig dich«, sagte er. »Ich wollte mich nicht über dich lustig machen. Aber du trägst nicht gerade zur Besserung von Donalds Laune bei. Am Ende muss ich dafür büßen, nur weil du nicht aufpassen kannst.«

Henry seufzte, und seine gewohnte gute Laune stellte sich wieder ein. »Tut mir leid, ich sollte es inzwischen besser wissen, aber er ist manchmal einfach ein starrsinniger, alter Mistkerl.«

»Er und starrsinnig?« Jimmy riss die Augen auf. »Das sagt ja genau der Richtige! Wenn ihr beide unterschiedlicher Meinung seid, ist keiner bereit, auch nur einen Millimeter nachzugeben. Und ehrlich gesagt bin ich es allmählich leid, den Vermittler zwischen euch zu spielen und Botschaften zu überbringen, wenn ihr beide wieder einmal nicht miteinander redet.«

Henry sah ihn verlegen an. »Tut mir leid. Ich versuche, mich zu bessern.«

»Pah, reine Zeitverschwendung. Ihr beide seid aus demselben Holz geschnitzt.« Jimmy verdrehte die Augen, auch wenn ihn Henrys Entschuldigung offenbar besänftigt hatte. Er kreuzte die Arme und lehnte sich gegen den Tresen, bereit für ein kleines Schwätzchen.

»Ich hab gehört, Mais Ehemann soll ein ziemlich übler Bursche sein.«

»Ach ja?« Henry, der einen Sack Zucker hatte öffnen wollen, hielt inne.

»Hmm. Normalerweise heißt es immer, die Chinesen kümmern sich nur um ihre eigenen Angelegenheiten und tun keiner Fliege was zuleide, aber dieser … dieser Yan Gar Chan« – Jimmy stieß einen Pfiff aus – »spielt ein bisschen zu gern, heißt es. Soll auch gern mal zuschlagen, insbesondere, wenn er einiges intus hat. Außerdem erzählt man sich, er hätte eine Freundin. Aber soweit ich weiß, macht sie nicht viel her. Tja, wie auch … wer lässt sich schon mit einem von denen ein?«

Am liebsten hätte Henry eine scharfe Erwiderung gegeben, doch in Jimmys Miene lag keinerlei Boshaftigkeit, also behielt er seine Gedanken für sich.

Jimmy, der nichts von Henrys Gedanken ahnte und

hoch erfreut über die Gelegenheit war, wieder einmal seiner Lieblingsbeschäftigung, der Verbreitung von Klatsch, nachzugehen, fuhr fort: »Die müssen eine Menge Geld mit ihrer Gärtnerei machen, sonst könnte er nicht so viel für Alkohol und Glücksspiele ausgeben. Aber vielleicht hat Yan Gar Chan einfach nur Glück gehabt«, kicherte er, ehe er eilig nach einem Staubtuch griff und die Waren auf dem Tresen damit abwischte, als Donald aus dem Hinterzimmer hereinkam.

»Wenn du denkst, ich glaube, du arbeitest, nur weil du ein bisschen mit dem Staubtuch herumfuchtelst, bist du dümmer als ich dachte, Jimmy Edwards. Ich bezahle dich nicht dafür, dass du Klatsch verbreitest, und wäre dir sehr verbunden, wenn du deine Meinung für dich behalten könntest, so lange du in meinem Laden bist, du nutzloser Fettkloß!«

Eilig stob Jimmy davon und kehrte mit dem Besen in der Hand zurück. Mit einem frechen Lächeln zwinkerte er Henry zu und begann, den Boden so heftig zu bearbeiten, dass kleine Staubwolken aufstiegen.

Nachdem Donald Jimmy in seine Schranken verwiesen hatte, wandte er sich Henry zu. »Glaub ja nicht, du müsstest den Helden spielen und sich in das Leben dieses Mädchens einmischen. Das nimmt kein gutes Ende, ganz und gar nicht.«

Er zog seine Taschenuhr heraus und wog sie in der Hand.

»Ich habe schrecklichen Durst, den ich jetzt stillen werde. Und ihr beide werdet den Laden abschließen.« Mit energischen Schritten ging er davon, ehe er an der Tür noch einmal stehen blieb und Henry zuwinkte. »Lass dir von dem da nichts erzählen. Er ist schlimmer als ein altes Weib.«

»Einen schönen guten Abend, Donald!«, rief Jimmy, keineswegs beleidigt von Donalds scharfen Worten.

»Hmmpf«, schnaubte Donald und schlug die Tür hinter sich zu.

An diesem Abend lag Henry stundenlang wach. Bilder von Mai, die so viel dünner und blasser wirkte als bei ihrer letzten Begegnung, schoben sich unablässig vor sein geistiges Auge. Bei dem Gedanken, dass sie Yan Gar Chans Kind zur Welt bringen würde, verkrampfte sich sein Magen vor Eifersucht.

»Ich hoffe, du brütest nicht irgendwas aus«, bemerkte Jimmy am nächsten Morgen mitfühlend. »Du siehst aus, als hätte dich jemand mit einem Stock verprügelt.«

»Und das ist genau das, was dem jungen Dummkopf passieren wird, wenn er die Finger nicht von der Frau eines anderen lässt«, warf Donald, der unbemerkt hinter ihnen den Laden betreten hatte, knurrend ein.

Entschlossen, die Sache mit Donald auszutragen, wollte Henry ihm folgen, besann sich jedoch eines Besseren, als Jimmy die Stirn runzelte und den Kopf schüttelte.

»Lass es sein, Henry, lass es«, sagte er halblaut. »Mit Reden wirst du es nicht schaffen, dass er seine Meinung ändert. Er muss von selbst darauf kommen. Du machst ihn nur wütend, und darunter müssen wir alle leiden. Benutz deinen Verstand.«

»Der Teufel soll ihn holen.« Henry war außer sich vor Wut. Jimmys Ratschlag war durchaus einleuchtend, aber irgendwann …

Kapitel 23

POPPY ÜBERFLOG DIE Notiz in ihrer Hand und musterte eingehend die Unterschrift mit den protzigen, schwungvoll verschnörkelten Buchstaben am Seitenende, die die Nachricht beinahe selbst in den Schatten stellte.

O. R. Watkins.

Kapitän Watkins bat sie um ein Treffen in der Bibliothek später an diesem Vormittag? Das musste ein Missverständnis sein. Sie zerknüllte das Blatt Papier, hob den Deckel des Ofens und ließ es in die glimmenden Flammen fallen.

Als es später an diesem Vormittag an der Tür klopfte und sie öffnete, stand zu ihrer Überraschung Oliver Watkins auf der Veranda. Der Kapitän nahm seine Mütze ab und klemmte sie sich unter den Arm.

»Ich habe in der Bibliothek auf Sie gewartet, Mrs Ainsley. Haben Sie denn meine Nachricht nicht erhalten?«

»Oh, doch. Aber da Sie weder zu den Bekannten meines Mannes noch zu meinen eigenen gehören, dachte ich, es müsste sich um ein Missverständnis handeln.«

Watkins' Augen funkelten hinterlistig. »Es war kein Missverständnis, das kann ich Ihnen versichern. Aber Sie haben Recht damit, dass ich nicht zu den Bekannten des Doktors zähle. Ich gebe mich nicht mit Mördern ab.«

»Kapitän Watkins!«, platzte Poppy heraus. »Sind Sie betrunken?«

»Nein, ich bin so nüchtern, wie man nur sein kann!«

Poppy, die fürchtete, der Kapitän könnte den Verstand verloren haben, zwang sich, den herausfordernden Blick zu ignorieren, und wollte die Tür schließen. »Dann müssen Sie verrückt sein«, erklärte sie und bemerkte verärgert, dass Watkins den Fuß dazwischenschob.

»Da ist aber eine höchst unschöne Vermutung.«

Er war eindeutig weder betrunken noch verrückt, beschloss Poppy und starrte demonstrativ tadelnd auf seinen Schuh hinunter. »Wenn Sie weiterhin Ihren Schuh in der Tür lassen, rufe ich auf der Stelle meinen Mann!«

Mit der Unverfrorenheit eines Mannes, der weiß, dass er sämtliche Trümpfe in der Hand hält, stemmte sich Watkins gegen den Türrahmen. »Dann tun Sie das, Missus. Bei dieser Gelegenheit kann ich ihn auch gleich dazu beglückwünschen, dass er seinen Fehler so erfolgreich unter den Teppich gekehrt hat.«

Poppys Herz setzte einen Schlag aus. »Was meinen Sie damit?«

»Hören wir doch mit diesen albernen Spielchen auf, Mrs Ainsley. Ich glaube, wir wissen beide, dass ich von dem armen Kind rede, das sterben musste, weil der Doktor vom Suff so benebelt war, dass er einen riesigen Fehler gemacht hat. Wenn Sie sich nicht hier mit mir unterhalten wollen, können wir auch gern in die Bibliothek gehen. Schließlich war das ohnehin der Treffpunkt, an dem ich Sie erwartet habe.«

»Wie rücksichtsvoll von Ihnen«, stieß Poppy mit zusammengebissenen Zähnen hervor.

Watkins legte schlagartig jeden Anschein von Freundlichkeit ab, machte ein finsteres Gesicht und wandte sich um. »Allmählich verliere ich die Geduld, meine Liebe. Entweder wir treffen uns in der Bibliothek oder Sie werden die Konsequenzen zu tragen haben.«

In der Hoffnung, dass ihre Nervosität nicht allzu offensichtlich war, blieb Poppy kurz stehen, ehe sie den Lesesaal der Bibliothek betrat. Oliver Watkins saß an einem der Tische.

Auf seinem Gesicht lag ein blasiertes Lächeln, als sie vor ihn trat und Platz nahm.

»Wie schön, es mit einer vernünftigen Frau zu tun zu haben. Wie schade, dass Sie unsere erste Verabredung nicht eingehalten haben. Wir beide hätten unser Geschäft schon längst zur beiderseitigen Zufriedenheit abschließen und unserer Wege gehen können.«

Wie auch immer dieses Geschäft aussehen mochte, Poppy bezweifelte, dass es zu *ihrer* Zufriedenheit ausfallen würde. »Was wollen Sie?«, fragte sie knapp und setzte seiner wichtigtuerischen Einleitung ein jähes Ende.

»Nun, nun – habe ich mit einem Wort gesagt, dass ich etwas will?« Mit einem Ausdruck unschuldiger Verletztheit breitete Oliver Watkins die Arme aus. »Ich will Ihnen nur sagen, wie beeindruckt ich von der Art und Weise bin, wie Sie dem Doktor zur Seite stehen, wenn man seine Probleme mit der Flasche und die tragischen Konsequenzen bedenkt, die sich daraus ergeben.«

Wieder glaubte Poppy, ihr Herzschlag habe ausgesetzt. Woher wusste Watkins, was an diesem Abend vorgefallen war? Nur sie und Cam wussten doch davon. Und sie wäre niemals auf die Idee gekommen, dass mit dem Luftröhrenschnitt etwas nicht in Ordnung gewesen sein könnte, hätte der von tiefer Schuld gebeutelte Cam es ihr nicht erzählt.

Oh mein Gott, dachte sie und spürte, wie sich ihr der Magen umdrehte. Ben! Er musste es ihm erzählt haben.

Watkins beugte sich so weit über den Tisch, dass ihr sein übel riechender Atem ins Gesicht schlug.

»Aber wie ich hörte, wissen nicht viele von Ihrer Last. Und ich dachte, die Leute sollten doch erfahren, wie tapfer die Frau des Doktors ist. Ich würde es denen ja gern erzählen, aber es ist eine traurige Tatsache, dass ich das dann ja nicht mehr tun kann, weil ich auf einmal ein paar hundert Pfund mehr in meinen Taschen hätte. Denn dann wäre ich fort, bevor ich überhaupt jemandem davon erzählen könnte, verstehen Sie?«

Obwohl sie längst geahnt hatte, dass der Mann sein Schweigen gegen Geld anbieten wollte, war Poppy entsetzt, als sie hörte, wie viel er verlangte.

»Das erscheint mir eine ziemlich hohe Summe, Kapitän Watkins«, sagte sie mit trügerischer Ruhe.

»Ah, ja, aber es ist für einen guten Zweck, meine Liebe. Das Geld ist für die O. R. Watkins-Zweimaster-Stiftung bestimmt. Ich habe nämlich den glühenden Wunsch, ein eigenes Schiff zu besitzen.«

Der Mann war ein Bandit der übelsten Sorte. Am klügsten wäre es, ihre Dummheit Cam zu beichten und dafür zu sorgen, dass er sich um Watkins kümmerte, doch sie fürchtete den unvermeidlichen Zorn ihres Ehemanns zu sehr.

Trotz der Dankbarkeit, die Cam Ben gegenüber empfand, weil er Prudence am Tag ihres Todes geholfen hatte, hegte er eine tiefe Abneigung gegen den Mann. Die Dankesworte waren ihm nur widerstrebend über die Lippen gekommen. Von allen Menschen, die sie hätte auswählen können, um Cam zu verraten, war Ben der allerschlimmste.

Aber sie konnte sich auch unmöglich auf Watkins' Forderungen einlassen. Dieser Mann war ein niederträchtiger Halunke. Andererseits würde er seine Drohung doch nicht wahr machen, oder? Er versuchte nur, sie aus der Reserve zu locken – in der Hoffnung, dass sie dumm genug war, ihm das Geld zu geben. Tja, sie würde ihm schon zeigen, dass sie aus härterem Holz geschnitzt war.

Sie musterte Oliver Watkins eisig. »Nun, wie es scheint, werden Sie wohl noch einige Zeit sparen müssen.«

Sie schob den Stuhl zurück, stand auf und wollte schon gehen, als Watkins' Hand vorschnellte und sich um ihr Handgelenk legte.

»Denken Sie doch an den Aufruhr, den eine solche Neuigkeit auslösen würde, meine Liebe. Der verehrte Doktor

Ainsley – so vom Alkohol benebelt, dass er einen tödlichen Schnitt macht? Und deswegen muss nun das geliebte Mädchen in seinem Grab verrotten? Wer würde ihm nach so etwas noch sein Kind anvertrauen? Oder gar sich selbst?« In Watkins' Augen schimmerte gespieltes Mitgefühl.

»Aber …«, begann sie und wollte einwenden, dass es nicht Cams Schuld gewesen war, dass das Kind ohnehin gestorben wäre, und dass Cam nicht mehr übermäßig trank. Doch die Worte erstarben auf ihren Lippen. Hatte sie dasselbe nicht auch bei Ben versucht? Und hatte er ihre Erklärung nicht ebenso wie dieser Mann verhöhnt? Würde Watkins ihre Entschuldigung nicht genauso wie Ben als lächerlich abtun? Er roch Blut und war entschlossen, sich an ihr zu bereichern.

»Ich kann Ihnen diese Summe nicht geben. Das ist Erpressung.«

Watkins lächelte. »Ich ziehe den Begriff *Versicherung* vor, Mrs Ainsley. Versicherung dagegen, dass die guten Bürger von Charleston herausfinden, dass ihr hart arbeitender, schlauer Doktor nichts anderes als ein betrunkener Jammerlappen ist, der andere Leute umbringt.« Er lehnte sich auf seinem Stuhl zurück. »Ich will das Geld in Banknoten, wenn's recht ist«, erklärte er beiläufig, als bitte er sie um eine Tüte Bonbons. »Morgen Früh, bevor ich auslaufe. Wir treffen uns hier um zehn Uhr, keine Minute später.«

Poppy schloss die Augen, um Watkins' niederträchtiges Gesicht nicht mehr ansehen zu müssen. Wie sollte sie so viel Geld auftreiben? Nachdem sie Ben die hundert Pfund ausgezahlt hatte, die sie ihm von der Goldmine schuldete, beliefen sich ihre Ersparnisse auf nicht einmal fünfzig Pfund, und Cam konnte sie nicht um das Geld bitten, ohne ihm ihre Dummheit zu gestehen.

»Das ist unmöglich«, protestierte sie in der verzweifelten Hoffnung, Watkins möge auch nur einen Hauch Mitgefühl an den Tag legen.

Die blassen Augen funkelten mit diamantener Kälte. »Nur ein einziges Ohr. Das ist alles. Ein Ohr, das die Neuigkeit aufschnappt, und schon wird die ganze Stadt über Ihre Probleme Bescheid wissen«, warnte er und stand auf.

Poppy biss sich so heftig auf die Lippe, dass sie den kupfrigen Geschmack von Blut auf der Zunge spürte. »Ich kann Ihnen die Hälfte des Geldes bis morgen besorgen, aber ganz bestimmt nicht alles!«, sagte sie und senkte die Stimme, als sie bemerkte, dass einigen Leuten ihr schriller Tonfall auffiel.

»Sie müssen mir mehr Zeit geben, um den Rest zu besorgen.«

Watkins nahm einen silbernen Zahnstocher aus der Tasche und begann damit in seinen Zähnen herumzustochern, während er so tat, als denke er über ihre Bitte nach.

»Da ich ein weichherziger Mensch bin, würde ich ja gern zustimmen, Mrs Ainsley. Aber Geschäft ist nun mal Geschäft. Es wäre mir nicht recht, wenn Sie Ihren Teil der Abmachung nicht einhielten, was Sie in diesem Fall zweifellos tun würden.«

»Aber ich sagte doch gerade, dass ich das Geld wahrscheinlich nicht auftreiben kann –«

»Morgen. Punkt zehn Uhr«, unterbrach Watkins und beugte sich vor, sodass sie zusammenzuckte. Dann machte er einen Schritt zurück, nickte förmlich und lächelte. Als wären wir zwei Bekannte, die sich über das Wetter unterhalten, dachte Poppy und sah ihm nach, wie er davonschlenderte.

Warum um alles in der Welt hatte sie Cam ihr Geld überlassen, um das Haus und die Praxis auszubauen? Damals war ihr die Idee so vernünftig vorgekommen. Schließlich hatte sie ja keinen anderen Verwendungszweck dafür gehabt. Cam hatte ihr stets einen großzügigen Betrag für den Haushalt gegeben und Zugang zu sämtlichen Haushaltskonten gewährt. Sie hätte sich nie im Leben vorstellen können, in eine solch katastrophale Situation verwickelt zu werden.

»Poppy, meine Güte, Sie sehen ja schrecklich aus. Soll ich Ihnen ein Glas Wasser bringen?«

Eilig wischte sich Poppy mit der Hand über die Augen, als Nelly O'Connor auf sie zukam, die gerade mit ihrer täglichen Reinigung der Bibliothek fertig war.

»Ich … nein … doch, bitte, Nelly, wenn es dir nichts ausmacht.« Sobald Nelly sich auf den Weg machte, um das Wasser zu holen, putzte Poppy sich die Nase und wischte sich die Augen trocken.

»Ich habe Ihren Einspänner vor der Tür gesehen. Soll ich den jungen Duffy holen, damit er Sie nach Hause fährt? Er wartet draußen auf mich«, schlug Nelly vor und drückte Poppy ein Glas Wasser in die Hand.

Der Gedanke an Duffy O'Connor, der trotz seines mittleren Alters von seiner Mutter noch immer als jung bezeichnet wurde, hätte Poppy normalerweise ein Lächeln entlockt, doch heute konnte er sie nicht erheitern. Nichts hätte ihr ein Lächeln entlocken können. Sie nippte am Wasserglas.

Ben Corbetts Verrat hatte sie ebenso erschüttert wie Oliver Watkins' unverschämte Forderungen, und sie verspürte den unwiderstehlichen Drang, sich ihren alten Freund vorzuknöpfen.

»Danke, Nelly, aber ich fühle mich schon besser. Es war nur ein kurzer Schwächeanfall, der bestimmt gleich vergeht, wenn ich mich ein paar Minuten hinsetze.«

»Wenn Sie meinen –« Nelly nahm sie am Ellbogen.

Poppy wünschte, die Frau möge einfach nur verschwinden, da sie unmöglich nachdenken konnte, wenn die Waschfrau ständig auf sie einredete. »Ja. Seit Prudence nicht mehr unter uns ist, gab es so viel zu tun, und jetzt, wo auch noch Mai fort ist …« Poppy seufzte.

Nelly schnalzte mit der Zunge. »Und für ein dünnes

Ding wie Sie ist es besonders schlimm. Nun gut, Sie bleiben einfach hier sitzen, bis es Ihnen besser geht.« Sie starrte Poppy durchdringend an, noch immer nicht vollständig überzeugt, dass sie es schaffen würde, allein nach Hause zurückzufahren. Widerstrebend verabschiedete sie sich von Poppy.

Sie unterdrückte ein Stöhnen, als Nelly nach ein paar Schritten stehen blieb und zurückkam.

»Wenn Sie Angst haben, das Kochen könnte Ihnen zu große Mühe machen, weil Sie ja keine Köchin haben, helfe ich gern ein, zwei Abende aus, bis Sie sich wieder erholt haben.«

Gütiger Himmel, dachte Poppy schuldbewusst angesichts des gut gemeinten Angebots. Während sie sich die Frau meilenweit weg wünschte, war diese so besorgt um sie, dass sie zusätzlich zu ihrer eigenen Plackerei noch mehr Arbeit auf sich nehmen würde, um Poppy zu entlasten.

»Nein, Nelly. Du hast schon genug zu tun«, wiegelte Poppy ab und schüttelte den Kopf.

»Es geht mir nicht um die Bezahlung, müssen Sie wissen. Ich möchte nur einer Freundin in der Not helfen«, erklärte Nelly eilig.

»Oh, Nelly, ich kann doch nicht auch noch verlangen, dass du für uns kochst, wo du ohnehin so viel zu tun hast«, erwiderte Poppy. »Aber wenn du darauf bestehst, wirst du natürlich auch entsprechend dafür bezahlt werden, sonst lasse ich dich nicht über die Schwelle.«

»Das werden wir ja sehen«, gab Nelly zurück. »Ich komme später vorbei. Sie fahren jetzt nach Hause und ruhen sich aus.« Sie musterte Poppy prüfend. »Obwohl ich immer noch finde, Duffy sollte Sie und den Einspänner nach Hause fahren.«

Poppy war drauf und dran, das Angebot anzunehmen. Sie fühlte sich völlig erschöpft, aber sie konnte sich keine Ruhe gönnen, ehe sie das Geld nicht aufgetrieben hatte, das Watkins von ihr verlangte. Und danach würde sie sich um Ben Corbett kümmern müssen. »Ich fühle mich schon viel besser. Und jetzt geh ruhig.«

»Aber Sie sehen furchtbar blass aus …«

»Nelly, ich schwöre, ich rühre mich nicht vom Fleck, bis mein Kopf einigermaßen klar ist und meine Wangen wieder etwas Farbe haben.«

Nelly verschwand. Nach ein paar Minuten machte sich Poppy auf den Weg zur Bank. Sie hob das restliche Guthaben von ihrem Konto ab und bat darum, mit dem Leiter sprechen zu dürfen. Sie wurde augenblicklich in sein Büro gebeten. Als sie ihn um ein Darlehen von fünfzig Pfund bat, hob er die Augenbrauen so hoch, dass sie fürchtete, sie verschwänden vollends von seinem Gesicht.

»Die Praxis meines Mannes hat sich beachtlich weiterentwickelt«, erklärte Poppy, der das Herz bei dieser Lüge bis zum Halse schlug. »Die neuen Räume sind zu klein für seine Bedürfnisse. Deshalb haben wir beschlossen, noch einmal anzubauen.«

»Es freut mich zu hören, dass die Praxis des Doktors so erfolgreich ist, Mrs Ainsley«, gab Edward Williams ruhig zurück und rieb sich die Hände. »Und es ist uns natürlich ein Vergnügen, Ihnen zu helfen. Doch Sie müssen verstehen, dass ich zuerst selbst mit Ihrem Ehemann reden muss.«

Poppys Herzschlag setzte aus. »Aber warum denn? Ich kann doch diese Angelegenheit regeln, auch ohne meinen Mann damit zu behelligen. Er ist froh, dass er sich nicht um all diese Dinge zu kümmern braucht.«

Williams lächelte Poppy zu, als hätte er ein begriffsstutziges Kind vor sich. »Ihre Bereitschaft, dem Doktor die lästigen Verhandlungen zu ersparen, ist sehr lobenswert, trotzdem kann ich erst zustimmen, wenn ich mit Ihrem Mann gesprochen habe.«

»Ihr Vorgänger hat immer gern seine Geschäfte mit mir abgewickelt.«

Williams' Lächeln wurde noch eine Spur schmieriger. »Da bin ich mir ganz sicher, Mrs Ainsley, aber ihn haben Sie auch noch nie um ein Darlehen gebeten.«

Hatte sie sich etwa verhört? Jahrelang hatte die Bank ihr Geld verwendet, und nun, da sie etwas brauchte, ließen sie sie im Stich? Nachdem sie ihr Kapital eingesetzt hatte, um Cam den Bau eines Operationsraums zu finanzieren, sollte sie ihn nun um Geld anbetteln. Am liebsten hätte sie Williams ordentlich die Meinung gesagt, doch ein Löffel voll Honig würde sie ihrem Ziel wohl näher bringen als eine Portion Essig. Sie zwang sich zu einem Lächeln.

»Es ist so schwierig für ihn, sich von der Praxis loszueisen. Bestimmt können Sie doch einmal eine Ausnahme machen«, sagte sie, um ihre Fassung bemüht. Es stand zu befürchten, dass sie Cam ihr idiotisches Verhalten beichten musste, nur weil dieser Dummkopf sich weigerte, ihr Geld zu leihen, das sie ihm garantiert zurückzahlen würde. »Schließlich wissen Sie ja, dass Ihr Geld gut angelegt ist.«

»Nun gut, dann machen wir es so, Mrs Ainsley.« Mit einem Blick auf die Uhr über der Tür erhob sich Williams. »Sobald wir die Unterschrift des Doktors auf dem Darlehensformular haben.«

Kapitel 24

Ein Poltern auf dem Korridor ließ Ben aus dem Schlaf schrecken. Er setzte sich auf und schaute sich verwirrt in dem abgedunkelten Raum um. Sein Mund fühlte sich an, als wäre er voll Sägemehl, und seine Augen brannten, als steche jemand mit glühenden Nadeln hinein. Er tastete nach seiner Uhr auf dem Nachttisch, hob einen Zipfel des Vorhangs an, um ein wenig Tageslicht hereinzulassen, und fluchte, als er eine Tasse kalten Tee umstieß. Mit zusammengekniffenen Augen las er die Uhrzeit ab – fast Mittag – und hielt sich die Uhr ans Ohr. Er glaubte, sie müsse am Abend vorher stehen geblieben sein, doch sie tickte so regelmäßig wie gewohnt.

Jede Erinnerung an den Vorabend war aus seinem Gedächtnis gelöscht. Das Letzte, was er noch wusste, war seine Auseinandersetzung mit Poppy. Es hatte ihn regelrecht umgehauen, als sie ihm das Geheimnis von Cam anvertraut und von ihm erwartet hatte, dass er niemandem ein Wort davon erzählte!

Er musste wieder an Poppys gequältes Gesicht denken, als er davongestürmt war. Er war sehr grob zu ihr gewesen, und sie war schließlich nicht diejenige, die für den Tod des Mädchens verantwortlich war – sondern Ainsley. Aber wenn ein Mann einem anderen das Leben nahm, musste er dafür bestraft werden, fand Ben.

Das Bild von Prudence Ainsley kam ihm wieder in den Sinn. Ihre Augen, voll flehendem Entsetzen, als er sie gequält und in Todesangst versetzt hatte …

Galle sammelte sich in seinem Mund, als ihm aufging,

dass das, was er der alten Frau angetan hatte, auch wenn es unabsichtlich geschehen war, noch viel schlimmer war als Ainsleys Tat. Er konnte sich noch nicht einmal die Ausrede zu Nutze machen, er sei betrunken gewesen. Er wischte sich den Schweiß ab, der ihm auf die Stirn getreten war, während er den pochenden Schmerz in seinem Schädel registrierte.

Ein Mann durfte sich doch mal einen Fehler erlauben, oder nicht? Poppy brauchte sich keine Gedanken zu machen. Bei ihm war ihr Geheimnis gut aufgehoben. Und je früher er sich für sein ungehobeltes Benehmen entschuldigte, umso besser. Mühsam kämpfte er sich auf die Füße, um etwas gegen die hämmernden Kopfschmerzen zu unternehmen.

Als er die Treppe hinunterstieg, bemerkte er die Barkellnerin erst, als sie ihn anrempelte. Sie geriet ins Straucheln, sodass er nach ihrem Arm greifen musste, damit sie nicht stürzte. »Tut mir leid. Ich hab Ihnen doch nicht wehgetan, oder?«, fragte er und schämte sich für seine Tollpatschigkeit.

»Weit gefehlt, außerdem habe wohl eher ich Sie angerempelt«, gab sie mit einem kessen Lächeln zurück.

Ben musterte sie mit leisem Interesse. Eine hübsch geformte Figur mit einer schmalen Taille, schwarzes Haar, das sich anziehend von ihrem bleichen Teint abhob, und ein leicht irischer Tonfall, der sich nett in seinen Ohren anhörte.

»Nun, nett von Ihnen, dass Sie das sagen«, meinte er und erwiderte ihr Lächeln. »Ben Corbett. Sie müssen neu sein. Ich erinnere mich nicht, Sie hier schon mal gesehen zu haben.«

Sie sah ihn überrascht an, und ein Anflug von Argwohn glomm in ihren dunklen Augen auf. »Kathleen Fitzgerald. Ich war die letzten beiden Monate in Christchurch und bin erst seit gestern Abend wieder hier.« Sie hob eine Augenbraue und musterte ihn provozierend und zugleich durchdringend. »Sie müssen ja ordentlich einen in der Krone gehabt haben, wenn Sie sich nicht mal mehr an mich erinnern. Ich habe Sie und Ihren Freund in der Bar bedient.«

»Tatsächlich? Was für einen Freund denn?«, wollte Ben wissen und durchforstete sein Gedächtnis nach Erinnerungen an den Vorabend.

Kathleen kicherte. »Es wundert mich nicht, dass Sie das nicht mehr wissen. Sie haben sich ja ziemlich einen hinter die Binde gegossen. Kapitän Watkins, der war's. Ich muss sagen, ich hab ihn noch nie so großzügig erlebt wie gestern. Der hat die Drinks ja förmlich in Sie reingekippt.«

»Kapitän Watkins?« Ben schüttelte den Kopf und fuhr zusammen, als der Schmerz in seinen Schläfen tobte. »Ich kann mich an den Mann überhaupt nicht erinnern.«

»Ich bin froh, das zu hören. Ich habe mich schon gefragt, wie ein netter Mann wie Sie dazu kommt, seine Zeit mit einem Kerl wie Schmier-Ollie zu verbringen.«

Ben wünschte, er fühlte sich wohl genug, um Kathleen Fitzgeralds beträchtliche Vorzüge würdigen zu können. »Schmier-Ollie? Klingt nach einem ziemlich miesen Burschen.«

»Das ist er auch. Dem würde ich auf keinen Fall über den Weg trauen. An Ihrer Stelle würde ich heute Morgen erst einmal mein Geld zählen, um sicher zu sein, dass noch alles da ist. Ich kenne den Mann, und es würde mich nicht wundern, wenn es Ihr eigenes Geld gewesen wäre, mit dem er Sie gestern Abend freigehalten hat.«

»Ich werd's mir merken.« Ben versenkte die Hände in seinen Taschen. Bewundernd sah er Kathleen nach, die mit munteren Schritten die Treppe hinaufging, und wurde mit einem Blick auf ihre Fesseln belohnt. Er wandte seine Aufmerksamkeit dem Geld in seiner Hand zu. Allem Anschein nach hatte er gestern Abend ziemlich wenig davon ausgegeben, also hatte ihn dieser Oliver Watkins trotz seines üblen Rufs nicht ausgenommen. Erleichtert schlenderte Ben die Treppe hinunter und wollte gerade zur Eingangstür hinaus, als ihm Poppy entgegenkam.

»Genau die Frau, nach der ich gesucht habe«, begrüßte er sie überschwänglich, da er sich nicht ganz sicher war, welcher Empfang ihm bevorstand. »Ich weiß nicht, was gestern in mich gefahren ist und weshalb ich dich so angeherrscht habe. Es tut mir schrecklich leid. Kannst du mir je verzeihen?«

»Dir verzeihen? Ich würde eher einem Mörder verzeihen, der meine Großmutter auf dem Gewissen hat, als dir für dein loses Mundwerk.«

Wovon in Gottes Namen redete sie da? Kein Zweifel, er war ihr gegenüber gestern sehr unhöflich gewesen, aber ein loses Mundwerk? Was meinte sie damit?

»Wie konntest du mein Vertrauen so missbrauchen, Ben? Wie konntest du diesem widerlichen Kerl meine Privatangelegenheiten verraten?«

Ben verfluchte das Saufgelage vom Vorabend im Stillen und fuhr sich mit der Zunge über die Lippen. »Welchen Mann meinst du? Von wem redest du, zum Teufel?«, fragte er und verzog das Gesicht, als die Hämmer in seinem Schädel auf sein lädiertes Hirn eindroschen.

»Spiel hier nicht den Unschuldigen, Ben Corbett. Oliver Watkins natürlich …« Poppys Stimme verklang, und ihre Augen weiteten sich vor Entsetzen. »Oh, nein, du hast es doch nicht *noch* jemandem erzählt, oder?«

»Verdammt, Poppy, ich schwöre, ich habe keine Ahnung, wovon du sprichst.«

»Wie kannst du es wagen! Du verrätst mich nicht nur, sondern beleidigst mich obendrein noch mit deinen Lügen!«

Empört machte Poppy auf dem Absatz kehrt und rauschte hoch erhobenen Hauptes davon.

Sie verraten? Diesem widerlichen Kerl ihre Privatangelegenheiten erzählen? Er wollte verdammt sein, wenn ihre Worte einen Sinn ergaben. Als er Poppy davongehen sah, fielen ihm mit einem Mal wieder Kathleen Fitzgeralds warnende Worte über Oliver Watkins ein. Was hatte er gestern Abend in seinem Rausch von sich gegeben? Er kehrte ins Hotel zurück, lief immer zwei Stufen auf einmal nehmend die Treppe hinauf und sah sich nach Kathleen um. Sie stand mit einem Arm voller Bettwäsche auf dem Treppenabsatz.

»Haben Sie etwas vergessen?«, erkundigte sie sich lächelnd.

»Hätten Sie wohl eine Minute Zeit für mich?«

»Für einen netten Gentleman auch mehr als eine Minute.«

Ben grinste bei diesen einladenden Worten. »Wir müssen uns in der Bar unterhalten.«

»Du meine Güte«, meinte Kathleen und bemühte sich um eine unschuldige Miene, »und ich hab schon gedacht, es wäre mein Charme, für den Sie sich interessieren.«

Bens Grinsen wurde noch eine Spur breiter. Ihre kessen Worte waren keineswegs ernst gemeint, trotzdem genoss er ihre Schmeicheleien.

»Tja, dann machen Sie sich mal nützlich.« Sie reichte ihm einen Stapel schmutzige Bettwäsche, hob mit einer schwungvollen Handbewegung ihr Kleid und ging vor ihm die Treppe hinunter.

»Also glauben Sie, er hat mich absichtlich betrunken gemacht?«, wollte Ben wissen, als sie sich in der Bar an einen Tisch setzten. »Aber weswegen?«

»Sie haben schrecklich viel geplaudert, und seine Augen haben geglüht, als er hörte, was Sie zu sagen hatten.«

»Verdammt!« Er hatte nicht die leiseste Ahnung, was er Oliver Watkins erzählt haben könnte, doch nach Poppys scharfen Worten zu urteilen, musste es etwas mit ihr zu tun haben. Bestimmt hatte er alles preisgegeben, was sie ihm über den Doktor anvertraut hatte, dachte er, während sich ein Gefühl wachsender Mutlosigkeit zu der Übelkeit in seinen Gedärmen gesellte.

»Und wo finde ich diesen Oliver Watkins?«

»Sie könnten es mal am Nile-Kai probieren. Ich habe gehört, er hat die *Mizar* dort vertäut, statt mit ihr nach Constant Bay zu fahren«, schlug Kathleen vor. »Aber seien Sie vorsichtig. Er ist ein harter Knochen, und Sie dürfen sich keinen Fehler erlauben.«

»Machen Sie sich keine Sorgen, dieses Mal bin ich auf ihn vorbereitet«, versprach Ben. »Wenn ich ihn finde und hierher bringe, könnten Sie dann …« Er schaute sich um, um sicherzugehen, dass ihn niemand hörte, bevor er Kathleens etwas ins Ohr flüsterte.

»Natürlich helfe ich Ihnen. Mit dem größten Vergnügen«, erklärte sie kichernd. »Der Weg an der Bahnlinie entlang ist an manchen Stellen ziemlich matschig und nicht unbedingt der beste, wenn Ihr Pferd Sie und Schmier-Ollie tragen muss. Also lassen Sie das Pferd lieber hier und versuchen, mit der Straßenbahn hinzukommen.«

Ben ging an Bord der *Mizar* und suchte nach dem Kapitän. »Sie mussten gestern Abend ja mächtig in die Tasche greifen. Heute Abend bin ich an der Reihe«, verkündete er eifrig, worauf sich Watkins die Mütze vom Kopf riss und beinahe von dem schmalen Dampfer sprang, noch bevor Ben geendet hatte.

»Was darf's sein, Gentlemen?«, fragte Kathleen, als die beiden die Bar betraten.

»Whiskey für Sie, Oliver?«, schlug Ben vor.

»Nun, ja. Verbindlichsten Dank.«

»Für mich dasselbe«, sagte Ben mit einem verschwörerischen Zwinkern in Kathleens Richtung. Er wartete mit wachsender Ungeduld, als Watkins ein Glas nach dem anderen hinunterkippte, ohne Anstalten zu machen, den

Mund aufzumachen. Nach einer Weile beschloss er herauszufinden, ob sich seine Zunge ein wenig lösen ließe.

Als Ben bereits fürchtete, Watkins sei immun gegen die Wirkung des Alkohols, forderte der Whiskey doch seinen Tribut. Beim Versuch, nach seinem Glas zu greifen, stieß der Kapitän es um.

»Schönen Dank auch, du ungeschickte irische Kuh«, fluchte er und machte Kathleen für seinen Mangel an Koordinationsvermögen verantwortlich.

Kathleens blaue Augen funkelten, doch sie schwieg und schenkte dem Kapitän nach.

Wut keimte in Ben auf. Dieser Watkins schrie förmlich nach einer Tracht Prügel. Doch als er Kathleens warnenden Blick sah, kämpfte er seinen Unmut nieder. Wenn die vor ihm liegende Aufgabe erfüllt war, blieb ihm noch immer genügend Zeit, sich dieses Schwein vorzuknöpfen.

Als der Nachmittag in den frühen Abend überging, begann Oliver Watkins zu prahlen, wie Ben ihm von Ainsleys Fehltritt erzählt hatte. Bei der Erkenntnis, wie er sich hatte benutzen lassen, überkam Ben eine Woge der Übelkeit.

»Diese hochnäsige Frau des Doktors war alles andere als erfreut, als ich ihr gesagt hab, dass die ganze Stadt von ihrem miesen kleinen Geheimnis erfahren wird, wenn sie mir nicht hundert Pfund gibt, bevor ich morgen die Segel setzte.« Mit schweren Lidern und leicht schielend lächelte Watkins Ben zu. »Schlau von mir, was?«

Kapitel 25

Henry hievte einen Sack Zucker hinter den Tresen, als er hörte, dass ein Kunde den Laden betrat. Er schaute auf und schnappte verblüfft nach Luft.

Der Mann, hoch gewachsen – wahrscheinlich noch eine Spur größer als Henry – und mit schokoladenfarbener Haut, trug einen mit Federn besetzten Umhang, das traditionelle Kleidungsstück der Ureinwohner, über einem maßgeschneiderten Anzug und einem tadellos gestärkten weißen Kragen. Eine Melone mit einer weißen Feder im Hutband saß auf seinem Kopf, und seine Füße steckten in seltsam gemusterten Sandalen. Das Auffälligste an ihm war jedoch das wirre blaue Muster, das sein Gesicht bedeckte.

Mit einem breiten Grinsen trat Jimmy um den Tresen herum. »Ru! Ich habe dich ja seit einer Ewigkeit nicht mehr gesehen. Wie geht es dir?«

»James, wie schön, dich zu sehen! Du siehst gut aus«, gab der Mann namens Ru zurück, trat vor und presste seine Stirn und Nase gegen Jimmys Gesicht. *»Tena koe.«*

»Ru, alter Teufel, schön, dich zu sehen. Geht es dir gut?«, fragte Donald, der zu ihnen gestoßen war und dasselbe Nasen-Stirn-Ritual mit dem Schwarzen vollzog.

»Sehr gut, mein alter Freund. Sehr gut. Und selbst?«

Henry blinzelte ungläubig. Ein Wilder, der wie ein feiner Pinkel sprach?

»Was ist das mit der Nase?«, fragte er flüsternd Jimmy.

»Das ist ein Hongi. So begrüßen sie einander.«

»Ich will verdammt sein!«

»Ich habe keinen Grund zur Klage«, erklärte Donald

gerade und schob Henry vor. »Das hier ist mein neuer Ladengehilfe, Henry Bramwell. Er stellt wunderbare Dinge auf die Beine.«

Ein wenig unsicher, wie er Ru begrüßen sollte, streckte Henry zögernd die Hand aus. Ru ignorierte sie. Die Brüskierung ließ Henry vor Verlegenheit erröten. Ebenso wenig entging ihm, dass ihn der Einheimische mit den rabenschwarzen Augen eingehend betrachtete.

Plötzlich breitete sich ein breites Lächeln auf seinen Zügen aus. »Er könnte von dir sein, Donald.«

Donald reckte stolz die Schultern. »Aye, er ist ein guter Junge, unser Henry. Und seit ich ihn kenne, ist er wie ein Sohn für mich geworden.«

Henry atmete vor Erleichterung auf, Rus eingehende Prüfung überstanden zu haben, während ihn Donalds Bemerkung mit einem absurden Gefühl der Freude, aber auch des Schuldbewusstseins erfüllte. Vor nicht einmal fünf Minuten hatte er noch tiefen Groll gegen den Mann gehegt, und jetzt zeigte er Henry her, als wäre er sein leiblicher Sohn.

»Henare. Ein guter Maori-Name. *Tena koe,* Henry.« Ru drückte seine Nase gegen Henrys.

»Am besten, du kommst mit nach hinten, Ru, damit ich mir ansehen kann, was du mir dieses Mal mitgebracht hast«, schlug Donald vor und deutete auf das Hinterzimmer.

»So einen habe ich ja noch nie gesehen«, sagte Henry, als die beiden verschwunden waren. »Sein Gesicht sieht ein bisschen aus wie einer dieser Teller mit blauem Muster, die in Poppys Geschirrschrank stehen. Woher kennt Donald ihn so gut?«

»Du hast noch nie einen Maori mit seinen Tätowierungen gesehen?«, fragte Jimmy. »Moko, so nennen sie diese Tätowierungen.«

»Als wir in Wellington angekommen sind, habe ich

ein paar junge Maori gesehen, aber sie waren nicht tätowiert. Und sie haben auch nicht wie er gesprochen, sondern in ihrer eigenen Sprache und nur untereinander. Es klang sehr nett. Ihre Stimmen klingen wie weiche Butter, wenn sie diese Sprache sprechen. Aber wenn sie Englisch reden, klingen sie irgendwie … ungeschickt. Aber dieser Ru hört sich an, als hätte er eine Schule für bessere Leute besucht.«

Jimmy stützte den Kopf in die Hand und richtete sich auf ein langes Gespräch ein.

»Das liegt daran, dass er eine Weile in England gelebt hat. Er hat hier für einen Gutsbesitzer gearbeitet. Aber dann ist dessen Vater gestorben, und er hat einen Titel und ein Stück Land in seiner Heimat geerbt, also ist er nach Hause zurückgekehrt und hat Ru mitgenommen. Ru ist fünf Jahre dort geblieben, doch er hat so großes Heimweh bekommen, dass er beinahe gestorben wäre. Also hat ihn sein Herr wieder hierher geschickt.«

»Und wie kommt es, dass er mit Donald so gut Freund ist?«

»Er ist sein Schwager.«

»Sein Schwager?« Henry fiel die Kinnlade herunter. »Der da?« Er deutete mit dem Daumen in Richtung Hinterzimmer. »Donalds Schwager?«

»Das habe ich doch gerade gesagt, oder?«, gab Jimmy zurück und weidete sich an der Wirkung, die diese Nachricht hervorrief.

»Aber ich wusste ja gar nicht, dass Donald verheiratet ist. Wo ist seine Frau?«

»Tja, das ist schon lange her. Im Vertrauen – sie war bekannt dafür, dass sie ihre Fähigkeiten als Frau jedem Kerl angedeihen ließ, der ein bisschen Trost und Wärme brauchte – vorausgesetzt, er hatte genug Geld, um ihr ein Glas Bier zu kaufen. Sie ist mit einem anderen durchgebrannt.«

Ungeduldig wartete Henry, während Jimmy aufstand und seine Schürzenbänder zurechtzupfte, ehe er seine Geschichte zu Ende erzählte.

»Donald hat es nie wirklich verwunden. Er hat sie wie eine Prinzessin behandelt, ganz ehrlich. Mittlerweile ist sie tot. Der Alkohol hat sie ins Grab gebracht. Hübsche Frau, als sie jung war, auch wenn mir ihr Moko nie so recht gefallen hat.«

»Eine Frau mit einem Moko?« Henry hätte um ein Haar aufgestöhnt. Hatte Donald den Verstand verloren?

Jimmy grinste. »Die Mokos der Frauen bedecken bei weitem nicht so viel vom Gesicht wie bei den Männern. Normalerweise haben sie es nur auf den Lippen und am Kinn, soweit ich gesehen habe. Das heißt, ihre Lippen und Kinn sind ganz blau.« Er verzog das Gesicht. »Es muss schmerzen wie die Hölle.«

Henry zuckte zusammen und rieb sich unbewusst mit dem Finger über besagte Stellen. »Sie müssen ja verrückt sein, sich einem solchen Schmerz auszusetzen, nur damit sie am Ende aussehen, als hätten sie sich zu lange in der Kälte aufgehalten.«

»Tja, ich würde sagen, so übel sehen sie gar nicht mal aus«, bemerkte Jimmy kichernd. »Ihren Männern gefällt es jedenfalls. Ich schätze, das muss es wohl, wenn sie selbst mit Gesichtern herumlaufen, die über und über damit verziert sind. Und viele von unseren Leuten nehmen sich eine Maori zur Frau. Wenn auch nicht viele kirchlich heiraten.« Er nickte in Richtung Hinterzimmer. »Und blaue Lippen haben Donald jedenfalls nicht abgehalten, sonst hätte er Mere wohl kaum geheiratet, oder?«

»Mary …?« Plötzlich verstand Henry. Das war der Name gewesen, den Donald gerufen hatte, als er auf der *Mizar* so schwer krank gewesen war. »Aber Mary ist doch kein Maori-Name.«

»Doch, ist es. Nur dass er sich M-e-r-e und nicht wie

das englische Mary schreibt. Es ist die Kurzform von Merepeka. Und Rus richtiger Name lautet Wiremu.«

»Na, so was«, meinte Henry. Er hätte nie gedacht, dass Donald mit seinem hitzigen Temperament und seiner Streitlust sich jemals für Frauen interessieren könnte, ganz zu schweigen davon, dass er eine Frau mit einem tätowierten Gesicht geheiratet hatte.

Kapitel 26

Cam und Poppy saßen an den jeweiligen Enden des langen Esstisches. Poppy hatte ihr Essen nicht angerührt und hielt das Besteck untätig in den Händen.

Wie hatte Ben sie nur so enttäuschen können? Sie hatte ihn stets als Freund betrachtet, als jemanden, dem sie bedingungslos vertrauen konnte. Aber ihre Gefühle kümmerten ihn offenbar so wenig, dass er sie absichtlich mit seinem Verhalten provozierte und sie zu diesem dummen Schnitzer hatte verleiten können. Watkins' absurde Forderungen brachten sie nun in die übelste Klemme, die sie sich vorstellen konnte.

Seit sie den Kapitän am Vormittag zurückgelassen hatte, konnte sie an nichts anderes mehr denken, aber trotzdem wollte ihr einfach keine Lösung einfallen. Es gab schlicht und ergreifend keine Möglichkeit, Watkins das Geld zu geben, das er verlangte. Ihr blieb nichts anderes übrig, als es Cam zu beichten.

Wieder und wieder sah sie ihren Ehemann an, in der verzweifelten Hoffnung, dass ein Wunder geschehen möge. Im Geiste sah sie, wie er mitfühlend ihren Worten lauschte und sie beruhigte, dass es keine Rolle spiele, dass er selbst zu Watkins gehen würde und sie sich wegen ihm keine Sorgen mehr zu machen brauche.

»Du bist heute Abend so nachdenklich.«

Poppy legte Messer und Gabel beiseite, tupfte die Finger an der Serviette ab, in aller Langsamkeit, um ihre Beichte so lange hinauszuzögern, wie sie nur konnte.

»Das … das liegt daran, dass ich dir etwas sagen muss.

Ich habe …« Ihre Kehle schnürte sich zu. »Ich habe etwas sehr Dummes getan.«

»Du klingst ja so ernst«, meinte Cam und musterte Poppy aufmerksam, während sie all ihren Mut zusammennahm.

»Dieser schreckliche Kerl, dieser Kapitän Watkins, weiß von dem Kind mit der Diphtherie, das du behandelt hast. Das Mädchen, das nach dem Luftröhrenschnitt gestorben ist.«

»Er weiß *was?«* Cam fiel die Kinnlade herunter.

»Oh Gott«, seufzte Poppy und starrte beschämt auf die langsam eintrocknende Bratensoße auf ihrem Teller, während sie stockend erzählte, was vorgefallen war.

Cams Zorn war genau so schlimm, wie sie befürchtet hatte.

»Ich kann deine Dummheit kaum fassen«, fuhr er sie an und stand so abrupt von seinem Stuhl auf, dass das Besteck über die Tischdecke schlitterte und klirrend gegen die Teller und Servierplatten stieß.

»Hundert Pfund! Dieses unerträgliche Schwein will, dass wir ihm hundert Pfund geben?«

»In bar«, bestätigte Poppy, hielt den Saum der Tischdecke umklammert und wand ihn verzweifelt zwischen den Fingern.

»Dieses Schwein verdient es, dass es hinter Gitter wandert.«

»Das wäre noch viel zu gut für ihn«, stimmte Poppy eilig zu. »Aber Cam – denk doch an die Konsequenzen, wenn wir uns weigern, ihm das Geld zu geben.«

»Du sagst zu mir, ich soll an die Konsequenzen denken? Bist du verrückt geworden, Frau? Hättest du genug Verstand bewiesen und den Mund gehalten, dann steckten wir jetzt nicht in dieser Klemme. Ich kann mich nur fragen, was für eine Art inniges Tête-à-tête mit Corbett das gewesen sein muss, dass du auf einmal das Bedürfnis hattest, dich ihm anzuvertrauen. Wie lange triffst du dich mit diesem Mann schon ohne mein Wissen?«

Nun war es an Poppy, schockiert zu sein. Wie konnte er so etwas Ungeheuerliches von ihr denken?

»Das Einzige, was ich mir habe zuschulden kommen lassen, ist die Tatsache, dass ich dich in Schutz genommen habe. Dass ich dumm genug war, mich von Ben Corbetts abfälligen Bemerkungen über deine Fähigkeiten zu diesem Ausrutscher verleiten zu lassen. Dabei konnte all das doch überhaupt nur wegen deiner Trinkerei passieren!«

Sämtliche Farbe wich aus Cams Gesicht. Nicht einmal ein Schlag ins Gesicht hätte ihn entsetzter aussehen lassen können. Und in gewisser Weise hatte sie genau das getan. Eisige Wut hatte jedes Gefühl von Schuld und Reumut verdrängt, und mit einer Würde, die ihren Zorn Lügen strafte, wandte sie sich um, ging hinaus und schloss leise die Tür hinter sich.

Cam starrte die geschlossene Tür an, ohne die polierte Kauri-Oberfläche zu sehen, sondern nur Poppys Gesicht – kalt und herablassend in ihrem vernichtenden Urteil über ihn. Was hatte ihn nur geritten? Sie im Grunde des Ehebruchs zu bezichtigen und ihr die Schuld an seiner eigenen Unzulänglichkeit zuzuweisen! Gott möge diesen elenden Corbett verdammen!

Sein Magen zog sich zusammen, als er sich die entsetzten Gesichter seiner Patienten vorstellte, wenn Watkins ihnen alles erzählte. Keiner von ihnen würde dem Mann mit dem abstoßenden Charakter glauben, doch der Schmutz hatte nun einmal die Eigenschaft, an einem kleben zu bleiben. Wie viele Patienten würden danach noch zu ihm kommen und ihm ihre Gesundheit anvertrauen? Es gab keinen anderen Ausweg – der Mann musste sein Geld bekommen. Je früher dieses Durcheinander ein Ende hatte, umso besser, und er konnte unmöglich zulassen, dass sich Poppy noch einmal mit diesem Schurken traf. Er ging in den Stall, sattelte Lucifer, zog einen Regenmantel über und machte sich auf den Weg zum Nile-Kai.

Der Dampfer war in schimmerndes Mondlicht getaucht, eine unheilvolle, beinahe gespenstische Atmosphäre lag über dem Fluss. Oder war dieses Gefühl nur das Resultat seiner übersteigerten Fantasie und des Wissens um die unerfreuliche Aufgabe, die er vor sich hatte?

Er stieg vom Pferd und band es an einen Pfosten. In der Erwartung, dass ihn jede Sekunde jemand bemerkte und wissen wollte, wer er war, ging er vorsichtig über die Gangway an Bord der *Mizar*. Er steuerte auf die beleuchtete Kabine am Schiffsheck zu, als er über etwas stolperte.

»Gottverdammt noch mal«, schrie eine Stimme.

Cams Herz schlug schmerzhaft gegen seine Rippen, als die reichlich angetrunkene Nachtwache mühsam auf die Füße kam und taumelnd in der Dunkelheit verschwand. Gott allein wusste, wie weit der Mann kam, ehe er das nächste Mal zusammenbrach, dachte Cam und wich vor dem durchdringenden Alkoholgestank zurück, der noch in der Luft hing. Er trat vor die Kabine und schlug mit der Faust an die Tür.

»Was zum Teufel ist los?« Mit blutunterlaufenen, trüben Augen öffnete Oliver Watkins, stolperte prompt und fiel hin.

Cam trat über ihn hinweg in die Kabine.

Watkins packte den Saum von Cams Regenmantel und versuchte sich daran hochzuziehen.

»Nehmen Sie Ihre Hände von mir, Sie verdammtes Schwein!«

»Ha! Doktor Ainsley höchstpersönlich! Wohl hergekommen, um mir seinen Respekt zu erweisen, wie?«

»Würden Sie nicht schon am Boden liegen, würde ich dafür sorgen, dass Sie es gleich tun«, erklärte Cam und fuhr mit den Fingern über die Stelle, wo Watkins den Regenmantel berührt hatte.

Watkins kam mühsam auf die Beine. »Setz … Setzen Sie sich, Doktor«, lud er Cam ein, unterdrückte einen Schluckauf und deutete auf den einzigen Stuhl in der Kabine. »Ich hole uns was zu trinken. Ich gehe davon aus, dass Sie nicht nur hergekommen sind, um mir Ihren Respekt zu erweisen, also ist das doch ein Grund zum Feiern, was?«

Er schnappte eine offene Flasche Whiskey und trank einen Schluck, ehe er sie Cam reichte.

Cam schob seine Hand beiseite und zog einen Scheck aus der Tasche. »Hundert Pfund wollten Sie?«

Watkins riss Cam den Scheck aus der Hand, hielt ihn ins Licht und musterte ihn eingehend, ehe er einen Schreibtisch mit Rollschublade aufschloss und ihn hineinlegte. »Ich hab zu Ihrer Frau gesagt, sie soll das Geld in bar vorbeibringen, aber ich hab natürlich keinen Zweifel daran, dass ein rechtschaffener Mann wie Sie nicht mal im Traum dran denkt, sein Wort zu brechen, deshalb ist mir der hier genauso recht wie ein Bündel Geldscheine. War mir ein Vergnügen, mit Ihnen Geschäfte zu machen.«

»Ich versichere Ihnen, dass das Gefühl nicht auf Gegenseitigkeit beruht.« Cam ging zur Tür.

Watkins schwankte und stieß gegen die Koje. »Als würde mich das auch nur einen Pfifferling kümmern, Sie aufgeblasener Windbeutel. Sie und Ihre hochnäsige Frau glauben, Sie wären was Besseres als unsereins. Ich frage mich, wie viele andere arme Teufel Sie noch auf dem Gewissen haben.«

»Sie unverschämter Mistkerl!« Cam trat vor Watkins und packte ihn am Kragen. »Noch eine solche Bemerkung und ich vergesse mich, ich schwör's!«, presste er hervor und stieß Watkins beiseite.

Der Kapitän fiel rücklings auf den Boden, und es gab ein hässliches Knacken, als sein Kopf gegen die Holzplanke prallte, die um die Koje herum verlief. Er sackte zusammen.

Cam kniete sich neben ihn und untersuchte seinen Kopf auf Verletzungen. Ein roter Striemen zog sich über die Rückseite seines Schädels, doch Cam sah weder Blut noch eine offene Wunde.

In diesem Moment schlug Watkins die Augen auf.

Erleichtert ließ sich Cam auf die Fersen sinken. Ein toter Watkins wäre gewiss kein großer Verlust für die Menschheit, doch er wollte das Blut dieses Mannes nicht an seinen Fingern kleben haben. Unter dem Gewicht des Mannes ächzend, half er ihm auf die Füße und setzte ihn auf den Stuhl.

»Dafür bringe ich Sie hinter Gitter, ich schwöre«, murmelte Watkins und rieb sich den Schädel.

»Und geben dabei Ihre teuflische Erpressung zu? Wohl kaum.«

»Was für eine Erpressung, Sie Dummkopf? Ich hatte nichts Böses im Sinn, als dieser Verrückte plötzlich an Bord meines Schiffes kam und über mich herfiel.«

Cams Eingeweide zogen sich vor Verachtung zusammen. Wenn er Watkins damit davonkommen ließ, wäre er keinen Deut besser als dieser gemeine Erpresser. Diese Erkenntnis löste eine Woge der Übelkeit in ihm aus. Er riss den Scheck an sich, griff nach den Streichhölzern auf dem Tisch, zündete eines davon an und verbrannte den Scheck.

»Sie Narr!«, schrie Watkins, kam auf die Füße und reckte die Faust. »Ich sehe schon vor mir, wie die ganze Stadt von Ihrer Schlächterei erfährt. Sie werden keinen einzigen Patienten mehr kriegen.«

Kapitel 27

Ben schob sein Glas über den Tresen. »Dieses Mal aber einen echten, Kathleen. Ich brauche mehr als einen schwachen Tee, damit sich mein Magen von Oliver Watkins' Gesellschaft wieder erholt.«

»Die arme Frau …«, sagte Kathleen, nahm Bens Glas und goss richtigen Whiskey statt des Teegebräus hinein, das sie ihm während seines Gelages mit Oliver Watkins serviert hatte.

»Wer?«

»Die Frau des Doktors.«

»Oh, ja. Und alles nur wegen mir. Ich hätte wissen müssen, was Watkins im Sinn hatte, als er mir einen Drink nach dem anderen spendiert hat. Hätte ich nur genug Verstand gehabt, meinen Mund zu halten.« Er kippte den Drink hinunter. Seine Stimmung war ebenso trübe wie seine Miene.

»Kommen Sie schon, es war doch nicht Ihre Schuld.«

Ben, der Kathleens Bemerkung als Sarkasmus missdeutete, wurde rot.

»Es war der Alkohol, der den Doktor so in Schwierigkeiten gebracht hat, und der Whiskey hat jetzt eben Ihre Zunge gelöst. Aber Sie können nicht die Verantwortung für die Taten eines anderen übernehmen«, erklärte Kathleen fest und goss noch einmal nach.

»Sie haben sich nichts vorzuwerfen, und lassen Sie sich von denen ja nichts anderes einreden. Die spielen sich doch nur auf und tun so, als wären sie etwas Besseres als alle anderen.« Sie zuckte verächtlich die Achseln.

»Dabei sind Sie viel mehr Mann als jeder Einzelne von denen.«

Dieses unerwartete Kompliment ließ Ben noch mehr erröten. »Sie sind ein gutes Mädchen«, sagte er und brachte ein schiefes Grinsen zustande. »Und ein hübsches noch dazu.«

Ein strahlendes Lächeln breitete sich auf Kathleens Gesicht aus. »Herzlichen Dank, Sir. Ich dachte schon, Sie merken es nie.« Und damit überließ sie ihn sich selbst, um einen anderen Gast zu bedienen.

Ben fiel in trübseliges Schweigen. Warum zum Teufel verschwendete er sein Geld und seine Zeit in einer Stadt und in einem Land, das ihm noch nie viel Glück gebracht hatte? Er könnte ein wunderbares Leben in Amerika führen, schließlich war er in der Vergangenheit hervorragend dort zurechtgekommen. Der Verkauf der Rezepturen hatte sich als wahre Goldgrube erwiesen. Er war sein eigener Boss gewesen, jemand, den alle respektierten. Und dann hatte er alles aufgegeben und war nach Neuseeland zurückgekehrt wegen einer Frau, die längst seiner Vergangenheit angehörte. Er hatte alles vermasselt.

Prudence Ainsley hatte wegen seiner dummen Träume sterben müssen. Er hätte ebenso gut eine Axt nehmen und ihr den Kopf einschlagen können. Hätte er ihr nicht Todesangst eingejagt, würde sie heute noch in ihrem Rollstuhl sitzen und alle um sie herum mit ihrer verächtlichen Distanziertheit ärgern.

Er stieß ein Schnauben aus. Er wusste, dass er Poppy niemals aus seinen Gedanken verbannt hatte. Doch erst jetzt wurde ihm klar, dass ihn nur ein Ziel nach Neuseeland hatte zurückkehren lassen – das halb durchdachte Vorhaben, in ihr glückliches kleines Leben einzudringen und es zu zerstören. Und nun, da er im Begriff war, genau dies zu tun, wünschte er, niemals hergekommen zu sein.

Poppy war eine großartige Frau, und genau da lag das

Problem. Selbst wenn Ainsley sie ihm nicht vor der Nase weggeschnappt hätte, wäre sie nie die Frau eines Mannes wie ihm geworden. Nein, sie war immer eine Nummer zu groß für ihn gewesen. Er war nur zu dumm und zu blind gewesen, es zu erkennen. Das Beste, was er tun konnte, war, nach Amerika zurückzukehren.

»Alles in Ordnung mit Ihnen, Ben? Scheint, als wären Ihnen die ein, zwei Tropfen Alkohol nach all dem Tee doch zu Kopf gestiegen.«

»Ich habe mich nie besser gefühlt«, gab Ben zurück, sah in Kathleens blaue Augen, in deren funkelnder Lebendigkeit ein Anflug von Besorgnis lag. Er spürte, wie ein enormes Gewicht von seinen Schultern genommen wurde. »Ich bin Ihnen wirklich dankbar für Ihre Hilfe. Wie gesagt, Sie sind ein gutes Mädchen.«

Er zog ein paar Münzen aus der Tasche und legte sie auf den Tresen. »Dann sage ich mal gute Nacht für heute.«

Kathleen sah enttäuscht drein. Ben war beinahe versucht, sitzen zu bleiben und ihre Gesellschaft zu genießen, bis sie Feierabend machte. Doch nun, da er wusste, dass er das Land bald verlassen würde, wollte er so schnell wie möglich aufbrechen. Es war zwecklos, bis zum Morgen im European Hotel zu bleiben. Es gab niemanden, von dem er sich verabschieden musste – außer Poppy, die er mit seinem dummen Geplapper im Suff vor den Kopf gestoßen hatte. Als Kathleen ihn zurückließ, um einen weiteren Gast zu bedienen, glitt er von seinem Hocker und ging in sein Zimmer.

Nachdem er seine wenigen Habseligkeiten gepackt hatte, schloss er den Koffer und zog einige Geldscheine als Bezahlung für die Übernachtung hervor, die er neben den Waschkrug und die Schüssel auf die Kommode legte. Dann griff er nach seinem Gewehr und ließ den Blick ein letztes Mal durch den Raum wandern, falls er etwas vergessen haben sollte. Unten blieb er einen Moment vor der Bar stehen und fragte sich, ob er hineingehen und sich von der hübschen irischen Kellnerin verabschieden sollte. Die Tür ging auf und eine Handvoll Betrunkener kam herausgetorkelt. Er erhaschte einen Blick auf Kathleen, die eine Bierlache vom Tresen aufwischte. Was sollte das bringen? Sie würden einander ohnehin nie wieder sehen. Er drehte sich um und verließ das Hotel.

Die Schultern gegen die nächtliche Kälte eingezogen, schwang sich Ben auf sein Pferd und ließ es mit lockeren Zügeln an der Bahnlinie entlanggehen. Die mondbeschienenen Büsche und Sträucher versanken schlagartig in tiefer Dunkelheit, als sich eine Wolke vor den Mond schob und einige große Regentropfen auf seinen Regenmantel platschten. Von einer plötzlichen Sehnsucht nach Ann Arbour, Michigan, erfüllt, presste er die Stiefel in die Flanken des Pferdes. Je früher er seine Angelegenheiten geregelt hatte, umso schneller konnte er dieses verdammte Land verlassen und nach Amerika zurückkehren.

Rhythmisches Hufgeklapper verriet ihm, dass ein Pferd auf ihn zugeritten kam. Ben spähte in die Dunkelheit und konnte mühsam die Umrisse einer Gestalt auf einem Pferd ausmachen. Der Mann machte keine Anstalten, Ben vorbeizulassen, sodass dieser gezwungen war, die Zügel zu nehmen und sein Pferd auf den schlammigen Pfad neben der Straße zu dirigieren, um den anderen Reiter passieren zu lassen.

Wer auch immer der Mann sein mochte, er machte sich nicht die Mühe, zu grüßen oder Ben zu danken. Wäre Ben nicht entschlossen gewesen, sich um seine eigenen Angelegenheiten zu kümmern, hätte er gewiss etwas zu diesem Mistkerl gesagt. Aber warum Ärger heraufbeschwören? Morgen wäre er längst fort von hier.

Die Vorstellung, Watkins das Geld zu geben, das er von Poppy verlangt hatte, war Ben erst in den Sinn gekommen, als er seine Sachen gepackt hatte und auf das Bündel Geldscheine gestoßen war, das Poppy ihm am Vortag gegeben hatte. Watkins sein Geld zu geben war das Letzte, was er für sie tun konnte.

Er lachte leise. Der arme Ainsley würde nie erfahren, wer ihm aus der Patsche geholfen hatte.

Der Himmel öffnete sämtliche Schleusen, als Ben die *Mizar* betrat. Er blinzelte gegen die dicken Regentropfen an und bahnte sich vorsichtig einen Weg über das menschenleere Deck bis zur Kabine, von der er vermutete, dass sie Watkins gehörte. Er klopfte und wartete, dass der Kapitän erschien. Einige Augenblicke vergingen. Er klopfte ein zweites Mal.

Noch immer kein Hinweis darauf, dass jemand hier war, auch wenn ein Lichtstrahl durch das Schlüsselloch drang. Ein Blitz zuckte und tauchte den Dampfer in grelles Licht. Ben drehte am Türknauf und stellte überrascht fest, dass nicht abgeschlossen war. Er trat in die Kabine und sah, warum niemand auf sein Klopfen reagiert hatte.

Watkins saß am Tisch, hatte den Kopf auf die Arme gelegt und schlief.

Ben trat neben den Kapitän, packte ihn an der Schulter und rüttelte ihn wach.

»Was ist los? Kann sich ein Mann nicht mal eine Weile ausruhen?« Watkins hob den Kopf und musterte Ben mit zusammengekniffenen Augen, als erkenne er ihn nicht.

Ben wedelte mit dem Bündel Geldscheine vor Watkins' Nase. »Hundert Pfund. Die Summe, die Sie erpresst haben. Sie können von Glück sagen, dass ich Sie nicht bewusstlos schlage. Wenn ich es täte, würde es wohl kaum einer bedauern.« Er ließ die Geldscheine vor dem Kapitän auf den Tisch flattern.

Watkins fuhr sich mit der Hand über den Schädel und zuckte zusammen, als er eine wunde Stelle berührte.

Ungeduldig sah Ben zu, wie der Mann das Geld ausdruckslos anstarrte, ohne Anstalten zu machen, es an sich zu nehmen.

»Alles da. Sie können es auch gern zählen, aber wenn Sie noch einmal Mrs Ainsley belästigen, breche ich Ihnen jeden Knochen im Leib, verstanden?«

»Ah …« Watkins' Düsterkeit verflog. Er packte das Geld und schob es in seine Jackentasche.

Ben fuhr herum, als ein lautes Krachen von draußen hereindrang. Er öffnete die schwere Teakholz-Tür und spähte hinaus in die Dunkelheit. Der Wind pfiff und heulte, doch im strömenden Regen war niemand zu sehen. Also zog er sich wieder in die trockene Kabine zurück und schloss die Tür hinter sich.

»Sollte ich Sie jemals in diesem Teil der Welt wieder sehen, tue ich es, das verspreche ich Ihnen«, knurrte Ben und hielt dem Mann drohend die Faust unter die Nase.

Watkins wich zurück und schielte, als sich seine Augen auf Bens Faust richteten. Mühsam kam er auf die Füße. »Bitte sehr. Ich weiß gar nicht, wieso Sie sich wegen der Frau so ins Zeug legen.« Er grinste. »Es sei denn, natürlich, sie hat's mit Ihnen getrieben.«

»Sie verdammter Dreckskerl!« Ben versetzte Watkins einen Hieb, verfehlte ihn jedoch. In diesem Moment sackte der Kapitän unvermittelt zusammen und ging zu Boden. Ben gab ein verächtliches Knurren von sich. Dieser feige Mistkerl spielte den Bewusstlosen, um sich einer Tracht Prügel zu entziehen. Er trat Watkins mit dem Stiefel in die Seite, in der Annahme, ein protestierendes Aufheulen zu hören, doch der Kapitän reagierte nicht.

Mit einem wachsenden Gefühl der Panik kniete sich Ben neben den Mann, ehe er erschrocken auf die Füße sprang, als die Tür aufging. Er hob die Faust, um den Eindringling niederzuschlagen – und sah Kathleen Fitzgerald vor sich stehen. Sie war nass bis auf die Haut, und dunkle Haarsträhnen klebten an ihrem Gesicht. Sie stieß einen Schrei aus und duckte sich, sodass Bens Faust ergebnislos an ihrem Ohr vorbeisauste.

»Herrgott, Frau, die hätten Sie um ein Haar ins Gesicht bekommen! Was haben Sie sich dabei gedacht, hierher zu kommen?«

Kathleen presste eine Hand auf ihre Brust. »Ich habe gesehen, wie Sie mit Ihrer Tasche das Hotel verlassen haben, und dachte, ich gehe Ihnen nach.«

»Das war ein schwerer Fehler, Kathleen, Mädchen.« Er deutete mit dem Kopf auf Watkins. »Ich glaube, er ist tot. Aber ich schwöre, dass meine Faust ihn nie berührt hat. Ich bin erledigt.«

»Eins nach dem anderen. Als Erstes müssen wir nachsehen, ob er noch lebt, bevor Sie Ihr Testament aufsetzen«, murmelte Kathleen, kniete sich hin und hielt ihre Wange über Watkins' Mund. Nach ein paar Augenblicken hob sie den Kopf. Der entschlossene Zug um ihren Mund ließ ihre hübschen, mädchenhaften Züge härter wirken.

»Tja, Sie haben Recht. Der macht keine großen Sprünge mehr«, erklärte sie, durchsuchte Watkins' Taschen und zog einen Stapel Geldscheine heraus, die sie Ben reichte. »Und dort, wo der hingeht, wird er die nicht mehr brauchen.«

Blindlings steckte Ben das Geld in die Tasche und stöhnte: »Was soll ich jetzt nur tun, Kathleen?«

»Hören Sie mit diesem Unsinn auf. Ich habe Sie durch das Schlüsselloch beobachtet und schwöre beim Grab meiner Großmutter, dass Sie ihn nicht getroffen haben. Was auch immer ihn umgebracht hat, es hatte nichts mit Ihnen zu tun. Viel wahrscheinlicher ist, dass ihm der Alkohol den Rest gegeben hat.«

Ben saß auf der Kojenkante, unfähig, einen klaren Gedanken zu fassen. »Wer wird mir das glauben?«, murmelte er und sah sich bereits am Ende eines Stricks baumeln.

»Hören Sie auf, wie ein Narr daherzureden, und helfen Sie mir lieber.«

Kathleen packte Watkins an den Armen und hievte ihn in eine sitzende Position. »Nehmen Sie seine Mütze«, befahl sie.

Ben stand auf, nahm Watkins' Mütze von einem Haken an der Wand und spürte, wie sich ihm beim Anblick des Kapitänsabzeichens der Magen umdrehte.

»Und jetzt nehmen Sie seine Füße«, fuhr Kathleen mit scharfer Stimme fort. »Ich kann ihn nicht allein hochheben.«

Wie in Trance ließ Ben Watkins' Mütze auf seinen Bauch fallen und griff nach den Beinen des Kapitäns.

»Genau, und jetzt hier durch«, befahl Kathleen und stieß mit der Schulter die angelehnte Tür auf, die laut knarrte, als der Wind sie erfasste und aufriss.

Gegen den heftigen Regen ankämpfend, bugsierten sie den Toten an den Rand des Schiffs und legten ihn über die Reling. Beide rangen heftig nach Atem.

»Was jetzt?«, rief Ben und fuhr sich mit der Hand über die Nase, um die Regentropfen abzuwischen.

»Über Bord mit ihm, was sonst?«

»Das können wir nicht tun!«

»Wir können es uns nicht erlauben, es *nicht* zu tun!«, gab Kathleen zurück und verpasste der Leiche stöhnend einen Stoß.

Der Tote rührte sich nicht vom Fleck.

»Herrgott noch mal, Ben, könnten Sie sich vielleicht mal etwas anstrengen?«

»A-aber ...«, stammelte Ben.

»Denken Sie doch mal nach! Sie haben den Mann nicht umgebracht. Das können Sie gar nicht, weil Sie ihn nicht mal angefasst haben. Wenn wir ihn über Bord werfen, wer kann dann schon wissen, dass er nicht von allein ins Wasser gefallen und ertrunken ist? Mindestens ein Dutzend Zeugen wird schwören, dass er stockbetrunken war, als er das European verlassen hat. Sie werden nur zu gern glauben, dass er hier über Bord gegangen ist. Aber wenn wir ihn hier liegen lassen, wird es Fragen geben, und wer weiß, wer sich hier herumgedrückt und Sie gesehen hat?«

Von Schuldbewusstsein und Zweifeln geplagt, sah Ben zu, wie der Regen auf Watkins' Gesicht herunterprasselte und in Bächen in seinen geöffneten Mund lief.

»Kommen Sie, den vermisst schon keiner. Weder für seinen Charme noch für seinen Verstand. Wir sparen sogar die Kosten für die Beerdigung. Er wäre bestimmt stolz auf uns.«

Ben dachte an den Reiter, dem er auf dem Weg hierher begegnet war. Es war zu dunkel gewesen, um ihn zu erkennen, was bedeutete, dass auch er Ben wahrscheinlich nicht deutlich gesehen hatte. Vielleicht hatte Kathleen Recht. Wenn er dumm genug war, die Leiche des Kapitäns an Bord der *Mizar* liegen zu lassen, war die Gefahr groß, dass man ihn für dessen Tod verantwortlich machte, und man würde ihm den Strick für etwas um den Hals legen, was er nicht getan hatte.

Er wandte sich von Watkins' blicklosen und dennoch vorwurfsvollen Augen ab und half Kathleen, die Leiche über die Reling zu werfen.

Kapitel 28

Poppy sah aus dem Fenster. Sie wollte nicht behaupten, dass sie den tosenden Sturm und das ohrenbetäubende Prasseln des Regens genoss, doch er passte zumindest perfekt zu ihrer Stimmung. Ein Blitz zuckte am Himmel auf und erhellte die Küche. Sekunden später erbebte das Haus unter einem lauten Donnergrollen. Die unschöne Szene vom Vorabend hatte sich in ihrem Gedächtnis eingenistet, und sie bereute die Worte aufrichtig, die sie Cam an den Kopf geworfen hatte, so wahr sie auch gewesen sein mochten.

»Mama, muss ich Porridge zum Frühstück essen? Davon wird mir immer schlecht.«

Froh über die Ablenkung, wandte sie sich um, als David, dicht gefolgt von Ruby, die Küche betrat.

»Ja, du musst Porridge zum Frühstück essen. Wenn du dich nicht wohl fühlst, hilft Porridge, damit sich dein Magen beruhigt.«

»Nelly tut Sahne in ihren Porridge.«

»Das glaube ich nicht.«

»Doch, das tut sie. Sie hat es mir selbst erzählt.«

»Ich glaube, du schwindelst«, erklärte Poppy beim Gedanken an Nellys sparsame Haushaltsführung. »Und wenn du dich nicht beeilst und schnell deinen Porridge isst, musst du ihn mit Salz essen. So wie Mr MacKinnon es immer macht, das hat mir Henry erzählt.«

»Igitt!« David verzog das Gesicht und machte sich plötzlich mit unerwarteter Begeisterung über sein Frühstück her.

»Mama, müssen wir heute zur Schule, wenn es weiterhin

so regnet?«, wollte Ruby wissen und sah aus dem Fenster. Inzwischen fiel der Regen so heftig, dass der Himmel beinahe schwarz war.

Poppy nahm eine Kerosinlampe von der Anrichte, stellte sie auf den Tisch, um sie anzuzünden, und fuhr erschrocken zusammen, als ein weiterer Blitz den Himmel erhellte, gefolgt von grollendem Donner.

»Ich denke nicht. Bei diesem Wetter würde man nicht einmal einen Hund vor die Tür jagen.«

Schuldbewusst sah sie Cam hereinkommen. Sie hatte sich schlafend gestellt, als er in den frühen Morgenstunden ins Bett gekommen war.

Sie scheuchte die Zwillinge aus der Küche, wobei sie Davids Begeisterung, den verhassten Porridge nicht aufessen zu müssen, einfach ignorierte.

Cam setzte sich mit einem knappen Nicken an den Tisch. »Gut geschlafen?«

»Ja«, log Poppy. »Wirst du Watkins das Geld geben? Punkt zehn Uhr heute Morgen, hat er gesagt.«

»Nein.«

»Nein?« Poppys Herzschlag setzte aus. Watkins würde bestimmt schrecklich wütend werden. Wie lange würde es wohl dauern, bis sich die Nachricht in der Stadt herumgesprochen hat?

»Der Kerl soll verdammt sein. Ich werde ihm keinen Penny bezahlen.«

»Aber die Praxis!«

»Gestern Abend habe ich Watkins aufgesucht. Ich war fest entschlossen, ihm das Geld zu geben, aber ich habe es einfach nicht über mich gebracht. Dieser Dreckskerl kriegt keinen Penny von mir.«

Poppy stand auf. Was hatte sie mit ihrem losen Mundwerk nur angerichtet?

Cam bedeutete ihr, sich wieder hinzusetzen. »Bitte bleib, ich habe dir etwas zu sagen.«

Poppy wappnete sich für eine Standpauke und blickte überrascht auf, als Cam ihre Hände nahm.

»Watkins' skandalöse Drohung war offenbar notwendig, um mich wieder zu Verstand zu bringen. Als ich dieses Kind operiert habe, ist mir ein schrecklicher Fehler unterlaufen –«

»Cam, dieses Mädchen wäre sowieso gestorben, was immer du auch getan hättest – und das weißt du!«

»Das mag sein, obwohl ich mir wahrscheinlich für den Rest meines Lebens die Schuld an ihrem Tod geben werde.« Er hob die Hand, als Poppy protestieren wollte. »Aber ironischerweise ist es mir gelungen, mir nach all der Zeit zu vergeben. Und zwar wegen dieses Mistkerls Watkins. Wenn wir das Schweigegeld bezahlen, sind wir für immer seiner Gnade ausgeliefert. Er würde uns nie wieder in Frieden lassen. Heute hundert Pfund, fünfzig beim nächsten Mal, wenn er Geld für irgendwelche zusätzlichen Ausgaben braucht. Gott weiß, wo all das enden würde, und die Drohung, dass er alles ans Licht zerrt, würde trotzdem jeden Tag über uns schweben. Nein, er soll erzählen, was er will. Ich werde einen Brief verfassen und die Situation darlegen, und dann sollen die Leute in der Stadt mein Richter sein.«

»Meinst du, das ist klug? Watkins ist für seinen zweifelhaften Charakter bekannt, aber du weißt ja selbst, wie sich manche Leute am Unglück anderer weiden. Was, wenn sie beschließen, lieber Watkins zu glauben statt dir?«

»Dann werde ich nichts mehr tun können, meine Liebe.«

»Oh, Cam, was habe ich nur angerichtet?«

»Nicht du, Liebes, *ich* habe das getan.«

Ein Schluchzen stieg in Poppys Kehle auf. »Bist du ganz sicher, dass du das tun willst?«

»Das bin ich. Sollten die Leute das Schlimmste glauben, können wir immer noch anderswo ganz von vorn anfangen.

Wir können Charleston verlassen und nach Christchurch gehen oder sogar nach England zurückkehren. Dieser Bandit wird uns nie wieder das Leben schwermachen.«

Noch nie hatte Poppy ihren Ehemann mehr geliebt als in diesem Augenblick. »Aber dein Operationssaal … deine Patienten? Alles, wofür du so hart gearbeitet hast? Wie könntest du das zurücklassen?«

Ein Anflug von Bedauern flackerte in Cams Gesicht auf, wich jedoch augenblicklich einem beruhigenden Lächeln. »Das spielt keine Rolle. Das Einzige, was für mich zählt, ist dein Glück und das unserer Kinder. Ich habe euch viel zu lange vernachlässigt. Das ist mir jetzt klar.«

Cam zog sich in seine Praxis zurück, während Poppy erleichtert die Kinder in die Küche rief. Sie lauschte nur mit einem Ohr und vernahm schwach, dass sie sich laut irgendetwas vorlasen, während sie ihren eigenen Gedanken nachhing.

Selbst Bens Verrat war mit einem Mal kein ganz so herber Schlag mehr. Er hatte ihr Geheimnis ganz bestimmt nicht mit Absicht ausgeplaudert. Daran bestand kein Zweifel. Vielleicht hatte der Alkohol seine Zunge gelöst. Was auch immer der Grund gewesen sein mochte – es spielte keine Rolle mehr.

Erschrocken fuhr sie zusammen, als Cam in die Küche gestürmt kam. »Schnell, ich brauche deine Hilfe im Operationsraum.«

Sie raffte ihre Röcke und folgte ihm in die Praxis, wo sie zu ihrem Entsetzen Duffy O'Connor stehen sah. Er war totenbleich und reichlich durcheinander. Aus einer Wunde in seiner Hand sickerte Blut.

Charles Craddock stützte ihn. Wasser lief von den Regenmänteln auf die gebohnerten Holzdielen, wo es sich mit den dunklen Blutstropfen mischte. Poppy hatte Mühe, nicht nach Luft zu schnappen, als ihr Blick auf die Wunde an Duffys Hand fiel.

»Sollte er damit nicht lieber ins Krankenhaus?«, fragte sie Cam leise.

»Ja, aber Dakers ist diese Woche nicht da.« Er nahm einen dicken Wattebausch, zog den Stopfen aus einer Flasche Chloroform und presste die Watte auf die Öffnung. »Es wird nicht wehtun, Duffy. Du schläfst jetzt ein bisschen und wirst gar nichts spüren.«

Duffy, den das Ganze kaum zu kümmern schien, nickte.

»Wie kam es zu dieser Wunde?«, erkundigte sich Cam bei Charles Craddock, nachdem Duffys Atemzüge tiefer geworden waren.

»Er hat sie sich zwischen der *Mizar* und dem Kai am Nile eingeklemmt.«

»Wie zum Teufel hatte er das angestellt? Und was hatte er bei diesem Wetter überhaupt dort zu suchen?«, fragte Cam, ohne die Augen von der Wunde zu nehmen, während er sie versorgte.

»Wir haben nach einer Leiche gesucht. Duffy war auf den Knien, um unter dem Kai nachzuschauen, weil er dachte, sie könnte dort eingeklemmt sein. Dann kam auf einmal ein Windstoß, hat die *Mizar* erfasst, gegen den Kai gedrückt und seine Hand zerquetscht. Wir hatten keine Zeit, ihn zu warnen – es ging alles viel zu schnell!«

»Nicht gerade das beste Wetter, um draußen zu sein. Wer ist denn der arme Teufel, nach dem Sie suchen?«

»Kapitän Watkins.« Craddock schüttelte den Kopf. »Er wird vermisst. Da er gestern Abend sternhagelvoll gewesen sein soll, fürchten wir, dass er nicht mehr am Leben ist. Wenn er über Bord gefallen ist, wird er längst tot sein. Reine Zeitverschwendung, nach ihm zu suchen, wenn Sie mich fragen. Zumindest bei diesem Wetter.«

Eine Woche verging, ehe Watkins' Leiche an der Mündung des Nile-Flusses angeschwemmt wurde. Der Sturm hatte drei Tage angehalten, und danach war die *Mizar* unter einem anderen, aus Westport herbeigerufenen Kapitän nach Hokitika gesegelt.

Laut Nelly war Ben Corbett abgereist. Gerüchte über sein plötzliches Verschwinden wurden laut. Er sei ebenso wie Watkins ins Wasser gefallen. Er habe Oliver Watkins ausgeraubt und sich mit seiner Beute aus dem Staub gemacht. Er sei mit Kathleen Fitzgerald durchgebrannt, die ebenfalls nicht mehr im European Hotel aufgetaucht war.

»Suchen Sie sich eine Geschichte davon aus, meine Liebe, und glauben Sie die, die Ihnen am besten gefällt«, schlug Nelly gut gelaunt vor, da Duffys Hand allem Anschein nach ihre volle Funktionstüchtigkeit wiedererlangte.

Nun, da Watkins' Drohung nicht länger über Poppy schwebte, konnte sie so etwas wie Mitleid für Ben empfinden. Die Vorstellung, er könnte ertrunken sein, sein Körper aufgedunsen und bleich, erfüllte sie mit Traurigkeit. »Gott sei mit dir, Ben, wo auch immer du sein magst«, flüsterte sie.

Kapitel 29

Mittlerweile drehte sich Henrys ganzes Leben um die Freitage. Um jeden zweiten Freitag, um genau zu sein – jenen Tag, an dem er die Fongs aufsuchen konnte. Trotz Donalds Warnung besuchte Henry Mai nach wie vor. Natürlich versuchte er nicht, mit ihr anzubändeln – Donald musste verrückt sein, so etwas zu glauben. Er wollte nur sichergehen, dass ihr nichts passierte. Sie war neuerdings so still und abwesend. Irgendetwas an Yan Gar Chan erinnerte ihn an die fetten, weißen Maden, auf die er gestoßen war, als er für Nelly Holz gehackt hatte. Er hätte seine Backenzähne dafür gegeben, zu erfahren, was sich im Haus der Fongs wirklich abspielte.

In den Tagen dazwischen fand Henry Trost in seiner Arbeit, auf die er sich mit einer solchen Hingabe stürzte, dass er abends ins Bett taumelte und praktisch auf der Stelle einschlief. Auf diese Weise blieb ihm wenigstens keine Zeit, über die Sinnlosigkeit seiner Freundschaft mit Mai zu grübeln.

Heute war er zur selben Zeit wie Donald aufgestanden. Er hatte bereits den Boden des Ladens gekehrt und schrubbte ihn nun mit einem Besen. Mit den harten Borsten versuchte er, dem Schmutz beizukommen, der sich in den Ritzen der Holzdielen angesammelt hatte, so wie Donald ihn angewiesen hatte.

»Aber mit ein bisschen Kraft«, hatte Donald gesagt, »wenn es richtig sein soll, muss Schweiß fließen.«

Henry ließ erschrocken den Besen fallen, als jemand an die Tür des *Emporiums* hämmerte. Der Laden hatte doch noch nicht geöffnet. Tja, wenn das keine Überraschung ist, dachte er erfreut und grinste, als er öffnete und Ben Corbett vor der Tür stehen sah. Ben streckte ihm die Hand hin und schüttelte sie.

»Henry! Also arbeiten Sie wirklich hier. Poppy hat erzählt, dass Sie hierher gekommen sind, aber ich dachte, Sie wären inzwischen längst weitergezogen«, meinte Ben, ohne Henrys Hand loszulassen.

»Sie haben doch nicht nach mir gesucht, oder?«, fragte Henry, während ihn die Furcht beschlich, Poppy oder ihrer Familie könnte etwas zugestoßen sein.

»Nein, eigentlich nicht.« Ben, der Henrys Besorgnis spürte und ihn beruhigen wollte, lachte. »Als Poppy mir erzählt hat, dass Sie aufgebrochen sind, um für Donald MacKinnon zu arbeiten, dachte ich nur, ich könnte selbst mit dem Mann ins Geschäft kommen. Ich habe da ein, zwei Rezepturen, die ihn interessieren dürften, falls er sich vorstellen kann, sie selbst herzustellen und zu verkaufen.«

Eine hübsche Frau mit rabenschwarzem Haar und schneeweißer Haut stand hinter Ben. »Das ist meine Frau Kathleen«, erklärte er mit einem stolzen Lächeln im Gesicht.

»Ihre Frau?«, platzte Henry heraus und vergaß für einen Augenblick seine guten Manieren, ehe er Kathleen verblüfft zunickte.

»Darauf waren Sie nicht gefasst, wie?«, meinte Ben und grinste verlegen. »Ich habe sie kennengelernt, nachdem Sie aus Charleston abgereist sind. Wir haben in Christchurch geheiratet. Eigentlich wollten wir nach Amerika segeln, aber dann ist Kathleen krank geworden. Um ein Haar hätte ich sie verloren, verflixt. Also sind wir noch eine Weile hier geblieben, und jetzt hat sie einen kleinen Untermieter.« Strahlend tätschelte Ben Kathleens Bauch.

Kathleen verdrehte die Augen. »Als hättest du was damit zu tun, ja? Das hab ich ganz allein hingekriegt. Wir überlegen, ob wir das Kind nicht Jesus nennen.«

Henry blinzelte erschrocken angesichts ihrer freizügigen Worte, doch Ben brach in dröhnendes Gelächter aus, in das Henry sogleich einstimmte.

Donald, der den Radau mitbekommen hatte, erschien. Ben drückte Kathleen etwas Geld in die Hand. »Gönn dir irgendeinen Firlefanz«, erklärte er, ehe er mit Donald im Hinterzimmer verschwand, um sich seinen Geschäften zu widmen.

»Wir sind im Hibernian Hotel abgestiegen«, sagte Ben zu Henry, als er seine Unterredung mit Donald beendet hatte. »Ich dachte, wir bleiben hier, bis das Kleine auf der Welt ist. Dann wollen wir noch mal versuchen, nach Amerika zu segeln. In der Zwischenzeit kaufe und verkaufe ich weiterhin meine Rezepturen, damit ich genug Auswahl zum Mitnehmen habe.«

Mit einem Gefühl der Wärme sah Henry zu, wie Ben und Kathleen den Laden verließen. In letzter Zeit vermisste er Poppy sehr. Oft dachte er, dass er ein Narr gewesen war, ans andere Ende der Welt zu segeln, um seine Schwester zu sehen, um letzten Endes doch nur seine Sachen zu packen und Poppy und Charleston zu verlassen. Aber Ben war ein guter Freund von Poppy, und mit ihm zu reden hatte sich beinahe angefühlt, als spreche er mit seiner Schwester. Irgendwie kam es ihm fast so vor, als gehöre er nun, da er einem alten Freund begegnet war, endgültig in dieses Land. Und die Tatsache, dass morgen Freitag, der Tag der Lieferfahrt, war, steigerte seine gute Laune noch.

Ausnahmsweise saß Donald bereits am Tisch und gab Salz in seinen Porridge, als Henry am Freitagmorgen die Küche betrat.

»Im Topf ist noch etwas davon«, murmelte Donald mit vollem Mund.

»Sie sind wohl aus dem Bett gefallen, Donald. Sonst würde Sie doch nichts dazu bringen, so früh schon auf den

Beinen zu sein«, spöttelte Henry und gab eine großzügige Portion Porridge in seine Schüssel.

»Genug der Frechheiten, mein Freundchen. Außerdem kann ich mich nur fragen, wie du deinen Porridge mit all dem Zeug drauf essen kannst.« Donald verzog angewidert das Gesicht, als Henry Zucker über sein Frühstück rieseln ließ. »Wenn ich nur sehe, wie du das Zeug in dich reinschaufelst, kriege ich schon Bauchschmerzen«, fuhr er fort und schüttelte den Kopf, als Henry sein Frühstück hinunterschlang, um möglichst schnell aus dem Haus zu kommen.

»Tja, ich mache mich dann auf den Weg.« Henry stellte seinen leeren Teller beiseite.

»Nicht so schnell, mein Freund. Denk daran, was ich dir über deine Besuche bei dieser Chinesen-Familie gesagt habe.«

»Ach, Donald, ich verstehe nicht, worüber Sie sich Sorgen machen. Ihr Geld ist doch so gut wie das von jedem anderen.«

Donald schlug mit der Faust auf den Tisch. »Aye, das ist es. Und wir werden es so lange bekommen, wie du Yan Gar Chan nicht verärgerst. Ich sage es dir – bleib weg von denen!« Ärgerlich holte er Luft, ehe er ein wenig leiser fortfuhr: »Ich freue mich über die Maßen über das zusätzliche Geschäft, das du mir einbringst, aber wie ich bereits gesagt habe, handeln wir uns nichts als Ärger ein, wenn du dich nicht von der kleinen Chinesin fern hältst. Bleib bei Deinesgleichen, Freund. Die aus dem Reich des Himmels denken und handeln anders als wir. Ihr beide könntet ebenso gut an den entgegensetzten Ufern eines tosenden Flusses stehen. Versuch, ihn zu überqueren, und du wirst jämmerlich ersaufen!«

Henry kämpfte seinen Unmut nieder. Es brachte nichts, Donald gegen sich aufzubringen. Es war reine Zeitverschwendung, noch länger zuzuhören, wie er schimpfte.

Außerdem würde er auf diese Weise nie aus dem Haus kommen.

»Wenn nur die Hälfte von dem stimmt, was ich gehört habe«, fuhr Donald fort, »ist Yan Gar Chan ein ganz übler Bursche. Ich habe nicht die geringste Lust, zu deiner Beerdigung gehen zu müssen, also sage ich nur eines – besuch jeden, den du willst, aber nicht sie. Es bringt nichts, dein Leben aufs Spiel zu setzen.«

Donald folgte Henry zum Wagen und bewunderte den energischen Gang des Jüngeren. Er beneidete Henry um seine naive und jugendliche Zuversicht und bewunderte den unverhohlenen Ehrgeiz, der ihm innewohnte. Schließlich hob er die Hand zum Gruß und sah zu, wie der Wagen die Straße entlangholperte und der getrocknete Schlamm in dichten Wolken um die Räder aufstieg.

Er spürte eine Verbundenheit mit dem jungen Mann, seit er ihn das erste Mal gesehen und etwas von sich selbst in ihm erkannt hatte. Es war dasselbe brennende Verlangen, sich den Herausforderungen dieses neuen Landes zu stellen, dieselbe Entschlossenheit, etwas aus seinem Leben zu machen. Aber am meisten war es das Alter des Jungen – neunzehn Jahre –, jenes Alter, in dem sein eigener Sohn heute wäre, wenn er noch am Leben wäre.

Donald stieß einen Seufzer aus. Die meisten Leute in der Gegend dachten, Mere sei seine einzige Frau gewesen – selbst Jimmy, der stets erpicht auf eine gute Geschichte war, ob sie nun stimmte oder nicht. Aber Donald war schon einmal verheiratet gewesen, lange bevor er Mere begegnet war. Mit einem wunderbaren Geschöpf, Fiona MacLeod aus Elgol auf Skye, seiner alten Heimat. Mit goldenem Haar und einer Haut, die so blass war, dass sie im Mondschein geschimmert hatte. Sie hatten dasselbe Schicksal geteilt. Sie hatten beide ihre Eltern früh verloren und waren von Verwandten aufgezogen worden, die sie eher duldeten denn liebten.

Damals war er von einer tief sitzenden Ruhelosigkeit erfüllt gewesen, einer Sehnsucht nach Abenteuern. Als er von Neuseeland gehört hatte – einem noch unerschlossenen, ungezähmten Land von wilder, ungebändigter Schönheit mit zerklüfteten Küsten, dichten Wäldern und Eingeborenen mit tätowierten Gesichtern und Leibern –, hatte er sich danach gesehnt, dieses Land zu bereisen. Und Fiona war gern bereit gewesen, sich von seinem Traum anstecken zu lassen.

Sie hatten sich in Dunedin niedergelassen, wo Fiona so hart wie ein Mann in dem Laden mitgearbeitet hatte, den sie gemeinsam aufgebaut hatten. Und abgesehen von Fionas Enttäuschung, dass die Jahre ohne ein Anzeichen auf Nachwuchs dahinzogen, waren sie glücklich – bei Gott, das waren sie.

Sie waren außer sich vor Glück gewesen, als Fiona endlich mit Finlay schwanger geworden war. Doch ihr Glück war von kurzer Dauer gewesen. Nicht einmal eine Woche nach der Geburt war Fiona gestorben, und zwei Tage später hatte ihren Sohn dasselbe Schicksal ereilt.

Donald hatte den Laden allein weitergeführt, doch das Licht in seinem Leben war erloschen, und als er von den neu entdeckten Goldminen an der Küste Neuseelands erfuhr, hatte er den Laden gewinnbringend verkauft und war aufgebrochen.

Er hatte diesen Schritt nie bereut. In finanzieller Hinsicht war er an der Küste noch viel erfolgreicher als in Dunedin gewesen. Er hatte sich immer weiter entwickelt, seinen Laden namens *Emporium* eröffnet, immer mehr Land erworben und sich bei Goldschürfern eingekauft.

Und dann hatte er Mere kennengelernt – die mit ihren blitzenden Walnussaugen, der dunklen Haut und dem hitzigen Temperament so ganz anders gewesen war als Fiona. Doch genau dieser Unterschied hatte ihn so angezogen. Nach Fionas Tod hatte der Anblick hellhäutiger, blonder Frauen eine tiefe Niedergeschlagenheit in ihm ausgelöst, und er hätte niemals ein Leben mit einem Abbild von ihr ertragen. Meres lebensfrohes Lachen und ihre Fertigkeiten im Schlafzimmer hatten ihn schon bald in ihren Bann geschlagen. Ah, zwischen ihnen hatte es einige lautstarke Auseinandersetzungen gegeben – und ebenso viele Küsse bei der Versöhnung. Sie hatten sich nie die Mühe gemacht, zu heiraten, obwohl die meisten glaubten, sie seien Mann und Frau. Mere, stets freiheitsliebend, hatte nie Interesse daran gezeigt, und er war durchaus zufrieden damit gewesen, die Dinge ihren Lauf nehmen zu lassen.

Aber sie hatten keine Kinder gehabt. Und erst als er Henry gesehen hatte, so groß und kräftig, mit demselben roten Haar wie er selbst und genau im richtigen Alter, war ihm klar geworden, welch eine riesige Lücke in seinem Leben klaffte. Er lächelte. Nun gab es vielleicht jemanden, der es vermochte, diese Lücke zu füllen.

Henry, der es kaum erwarten konnte, Mai endlich wieder zu sehen, hatte Mühe, sich seine Ungeduld nicht anmerken zu lassen, als die Frauen auf seiner Runde unter begeisterten Ahhs und Ohhs die neuesten Muster begutachteten, die gerade aus der Alten Welt eingetroffen waren.

Die Damen, regelrecht ausgehungert nach Gesellschaft und Unterhaltung, plauderten mit Henry und fuhren sehnsüchtig mit den Fingern über die Stoffballen, während ihre Männer über die relativen Vorteile dieser Axt und jener Schaufel diskutierten und sich die neuesten Nachrichten aus der alten Heimat erzählen ließen.

Mai arbeitete auf dem Feld, als Henry endlich den Pfad zu ihrer Hütte entlangfuhr. Er schob zwei Finger in den Mund, wie Jimmy es ihm beigebracht hatte, und stieß einen durchdringenden Pfiff aus. Er lachte, als Mai sich umdrehte und winkte. Ihr Lächeln war eine mehr als angemessene Entschädigung für den Ärger, der auf ihn zukommen würde, sobald Donald von seinem Besuch erfuhr.

Noch bevor der Wagen zum Stehen gekommen war, war Henry bereits vom Wagen gesprungen. Allerdings wurde seine Freude beim Anblick von Mais ausgezehrtem Gesicht geschmälert.

Er zwang sich zu einem Lächeln, als sie auf den Wagen zukam, dicht gefolgt von dem missmutig dreinschauenden Yan Gar Chan.

Mai stürzte förmlich auf Henry zu. Für den Bruchteil einer Sekunde dachte er, sie werfe sich in seine Arme, und wäre er seinem Instinkt gefolgt, hätte er sie aufgefangen und an sich gedrückt. Doch das feindselige Gesicht ihres Ehemanns setzte dieser Vorstellung ein jähes Ende.

Yan Gar Chan stieß Mai grob zur Seite und baute sich vor Henry auf. »Danke für Ihren Besuch, aber wir haben keine Zeit, uns Dinge anzusehen, die wir ohnehin nicht kaufen werden.«

Fong Hoy kam herbeigeeilt. »Henry! Was haben Sie uns heute mitgebracht?«

»Wir brauchen Ihre Waren nicht. Wir haben eine Menge Arbeit«, blaffte Yan Gar Chan mit einem strengen Blick auf Mai und Fong Hoy, noch ehe Henry etwas erwidern konnte.

Einen Augenblick lang stand Henry da und rang mit sich. Mai tat ihm entsetzlich leid. Sie sah so niedergeschmettert aus, als hätte Yan Gar Chan ihr eine Ohrfeige verpasst.

»Nun, dann vielleicht ein anderes Mal?«, fragte er vorsichtig.

Fong Hoy sagte mit scharf klingender Stimme etwas zu dem Jüngeren, der daraufhin herumfuhr und im selben Tonfall etwas erwiderte. Dann kehrte Fong Hoy seinem Schwiegersohn den Rücken zu und musterte Henry mit freundlich geneigtem Kopf. »Es ist uns ein Vergnügen, einen Blick auf die Sachen zu werfen.«

Mit einem hasserfüllten Blick in Fong Hoys Richtung stapfte Yan Gar Chan davon.

Henry wartete, bis er außer Hörweite war. »Ich habe ein paar Kindersachen eingepackt, dazu noch einen besonderen Tee, der etwas für Sie sein könnte. Direkt aus China importiert, heißt es auf dem Etikett. Da steht, es sei grüner Tee, aber vielleicht ist das ein Irrtum, was glauben Sie?«

»Nein, das ist kein Irrtum, grüner Tee ist sehr gut. Es ist sehr nett von Ihnen, an uns zu denken.« Fong Hoy nickte anerkennend, als er die Schachtel mit dem Tee, einen Sack Reis, eine Schachtel Streichhölzer und ein wenig Tabak entgegennahm.

Henry kramte in den anderen Sachen nach der kleinen Schachtel, aus der er einen Beißring nahm. »Für das Kleine«, sagte er und reichte ihn Mai.

Mit einem schüchternen Lächeln streckte Mai die Hand danach aus, wobei ihr Ärmel ein Stück zurückrutschte und den Blick auf einen dunkelblau verfärbten Fleck über ihrem Handgelenk freigab. Bevor sie Henry daran hindern konnte, zog er ihren Ärmel noch ein Stück weiter nach oben und schnappte entsetzt nach Luft, als er die zahllosen blauschwarzen Flecke sah, die sich über ihren gesamten Arm zogen.

»Woher hast du die, Mai?«, wollte er wissen.

»Ich bin gefallen«, erwiderte sie, ohne ihm in die Augen zu sehen.

Henry glaubte ihr kein Wort. Er konnte sich nicht vorstellen, dass ein Sturz solche Spuren auf ihrem Arm hinterlassen würde. Ganz im Gegensatz zu einer brutal zupackenden Hand. Er dachte daran, wie verängstigt Mai stets aussah, wenn Yan Gar Chan in der Nähe war. Wenn dieser Mistkerl sie schlug …

»Mai«, sagte er und hätte sie am liebsten an sich gezogen und ihren Schmerz gelindert, »solltest du jemals Hilfe benötigen, musst du mir versprechen, zu mir zu kommen.«

Fong Hoy musterte ihn ernst. »Wir müssen wieder an die Arbeit, Henry«, sagte er und beendete damit den Besuch.

»Natürlich. Ich wollte Sie nicht aufhalten«, sagte Henry, wohl wissend, dass er nichts für sie tun konnte, so lange sie ihn nicht darum baten.

»Wie viel kostet der?«, fragte Mai und hielt den Beißring hoch.

»Nichts. Er ist ein Geschenk für das Baby, wenn es auf die Welt kommt.« Neid fraß sich in seine Eingeweide, als er daran dachte, dass Yan Gar Chans Kind den Beißring eines Tages benutzen würde.

»Nein, nein«, protestierte Mai. »Du warst immer so gut zu uns. Du musst das Geld annehmen.«

Henry machte sich nicht die Mühe, zu widersprechen. Wenn Mai unbedingt für den Beißring bezahlen wollte, würde sie sich durch nichts davon abbringen lassen. Er würde den Betrag einfach von ihrer Gesamtrechnung abziehen, und sie würde nie erfahren, dass sie nichts dafür bezahlt hatte.

»Wir müssen jetzt gehen«, wiederholte Fong Hoy mit einem vorsichtigen Blick in Yan Gar Chans Richtung, der bereits wieder auf dem Feld arbeitete.

Henry wurde klar, dass Donald Recht gehabt hatte. Es würde nur Ärger geben, wenn er sie weiterhin besuchte – nicht für ihn, sondern für Mai und Fong Hoy. Seine Anwesenheit würde es für die beiden noch viel schlimmer machen. Der heutige Besuch würde sein letzter werden. Es war Zeit, sie gehen zu lassen.

Mai wandte sich ihm mit strahlenden Augen zu und umfasste seine Hände.

»Aber du besuchst uns doch bald wieder, Henry?«

Henrys Entschluss, nie wieder zu kommen, löste sich augenblicklich in Wohlgefallen auf.

Kapitel 30

Poppy unterschrieb, dann legte sie den Federhalter beiseite und las den Brief noch einmal durch, den sie gerade verfasst hatte.

Mein lieber Henry,
wir haben uns sehr über Deinen Brief und die Neuigkeiten von Dir gefreut. Im Vergleich zu den tristen Tagen hier in Charleston scheint Dein Leben so aufregend zu sein.
Nach Deinen Ausführungen zu schließen, ist Mr MacKinnon offenbar ein sehr vernünftiger Arbeitgeber, und Du kannst von Glück sagen, dass er Dich bei sich aufgenommen hat.
Danke, dass Du Cams Koffer zurückgeschickt hast.
Ich war außer mir vor Freude, als ich von Bens Ankunft in Stafford erfahren habe. Wir hatten schon gedacht, irgendein Unglück sei ihm widerfahren, als er in jener Nacht, als Oliver Watkins ertrank, so plötzlich aus der Stadt verschwunden ist und wir seitdem nichts mehr von ihm gehört hatten.
Ich muss zugeben, die Nachricht von seiner Hochzeit mit Kathleen Fitzgerald hat mich im ersten Augenblick ein wenig verblüfft, aber andererseits ist damit natürlich auch ihr Verschwinden geklärt.

Poppys Blick verharrte auf den Kassettentüren des Sekretärs, die mit filigranen Schnitzereien der neuseeländischen Ureinwohner verziert waren, ohne sie jedoch zu registrieren. Es hatte sie nicht nur verblüfft, von Bens Hochzeit mit der hübschen Bardame zu erfahren, sondern sie hatte darüber hinaus einen Anflug von Traurigkeit empfunden – ja, sogar Neid. Nicht weil sie irgendwelche geheimen Gefühle für Ben hegte. Sie hatte ihn nie als die Liebe ihres Lebens betrachtet, so wie Cam, aber sie mochte ihn und musste zugeben, dass ihr seine Bewunderung stets geschmeichelt hatte.

Sie wandte ihre Aufmerksamkeit wieder dem Brief zu.

Bitte grüße Ben ganz herzlich von mir, wenn Du ihn das nächste Mal siehst, und Kathleen ebenfalls.
Cam hat sich sehr gefreut zu hören, dass Fong Hoy keinerlei Schwierigkeiten mit seinem Sehvermögen mehr hat. Bitte grüße auch Mai das nächste Mal, und überbringe ihr unsere besten Wünsche zu ihrer Hochzeit.

Diese Nachricht hatte Poppy mit großer Erleichterung zur Kenntnis genommen. Nun, da Mai verheiratet war, konnte sie keine Versuchung mehr für Henry darstellen. Wäre sie doch nur eine Weiße …

Das Problem mit den Dienstboten hält uns noch immer in Atem. Es ist beinahe unmöglich, Personal zu finden, ganz zu schweigen von einer Frau, die mit häuslichen Pflichten vertraut ist, hart arbeitet und vorzeigbar ist. Letzte Woche dachten wir schon, wir hätten endlich ein solches Exemplar gefunden und haben sie vom Fleck weg engagiert, nur um dann festzustellen, dass sie gleich am ersten Arbeitstag Ruby und David ein Ständchen brachte, während der Braten bis zur Unkenntlichkeit verbrannte und kein Schlückchen Sherry für das Dessert mehr in der Flasche war!
Cam ist schrecklich wütend geworden und hat sie auf der Stelle vor die Tür gesetzt, sehr zu Davids und Rubys Kummer, da sie ihnen in ihrem Schwips erlaubt hatte, sich ungehindert mit Obstkuchen voll zu stopfen und zwei Flaschen Zitronenlimonade dazu zu trinken.

Nelly und Duffy geht es gut. Auch sie lassen Dich herzlich grüßen. Duffy ist noch immer eine große Belastung für Nelly. Kürzlich hat sie zu ihrem Entsetzen herausgefunden, dass er einen Besuch bei der alten Witwe in dem Häuschen auf dem Grundstück hinter ihnen (sie ist neu nach Charleston gezogen) gemacht und sich bei ihr beschwert hat, er sei so hungrig, weil seine Mutter ihm nie etwas zu essen koche. Die arme Frau hat ihm natürlich geglaubt und ihn wochenlang mit Essen versorgt. Letzte Woche kam sie eines Abends zu Nelly, um ihr ordentlich die Meinung zu sagen, weil sie ihren Sohn so schlecht behandelt. Sie war ziemlich erstaunt, Duffy bei seiner zweiten Teepause am Tisch sitzen zu sehen!

Ruby und David sprechen oft von dem Tag, als ihr Onkel Henry den Hahn geköpft hat, nur um ihn dann wieder »zum Leben zu erwecken«. Sie vermissen Dich sehr.

Nun, mein lieber Henry, damit bin ich auch schon am Ende meiner mageren Neuigkeiten angelangt. Bleibt mir also nur, mich für heute von Dir zu verabschieden. Wir freuen uns schon auf Deinen nächsten Brief.

Mit den allerbesten Wünschen,
Deine Dich liebende Schwester
Poppy

Zufrieden, dass keinerlei melancholischer Unterton in dem Brief mitschwang, faltete Poppy den Briefbogen zusammen und legte ihn auf den Sekretär, während sie nach einem Umschlag suchte.

Es war so wunderbar gewesen, als Henry aus England gekommen war. Trotz der rauen, fast erschreckenden Schönheit der Kolonie und der Wärme und Freundlichkeit der Leute im Ort, mit der sie ihr in den letzten sieben Jahren begegnet waren, hatte sich ein Teil von ihr stets nach der Heimat gesehnt. Erst Henrys Gegenwart hatte sie dies klar erkennen lassen.

Sie war sehr unglücklich gewesen, als er nach Stafford aufgebrochen war. Cam, der ihren Kummer nicht recht verstanden hatte, war ihr eine Zeit lang mit großer Geduld begegnet, doch er hatte seine eigenen Sorgen, die ihn beschäftigten. In letzter Zeit war er so übellaunig, dass sie sich beinahe fürchtete, überhaupt mit ihm zu reden. Schon die unschuldigste Bemerkung konnte ihn in äußerst schlechte Stimmung versetzen.

Als sie Schritte hörte, schob sie den Briefbogen hastig in den Umschlag, versteckte ihn in der Schublade des Sekretärs und schloss dann die Kassettentür.

Kapitel 31

Emporium. Für jeden etwas. Garantiert bester Service.

Henry blickte zu dem Schild über Donalds Laden hinauf. Beim Anblick der letzten Worte zog sich sein Magen zusammen. Dieses »Garantiert bester Service« sollte für ihn nun nicht mehr gelten. Nicht nach dem Streit, den er gerade mit Donald gehabt hatte.

Sechs Mal hatte er die Fongs ohne Donalds Wissen aufgesucht, und morgen hätte der nächste Besuch angestanden, wäre da nicht der alte Wichtigtuer Edgar Radford gewesen, der Nachbar der Fongs.

»Wie ich sehe, hat Ihr Gehilfe ja einiges für Chinesen übrig«, hatte er erklärt, als er an diesem Morgen im *Emporium* aufgetaucht war.

In Donalds Gesicht hatte kein Muskel gezuckt. Nur das kaum merkliche Zögern beim Einpacken von Radfords Einkäufen hatte verraten, dass er die Bemerkung überhaupt gehört hatte. Jimmy, der Radfords Einkäufe in das Warenbuch eintrug, hatte mit gesenktem Kopf weitergeschrieben. Doch Henry hätte schwören können, dass er erwartungsvoll die Ohren spitzte.

»Von welchen Chinesen reden Sie?«, hatte Donald beiläufig gefragt, ein Stück Schnur von der an der Decke baumelnden Trommel heruntergezogen und um das in braunes Papier eingeschlagene Päckchen gewickelt.

»Die Fongs, natürlich. Die, die Ihr Gehilfe regelmäßig aufsucht.«

Donald hatte die Schnur um den Finger gewickelt, und für den Bruchteil einer Sekunde war Henry seinem Blick begegnet, ehe Donald die Schnur abgeschnitten und das Päckchen verschnürt hatte.

»Ihr Geld ist so gut wie das von allen anderen«, hatte er brüsk erklärt. Wäre da nicht das zornige Zucken von Donalds Kiefermuskeln gewesen, hätte Henry geglaubt, es kümmere ihn nicht im Geringsten, dass er die Fongs besuchte.

»Das ist wohl wahr, Mr MacKinnon«, hatte Radford unterwürfig zugestimmt. »Da bin ich ganz Ihrer Meinung. Der alte Fong Hoy zahlt mir jeden Monat pünktlich am Ersten die Pacht für das Land.« Seine Lippen verzogen sich zu einem geringschätzigen Lächeln. »Aber sie sind eben anders als wir, hab ich Recht? Nicht zivilisiert. Heiden.«

»Das Geschäft eines Heiden ist nicht schlechter als das von jedem andern auch«, hatte Donald zurückgegeben und Radford entlassen, indem er ihm das Päckchen mit seinen Einkäufen über den Tresen zugeschoben hatte.

Doch sein Zorn hatte sich Bahn gebrochen, sowie Radford den Laden verlassen hatte. »Dämlicher kleiner Mistkerl! Dein Leben nur wegen dieses verdammten Dings zwischen deinen Beinen da aufs Spiel zu setzen! Du hast mir dein Wort gegeben, nicht mehr zu den Chinesen zu gehen. Aber, verdammt noch mal, bei der erstbesten Gelegenheit lässt du dich von deinem Schwanz leiten!«

»So ist es nicht!«, hatte Henry widersprochen. Donalds Vorwurf hatte ihn zutiefst getroffen, obwohl ihm klar gewesen war, dass er die Wahrheit sagte. »Ich habe Ihnen doch gesagt, dieser Dreckskerl Yan Gar Chan schlägt Mai und Fong Hoy, und ich kann unmöglich daneben stehen und –«

»Du kannst nichts dagegen unternehmen«, hatte Donald unterbrochen und Henry mit finsterer Miene angestarrt.

»Wenn ich sie weiterhin aufsuche, wird Yan Gar Chan es sich vielleicht zuerst überlegen, bevor er Mai und Fong Hoy schlägt.«

»Oh, aye! Da kannst du ja gleich an Feen und Elfen glauben, wenn du meinst, dein Auftauchen hindere den Mann daran, seine Frau so zu behandeln, wie er es für richtig hält! Wenn du weiterhin deine Nase in deren Angelegenheiten steckst, wirst du eines Tages tot sein oder für den Rest deines Lebens eine Chinesin am Hals haben. Bleib bei deiner eigenen Hautfarbe, du junger Narr! Die Vermischung der Rassen hat noch nie gutgetan, sage ich dir!«

Reumütig dachte Henry an seine impulsive Erwiderung zurück. »Nur weil Sie so dumm waren und eine Maori-Hure geheiratet haben, glauben Sie, dass jede andersfarbige Frau die Beine für den Kerl breit macht, der ihr gerade über den Weg läuft.«

Donald hatte die Tischkante gepackt, und die angespannte Stille war von seinen schweren, lauten Atemzügen erfüllt gewesen. »Raus!«, hatte er Henry angeherrscht.

»Mit Vergnügen! Ich kann gar nicht schnell genug von hier wegkommen!«, hatte Henry erwidert, viel zu erregt, um einen klaren Gedanken fassen zu können.

»Was hast du dir nur dabei gedacht?«, hatte ihn der schockierte Jimmy gefragt, als er seine Habseligkeiten gepackt hatte. »Er hat diese Frau angebetet, trotz ihrer Bereitschaft, jeden an sich ranzulassen. Das wird er dir nie verzeihen!«

Und nun, da er sich ein wenig beruhigt hatte, wusste Henry das, trotzdem würde er seine Worte nicht zurücknehmen. Aber was sollte er jetzt tun? Er zog den Inhalt seiner Hosentaschen heraus und starrte blicklos das kleine aufgerollte Stück Schnur – Donald bestand darauf, dass sie sparsam damit umgingen und jedes noch so kleine Stück wieder verwendeten – und die zwei Pfund an, die er hatte zur Seite legen können, seit er bei Donald arbeitete. Damit würde er nicht besonders weit kommen.

Ziellos trat er einen Stein von der Straße. Kein Job, kein Zuhause und damit auch keine Möglichkeit mehr, Mai zu sehen. Er besaß noch nicht einmal ein eigenes Pferd. Und selbst wenn er eines hätte, ohne Job gab es keine Ausrede mehr, die Fongs aufzusuchen. Zum ersten Mal wurde Henry das Ausmaß seiner Dummheit bewusst. Und all das nur wegen einer Frau, die er ohnehin niemals würde für sich gewinnen können.

Es war sinnlos, bei Donald zu Kreuze zu kriechen und ihn zu bitten, ihm seinen Job zurückzugeben. Nicht nach dem, was er über die Frau seines Arbeitgebers gesagt hatte. Selbst für den nachgiebigsten und friedfertigsten Mann war es nahezu unmöglich, eine solche Beleidigung zu verzeihen. Und nachgiebig und friedfertig war Donald ganz bestimmt nicht.

Trotzdem – er hatte zwei gesunde Hände und konnte Arbeit finden, wenn er wollte. Donald MacKinnon war nicht der einzige Ladenbesitzer in der Stadt. Er würde diesem zänkischen alten Mistkerl zeigen, dass er auch ohne ihn zurechtkam.

Doch nachdem er den Nachmittag über die ganze Stadt abgeklappert hatte, musste er zugeben, dass er außer wunden Füße und einer gehörigen Portion Mutlosigkeit nichts zu verbuchen hatte. Die meisten Leute hatten sich mitfühlend gezeigt, aber es gab einfach keine Arbeit. »Im Moment läuft es nicht so gut« – ein Satz, den er allmählich nicht mehr hören konnte.

Erschöpft setzte er sich vor Hall's Tabakladen auf eine Bank und schaute sich trübselig um, beobachtete die Ladenbesitzer, die ihre Waren einpackten und ihre Geschäfte abschlossen. Ihre Geschäftigkeit hielt ihm umso schmerzlicher vor Augen, wie einsam er war. Seine harschen Worte hatten ihn das Zuhause, den Job und die Freunde gekostet. Er dachte an die jämmerliche Zeit in Westport zurück, als er hungrig gewesen war, kein Geld und keinen Ort gehabt hatte, an den er gehen konnte. Und dann war Donald aufgetaucht und hatte sein Leben von Grund auf verändert. Wie hatte er schon wieder so enden können? Selbst wenn er sparsam war, würde sein Geld nicht lange reichen.

Am besten kehrte er nach Charleston zurück. Schuldbewusst dachte er an Poppy. Seine Ankündigung, Charleston zu verlassen, hatte sie schwer getroffen, doch er war so mit Mai beschäftigt gewesen, dass er die Gefühle seiner Schwester in den hintersten Winkel seines Bewusstseins gedrängt hatte. Wenigstens sie würde sich freuen, ihn wiederzusehen. Obwohl sein Auftauchen sie gewiss in Erstaunen versetzen würde, da er ihr gerade erst in seinem Brief versichert hatte, wie gut es ihm gehe.

Ah, es hat keinen Zweck, es noch länger hinauszuzögern, dachte er und stand auf. Er würde ins Hibernian Hotel gehen, um sich von Ben und Kathleen zu verabschieden, und sich dann auf den Weg machen.

Er fand Ben in der Bar.

»Ich habe keinen Job, kein Zuhause und nicht gerade viel Geld«, erklärte er ihm und schob eine Münze über den Tresen, um seinem Freund einen Drink zu spendieren.

»Vielleicht solltest du mir einfach alles erzählen. Und steck das da wieder ein«, sagte Ben, der unwillkürlich zum vertrauten Du übergegangen war, schob Henry die Münze zu und übernahm die Rechnung für ihre Drinks.

Donald schob seinen Tee, den er kaum angerührt hatte, beiseite. Die Auseinandersetzung mit Henry an diesem Morgen war ihm mächtig an die Nieren gegangen. Für das, was dieser junge Mistkerl über Mere gesagt hatte, hätte er ihm am liebsten das Genick gebrochen, wie Recht er auch damit gehabt haben mochte. Donald wusste das, aber das Leben mit ihr war nicht immer so schwierig gewesen. Zu Anfang hatte sie ihm große Freude bereitet, und ihre Ruhelosigkeit war nicht allein ihre Schuld gewesen. Es hatte in ihr gesteckt, war ein Teil von ihr gewesen, an dem sie ebenso wenig etwas ändern konnte wie er an seinen angeborenen Charakterzügen. Und tief in seinem Innern hatte er immer gewusst, dass sie eines Tages weiterziehen würde – ein Wissen, das ihn jedoch nicht vor dem tiefen Schmerz bewahrt hatte, den er empfand, nachdem sie endgültig fortgegangen war.

Da er und Mere keine gemeinsamen Kinder hatten, gab es nach wie vor niemanden, der sein Geld und seine Besitztümer einmal erben würde. Und somit war alles, was er jemals erreicht hatte, bedeutungslos.

Natürlich hatte er auf Skye jede Menge Verwandte, doch sie hatten ihn so schlecht behandelt, dass er nicht die geringste Lust verspürte, ihnen auch nur einen Penny zu hinterlassen. Er hatte mit dem Gedanken gespielt, Jimmy zu seinem Erben zu machen. Er mochte den Mann, auch wenn seine Gefühle für ihn niemals so tief waren wie für Henry. Jimmy musste ständig ermahnt werden, seine Arbeit zu erledigen. In den Händen dieses Mannes, dessen Fleiß sich auf ein Minimum beschränkte, würde Donalds Besitz eher schrumpfen als weiter anwachsen.

Er hatte mit niemandem darüber gesprochen, aber in letzter Zeit war der Schmerz, der ihn seit Monaten plagte, spürbar schlimmer geworden. Viel schlimmer sogar. Und wenn er hustete, fühlte es sich zuweilen an, als schneide sich eine Säge in seine Lungen. Er hatte das untrügliche Gefühl, dass es nicht mehr allzu lange dauern würde, bis er Fiona und Mere wiedersah. Oho, das würde eine Begegnung werden, dachte er mit einem sarkastischen Lachen, das jedoch sofort in einen bellenden Husten umschlug und ihn nach Luft ringen ließ.

In Henry hatte er etwas gesehen, eine Bindung gespürt, den irrwitzigen Gedanken gehegt, dass er vielleicht – nur vielleicht – derjenige sein könnte, der seine Arbeit fortführen würde, wenn auch nicht in seinem Namen. Aber nun?

Ben lauschte geduldig Henrys Schilderung seiner Auseinandersetzung mit Donald und runzelte die Stirn, als er ihm den Grund für seinen Hinauswurf eröffnete.

»Ich an Donalds Stelle hätte dich dafür glatt verprügelt«, erklärte Ben unverblümt und unterbrach Henrys selbstmitleidigen Monolog.

Henry stellte abrupt sein Glas ab, sodass ein paar Tropfen auf den Tresen schwappten. »Ich bin nicht hergekommen, um mich beleidigen zu lassen«, knurrte er und stand auf.

»Nur die Ruhe.« Ben packte Henry am Arm. »Ich wollte dich nicht provozieren – zumindest hatte ich nicht die Absicht, es zu tun. Aber denk doch mal nach, Herrgott noch mal! Wenn jemand deine Schwester – oder Frau, wenn du eine hättest – als Hure beschimpfen würde, hättest du ihm auf die Schulter geklopft und ihm bereitwillig zugestimmt?«

Henry spürte, wie ihm die Schamesröte ins Gesicht stieg. »Na ja, natürlich nicht, aber Poppy ist auch keine Hure –«

»Ebenso wenig wie Donalds Frau, zumindest nicht in seinen Augen«, unterbrach Ben. »Und was Mai betrifft – sie ist verheiratet und damit außerhalb deiner Reichweite. Und je schneller du diese Tatsache endlich akzeptierst, desto besser. Donald wollte doch nur, dass du Vernunft annimmst. Wenn du weiterhin hinter dieser Frau her bist, wird es nur Ärger geben.« Er stieß ein selbstverächtliches Schnauben aus. »Glaub einem, der weiß, wovon er redet. Ich habe jahrelang nach deiner Schwester geschmachtet. Ich bin sogar den ganzen Weg von Amerika hierher gekommen, weil ich dachte, ich könnte an ihrer Ehe rütteln. Aber ich habe nur mir selbst damit geschadet. Nichts hatte sich verändert. Sie wollte mich nach wie vor nicht haben – zumindest nicht auf diese Weise.«

Nachdenklich starrte Henry in sein Bier.

»Nein, tu dir selber einen Gefallen«, fuhr Ben fort. »Vergiss sie. Such dir ein nettes Mädchen, so wie ich es mit Kathleen gemacht habe. Heute bin ich ein zufriedener Mann, Henry. Ich habe alles, was ich mir immer gewünscht habe, und das kannst du auch, wenn du dir Mai endgültig aus dem Kopf schlägst. Und jetzt setz dich hin, damit wir noch ein Glas trinken können.«

Gehorsam griff Henry nach seinem Glas und kippte die weiche, malzige Flüssigkeit hinunter. Nach einigen weiteren Gläsern des Gebräus erschien ihm seine Lage nicht mehr ganz so aussichtslos. Er trank nur selten, sodass ihm der Alkohol direkt in den Kopf stieg. »Ich muss sagen, ich fühle mich schon viel besser«, erklärte er Ben mit schwerer Zunge und staunte, dass die Welt mit einem Mal ein viel schönerer Ort zu sein schien als zuvor.

»Der Speisesaal hat noch geöffnet. Ich besorge dir etwas zu essen«, schlug Ben vor und grinste bei Henrys Nuscheln.

»Das ist sehr nett von dir, Ben, aber ich denke, ich sollte mich jetzt auf den Weg nach Charleston machen.«

»In diesem Zustand schaffst du's doch nicht mal bis auf die andere Straßenseite. Am besten bleibst du über Nacht hier, und morgen Früh sehen wir weiter.«

Ben nahm Henry am Arm und bugsierte ihn in den Speisesaal.

Später, als Henry in dem Hotelzimmer, für das Ben bezahlt hatte, ins Bett fiel und sich unter die weichen Wolldecken kuschelte, konnte er nur über sein Glück staunen. Sein Bauch war voll, und er lag in einem warmen, bequemen Bett. Am nächsten Morgen würde er zusehen, dass er nach Charleston zurückkehrte und all den Unsinn mit Mai vergaß. Sie war nicht seine Frau und würde es auch niemals werden. Je früher er das in seinen Schädel bekam, desto besser. Er schloss die Augen, doch trotz seiner Müdigkeit und seiner vom Alkohol benebelten Sinne drängte sich Mais ausgezehrtes Gesicht vor sein inneres Auge, sodass an Schlaf lange Zeit nicht zu denken war.

Am nächsten Morgen wachte er mit hämmernden Kopfschmerzen und einem Magen auf, der sich anfühlte, als wäre eine Herde wild gewordener Stiere darüber hinweggetrampelt. Wenn es das war, was der Alkohol mit einem Mann anstellte, war er weiß Gott nicht versessen darauf, es so schnell noch einmal auszuprobieren. Widerstrebend stieg er aus dem Bett, zog sich an und ging in den Speisesaal, wo Ben und Kathleen bereits beim Frühstück saßen. Sie luden Henry ein, sich zu ihnen zu gesellen, doch er aß nur aus reiner Höflichkeit.

»Dann mache ich mich wohl besser auf den Weg«, sagte er, sobald es ihm höflich erschien, stand auf und schob seinen Stuhl an den Tisch. »Ich bin euch beiden sehr dankbar für eure Freundlichkeit und weiß nicht, wie ich es euch jemals vergelten kann.«

»Und wohin soll's jetzt gehen?«, murmelte Ben mit vollem Mund.

»Zurück nach Charleston.«

»Setz dich hin. Ich will dir einen Vorschlag machen«, sagte Ben und deutete mit dem Messer auf Henrys Stuhl. »Die Sache ist die«, fuhr er fort, als Henry wieder Platz genommen hatte, »dass wir nach wie vor nach Amerika gehen wollen, aber erst, nachdem unser Sohn auf der Welt ist.«

Liebevoll schüttelte Kathleen den Kopf. »Natürlich ist er fest davon überzeugt, dass es ein Junge wird. Und wenn es eine Tochter wird, ersäuft er sie bestimmt, oder, Henry?«

Neid erfasste Henry beim Anblick ihrer unübersehbaren Zuneigung füreinander und der gutgelaunten Plänkeleien. Er konnte sich beim besten Willen nicht vorstellen, jemals dieselbe einzigartige Bindung mit einer Frau zu besitzen. Nicht, nachdem er Mai aus seinem Leben gestrichen hatte.

»Wenn sie so hübsch ist wie ihre Mutter, behalte ich sie als Köchin, falls dir eines Tages einfällt, du könntest mich verlassen«, konterte Ben und spießte das letzte Stück Speck mit der Gabel auf, ehe er lächelnd seinen Teller beiseite schob.

»Was würdest du sagen, wenn ich mein Geld in deinen eigenen Laden investieren würde, Henry?«

Hatte er sich etwa verhört? »Hast du gerade vorgeschlagen, dich mit deinem Geld an einem mir eigenen Laden zu beteiligen, oder bin ich taub und verblödet?«

»Ja, das habe ich, und nein, Henry, mein Freund, du bist nicht verblödet. Und dein Gehör funktioniert auch ganz ausgezeichnet.«

»Aber warum solltest du das tun?«

»Deine Schwester war immer eine gute Freundin für mich. Ich stehe in ihrer Schuld. Aber mir ist klar, dass ihr Ehemann nicht begeistert wäre, wenn ich mich ihr in irgendeiner Weise erkenntlich zeigen wollte. Also ist es das Naheliegendste, ihrem Bruder zu helfen, findest du nicht auch?«, meinte Ben, schob die Faust vor den Mund und unterdrückte ein Rülpsen.

»Ich finde, du bist ein großartiger Mann, Ben Corbett.«

»Nun ja, meine Absichten sind nicht ganz uneigennützig. Kathleen und ich haben das Leben im Hotel satt. Wenn du einen neuen Gemischtwarenladen mit passender Unterbringung eröffnen würdest, könnten wir dort leben, bis wir soweit sind, nach Amerika zu gehen. Und ich könnte dir mit dem Laden helfen. Wie klingt das?«

Henry starrte Ben mit ungläubig aufgerissenen Augen an. Er war so außer sich vor Freude, dass er kein Wort herausbekam.

Am Abend vor der Eröffnung von Bramwell's Store blieb Henry noch eine Weile im Laden zurück. Er ging herum, ließ den Blick bewundernd über die üppig mit Waren bestückten, farbenfrohen Regale schweifen und rückte Schachteln und Flaschen zurecht, obwohl sie bereits stramm wie Zinnsoldaten dastanden.

Es war ein wunderbarer Laden. Nicht so beeindruckend wie Donalds, aber hell und sauber und, was noch besser war, er gehörte ihm – na schön, beinahe. Aber es würde nicht lange dauern, bis er Ben die Schulden würde zurückzahlen können und der Laden sein Eigentum wäre.

»Und? Bewunderst du die Früchte deiner harten Arbeit?«

Henry drehte sich zu Ben um, der hinter ihn getreten war. »Allerdings, und all das haben ich nur dir zu verdanken. Du bist ein Mann mit einem wahrlich großen Herzen, Ben Corbett.«

Ben knuffte Henry freundschaftlich. »Ach was, du hast die Hilfe verdient. Komm schon, Kathleen hat einen kräftigen Hammeleintopf für uns gekocht.«

Am Ende ihres ersten Geschäftstages schwirrte Henry der Kopf von all den Komplimenten und Gesprächen mit den Kunden. Er trug die Einnahmen und das nagelneue Kassenbuch ins Hinterzimmer und setzte sich an den Tisch. Stolz schob er die Tüte mit dem Geld vor Ben.

»Was ist das?«

»Die Einnahmen. Damit du zählen und alles überprüfen kannst.«

Ben schob die Tüte Henry hin. »Es ist dein Laden, Henry. Du bist der Boss. Du zählst, du triffst die Entscheidungen. Ich arbeite nur hier. Mir reicht es völlig aus, wenn du mir immer am Monatsende mein Geld gibst.«

Wäre der Kloß in Henrys Hals noch größer gewesen, hätte er Mühe gehabt, Luft zu bekommen. »Ich weiß nicht, was ich sagen soll.«

»Dann lass es einfach. Ich weiß, dass du mir alles zurückzahlst, sobald du kannst«, erklärte Ben ein wenig heiser.

Kathleen schob das Geld beiseite, um Platz für die Teller zu machen. »Ihr solltet euch mal reden hören! Es fehlt nicht viel, dann fangen die Engel an, mit Tränen in den Augen Harfe zu spielen.«

Kapitel 32

FONG HOY NAHM die leeren Gemüsekörbe und stapelte sie ordentlich zusammen. Es war ein langer Tag gewesen. Sie hatten Möhren, Spinat, Salat und Zwiebeln gesät, Kohlköpfe und Mangold gepflanzt. Und natürlich das nicht enden wollende Unkraut gejätet. Sein Rücken schmerzte, und seine Arme wurden allmählich steif. Er lehnte sich zurück, um sich zu strecken, und massierte seine verspannten Rückenmuskeln.

Der Duft des Abendessens erinnerte ihn daran, wie hungrig er war. Verärgert sah er zu, wie Yan Gar Chan die aufgestapelten Körbe noch einmal auseinander nahm und inspizierte, ehe er sie aufs Neue stapelte.

Niemand konnte seinem Schwiegersohn mangelnden Arbeitseifer und körperlichen Einsatz vorwerfen, doch er war ein grausamer und selbstsüchtiger Mann, ein Spieler und Trinker, der das Geld mit vollen Händen ausgab. Es bereitete Fong Hoy großen Kummer, dass er – Mais Großvater, der auf sie Acht geben sollte und bei dem sie stets Schutz gesucht hatte – allein die Verantwortung für diese Ehe trug, die solches Leid und Unglück über sie gebracht hatte.

Es tröstete ihn auch nicht, dass Yan Gar Chan sein wahres Gesicht auf hinterhältigste Weise bis nach der Hochzeit verborgen hatte. Selbst ein Blinder hätte die Zeichen erkennen müssen: seine mürrische Art, die Launenhaftigkeit und Ungeduld, wenn etwas nicht nach seinem Kopf ging. Wäre Fong Hoy nicht so erpicht darauf gewesen, sie von Henry wegzubringen, hätte er Yan Gar Chans wahren Charakter rechtzeitig erkannt.

Sein Urteilsvermögen hatte ihn schmählich im Stich gelassen. Doch seit er angefangen hatte, sich gegen Yan Gar Chan aufzulehnen, zeigte sein Schwiegersohn ein wenig mehr Respekt vor ihm. Und er würde weiterhin alles daransetzen, Mai vor den Grausamkeiten ihres Ehemannes zu bewahren.

»Alter Mann!«

Fong Hoy, der sich weigerte, auf den respektlosen Tonfall zu reagieren, kehrte seinem Schwiegersohn den Rücken zu.

»Hast du Dreck in den Ohren, alter Mann?«

Fong Hoy schrie auf, als Yan Gar Chan von hinten seinen Arm packte und ihn herumriss.

»Dein Gehirn läuft dir wohl in die Ohren, sodass sie voller Matsch sind und du nichts hören kannst«, blaffte Yan Gar Chan. »Ich brauche Geld. Wo versteckst du es?«

»Warum sollte ich dir das verraten – du verschwendest es ja doch nur für Brandy und deine Spielerei.«

»Ich brauche Geld, um meine Schulden zu bezahlen, du dummer, alter Holzkopf.« Mit der Hacke in der Hand baute Yan Gar Chan sich breitbeinig vor Fong Hoy auf.

Fong Hoys Herz flatterte wie die Flügel von tausend Motten, als er Yan Gar Chan trotzig anstarrte, bis dieser einen Fluch ausstieß und ihn beiseite drängte.

»Wenn ich meine Schulden nicht bezahle, werden sie mir die Seele aus dem Leib prügeln. Willst du vielleicht einen toten Schwiegersohn, du alter Dummkopf?«

Die Mottenflügel flatterten noch ein wenig schneller in Fong Hoys Brust. Wenn es doch nur so wäre!

Auf Yan Gar Chans Wangen bildeten sich rote Zornesflecken. In diesem Moment wusste Fong Hoy, dass seine Miene ihn verraten hatte. Er wandte sich ab, wollte dem Wutanfall seines Schwiegersohns den Rücken kehren.

Der Schlag gegen Fong Hoys Schläfe war wie eine Explosion. Blitze flammten in seinem Kopf auf, und Sekunden später lag er bereits mit dem Gesicht im Schmutz. Yan Gar Chan ging neben ihm in die Hocke und drehte ihn auf den Rücken. Ein dünnes Rinnsal Blut sickerte aus der Wunde an der Schläfe. Der alte Mann atmete nicht mehr.

Panisch sah sich Yan Gar Chan um. Fong Hoy hielt noch immer seine Hacke umklammert. Eilig legte Yan Gar Chan sie so hin, dass einer der scharfen Zinken die Wunde an seiner Schläfe berührte, ehe er ihn auf die Seite drehte. So sah es aus, als sei der alte Mann gestürzt und hätte sich dabei die Verletzung zugezogen. Dann stürmte er auf die Hütte zu und schrie laut nach Mai.

Fong Hoys Tod sei ein tragischer Unfall gewesen, behauptete er. Der alte Mann habe über Schmerzen in der Brust geklagt und sei auf einmal umgekippt. Was für eine Tragödie, dass er ausgerechnet in die Hacke gefallen sei … Wenigstens sei der Tod schnell gekommen, und er habe nicht lange leiden müssen.

Vielleicht sei auch der Schmerz in der Brust ein Zeichen gewesen, dass die Zeit des alten Mannes gekommen sei, seinen Vorfahren gegenüberzutreten.

In ihrer unendlichen Trauer stimmte Mai ihrem Ehemann zu und war dankbar, dass es ihr erspart geblieben war, ihren Großvater leiden sehen zu müssen.

Fong Hoys Begräbnis war ein großes Ereignis. Viele seiner Landsleute kamen von weit her, aus Marsden und Hokitika, um ihm die letzte Ehre zu erweisen. Einige waren in weiße Trauergewänder gehüllt und hielten Räucherstäbchen in den Händen, andere schlugen laute Gongs und ließen Glocken läuten. Winzige Schnipsel aus buntem Reispapier mit kleinen Löchern, um die Geister zu verwirren, trudelten in der leichten Brise zu Boden, begleitet vom Zischen und Fauchen der Feuerwerkskörper. Sehr zur Freude der Kinder, die den Trauerzug begleiteten, warfen die Trauernden mit Lutschern um sich.

Es war ein wahrlich prächtiges Begräbnis, das ihren Großvater gewiss mit Stolz erfüllt hätte, dachte Mai.

Henry war gekommen, beladen mit Schinken, Schweinefleisch, Eiern, Tee und einer Flasche Brandy. Mai wünschte sich von ganzem Herzen, sie könnte mit ihm reden, doch wann immer er in ihre Nähe kam, erschien Yan Gar Chan und wich ihr nicht von der Seite, als spüre er ihre Sehnsucht nach Henrys Gegenwart.

Mai wurde klar, dass sie nun, da Yan Gar Chan die Gärtnerei übernommen hatte, Henry wahrscheinlich nie wieder zu Gesicht bekommen würde.

Vier Monate waren seit Fong Hoys Tod vergangen. Mai vermisste Henrys sanftmütige Klugheit und seinen Humor mehr denn je. Die Geburt nahte, und das Kind in ihrem Leib machte sie nicht nur träger, sondern sie fühlte sich auch müder als gewöhnlich. Eines Tages ließ sie in ihrer Benommenheit einen Korb mit Unkraut fallen, das sich sogleich über den ganzen Boden verteilte. Sie kniete nieder, um es wieder einzusammeln.

»Was tust du da?«, rief Yan Gar Chan und deutete auf den Himmel, wo sich graue Regenwolken türmten und sich wie riesige, bedrohliche Segel blähten. »Wir haben keine Zeit zum Ausruhen. Das Feld muss heute noch fertig werden, und es fängt gleich an zu regnen. Beeil dich, du faules Weibsstück!« Er hob die Hand, als wollte er sie schlagen.

Mai versteifte sich und kreuzte die Arme über ihrem gewölbten Bauch, um ihr Kind vor seinem Zorn zu schützen. »Bleib mir vom Leib!«, schrie sie, packte einen Rechen und schwang ihn über die Schulter, bereit, sich damit zu verteidigen.

Yan Gar Chan wich zurück. »Dafür wirst du mir noch büßen«, stieß er hervor, trat gegen den leeren Korb, sodass er zur Seite rollte. Danach ging er zu seinem Karren und fuhr davon.

Ungläubig, dass ihr gewalttätiger Ehemann den Rückzug angetreten hatte, stand Mai zitternd da. Sie legte die Arme über ihren Bauch und fing an zu lachen, immer lauter, bis sie kaum noch Luft bekam. So schnell das Lachen in ihr aufgestiegen war, schlug es in heftiges Schluchzen um, und sie sank erneut auf die Knie, schlug sich die Hände vors Gesicht und weinte, bis ihre Tränen versiegten.

Als sie endlich das Unkraut gejätet hatte, schleppte sie sich zur Hütte zurück, kippte das Unkraut auf den Komposthaufen und stellte den Korb zu den anderen auf dem Stapel. Plötzlich spürte sie jemanden hinter sich. In der Annahme, Yan Gar Chan sei zurückgekehrt und habe beschlossen, sie für ihre Aufsässigkeit zu bestrafen, stieß sie einen spitzen Schrei aus.

»Großer Gott, Mai, hast du mich erschreckt!«

»Henry?«, stieß Mai mit klopfendem Herzen hervor.

Henry streckte die Hände aus und hielt Mais Arme fest, als sie zu straucheln begann.

»Ich bin Yan Gar Chan begegnet. Er war auf dem Weg in die Stadt. Er hat sich nicht im Geringsten verändert. Dieser Mistkerl hätte mich am liebsten von der Straße gedrängt. Ein Glück, dass er sein Pferd nicht in Gefahr gebracht hat. Aber ich dachte, ich nutze die Gelegenheit und sehe kurz bei dir vorbei, ob es dir gutgeht.«

Der Anblick des sanftmütigen Henry, der vor ihr stand, sie stützte und tröstete, nachdem sie so schreckliche Angst gehabt hatte, ihn nie wieder zu sehen, war zu viel für ihre geschundene Seele. Tränen strömten über ihre Wangen.

»Es tut mir so leid. Das ist nicht der richtige Empfang für einen Besucher.« Abrupt wischte sie sich die Tränen ab.

»Wein ruhig. Fong Hoy war dir Mutter, Vater und Großvater in einem. Du musst ihn schrecklich vermissen. Du darfst ruhig traurig sein – das ist kein Verbrechen.« Er half ihr auf die Füße.

Mais Stolz verbot ihr, zuzugeben, dass ihre Tränen eher

ihr selbst galten als ihrem Großvater, doch Henrys freundliche Worte, die in so krassem Gegensatz zu Yan Gar Chans grobem Wesen standen, ließen sie erneut in Tränen ausbrechen.

Henry zog sie an seine Brust. »Still, still, nicht weinen. Komm, ich bringe dich hinein. Du musst dich ausruhen.«

Unsicher sah er sich um, als sie die Hütte betraten und er bemerkte, wie leer und leblos sie ohne Fong Hoys Gegenwart wirkte. »Bist du sicher, dass du allein zurechtkommst?«

»Yan Gar Chan kommt zurück, sobald er seine Geschäfte in der Stadt erledigt hat«, erwiderte Mai, ohne zu erwähnen, dass diese Geschäfte auch Frauen, Alkohol und Glücksspiele mit einschlossen. Wenn sie Glück hatte, kehrte er erst in den frühen Morgenstunden zurück.

Henry half ihr auf einen Stuhl und deutete mit dem Kopf auf ihren gewölbten Leib. »Du wirst nicht mehr lange auf dem Feld arbeiten können. Eigentlich solltest du es schon jetzt nicht mehr tun. Was denkt sich dieser Mann eigentlich? Mai, ist zwischen dir und Yan Gar Chan alles so, wie es sein sollte?« Als Henry seinen Namen aussprach, verzog er die Lippen, als hätte er Essig im Mund.

»Bitte mach dir deswegen keine Gedanken. Yan Gar Chan arbeitet hart, und ich muss ihm helfen, damit wir genug Geld verdienen, um nach China zurückzukehren.«

»Nach China?«

Mai presste die Lippen zusammen, um ein Zitten zu verhindern. Es war stets Fong Hoys Traum gewesen, dass sie in die Heimat zurückkehren und dort leben sollten, und auch Yan Gar Chan hatte diese Absicht. Bevor sie Henry kennengelernt hatte, war es auch ihr einziges Ziel gewesen, um dort mit Fong Hoy ein gutes Leben zu führen.

Und nun? Beim Gedanken daran, als Yan Gar Chans Frau nach China zurückzukehren, spürte sie einen unangenehm bitteren Geschmack im Mund.

Kapitel 33

Mit vertrautem Poltern rumpelte der Wagen durch die tiefen Furchen der Straße, als Henry Rus unverwechselbare Gestalt ausmachte. Der Maori hatte seinen geflochtenen Flachskorb auf den Rücken geschnallt, der bei jedem Schritt wippte.

»Guten Morgen, Ru. Wohin des Weges?«, rief Henry und zog an den Zügeln, um seinen Wagen zum Stehen zu bringen.

Ru lächelte, wobei er zwei Reihen strahlend weißer Zähne entblößte. »Ah, Henare, mein Freund. Ich bin unterwegs nach Hokitika.«

»Dann haben Sie ja noch einen langen Weg vor sich. Steigen Sie auf, ich nehme Sie ein Stück mit. Man muss sich ja nicht die Füße wund laufen, wenn man ihnen ein bisschen Ruhe gönnen kann, oder?«

»Das ist überaus freundlich von Ihnen, Henry. Da sage ich nicht Nein.«

Henrys Lippen verzogen sich, als er Rus gediegene Sprechweise hörte, die in so krassem Gegensatz zu seinem wilden Äußeren stand. Der Maori legte seinen Flachskorb hinten auf den Wagen und schwang sich neben Henry auf den Kutschbock.

»Ich wusste gar nicht, dass Sie in Stafford waren. Sie hätten ja bei mir im Laden vorbeikommen können«, meinte Henry. Er nahm die Zügel und ließ die Pferde in leichten Trab verfallen.

»Ich habe auch vorbeigesehen, Henry, aber da waren so viele Leute, und Sie waren sehr beschäftigt.«

Henry reckte stolz die Brust. »Die Geschäfte gehen gut. Besser, als ich zu hoffen gewagt habe. Und es wird immer mehr. Wir stellen Bens Rezepturen her, die sich sehr gut verkaufen. Den Kunden gefällt es, dass sie sich keine Gedanken mehr darüber machen müssen, dass ihnen etwas ausgeht und sie warten müssen, bis die nächste Lieferung aus der alten Heimat, aus Deutschland oder China oder woher auch immer eintrifft. Wissen Sie«, ereiferte sich Henry, ganz in seinem Element, »gleich am Tag unserer Eröffnung haben sich zwei von Donalds Kunden bei uns angemeldet, und wir bekommen täglich neue. Wenn es so weitergeht, habe ich bald sein ganzes Geschäft, dann wollen wir mal sehen, wie er das findet.«

Ru musterte Henry mit seinen traurigen braunen Augen. »Es ist nicht schön, sich am Leid eines Freundes zu ergötzen.«

»Freund? Wie kann er noch mein Freund sein, nachdem er mich hinausgeworfen hat? Ich sage Ihnen, Ru, hätte Ben Corbett sein Geld nicht in meinen Laden investiert, wäre ich übel dran gewesen.«

Ru sah betrübt drein. »Sie waren wie ein Sohn für Donald, Henare. Und er ist bestimmt nicht so roh und gefühllos, wie Sie ihn jetzt darstellen. Ich frage mich, ob Ihre Schilderung vielleicht ein wenig einseitig ist.«

Rus sanfter Tadel zeigte Wirkung.

»Nun, ja, vielleicht«, räumte Henry widerstrebend ein. »Aber dieser Mann hat versucht, mein Leben zu ruinieren.«

»Könnte es wohl zu Ihrem eigenen Besten gewesen sein, was glauben Sie, Henare?«

Henry wand sich unbehaglich. Ru hatte mit seiner Frage ins Schwarze getroffen. »Verdammt, Ru«, herrschte er ihn an und schwang die Zügel, »hat dieser Mann etwa all meine Privatangelegenheiten ausgeplaudert?«

Ru musterte ihn unschuldig. »Ich habe nicht die leiseste

Ahnung, wovon Sie sprechen, Henare.« Er nickte in Richtung der Pferde, die mittlerweile schneller galoppierten, sodass der Wagen auf der unebenen Straße gefährlich hin und her schaukelte. »Sie sollten aufpassen, dass Sie die Tiere nicht zum Schwitzen bringen.«

Mai schnappte entsetzt nach Luft, als sich der Schmerz in ihren Rücken schnitt. Es hatte vor ein paar Stunden angefangen – zuerst nur ein leichtes Ziehen, das jedoch zusehends schlimmer wurde. Sie hatte weiter gearbeitet, in der Hoffnung, dass sie dies von ihren trübseligen Gedanken ablenken würde. Doch mittlerweile war der Schmerz so heftig geworden, dass er sich nicht mehr ignorieren ließ.

Yan Gar Chan eilte herbei. »Ist es so weit?«

Mai stöhnte, als sie eine neuerliche Wehe erfasste.

»Du musst hineingehen. Mein Sohn wird bald hier sein.«

Immer war nur von einem Sohn die Rede, nie von einer Tochter. Mais Kehle wurde eng. Kein einziges Mal in all den Monaten, seit sie das Kind unter ihrem Herzen trug, hatte Yan Gar Chan von einem Mädchen gesprochen. Sie fürchtete sich vor seinem Zorn, wenn sie ihm keinen Sohn gebar.

Ungewöhnlich sanft half Yan Gar Chan ihr in die Hütte und aufs Bett. Er blieb an ihrer Seite, doch auf jede Wehe reagierte er nervös und runzelte die Stirn, sodass er sich eher als Last denn als Trost erwies. Aber seine Besorgnis galt nicht ihr. Sie war lediglich das Instrument, das Vehikel, durch das sein Sohn das Licht der Welt erblicken würde.

Die Stunden zogen sich in einem Nebel aus Schmerz dahin, doch das Kind wollte einfach nicht kommen. Schließlich erfasste sie eine Woge bisher ungekannten Ausmaßes und ließ sie vor Schmerzen aufschreien.

»Genug jetzt! Ich muss die Hebamme holen. Das kann

nicht gut für meinen Sohn sein!«, schrie Yan Gar Chan, als glaube er, der Schmerz habe sie taub werden lassen.

»Nein! Lass mich bitte nicht allein!«

Seine Anwesenheit war ihr zwar auf die Nerven gegangen, aber wenigstens war ein Mensch bei ihr, der ihr half, wenn sich das Kind einen Weg in diese Welt bahnte. Sie streckte die Arme aus und bat ihn, bei ihr zu bleiben, doch es war zu spät. Er war bereits verschwunden.

Wasser lief zwischen ihren Beinen und nässte das Bettzeug. Ein neuerlicher Schmerz durchfuhr ihren Leib, begleitet von dem übermächtigen Drang zu pressen. Mühsam rappelte sie sich auf, zog die Decke vom Bett und legte sie auf den Boden. Sie hockte sich hin, presste und drückte und schrie, als das Köpfchen des Babys die angespannte Haut ihrer Vulva dehnte und auf seinem unerbittlichen Weg durch den Geburtskanal zerriss. Mit einem Gefühl unendlicher Erleichterung spürte sie, wie das Baby auf die Decke glitt.

Sofort ließ sie den Blick über das Neugeborene wandern. Ein winziger Penis! Yan Gar Chan hatte seinen Sohn, und sie und ihr Kind waren in Sicherheit.

Mit einer letzten Anstrengung presste sie die Nachgeburt heraus, ehe sie sich dem Baby zuwandte. Ein eisiger Schauder ließ sie nach Luft schnappen, als sie den Kupferton der feuchten Haarbüschel auf dem Kopf des Säuglings sah. Sie betete, es möge nur ein Traum sein, während sie das Baby mit der Decke trocken rieb, doch der rote Schimmer der Härchen, die auf dem Kopf ihres Kindes sprossen, ließ sich nicht verleugnen.

Er konnte nur Henrys Sohn sein! Warum war ihr nie der Gedanke gekommen, dass ihre gemeinsamen Stunden von einem Kind gekrönt sein könnten? In ihrem ersten Impuls erwog sie, mit dem Baby zur Bucht zu gehen und es zu ertränken, sodass Yan Gar Chan es niemals zu Gesicht bekam.

Doch in diesem Augenblick drang ein herzhafter Schrei aus den winzigen Lungen ihres Sohnes, und er schob sich das Fäustchen in den Mund. Eine Woge der Wärme breitete sich in Mai aus. Wie könnte sie ihr eigenes Kind töten? Sie würde ihr Leben geben, um es zu beschützen. Sie musste zu Henry. Er würde ihren Sohn vor Yan Gar Chans Zorn retten.

Sie schnürte die Nabelschnur mit einem Stück Bindfaden ab und entfernte die Nachgeburt, ehe sie sich und das Baby wusch. Dann faltete sie ein Baumwolltuch zu einem Dreieck, legte das Baby in die Mitte und verknotete die drei Enden, sodass sie sich die Schlinge über den Kopf ziehen und den Kleinen an ihre Schulter legen konnte. Ihr Körper schmerzte, und sie spürte eine klebrige Feuchtigkeit zwischen ihren Beinen. Am liebsten hätte sie sich aufs Bett gelegt und geschlafen, bis ihre lähmende Müdigkeit verschwunden war. Aber der Tod – ihr eigener und der ihres Sohnes – war ihr so gut wie sicher, wenn Yan Gar Chan zurückehrte und sie fand. Von irgendwo her aus ihrem Körper strömte die Energie in ihre Beine, und sie taumelte aus der Hütte.

Yan Gar Chan hatte den Wagen mitgenommen. Mai zögerte. Wenn sie die Straße nahm, würde sie unweigerlich ihrem Ehemann in die Arme laufen. Ihr blieb nichts anderes übrig, als ihre mürrischen Nachbarn um Hilfe zu bitten.

Der kurze Weg zum Haus der Radfords war ihr noch nie so lang vorgekommen. Sie hämmerte an ihre Tür.

Emily Radford öffnete fast augenblicklich. »Oh, gütiger Himmel!«, rief sie, als Mai schwankend vor ihr stand und beinahe über die Schwelle stürzte. Sie rief nach ihrem Ehemann, ehe sie Mai ins Haus und auf einen Stuhl half.

»Bitte, ich muss zu Bramwell's Store«, sagte Mai und drückte das Kind an ihre Brust.

»Großer Gott, Sie haben gerade erst ein Kind zur Welt gebracht, wie es scheint. Es kann nicht gut für den kleinen

Wurm sein, ihn draußen herumzutragen. Was um alles in der Welt denken Sie sich nur?« Bevor Mai sie daran hindern konnte, zog Emily den Stoff beiseite und warf einen Blick auf das Baby.

»Oh – du meine Güte!«, stieß sie hervor.

Mai packte Emilys Hand. »Yan Gar Chan hat den Wagen genommen, um die Hebamme zu holen. Ich muss nach Stafford, bevor er zurückkommt.«

»Das sollten Sie allerdings«, erwiderte Emily schwach, ohne den Blick vom Haar des Säuglings zu nehmen.

In diesem Augenblick erschien Edgar Redford in der Küche. Sein gewohnt missmutiger Gesichtsausdruck wurde noch finsterer, als er Mai erblickte. »Was tut sie in meinem Haus?«

»Edgar, sie hat gerade ihr Kind zur Welt gebracht, und ihr Mann ist nicht hier. Wir müssen sie in die Stadt bringen.«

»Diese Leute bekommen keine Hilfe von uns«, knurrte Radford. »Sie sind mit der Pacht im Rückstand. Je früher sie von meinem Land verschwunden sind, umso besser. Der alte Fong Hoy hat immer pünktlich zum Ersten bezahlt, aber dieser Tunichtgut von ihrem Ehemann macht uns nichts als Scherereien. Sie haben ein ordentliches Stück Land von mir bekommen, und wenn sie nicht bereit sind, dafür zu bezahlen, bestelle ich es eben selbst.«

»Aber doch nicht jetzt, Edgar – bitte. Sie braucht unsere Hilfe.«

»Sie wird sie aber nicht kriegen, sage ich dir, Frau!«

Mai wurde klar, dass sie hier keine Unterstützung zu erwarten hatte. Ihre Anwesenheit reizte Edgar Radford nur. Sie stand auf. »Danke«, murmelte sie in Emilys Richtung, »aber ich möchte Ihnen keine Schwierigkeiten machen.«

»Edgar! Ich bitte dich. Es ist unsere Christenpflicht, dieser Frau zu helfen!«

»Christenpflicht!« Mai hörte ein Knistern, als Edgar

Radford auf die heiße Ofenplatte spuckte. »Es soll unsere Pflicht als Christen sein, dieser Kreatur und ihrem Balg zu helfen? Ich will verdammt sein, wenn ich auch nur eine Minute meiner Zeit für irgendeinen dieser chinesischen Heiden verschwende.« Mit einer Grobheit, auf die weder Mai noch seine Ehefrau gefasst gewesen waren, packte er Mai am Arm, zerrte sie durch den Raum zur Tür und stieß sie so grob hinaus, dass sie ins Straucheln geriet und zu Boden stürzte.

Mai hörte Emily aufschreien, als sie auf der harten Erde aufschlug, sodass das Baby halb aus seinem Kokon fiel und sein Köpfchen sichtbar wurde.

Radfords Augen traten schier aus den Höhlen, als er den dichten Schopf kupferfarbener Haare erblickte. »Das hier kann nicht von Gottes Hand geschehen sein, du – du elende Hure!« Er ging ins Haus und kehrte gleich darauf mit einem Gewehr zurück.

»Verlass mein Land, bevor ich dich zurück zu deinen heidnischen Vorvätern schicke!«, schrie er und richtete die Flinte auf Mai.

Taumelnd kam Mai auf die Füße. Obwohl jede Faser ihres Körpers vor Schmerz brannte, schleppte sie sich den Weg entlang zur Straße. Aufmerksam lauschte sie auf Hufgetrappel, bereit, jederzeit ins Gebüsch zu springen, falls Yan Gar Chan zurückkehrte. Das Haus der Radfords war noch immer in Sichtweite, als sie das Rumpeln von Rädern hörte. Sie sprang ins Gebüsch am Wegrand, wo sie sich zusammenkauerte und versuchte, über ihren hämmernden Herzschlag hinweg zu horchen.

Das Baby schlug die Augen auf und wimmerte.

»Still«, flüsterte Mai und legte ihm behutsam die Hand über den Mund, als der Wagen zum Stehen kam. Ihr Magen zog sich vor Angst zusammen, als sie Schritte auf der Straße hörte. Eine Hand erschien zwischen den Flachsblättern und streifte ihre Wange.

»Mai! Oh, Gott sei Dank, dass ich Sie gefunden habe!«, rief Emily. »Kommen Sie, ich habe den Einspänner mitgebracht, mit dem ich Sie in die Stadt bringen kann.« Sie half ihr beim Aufstehen.

»Aber Mr Radford wird wütend sein, wenn Sie mir helfen«, wandte Mai ein. Obwohl sie so dringend Hilfe benötigte, hatte sie Angst um Emily.

»Das wird er«, stimmte Emily zu, und ein stählerner Ausdruck erschien auf ihrem Gesicht. »Aber es gibt Zeiten, in denen man für das einstehen muss, was richtig ist, egal, welche Konsequenzen es hat. Das ist eine dieser Gelegenheiten. Und Gott wird mein Richter sein, nicht Edgar!«

Völlig erschöpft saß Mai neben Emily auf dem Wagen. Jede Faser ihres Körpers schmerzte. Sie sehnte sich nach Schlaf, und das gleichmäßige Rumpeln der Räder tat sein Übriges dazu. Doch wann immer sie die Augen schloss, schoben sich Yan Gar Chans zornesfunkelnde Augen in ihr Bewusstsein.

»Noch nie in meinem Leben habe ich mich so geschämt. Ich weiß nicht, wie Edgar Sie wegschicken konnte!«

Emilys Stimme drang von weit her an Mais Ohren. Mit schweren Lidern wandte Mai sich ihr zu. Die klein gewachsene Emily erschien ihr viel zu zart, um einen Einspänner zu fahren, doch sie lenkte das große Pferd mit derselben erfahrenen Leichtigkeit wie ein Mann.

»Ich musste warten, bis Edgar mit dem Lichten der Büsche weitermachte, bevor ich den Wagen nehmen konnte«, erklärte Emily mit einem besorgten Blick auf Mai. »Wir müssen Sie zum Arzt bringen.«

»Keinen Doktor, bitte. Henry Bramwell … er wird mir helfen«, stieß Mai heiser hervor.

Emily nickte, während ihr Blick das rothaarige Baby streifte, doch ihre Miene verriet keinen Vorwurf, kein Urteil.

»Sie müssen aufwachen!«

Wieder drang Emilys Stimme wie durch einen dichten Nebel an Mais Ohr. Sie sehnte sich danach, sie zu ignorieren und sich in die schmerzlosen Arme des Schlafes zurückzuflüchten.

»Ich höre einen Wagen kommen. Am besten kriechen Sie unter die Plane, bis wir daran vorbeigefahren sind. Es könnte Ihr Ehemann mit der Hebamme sein.«

Mai, auf einen Schlag hellwach, hörte das unmissverständliche Rumpeln nahender Räder, während Emilys Wagen sich einer Biegung näherte. Sie kroch unter die Plane, rollte sich zusammen und hielt den Atem an, als sie das andere Gefährt vorbeifahren hörte. Sie hob die Hand, bereit, sie auf den Mund des Babys zu legen, falls es aufwachen und schreien sollte.

»Ich hab keine Zeit anzuhalten, Emily«, rief eine Frauenstimme. »Bin auf dem Weg zu einer Geburt.«

»Gott möge mit Ihnen sein.«

Mai atmete auf, als das Rumpeln der Räder in der Ferne verklang.

»Sie können herauskommen. Sie sind um die Biegung.«

Mai kroch unter der Plane hervor und untersuchte ihren Sohn, der nichts von der Gefahr mitbekommen hatte und tief und fest schlief.

Umständlich sprang die plumpe Peggy Taylor vom Wagen und folgte Yan Gar Chan in die Hütte.

»Wo ist sie?«, fragte sie beim Anblick des leeren Lagers und der blutverschmierten Laken. »Wie es aussieht, ist es schon passiert.«

Yan Gar Chan sah sich in der Hütte um, zuerst verwirrt, dann wütend über Mais Abwesenheit. »Was hat sie mit meinem Sohn gemacht? Wenn diese dumme Frau ihm etwas getan hat, wird sie eine Tracht Prügel beziehen, von der sie sich nicht mehr erholen wird.«

Peggy war nicht auf diesen unvermittelten Ausbruch gefasst gewesen. »Sie wird wohl kaum ihrem eigenen Kind etwas angetan haben«, erklärte sie eisig. »Kann es sein, dass sie Wasser holen gegangen ist?«

»Natürlich! Die Bucht! Schnell.«

Peggy stolperte über ihre eigenen Füße, als Yan Gar Chan sie am Arm packte und mit sich zog.

»Langsam, langsam, ich bin doch kein Rennpferd«, ächzte sie, schob die überhängenden Farnblätter und die langen, dünnen Rotbuchenzweige beiseite, als sie durch das dichte Buschwerk gingen. Ein plumper Kereru erhob sich in die Lüfte, als sie das Ende des Pfades erreichten und an das schlammige Ufer des Flusses traten. Peggy blieb abrupt stehen, als einer ihrer Stiefel bis zum Knöchel im Matsch versank. Ihr Herz raste durch die ungewohnte Anstrengung, und sie schnappte nach Luft, während sie sich umschaute. Doch sie waren allein, und außer dem Wasser, das über das Kiesflussbett sickerte, war kein Geräusch zu hören.

»Wo bist du?«, tobte Yan Gar Chan und reckte die Faust gen Himmel. »Mai, hörst du mich? Ich prügle dich grün und blau, wenn du meinem Sohn etwas angetan hast.«

Peggy war in dem Moment dankbar, dass sie ihre Stiefel so fest verschnürt hatte, dass sie sie nicht verlieren konnte. Sie zog sie aus dem glucksenden Matsch und unterdrückte ihren Zorn Yan Gar Chan gegenüber, da sie gleichzeitig versuchte, seinen Fäusten, mit denen er drohend umherfuchtelte, auszuweichen.

»Ist Ihnen schon mal in den Sinn gekommen, dass Ihrer Frau etwas zugestoßen sein könnte? Dass sie vielleicht dringend Ihre Hilfe braucht?«

»Pah«, stieß Yan Gar Chan hervor und tat Peggys Bemerkung mit einem überheblichen Verziehen der Mundwinkel ab. »Für mich zählt nur mein Sohn, nicht dieses magere, knochige Weib.«

Peggy schäumte innerlich. Im Lauf der Jahre hatte sie

sich an die Herzlosigkeit mancher Männer gewöhnt, wenn ihre Frauen im Kindbett ihr Leben gelassen hatten, aber einem so abscheulichen Exemplar war sie noch nie begegnet.

»Wenn Ihre Frau in Schwierigkeiten steckt, und wenn Sie mich fragen, könnte das durchaus der Fall sein, ist sie vielleicht auch zum nächsten Nachbarn gegangen, um sich helfen zu lassen.«

»Wie denn? Auf dem Weg hierher sind wir doch an der Frau dieses alten Narren vorbeigekommen. Sie hätte es uns bestimmt gesagt, wenn sie Mai gesehen hätte.«

»Dann ist sie vielleicht noch weiter gegangen, und wir haben sie verpasst. Wir müssen sie bald finden. Ich will lieber gar nicht darüber nachdenken, in welchem Zustand sie sein muss. Sie könnte tot sein und das Kind auch.«

»Mein Sohn kann nicht tot sein!« In Yan Gar Chans Augen stand ein irres Funkeln, als er die Faust hob und drohend einen Schritt auf Peggy zumachte.

Peggy versteifte sich. Sie war erheblich kräftiger gebaut als Yan Gar Chan, aber allem Anschein nach war er wie von Sinnen, was ihm beträchtliche Stärke verleihen würde, falls er sich auf sie stürzte. Sie richtete sich zu voller Größe auf und musterte ihn finster. Er sollte es nur wagen, sie zu schlagen – eine Herausforderung, von der sie hoffte, dass er sich ihr nicht stellen würde.

Einen Moment lang verharrte Yan Gar Chan, und Peggy, die nicht einmal zu blinzeln wagte, starrte ihm unerbittlich in die Augen. Schließlich ließ er die Faust sinken.

»Wir nehmen den Wagen und suchen sie«, herrschte er sie an, wandte sich um und ging den Pfad zurück. Peggy folgte ihm auf Beinen, die sich anfühlten, als hätten sie sich in Wachs verwandelt.

Edgar Radford stand auf der Straße und winkte, als sie sich seiner Farm näherten. Er lief auf sie zu, noch ehe der

Karren zum Stehen kam, machte einen Satz und riss die Zügel an sich.

Der Wagen kam so abrupt zum Stehen, dass Peggy nach vorn gerissen wurde und sich am Sitz festklammern musste.

»Meine Frau – haben Sie sie gesehen?«, schrie Yan Gar Chan.

»Allerdings«, knurrte Radford, der noch immer die Zügel in der Hand hielt und sie daran hinderte, weiterzufahren.

»Wo ist sie? Wo ist sie hingegangen?«

»Ich hab sie und ihren Balg fortgeschickt. Und jetzt ist mein eigenes dummes Weib auf einmal mit dem Einspänner verschwunden.« Er ließ die Zügel los und schwang sich auf den Wagen. »Sie müssen mich mitnehmen, damit ich nach meiner Frau suchen kann.«

»Aus dem Weg, weißer Zwerg!«, schrie Yan Gar Chan und schwang die Peitsche in Radfords Richtung, während er die Zügel wieder an sich riss, sodass sich das Pferd in Bewegung setzte. Radford fiel zurück und stieß eine Flut wilder Flüche aus, als die Räder des Wagens über seinen Stiefel rollten.

Kapitel 34

»Was haben Sie gerade gesagt, Ru?«

Henrys Gedanken waren zu Mai und ihrem ungeborenen Baby geschweift, sodass nur Rus tiefe, samtige Stimme, nicht aber der Inhalt seiner Worte an seine Ohren gedrungen war.

Nachdem er Mai so allein und traurig nach Fong Hoys Tod vorgefunden hatte, war er weiterhin zur Gärtnerei gefahren. Doch nur, wenn er wusste, dass Yan Gar Chan nach Stafford gefahren war, um das Gemüse zu verkaufen.

Heute war keiner dieser Tage.

»Ich habe gefragt, ob Sie heute zu den Fongs fahren?«

»Nein, ich fahre nur bis zur Farm der Frasers«, erwiderte Henry mit unübersehbarem Bedauern.

»Wie schade. Ich habe ein Päckchen für sie.«

Na gut, dann würde er eben diesem verdammten Yan Gar Chan begegnen! Rus Gegenwart war die perfekte Ausrede, um Mai einen Besuch abzustatten.

»Wenn das so ist, fahre ich ein Stück weiter. Ich erspare Ihren Füßen gern noch ein paar Meilen.«

»Halten Sie denn nicht bei den Frasers?«, erkundigte sich Ru verwirrt, als sie auf die Farm zufuhren und Henry keine Anstalten machte, das Tempo zu drosseln.

»Ich habe auch für sie etwas.« Er griff hinter den Sitz, hob seinen Korb hoch und nahm ein braunes Päckchen heraus.

»Kann ich es nicht auf dem Rückweg abliefern, Ru? Wenn wir auch noch bei den Fongs vorbeisehen, wird mir die Zeit ein wenig knapp«, meinte Henry.

»Ich fürchte, nein, Henry. Ich muss ihnen auch eine Nachricht von Donald überbringen.«

Dieser verdammte Donald! Dieser Mann schaffte es immer noch, seine Nase in Henrys Angelegenheiten zu stecken.

»Aber wenn Sie sich wegen mir verspäten, lassen Sie mich einfach am Tor aussteigen. Dann gehe ich den Rest alleine«, bot Ru mit einem freundlichen Lächeln an.

»Nein, nein, ich bringe Sie schon hin«, wiegelte Henry eilig ab, der sich keinesfalls um die Ausrede für einen Besuch bei Mai bringen wollte. »Ich habe ohnehin einen wunden Hintern, weil ich so lange auf diesem harten Sitz gesessen habe. Es wird mit guttun, mir ein wenig die Beine zu vertreten.«

Courtenay und Beth Fraser waren entzückt, sie zu sehen. Beth bestand darauf, Tee zu kochen, während sie sich die Neuigkeiten aus der Stadt erzählen ließen. Scones, noch warm und vor Butter triefend, wurden serviert. Nachdem Henry einige davon vertilgt hatte, wurde er allmählich unruhig. Er versuchte, Blickkontakt mit Ru herzustellen und ihn zur Eile anzutreiben, doch der Maori plauderte und plauderte und schien Henrys Zeichen nicht zu registrieren.

Schließlich stand Beth auf.

»Ich habe jede Menge eingelegte Eier übrig, Henry. Falls Sie welche für den Laden brauchen. Die Hennen legen eines nach dem anderen, sodass ich genug davon habe, um eine ganze Armee zu verpflegen. Sie können auch frische haben, wenn Sie möchten. Ich hole Ihnen rasch welche.«

»Auf dem Rückweg, wenn es Ihnen nichts ausmacht«, erwiderte Henry in einem Tonfall, der selbst in seinen Ohren scharf klang. »Ich bin heute ein bisschen spät dran«, fügte er eilig hinzu, als er Beths überraschte Miene sah.

»Schnell! Unter die Plane mit Ihnen!«, rief Emily. »Hinter uns kommt ein Wagen – vielleicht Ihr Mann!«

Mai fuhr herum. Ihr Herz hämmerte, als sie ein Pferd um die Biegung hinter ihnen kommen sah. Eilig kroch sie unter die Plane und drückte ihren Sohn an sich.

»Es ist Ihr Mann mit Peggy, der Hebamme!«, sagte Emily leise, als der Wagen sie eingeholt hatte.

»Ho, halt! Meine Frau … haben Sie sie gesehen?«

»Nein, das habe ich nicht.«

»Ihr Mann hat gesagt, sie ist bei Ihnen gewesen.«

Mais Herz machte einen Satz.

»Das stimmt, sie war bei uns, aber wir haben sie fortgeschickt. Mr Radford will nichts mehr mit Ihnen zu tun haben, weil Sie die Pacht nicht bezahlt haben.«

Das Baby wimmerte. Mai legte ihm eine Hand über den Mund und lag stocksteif da, während Emily hustete, um das Geräusch zu überdecken.

»Wenn Emily Ihre Frau nicht gesehen hat, muss sie in die andere Richtung gegangen sein. Wir sollten uns so schnell wie möglich auf den Weg machen«, hörte Mai eine Stimme sagen, die sie als Peggy Taylors erkannte.

»Aus dem Weg mit Ihnen, damit ich den Wagen wenden kann«, herrschte Yan Gar Chan Emily an.

Mit knarrenden Rädern fuhr der Wagen davon, und Mai nahm ihre Hand vom Mund ihres Sohnes. Er lag reglos da. Atmete nicht mehr. Panisch schlug Mai die Plane zurück.

»Runter! Sie sind noch nicht weg!«, zischte Emily, als Mai aus ihrem Versteck erschien.

»Er atmet nicht!«

»Großer Gott!« Emily ließ die Zügel los und packte den Säugling. »Er ist nicht blau angelaufen. Vielleicht haben wir Glück!« Sie drehte ihn um und verpasste ihm einen kräftigen Schlag aufs Hinterteil.

»Nein!«, kreischte Mai und wollte ihr Baby an sich reißen.

Doch Emily streckte den Arm aus, um sie daran zu hindern. »Ich muss das tun, damit er wieder atmet!«, erklärte sie. In diesem Moment löste sich ein empörter Schrei aus der Kehle des Kleinen.

»Hier, nehmen Sie ihn. Ich denke, Sie sollten ihn lieber stillen. Er ist ein kräftiger kleiner Bursche. Was er heute schon mitgemacht hat, hätten nicht viele lebend überstanden.« Emilys Hände zitterten, als sie Mai das Baby reichte.

»He, was machen Sie denn da?«, rief Peggy, als Yan Gar Chan den Karren anhielt. Sie fürchtete um Mais Leben, wenn sie sie nicht bald fanden.

Yan Gar Chan presste wütend die Lippen zusammen. »Sie kann nicht diesen Weg genommen haben.«

Peggy schüttelte den Kopf. »Aber wenn Emily Radford sie nicht gesehen hat, muss sie hier entlanggekommen sein.«

»Sie lügt.«

Überrascht über die Überzeugung, mit der er seine Behauptung vorbrachte, starrte Peggy Yan Gar Chan an. »Wie kommen Sie darauf?«

»Warum sollte eine Frau die Kutsche nehmen, ohne dass ihr Ehemann davon weiß?«

Peggy runzelte die Stirn. Ehrlich gesagt, hatte sie sich schon dieselbe Frage gestellt. Den Zorn eines übellaunigen, gemeinen Mannes wie Edgar Radford zu riskieren, würde niemand wagen, ohne einen triftigen Grund dafür zu haben.

Doch Emily Radford war eine der aufrichtigsten Frauen, die sie jemals kennengelernt hatte. Sie konnte sich beim besten Willen nicht vorstellen, dass sie log.

»Ich habe keine Ahnung, aber ich würde sagen, lassen Sie uns weiter in diese Richtung fahren. Nur noch ein Stück.«

»Nein! Ich sage Ihnen, diese Frau verheimlicht mir etwas. Wenn ich meine Frau finde, wird sie mir dafür büßen.« Er wendete den Wagen und fuhr in die Richtung, aus der sie gekommen waren.

Peggy sah den Einspänner der Radfords, sobald sie um die Biegung kamen. Und sie erkannte auch die schmale Gestalt, die unter der Plane verschwand.

»Oh Gott«, flüsterte sie, als sie Mai erkannte. Wenn die ehrliche und gutmütige Emily Radford das chinesische Mädchen versteckte und damit riskierte, gehörigen Ärger zu bekommen – sowohl durch ihren eigenen als auch durch Mais Ehemann –, musste sie einen guten Grund dafür haben. Und in diesem Fall war auch Peggy nicht bereit, Yan Gar Chan zu helfen.

Als Yan Gar Chan nach einer Biene schlug, die um seinen Kopf herumsurrte, ergriff sie die Gelegenheit und beugte sich in dem Versuch, das Tier wegzuschlagen, so weit vor, dass sie ihm die Sicht nahm.

»Sie dummes Weib, ich kann nichts sehen!« Yan Gar Chan schlug mit der Peitsche nach ihr.

Doch Peggy duckte sich und riss sie ihm aus der Hand. »Sie hören augenblicklich damit auf, es sei denn, Sie wollen diese Peitsche selber zu spüren bekommen«, warnte sie.

Der Anblick seiner Augen, in denen das Weiße zu sehen war, erinnerte Peggy an einen Gaul, der den Verstand verloren hatte. Doch unvermittelt schlug sein Benehmen um, und er ließ die Faust sinken.

»Verzeihen Sie mir. Ich bin so voller Sorge um meine Frau und das Kind.«

Peggy glaubte ihm keine Sekunde. Um sein Kind, vielleicht, doch um seine Frau scherte sich dieser Kerl keinen Pfifferling.

»Bleiben Sie stehen. Halt, sage ich!«, rief Yan Gar Chan, als sie Emily eingeholt hatten.

»Was ist denn jetzt schon wieder?«, wollte Emily wissen und hielt den Einspänner an.

Peggys Herz raste beim Anblick ihres angespannten, bleichen Gesichts.

Yan Gar Chan sprang vom Wagen, lief zu Emilys Wagen und riss die Plane zurück.

Peggys Magen zog sich zusammen. In der Erwartung, Mai zusammengekauert unter der Plane liegen zu sehen, presste sie sich die Hände vor den Mund, um einen Schrei zu unterdrücken.

Doch die Kutsche war leer.

Ihr üppiger Busen hob und senkte sich vor Erleichterung, als Peggy Emily ansah. Deren nervös zitternde Hände verrieten ihr, dass sie ebenso verwirrt war wie sie selbst. Verblüffung zeichnete sich auch auf Yan Gar Chans finsterer Miene ab.

»Ich weiß nicht, wonach Sie suchen, aber wenn Sie zufrieden sind, würde ich jetzt gern weiterfahren. Außerdem wäre ich Ihnen sehr verbunden, wenn Sie Ihr Pferd und Ihren Wagen beiseite fahren würden, damit ich vorbei kann«, erklärte Emily ruhig.

Yan Gar Chan ließ die Plane los und suchte das dichte Buschwerk am Straßenrand mit den Augen ab. Dann stieg er wieder auf den Wagen, ohne ein Wort der Entschuldigung für seine Unhöflichkeit vorzubringen. Beim Wenden riss er so heftig an den Zügeln, dass das Pferd protestierend wieherte. Allem Anschein nach muss jedes Geschöpf leiden, das in die Nähe dieses Mannes kommt, dachte Peggy.

Sie fuhren ein Stück die Straße entlang, ehe Yan Gar Chan einen Blick über die Schulter warf und die Faust reckte.

»Ha! Jetzt habe ich sie!« Er ließ die Zügel fallen, sprang vom Wagen und lief den Weg zurück.

Schmieriger Schlamm drang durch Mais Hose und Tunika, als sie bis zur Taille in das brackige Wasser watete. Fauliger Gestank stehenden Wassers stieg ihr in die Nase und raubte ihr den Atem. Sie kauerte unter einem Flachsbusch und drückte ihren Sohn fest an die Brust. Bei dem Versuch, die Sandmücken zu ignorieren, wohl wissend, dass die geringste Bewegung ihr Versteck verraten würde, biss Mai die Zähne zusammen. Sie widerstand dem Drang, nach den Mücken, die sie ins Gesicht und die Hände stachen, zu schlagen und sich an den juckenden Stellen zu kratzen.

Auch als das Geräusch der Räder verklungen war, wartete sie noch einige Minuten, ehe sie es wagte, wieder auf die Straße zu schleichen.

»Oh mein Gott, da sind Sie ja!« Bleich und zitternd kam Emily auf sie zugelaufen. »Ich war halb wahnsinnig, als ich –« Sie unterbrach sich und schnappte entsetzt nach Luft, als Yan Gar Chan mit einem Mal neben ihr auftauchte und Mai am Arm packte.

»Warum versteckst du dich vor mir, du dummes Weib? Ich sollte dir eine ordentliche Tracht Prügel verpassen.«

Mai riss sich von ihm los.

»Wenn du meinem Sohn durch deine Dummheit irgendetwas angetan hast, wirst du dir noch wünschen, du hättest nie das Licht der Welt erblickt, dafür werde ich sorgen.«

Yan Gar Chan zerrte an dem Baumwolltuch und fluchte, als Mai es fest an ihre Brust drückte. Das Baby schrie lautstark, was Yan Gar Chans Wut nur noch steigerte. Er holte mit dem Fuß aus und traf Mai am Knöchel.

Sie schwankte, als ein starker Schmerz durch ihre Glieder fuhr.

»Schluss jetzt! Lassen Sie sie in Ruhe«, schrie Emily und schwang die Pferdepeitsche nach Yan Gar Chan. Doch ihre Drohung zeigte keinerlei Wirkung. Mit gebleckten Zähnen und einem zu einer hässlichen Fratze verzerrten Gesicht packte er das Tuch und zerrte Mai zu sich heran.

»Lassen Sie sie in Ruhe! Mai, nur Mut, da kommt jemand – Hilfe ist unterwegs!«, rief Peggy.

»Sie ist meine Frau, und das ist mein Sohn, den sie mir stehlen will«, schrie Yan Gar Chan und versetzte Mai einen Hieb auf das Kinn.

Gleißende Sterne flammten vor Mais Augen auf, als sie zusammenbrach. Durch einen dunstigen Nebel sah sie ihren Ehemann das Baumwolltuch zurückschlagen, ehe er sie mit vor Zorn und Ungläubigkeit funkelnden Augen anstarrte.

»Was ist das für ein Teufel, den du mir da ins Haus gebracht hast?«

Er riss Emily die Peitsche aus der Hand und ließ sie über Mais Rücken sausen.

»Heda, Schluss jetzt!«, rief eine Männerstimme.

Ein Hoffnungsschimmer flackerte in Mai auf und vertrieb ihre Furcht und den Schmerz, als Henry von seinem Wagen sprang.

»Sie werden diesen Teufel, den Sie gezeugt haben, niemals zu Gesicht bekommen!«, schrie Yan Gar Chan Henry an. Sein Gesicht war zu einer hässlichen, wutschnaubenden Fratze verzerrt, als er mit einem Mal begriff. Er verpasste Mai einen neuerlichen Tritt und stürzte mit dem Baby im Arm los.

»Oh Gott, Mai, was hat dir dieses Schwein angetan?« Henry sank auf die Knie und zog Mai an seine Brust.

»Das Baby … Yan Gar Chan … er wird ihn umbringen«, stieß Mai, an der Schwelle zur Hysterie, hervor und schob Henry von sich.

»Er wird doch seinem eigenen Kind nichts tun. Nicht einmal ein Verrückter würde das.«

»Unser Kind … dein Sohn, Henry.«

»Oh mein Gott!« Sämtliche Farbe wich aus Henrys Gesicht, ehe er aufsprang und Yan Gar Chan nachsetzte.

Der Chinese, der das Ufer beinahe erreicht hatte, schleuderte das Baumwolltuch beiseite und hielt das Baby mit einer Hand am Bein fest.

Henry folgte ihm mit weit ausholenden Schritten und kam Yan Gar Chan schon bald gefährlich nahe, dicht gefolgt von der humpelnden Mai, deren Eingeweide sich bei den verzweifelten Schreien ihres Sohnes zusammenzogen.

Yan Gar Chan hob das Baby hoch, bereit, es in die Bucht zu werfen.

Ein Schrei hallte durch die Luft, ein schrilles, tödliches Kreischen, das sich durch Mais Bewusstsein schnitt. Wie betäubt registrierte sie, dass der Laut aus ihrer Kehle kam.

Mit einer abrupten Bewegung stürzte Henry sich auf Yan Gar Chan und entriss ihm den Säugling.

Kapitel 35

Poppy tauchte den Federhalter in die Tinte und fügte ihrem Brief noch einige weitere Neuigkeiten hinzu. Sie würde sich beeilen müssen, damit Duffy ihn zur Post bringen konnte, ehe Cam aus dem Krankenhaus zurückkam. Nervös las sie noch einmal den Teil des Briefes über Ben Corbett und seine Frau.

Cam hatte ihren letzten Brief an Henry entdeckt, bevor sie die Zeit gefunden hatte, ihn aufzugeben. Die Erwähnung von Ben hatte ihn schrecklich wütend gemacht. »Von mir kriegt er keine guten Wünsche«, hatte er sie angeherrscht, war aus dem Zimmer gestürmt und hatte die Tür hinter sich zugeworfen. Neuerdings war er so übellaunig, dass sie nicht wusste, wie sie sich ihm gegenüber verhalten sollte.

Sie tauchte den Federhalter noch einmal ins Tintenfass und schrieb weiter.

Wer hätte bei Deiner Ankunft in Neuseeland gedacht, dass Du so schnell Dein eigener Herr wirst? Du hast großes Glück gehabt, dass Ben sein Geld in Deinen Laden investiert hat. Ich war regelrecht neidisch, als ich gelesen habe, dass er mit Kathleen nach Amerika zurückgeht, sobald ihr Kind auf der Welt ist. Was für abenteuerliche Ereignisse.

Könnte ich doch Cam nur überreden, nach England zurückzukehren, dachte sie mit einem unvermittelten Anfall von Heimweh. Als er gefürchtet hatte, Watkins' erpresserische Neuigkeiten könnten ans Licht kommen, war er bereit dazu gewesen. Doch der Tod des Kapitäns hatte nicht nur diesem drohende Schicksal, sondern auch Cams Sehnsucht nach seiner Heimat ein Ende bereitet.

Wir waren zutiefst erschüttert, von Fong Hoys Ableben zu erfahren. Aber wir sind dankbar, dass Mai und Euer Sohn in Sicherheit sind.

Nun, das entsprach nicht ganz der Wahrheit. Unwillkürlich umschloss Poppy den Federhalter etwas fester, als ihr Cams Reaktion auf diese Neuigkeiten in den Sinn kam.

»Dieser verdammte Narr! Was hat er sich nur dabei gedacht – sich in die Ehe anderer Leute einzumischen! Und jetzt setzt er auch noch Mischlinge in die Welt, die weder zur einen noch zur anderen Rasse gehören. Hat er jemals an deren Zukunft gedacht?«

Bei all ihrer Zuneigung für Mai hatte Henrys Nachricht auch Poppy schockiert. Wären er und Mai doch nur derselben Abstammung. Doch was geschehen war, war geschehen. Trotz aller Widrigkeiten konnte sie ihnen nur Glück wünschen.

Das Problem mit den Dienstboten – beziehungsweise dem Mangel an ihnen – ist noch immer nicht gelöst. Es ist uns gelungen, eine junge Irin eine ganze Woche bei uns zu behalten, bevor sie zu dem Schluss kam, dass Melbourne im Hinblick auf gut situierte Junggesellen mehr zu bieten hat als Charleston, und sich auf den Weg dorthin gemacht hat. Vielleicht war es das Beste so. Obwohl sie eine echte Augenweide war (zum allerersten Mal, seit ich ihn kenne, hat Duffy sich auffällig viel Zeit gelassen, um mit der Arbeit fertig zu werden und nach Hause zu gehen), hatte sie keine Ahnung vom Kochen und noch weniger von der Hausarbeit. Außerdem hatte sie die Angewohnheit, die Küchentür aufzumachen und die Asche, den Schmutz und die Küchenabfälle hinters Haus zu werfen.

Cams Praxis ist im Moment nicht ganz so gut besucht wie sonst, sodass er zum ersten Mal seit seiner Ankunft in Charleston etwas Zeit für sich hat.

Und seinen Frust an jedem auslässt, der ihm über den Weg läuft, hätte sie am liebsten hinzugefügt, verkniff es sich aber.

Die Ironie, dass Henrys und Bens Leben eine so glückliche Wendung genommen hatte, während ihr eigenes tagtäglich unangenehmer wurde, entging ihr nicht. In ihren Augen brannten Tränen, als sie den Umschlag adressierte, den Brief hineinschob und Duffy rief.

Kapitel 36

»Henry, es ist Zeit für Wiremus Nickerchen.«

Mai lächelte. Henry war völlig vernarrt in seinen Sohn und würde seine gesamte Zeit mit ihm verbringen, wenn sie es zuließe.

Er hatte darauf bestanden, den Jungen nach Ru zu benennen. »Wäre er nicht gewesen, hätte ich am Tag seiner Geburt bei den Frasers kehrtgemacht, und Gott allein weiß, was mit dir und deinem Sohn geschehen wäre«, hatte er gesagt, und Mai konnte ihm nur zustimmen.

Er übergab Mai den gähnenden Wiremu. »Wir wollen dich doch nicht vom Schlafen abhalten, was, mein kleiner Spatz? Deine Mama hat das Sagen hier.«

Mit seinen mittlerweile sieben Wochen besaß Wiremu denselben dichten Schopf feuerroter Haare wie sein Vater.

Mai konnte kaum glauben, wie grundlegend sich ihr Leben in diesen sieben Wochen verändert hatte. Das nagende Gefühl der Angst, das sie vom ersten Tag ihrer Ehe an gequält hatte, war einer bemerkenswerten Leichtigkeit in ihrem Herzen gewichen. Sie war sicher, dass ihr Großvater auf sie herablächelte, obwohl er anfänglich gegen eine Verbindung zwischen ihnen gewesen war.

Doch seit ein paar Tagen schien ein wesentlicher Teil ihres gemeinsamen Lebens nicht mehr zu existieren. Henrys Hochgefühl hatte sich ein wenig gelegt, und seine gedämpfte Stimmung verwirrte Mai. Hatte sie ihn unwissentlich verärgert oder, was noch schlimmer wäre, war er gar krank?

»Habe ich irgendetwas getan, was dich ärgert, Henry?«,

fragte sie ihn an diesem Abend, als er das Kassenbuch überprüft hatte.

»Nein, nein, du hast gar nichts getan. Ich könnte nicht glücklicher sein, dich bei mir zu haben«, beruhigte er sie, schlug das Buch zu und lächelte sie erschöpft an.

»Aber irgendetwas grämt dich doch«, sagte sie am nächsten Abend, als er lustlos seinen Teller anstarrte, ehe er ihn beiseite schob, obwohl er kaum etwas davon gegessen hatte.

Ben, dessen Appetit wie gewohnt hervorragend war, aß zuerst seine Portion Eintopf auf, ehe er mit Henrys Teller kurzen Prozess machte.

»Ich hoffe, es ist nichts Ansteckendes, Henry«, witzelte er. »Ich darf mir jetzt nichts Übles einfangen, wo Kathleens Zeit bald gekommen ist, oder? Ich muss sagen, du siehst ein bisschen blass aus.«

»Ich sollte dir morgen lieber im Laden helfen«, schlug Mai vor.

»Nein!«

»Aber warum denn nicht?« Mai war bestürzt über Henrys scharfen Tonfall. Glaubte er etwa, sie könnte die Kunden im Laden nicht bedienen? »Kathleen kann sich so lange um Wiremu kümmern. Bei ihr ist er gut aufgehoben.«

»Ich lasse nicht zu, dass du dich so anstrengst«, erklärte Henry mit diesem störrischen Zug um den Mund, den sie mittlerweile so gut kannte.

»Stattdessen strengst du dich so an. Welchen Sinn hat das, wo ich dir doch helfen kann? Wäre ich noch in der Gärtnerei, müsste ich von Wiremus Geburt an von Sonnenaufgang bis Sonnenuntergang arbeiten. Ich bin keine zarte Blume, die man hegen und pflegen muss. Ich will dir helfen.«

»Und ich sage, du ruhst dich aus. Außerdem braucht Kathleen dich hier, wo ihr Kind bald zur Welt kommt«, beharrte Henry mit fester Stimme.

Mai war sich sicher, dass Henry irgendetwas quälte. Sie spürte es tief in ihrem Herzen. Kathleen warf ihr einen besorgten Blick zu, hob die Augenbrauen und zuckte die Achseln. Mai beschloss, am nächsten Tag noch einmal mit Henry zu reden und zu versuchen, ihn zur Vernunft zu bringen.

Sie nahm den Topf vom Ofen, stieß einen spitzen Schrei aus und ließ ihn fallen, als auf einmal Funken aus dem Herd sprühten und lautes Knallen ertönte.

»Was zum Teufel –?«, rief Ben und sprang auf, um Kathleen zu beschützen.

Henry schnappte sich einen Besen und stürmte vor die Tür.

Kinderstimmen hoben zu Sprechchören an.

»Dieses verdammte Feuerwerk«, schimpfte Ben mit vor Wut hochrotem Gesicht.

»Gelbgesicht, Gelbgesicht, sitzt im Stall und kriegt uns nicht.«

Die Gesänge hörten schlagartig auf. »Kommt, schnell! Der Alte ist uns auf den Fersen!«, schrie eine Kinderstimme.

Mais Magen krampfte sich zusammen.

»Diese miesen kleinen Lümmel!«, schimpfte Henry leise, als er in die Küche zurückkehrte. »Hätte ich sie geschnappt, hätten ich ihnen mit dem hier ordentlich den Hintern versohlt!«

Zitternd sah Mai zu, wie er den Besen schwenkte.

Henry nahm ihre eiskalten Hände und hielt sie fest. »Bitte lass dich davon nicht ins Bockshorn jagen. Es sind dumme kleine Bälger, die nur das rufen, was sie zu Hause aufgeschnappt haben.«

»Und du bist nicht die Einzige, die sie aufs Korn nehmen, Mai«, warf Kathleen ein. »Letzte Woche erst hat mir eines dieser vorlauten Gören ins Gesicht gesagt, es sei höchste Zeit, dass ich endlich wieder ins Torfmoor verschwinde, bevor ich platze und sie wegen mir noch einen dieser vorlauten, aufsässigen Iren in ihrer Mitte ertragen müssen!«

Bens Gesicht verriet eine Mischung aus Verblüffung und Wut. »Was? Das hast du mir gar nicht erzählt! Ich hätte ihm dermaßen mit dem Stiefel in den Hintern getreten, dass er ihm vorn wieder rausgekommen wäre.«

»Genau aus diesem Grund habe ich es nicht getan. Außerdem habe ich es ihm mit gleicher Münze heimgezahlt. Lieber noch einen vorlauten, aufsässigen Iren als einen rotznäsigen, schwachsinnigen Idioten von einem Engländer, dessen Vater sich nie die Mühe gemacht hat, seine Mutter zu heiraten, habe ich zu ihm gesagt.« Ein boshaftes Glitzern lag in ihren Augen, als sie Henry angrinste. »Anwesende natürlich ausgenommen.«

»Das will ich doch wohl hoffen«, gab Henry lächelnd zurück, ehe er sich Mai zuwandte. »Sie lassen dich bestimmt bald in Ruhe, mein Liebes. Sobald ich ihnen erst mal mit dem Besen eins übergezogen habe, werden sie schnell lernen, wie man sich benimmt.«

Sie nickte. Wahrscheinlich hatten sie Recht. Schließlich waren es nur Kinder, doch das ungute Gefühl in ihrem Magen blieb.

»Denk einfach nicht mehr darüber nach«, riet Kathleen, »und schon bald werden dir deine Sorgen … ah!« Kathleen krümmte sich.

Ben wurde blass. »Was ist denn?«

»Es zwackt mich schon seit Stunden. Wie es aussieht, ist Seine Lordschaft unterwegs!«, meinte Kathleen, stieß den Atem aus und richtete sich auf.

Panik glomm in Bens Augen auf. »Warum hast du nicht schon früher etwas gesagt?«

»Es hat mich nur ein bisschen gekniffen. Und ich habe nichts gesagt, weil ich wusste, dass du dich so aufführen würdest.«

»Du solltest dich lieber hinlegen, Frau.«

»Großer Gott, Ben, es dauert doch Stunden, bis das Kind kommt. Hör auf, ein solches Theater zu machen«, protestierte Kathleen, auf deren Wangen sich eine fiebrige Röte ausbreitete.

»Ich werde nicht zulassen, dass mein Sohn oder meine Tochter auf dem Fußboden zur Welt kommt. Los, gehen wir«, beharrte Ben.

»Ah, also ziehen wir es doch in Betracht, dass es ein Mädchen sein könnte, ja?«, neckte Kathleen, ehe sie Ben gehorsam in ihr Schlafzimmer folgte.

Mai kramte in den Schubladen ihrer Kommode und zog ein Stück Leintuch heraus, das sie schon Wochen zuvor vorbereitet hatte. Sie faltete es zusammen, band einen Zipfel am Bettpfosten fest und reichte Kathleen den anderen.

Stunde um Stunde saß Mai an Kathleens Seite, damit sie die Wehen nicht allein durchzustehen brauchte, während sie Tauziehen mit dem Lakenstreifen spielte.

Peggy, viel zu früh von dem panischen Ben herbeigerufen, saß auf der anderen Seite des Bettes und häkelte eifrig. Jedes Mal, wenn Kathleen ein lauteres Stöhnen oder einen Schrei ausstieß, hob sie die Decke an und überprüfte die Fortschritte der jungen Irin. Trotz der brüsken Routine, mit der sie zu Werke ging, hatte die Gegenwart der üppigen Hebamme etwas Tröstliches. Sie wirkte beruhigend auf Kathleen, als die Wehen immer stärker und häufiger wurden.

Erst in den frühen Morgenstunden des nächsten Tages war Kathleens Körper endlich bereit, den Säugling freizugeben, den er neun lange Monate in sich getragen hatte. Und erst als Patrick Benjamin Henry Corbett frisch gewaschen und gewickelt in seiner Wiege lag, Kathleen in einen tiefen Erschöpfungsschlaf gefallen und die Hebamme sicher nach Hause gebracht worden war, gelang es Mai, ihre Besorgnis, die sie ab den ersten Wehen gequält hatte, zu überwinden.

Mit einem Blick auf die friedlich schlafende junge Mutter und den Säugling drehte sie die Lampe aus und verließ auf Zehenspitzen das Schlafzimmer.

Ben erwartete sie bereits an der Tür. »Schläft sie?«, fragte er und spähte über Mais Schulter hinweg in den dunklen Raum.

»Ja«, flüsterte Mai und legte einen Finger an die Lippen. »Sie ist völlig erschöpft – was sie jetzt am meisten braucht, ist viel Ruhe.«

»Heißt das, ich darf nicht einmal zu ihr?«, fragte Ben enttäuscht.

»Nur einen Augenblick«, gab Mai nach. »Aber sie schläft, und du solltest sie nicht stören.«

Ben rieb sich die Augen und sah zum langsam heller werdenden Himmel hinauf, an dem pinkfarbene Wolkenbänder erschienen, um den neuen Tag zu begrüßen. »Es ist sowieso bald Zeit, an die Arbeit zu gehen. Ich lasse Henry ausnahmsweise ausschlafen.«

Wiremu wimmerte, und Mai nahm ihn auf den Arm, bevor er Kathleen mit seinem Geschrei aufwecken konnte. Sie schob ihre Tunika hoch, legte ihn an die Brust und lächelte ihm erschöpft zu, als er ihre Brustwarze umfing und hungrig zu saugen begann. Sie streichelte sein dichtes rotes Haar und lauschte seinem zufriedenen Schmatzen.

Noch nie war ihr das Leben so viel versprechend erschienen. Und doch blieb eine nagende Furcht, die tief in ihrem Inneren schlummerte und sie daran hinderte, wahren Frieden zu empfinden.

Kapitel 37

Beim Anblick des mageren Geldbetrags auf dem Tisch fühlte sich Henrys Magen flau an. Es würde kaum reichen, um die monatlich anfallenden Rechnungen zu bezahlen, von der Rückzahlung von Bens Darlehen ganz zu schweigen.

Anfangs war das Geschäft sehr gut gelaufen, doch in den vergangenen drei Monaten waren die Einnahmen immer geringer geworden. Seit Mai bei ihm war und mit ihm lebte, um die Wahrheit zu sagen. Er hatte die üblen Nachrichten von ihr fern gehalten, da er fürchtete, sie würde ihn verlassen, wenn sie Bescheid wüsste.

Die boshafte Sarah Bennett mit ihrer scharfen Zunge – bis zu Mais Auftauchen eine gute Kundin – hatte in hohem Maß zum Ausbleiben der Kundschaft beigetragen. Sie hatte Gerüchte über mit Käfern verseuchtes Mehl, schlecht schmeckenden Tee und Stärke in die Welt gesetzt, die nicht einmal eine Leiche steif werden lasse, geschweige denn einen Kragen. Außerdem sei ihr nach dem Genuss eines Schinkens, den sie bei Bramwell's gekauft habe, übel geworden. Sie behauptete, die Chinesin sei nicht sauber, und was könne man anderes erwarten als Magenbeschwerden und Krankheiten, wenn man sich mit diesen Leuten einlasse? Zu viele Kunden hatten ihr geglaubt und waren scharenweise davongelaufen.

Henry hatte sie wegen ihrer Lügen zur Rede gestellt, aber natürlich hatte sie alles abgestritten. Und schuld daran war einzig und allein ihre Eifersucht auf Mai. Obwohl Sarah Bennett einen guten Ehemann besaß, hatte sie sich nach der Eröffnung des Ladens als echte Nervensäge erwiesen. Ständig hatte sie sich im Laden herumgedrückt, war unter den durchschaubarsten Vorwänden vorbeigekommen und hatte Henry mit glasigen Kuhaugen angegafft, bis er sie am liebsten mit einem Besen hinausgescheucht hätte. Was er natürlich nicht getan hatte. Zahlende Kunden mussten mit Respekt behandelt werden, ob sie ihn nun verdienten oder nicht. Doch mittlerweile wünschte er, er hätte die Tür verriegelt, als sie das erste Mal davor gestanden hatte.

Hinzu kam, dass Mai sich seit Wochen nicht wohl fühlte. Die erste Zeit nach Wiremus Geburt war es ihr ausgezeichnet gegangen, doch dann hatte sie zunehmend krank ausgesehen, und er hatte schon mehrere Male gehört, wie sie sich übergeben hatte. Sie behauptete, es gehe ihr gut, doch sie gehörte nicht zu den Frauen, die sich von Übelkeitsanfällen unterkriegen ließen. Sie würde immer weitermachen, wie schlecht sie sich auch fühlen mochte.

Er wandte sich wieder den Zahlen im Kassenbuch zu. Bevor die Geschäfte abgeflaut waren, sodass für ihn und seine Familie nichts übrig blieb, war es ihm gelungen, Ben einen beträchtlichen Teil des Darlehens zurückzuzahlen. Wäre es so weitergegangen, hätte ihm der Laden in ein paar Monaten gehört – aber so?

In der Hoffnung auf ein Wunder zählte er die Zahlen noch einmal zusammen. Doch wie befürchtet stand am Ende der Rechnung dieselbe, wenig erfreuliche Summe.

Es war zum Verzweifeln. Doch wenn Ben bereit war, noch eine Weile auf den Rest seines Geldes zu warten, und er umsichtig mit der Bestellung neuer Waren vorging, konnte er es schaffen. Und in der Zwischenzeit entspannte sich die Situation vielleicht ein wenig.

Er schlug das Buch zu, als Ben einen Stuhl heranzog und sich hinsetzte.

»Ich wollte gern etwas unter vier Augen mit dir besprechen, Henry«, sagte er leise mit einem kurzen Blick zu Mai und Kathleen, die vor dem Herd saßen und Höschen für die Babys nähten.

Henry grinste. Anfangs war Kathleen entsetzt über die eigentümlichen Windelhöschen gewesen, die Mai für Wiremu benutzte. Sie hatte eine davon in die Höhe gehalten und die Finger durch den Schlitz auf der Rückseite geschoben. »Bist du sicher, er hinterlässt nicht überall im Haus Pfützen und Häufchen, wenn du seinen Hintern nicht bedeckst?«, hatte sie gefragt und missbilligend mit der Zunge geschnalzt. »Wozu sollen Windeln mit einem Loch gut sein?« Doch als sie gesehen hatte, wie Mai Wiremu hochhielt, sodass er seine Notdurft verrichten konnte, hatte sie ihre Meinung schnell geändert. Und er hatte noch kein einziges Mal etwas auf dem Boden hinterlassen.

»Was kann ich für dich tun?«, erkundigte sich Henry im Plauderton.

Ben trommelte mit den Fingern auf die Tischplatte und starrte auf das Kassenbuch.

Henry spürte eine Verlegenheit, eine Barriere, die sonst niemals zwischen ihnen bestand. Sein Instinkt sagte ihm, dass Ben keine guten Nachrichten für ihn hatte.

»Henry, du erinnerst dich doch bestimmt, wie ich …« Ben hörte mit dem nervtötenden Trommeln auf und fummelte stattdessen an dem Kassenbuch herum. »… wie ich dir gesagt habe, es hätte keine Eile, mir das Geld zurückzuzahlen, das ich dir für den Laden geliehen habe?«

Das war eindeutig nichts, was Henry in diesem Augenblick gern hören wollte.

»Kathleen und ich haben beschlossen, dass es an der Zeit ist, weiterzuziehen, aber ich habe ein schlechtes Geschäft gemacht und eine beträchtliche Summe dabei verloren.« Ben schaute Henry in einer stummen Bitte um Verständnis in die Augen. »Ich bin nicht völlig pleite, keine Sorge. Noch habe ich genug Geld für die Überfahrt nach Amerika und ein bisschen, damit wir die erste Zeit irgendwo unterkommen, aber ich habe vor, mein eigenes Geschäft zu gründen.« Er hielt inne und sah so elend aus, wie Henry sich fühlte. »Ich brauche das Geld früher als ich dachte.«

Nun, da sich seine schlimmsten Befürchtungen bewahrheitet hatten, fühlte Henry sich seltsamerweise besser. Er hatte sogar Mitleid mit Ben, der vor ihm saß und aussah, als wäre er am liebsten hunderte Meilen von diesem Ort entfernt.

»Es tut mir wirklich schrecklich leid. Ich weiß, dass es im Moment nicht besonders gut läuft«, fuhr Ben fort und senkte mit einem Blick in Mais Richtung die Stimme.

»Aber ich muss dir leider sagen, Henry, dass es Mai ist, gegen die die Kunden sich wehren. Sie ist ein gutes Mädchen, aber sie wird dich ruinieren. Nicht mal ihre eigenen Leute wollen noch etwas mit ihr zu tun haben, weil sie so große Angst vor diesem Schwein Yan Gar Chan haben.« Er schüttelte den Kopf. »Ich habe dich gewarnt, Henry.«

Henry konnte sich nur zu gut an die Warnung vor all den Monaten im Hibernian Hotel und an Bens Ungläubigkeit erinnern, als er Mai und Wiremu in dieses Haus gebracht hatte. »Um Himmels willen, Mann, benutz deinen Verstand! Sie wird dir nichts als Tränen einbringen!«, hatte er damals gesagt.

»Kannst du es ihr nicht erklären?«, fragte er jetzt. »Sie anderswo unterbringen?«

»Nein!« Henry sprang auf und ließ seine Faust auf den Tisch herabsausen. Kathleen warf Ben einen argwöhnischen Blick zu.

Mais Nadel verharrte in der Luft, als sie überrascht aufschaute.

Mit gerunzelter Stirn warf Ben Mai einen Blick zu, worauf Henry seine Beherrschung wiederfand und sich setzte.

»Nur ein kleiner Flachs unter Männern«, beruhigte er Mai.

»Oh, einen Moment lang dachte ich schon, ihr streitet euch.« Mit einem gutmütigen Achselzucken wandte Mai sich wieder ihrer Näharbeit zu.

»Ich weiß selber, dass Mai der Grund dafür ist, dass wir unsere Kunden verlieren«, erklärte Henry Ben mit ernster Miene, sorgsam darauf bedacht, dass Mai ihn nicht hören konnte. »Aber ich kann sie nicht wegschicken. Es läuft nicht gut, das kann ich dir sagen, aber ohne sie wäre das Ganze unerträglich. Sie und der Junge sind mein Leben.«

»Henry, es ist der einzige Ausweg. Das musst du doch einsehen. Du wirst noch ohne einen Penny enden, und was nützt du ihnen dann noch? Du könntest ihnen Geld geben, sie regelmäßig besuchen. Aber du kannst sie nicht hier behalten. Sobald die Leute merken, dass sie weg ist, kommen sie zurück.«

Beschämt über die Tränen, die ihm in die Augen stiegen, wandte Henry sich ab. Ben brauchte sein Geld. Daraus konnte er ihm keinen Vorwurf machen. Ohne die Hilfe dieses Mannes wäre er niemals so weit gekommen.

»Ich beschaffe dir dein Geld, Ben. Das schwöre ich. Gib mir nur noch ein, zwei Tage Zeit, damit ich mir alles in Ruhe überlegen kann, in Ordnung?«

Sichtlich erleichtert stand Ben auf und nickte Kathleen kurz zu – offenbar als Zeichen, dass er ihm die schlechten Nachrichten überbracht hatte.

Henry lag den Großteil der Nacht wach, und seine Gedanken kreisten unaufhörlich um seine Sorgen. Er schien kaum die Augen geschlossen zu haben, als das Krähen der Hähne in der Nachbarschaft ihn aus dem Schlaf riss und Wiremu lautstark nach seiner Mahlzeit schrie. Mit geschlossenen Augen hievte er sich mühsam aus dem Bett, tappte leise über die Holzplanken und nahm das Baby aus der Wiege.

»Niemand wird dich und deine Mutter zwingen, euer Zuhause zu verlassen, das verspreche ich dir«, erklärte er feierlich.

Behutsam legte er einen Finger auf Mais Wange und wartete, bis sie vollends wach war, ehe er Wiremu in ihre Arme legte.

Seine Schlaflosigkeit hatte ihn einer Lösung ihres Problems näher gebracht. Es war eine Lösung, vor der er sich zwar fürchtete, doch er hatte einen Entschluss gefasst und brannte darauf, ihn in die Tat umzusetzen.

Donald war mittlerweile bestimmt wach. Er würde ihm noch eine Stunde für das Frühstück geben und ihn dann aufsuchen, bevor der Tag irgendwelche Probleme aufwarf, die seine Übellaunigkeit noch verstärken konnten.

Beim Anblick von Donalds miesepetriger Miene hätte Henry am liebsten auf dem Absatz kehrtgemacht. Allein der Gedanke an Mai und Wiremu ließ ihn hineingehen.

»Du bist wohl gekommen, weil du deinen alten Job wieder haben willst, was?«

Henry hatte noch nicht einmal den Tresen erreicht. Jimmy, der damit beschäftigt war, seine Schürze zu binden, hatte ihn kaum beachtet, sondern ihn nur mit einem knappen Nicken begrüßt, als er am Ladeneingang an ihm vorbeigekommen war.

»Wir sollten nach hinten gehen«, meinte Donald.

Henry zupfte nervös an der Mütze in seinen Händen und folgte Donald ins Hinterzimmer.

»Du suchst also Arbeit«, stellte Donald mit unübersehbarer Befriedigung fest, setzte sich an den Tisch und bedeutete Henry, es ihm gleichzutun.

»Nicht unbedingt …«, erwiderte Henry stockend. Er verabscheute jede Sekunde dieses Gesprächs. Ihm fiel auf, wie schmal das Gesicht des Älteren geworden war. Regelrecht hager, und alles andere sah auch nicht viel besser aus. Seine Jacke hing an ihm herunter und ließ Henry an ein Kartenhaus denken – eine Konstruktion ohne jede Substanz.

»Was dann?«, bellte Donald ungeduldig.

»Ich stecke ein wenig in der Klemme …«, begann Henry.

»Ein wenig in der Klemme? Wie ich höre, steckst du eher in einem riesigen Misthaufen.«

Die Härchen in Henrys Nacken richteten sich auf. Er sah Donald ins Gesicht und sehnte sich voller Inbrunst danach, ihm zu sagen, er habe es sich anders überlegt, und Donald solle sich zum Teufel scheren, aber der Gedanke daran, Mai und Wiremu zu verlieren, hielt ihn davon ab. Er musste diese Anflüge von Selbstsucht ignorieren, wenn er seinen Kopf über Wasser halten, seinen Laden retten und seine Familie zusammenhalten wollte.

»Sie sind sehr gut informiert.«

»Aye, das bin ich. Auch wenn man nicht allzu schlau sein muss, um das erkennen zu können.«

»Sie … Sie könnten nicht …«

Donald lehnte sich auf seinem Stuhl zurück und kreuzte die Arme vor der Brust.

Dieser alte Mistkerl genießt das Ganze, dachte Henry mit wachsender Abneigung angesichts des befriedigten Ausdrucks auf Donalds Gesicht.

»Komm schon, Freundchen, raus damit. Ich hab nicht den ganzen Tag Zeit, hier herumzusitzen und zu plaudern. Und wenn ich sie hätte, würde ich sie ganz bestimmt mit zahlenden Kunden verbringen.«

»Ich brauche ein Darlehen.«

Donalds Miene blieb unverändert. Er lachte Henry auch nicht ins Gesicht, wie er es halb befürchtet hatte. Henry schöpfte neuen Mut und räusperte sich. »Wie Sie ja offenbar schon wissen, läuft das Geschäft im Moment nicht besonders. Einige Kunden mögen Mai nicht. Ben – Mr Corbett – geht mit seiner Frau nach Amerika und will das Geld zurück, das er in meinen Laden investiert hat. Ich kann es aber nur bezahlen, wenn ich wieder auf die Beine komme.«

Henry sprach schnell, als unterstreiche dies die Ernsthaftigkeit seines Anliegens, doch im nächsten Augenblick hätte er sich am liebsten einen Tritt verpasst, denn ihm wurde bewusst, dass er Donald viel mehr erzählt hatte als beabsichtigt.

Donald verschränkte die Finger und starrte gen Himmel.

Dieser Mann schert sich keinen Pfifferling um meine Sorgen, dachte Henry und stand auf. Er fühlte sich gedemütigt. »Wie ich sehe, sind Sie nicht interessiert. Tut mir leid, wenn ich Sie belästigt habe.«

»Setzen dich hin, du Narr!«, befahl Donald brüsk.

Henry gehorchte.

»Ich kann dir das Geld nicht geben. Es würde nichts bringen.« Er hob die Hand, um Henry, der zum Protest ansetzte, Einhalt zu gebieten. »Aber ich kann dir einen Job anbieten.«

Genau das hatte Henry befürchtet, deshalb überraschte ihn Donalds Vorschlag nicht. Aber er war entschlossen gewesen, zuerst zu versuchen, ein Darlehen zu bekommen. Und versucht hatte er es wenigstens.

»Wann soll ich anfangen?«, fragte er, und seine Stimme versagte bei der Vorstellung, wie Bramwell's geschlossen und die restlichen Waren verkauft wurden, um die Kreditgeber davon zu bezahlen.

»Nicht so schnell, mein Freundchen. Da gibt es noch ein, zwei Dinge zu besprechen, bevor wir dazu kommen.«

»Was für Dinge?«

Donald öffnete den Mund, um etwas zu sagen, doch stattdessen wurde er von einem heftigen Hustenanfall geschüttelt. Er zog ein Taschentuch heraus und keuchte. »Ich meine …«, japste er mit dunkelrotem Gesicht, »… ich meine, du musst die Chinesin wegschicken. Ich hab versucht, dich zu warnen, du junger Narr, aber du wolltest ja nicht auf mich hören.«

»Gehen Sie zum Teufel!« Henry sprang auf. »Behalten Sie Ihren Job. Ich werde schon einen anderen Weg finden!« Er stürmte hinaus und wäre um ein Haar mit dem neugierigen Jimmy zusammengestoßen, der offenbar an der Tür gelauscht hatte.

»Henry! Komm zurück. Hör mir doch zu!«

Henry blieb stehen und sah Donald an. »Wenn es nach mir geht, können Sie in der Hölle verrotten!«, rief er, und seine Stimme war heiser vor Enttäuschung und Wut.

Kapitel 38

Vor Bramwell's blieb Henry einen Augenblick stehen und sammelte sich. Er wollte nicht, dass Mai ahnte, dass etwas nicht stimmte.

Über eine Stunde verging, ehe ein Kunde den Laden betrat. Es war Hugh Doherty, der Besitzer des Victoria Hotels, der hereinkam.

»Bitte ein paar von Keatings Hustenpastillen, Henry«, meinte er und sah sich in dem leeren Laden um. »Nicht viel los heute.«

Henry, der den ohnehin makellos sauberen Tresen abgewischt hatte, hielt inne und schob Hugh Doherty die Hustenpastillen hin. »Das weiß ich selber!«

»Kein Grund, gleich so schnippisch zu werden, Mann. Es gibt Läden, wo man sich freuen würde, wenn ich etwas kaufe.«

»Tut mir leid, Hugh«, meinte Henry und hätte sich für seine Unhöflichkeit am liebsten geohrfeigt. »Mir geht einiges im Kopf herum, aber es gibt keinen Grund, es an Ihnen auszulassen.«

»Entschuldigung angenommen. Läuft das Geschäft nicht gut?«

Henry zögerte. Niemand mag einen armen Lebensmittelhändler, hatte Donald immer gesagt. Die Kunden blieben aus, wenn sie spürten, dass einen das Glück verlassen hatte. Aber die Leute mussten schon dumm und blind sein, wenn ihnen nicht auffiel, dass Bramwell's in Schwierigkeiten steckte.

Er nickte.

»Das Chinesenmädchen?«

Mit finsterer Miene wandte Henry Hugh Doherty den Rücken zu.

»Nur die Ruhe, Mann, ich bin nicht hergekommen, um Ihnen zu sagen, was Sie tun sollen. Das wissen Sie ohnehin schon. Und es gibt viele hier, die es Ihnen mit dem größten Vergnügen sagen würden, wenn dem nicht so wäre.«

»Ich werde Mai und meinen Jungen nicht im Stich lassen, was auch passiert.«

Hugh nahm seine Pastillen. »Es ist Ihre Entscheidung. Und Sie waren immer fair zu mir, Henry, deshalb werde ich auch nirgendwo anders einkaufen. Mai ist eine gute Frau, welche Hautfarbe sie auch haben mag.«

Hughs Belehrungen machten Henry wütend, auch wenn ihm klar war, wie gut sie gemeint waren. Doch es brachte nichts, den Mann anzufahren. Noch einen wertvollen Kunden zu verlieren, war das Letzte, was er jetzt gebrauchen konnte. Also verkniff er sich eine bissige Erwiderung. »Danke, Hugh. In einer Zeit wie dieser bin ich Ihnen mehr als dankbar dafür.«

Hugh war der einzige Kunde an diesem Morgen. Abgesehen von Sarah Bennett natürlich. Henry hätte sie am liebsten weggeschickt, zurück zu ihren Freundinnen, diesen naseweisen Klatschbasen. Doch er wusste, dass er es sich nicht leisten konnte, auch nur einen zahlenden Kunden zu verlieren.

Ihre Augen schweiften durch den Raum. Ihnen entging nichts. Henry kam fast die Galle hoch, als sie demonstrativ die Regale anstarrte, wo die Flaschen und Schachteln so angeordnet waren, dass die halb leeren Regale möglichst voll wirkten.

»Sie räumen wohl gerade Ihre alten Waren aus, wie, Henry?«, fragte sie mit funkelnden Augen.

»So in der Art, Mrs Bennett. Ich habe meinen Laden gern sauber und ordentlich«, erwiderte Henry und widerstand dem Drang, die Frau dorthin zu wünschen, wo der Pfeffer wächst.

»Mr Corbett ist heute gar nicht hier, wie ich sehe.« Sie drehte sich um und ließ den Blick langsam durch den Laden wandern. »Andererseits muss er das ja auch nicht, oder? Das Geschäft floriert in letzter Zeit nicht gerade, wie?«

»Was wollten Sie denn haben, Mrs Bennett?«

»Oh! Etwas Tee – das heißt, wenn Sie noch welchen auf Lager haben.«

Henry stellte ein Päckchen auf den Tresen.

Sie sah enttäuscht drein, bekam sich jedoch augenblicklich unter Kontrolle und warf ihm ein hinterhältiges Lächeln zu.

»Ihre Frau … tut mir leid, ich meinte Mrs Yan – oder Madam Yan?« Sie neigte den Kopf und blickte ihn mit Unschuldsmiene an, als denke sie ernsthaft über diese Frage nach. »Sie ist heute wohl auch nicht da? Sie ist doch nicht etwa krank, oder?«

»Sie ist hier. Genauso wie jeden Tag, danke.« Er schob ihr das Päckchen Tee hin, kehrte ihr den Rücken zu und fuhr fort, die Regale abzuwischen, bis er sie gehen und die Tür ins Schloss fallen hörte.

»Dieses neugierige Weibsbild soll verdammt sein!«, knurrte er, als er sah, dass der Tee noch immer auf dem Tresen stand.

Den ganzen Tag grübelte er über seine missliche Lage nach, doch wie er es auch drehte und wendete – wenn er das Geschäft ankurbeln wollte, musste er Mai und seinen Sohn fortschicken. Und das war etwas, was er niemals tun würde.

Den Laden zu schließen, würde bedeuten, Schulden zu hinterlassen. Er wand sich bei der Vorstellung, sich klammheimlich aus der Stadt zu stehlen und sie nie wieder hoch erhobenen Hauptes betreten zu können. Er beugte sich über den Tresen und starrte gedankenverloren auf den blanken Fußboden. Betrübt bemerkte er, wie viel größer der Laden ohne die Waren wirkte, die hier normalerweise den meisten Raum einnahmen.

Es musste doch eine Möglichkeit geben, das Problem zu lösen, ohne den Laden aufzugeben und Mai und Wiremu wegzuschicken. Doch sein Verstand sagte ihm etwas anderes. Das waren seine Alternativen. Und ein Leben ohne Mai und Wiremu war ausgeschlossen. Also war es lediglich eine Frage der Zeit, bis er den Mut aufbrachte, sich bei Nacht und Nebel davonzumachen.

An diesem Abend brachte Ben erneut das Thema Geld zur Sprache.

»Bist du zu einem Entschluss gelangt, was du tun willst, Henry?«

Henry sah zu Mai hinüber, um zu sehen, ob sie zuhörte, doch sie und Kathleen waren in ihre Näharbeit vertieft und plauderten.

»Inwiefern?«, fragte Henry. Er wusste zwar nur zu gut, worauf Ben mit seiner Frage abzielte.

Doch ein boshafter Zug hatte sich bemerkbar gemacht, und er gelangte zu dem Entschluss, es Ben nicht ganz so einfach zu machen.

»In Hinblick auf das Darlehen«, erwiderte Ben ohne Umschweife. Offensichtlich hielt er es, nachdem er das Thema einmal auf den Tisch gebracht hatte, nicht länger für nötig, sich Gedanken um Henrys Gefühle zu machen, obwohl er nur zu gut wusste, dass dieser weder Geld noch die Aussicht hatte, welches aufzutreiben.

Er sah, wie Ben und Kathleen einen besorgten Blick tauschten, und schluckte seinen Widerwillen hinunter. Ben hatte ihn in einer Zeit unterstützt, als kein anderer es getan hatte, und schließlich war es sein Geld. Er wollte nur zurückhaben, was ihm von Rechts wegen zustand.

»Ich habe den ganzen Tag an nichts anderes gedacht«, erklärte Henry wahrheitsgemäß, brachte es jedoch nicht übers Herz, seinem Freund in die Augen zu sehen. »Gib mir noch Zeit bis Samstag, okay?«

»Natürlich, Henry.« Er gab Henry einen freundschaftlichen Schlag auf den Rücken und nickte Kathleen zu.

»Gehen wir zu Bett?«, frage sie und legte ihre Näharbeit säuberlich zusammen.

Henry überschlug rasch im Kopf. Bis Samstag waren es noch fünf Tage. Damit hätte er Ben lange genug vom Hals, um alles in die Wege zu leiten. Eines Nachts, während Ben und Kathleen schliefen, konnten er und Mai sich davonstehlen. Er ließ sie ja nicht wirklich im Stich, beruhigte er sich selbst. Ben und Kathleen konnten den Laden übernehmen, bis sie ihr Geld wiederbekamen. Das würde zwar bedeuten, dass sie noch länger würden warten müssen, bis sie nach Amerika aufbrechen konnten, aber ohne ihn und Mai, die die Kunden vertrieb, hatte Ben gute Chancen, das Geschäft wieder in Gang zu bringen.

Er könnte mit Mai und Wiremu zurück nach Charleston gehen – Poppys letztem Brief zufolge hatten sie offenbar immer noch Probleme, Dienstboten zu finden –, doch die Vorstellung, dass seine Schwester und sein Schwager erfuhren, wie jämmerlich er versagt hatte, war schier unerträglich. Insbesondere nachdem er erst so mit seinem Glück geprahlt hatte. Also würden sie nach Christchurch gehen.

Er musste sich also nur noch überlegen, welche Nacht sie für ihre Flucht wählten. Doch er würde Mai erst in letzter Minute in seine Pläne einweihen.

Er verbrachte eine weitere schlaflose Nacht. Auch die Wärme von Mais zusammengerolltem Körper neben ihm spendete ihm nur wenig Trost. Lange vor den anderen stand er auf und machte sich an die Arbeit. Er wischte den makellosen Boden für die Kunden auf, die niemals kommen würden, arrangierte die Flaschen und Schachteln, sodass die Lücken in den Regalen nicht so auffielen. Er arbeitete wie in Trance, sorgsam darauf bedacht, seine Gedanken von dem abzulenken, was vor ihm lag.

Wenigstens wäre der Laden makellos sauber für Ben und Kathleen. In diesem Punkt könnten sie sich nicht beschweren. Er hatte beschlossen, dass er und Mai gleich heute Nacht aufbrechen würden. Sie würden eine Stunde warten, nachdem Ben und Kathleen zu Bett gegangen waren, und sich dann auf den Weg machen.

Doch im Lauf des Vormittags betraten plötzlich nicht nur alte und neue Kunden den Laden, sondern kauften auch etwas. Henry hatte alle Hände voll zu tun – und war höchst erfreut darüber, obwohl viele von ihnen äußerst missmutig waren und sich lautstark über die mangelnde Auswahl beschwerten, die er seinen leeren Lagern zu verdanken hatte.

Mai passte auf die beiden Kinder auf, während Kathleen im Laden half und Ben sich eilig auf den Weg nach Hokitika machte, um neue Waren einzukaufen.

Das Geschäft lief den ganzen Tag über weiter. Henry hatte nicht die leiseste Ahnung, was diese Wendung ausgelöst hatte. Ihm war klar, dass das Geschäft ebenso schnell wieder verebben konnte, dennoch beschloss er, mit ihrer Abreise noch ein paar Tage zu warten. Auf diese Weise konnten er und Mai zumindest mit vollen Taschen aufbrechen. Ein Mann musste seine Familie schließlich ernähren, und jeder Shilling bedeutete eine Mahlzeit für den Kleinen und vielleicht etwas, um seine Schulden bei Ben abzuzahlen.

Wider Erwarten hielt die positive Entwicklung des Geschäfts auch in den folgenden Tagen an. Die Kunden kamen und kauften – und waren damit die Rettung von Bramwell's Store.

»Könnte ich dir dein Geld wohl erst am Ende des Monats auszahlen, Ben?«, fragte Henry am Freitagabend nach dem Essen.

»Also doch keine Flucht bei Nacht und Nebel?«

Henrys Wagen brannten. »Flucht …?«

»Schon gut, Henry, du brauchst mir nichts mehr vorzuspielen.«

Henry wand sich unter Bens wissendem Grinsen. »Ich … äh … du und Kathleen, ihr hättet nichts zu befürchten gehabt, Ben. Du hättest dein Geld zurückbekommen.« In diesem Moment kam ihm ein Gedanke. »Aber woher wusstest du, dass ich vorhatte, zu verschwinden?«

»Kathleen und ich konnten uns nicht vorstellen, wie du es anstellen wolltest, das Geld bis morgen zurückzuzahlen.« Er lachte leise. »Ich habe nur geraten, und gerade eben hast du mir bestätigt, dass ich richtig lag.«

Am liebsten wäre Henry im Boden versunken. Er spürte, wie die Röte seines Gesichts bis in die Ohrenspitzen stieg.

»Wie gesagt, Ben, ohne Mai und mich hättest du dein Geld auf jeden Fall bekommen. Ich wollte dich nicht betrügen. Wirklich nicht.«

»Das brauchst du mir nicht zu erzählen, Henry. Ich hätte an deiner Stelle genauso gehandelt.« Grinsend verpasste er Henry einen Knuff auf den Arm. »Nur dass ich es wahrscheinlich schon früher getan hätte.«

Die Stimmung im Haus hellte sich angesichts der florierenden Geschäfte merklich auf. In der dritten Woche lief Henry auf der Straße Jimmy Edwards in die Arme.

»Henry, wie geht's? Wie läuft das Geschäft?«, erkundigte sich Jimmy mit einem Lächeln auf seinem rosigen Gesicht und schüttelte Henry die Hand.

»Ging mir nie besser, Jimmy, ging mir nie besser«, erklärte Henry. »Donald spürt bestimmt die Einbußen im *Emporium.* Ich habe gemerkt, dass einige seiner alten Kunden jetzt zu uns kommen.«

Jimmys Lächeln erlosch. »Es geht ihm nicht gut, Henry. Vielleicht besuchst du ihn ja mal. Ich weiß, dass er sich freuen würde, dich zu sehen.«

»Mag sein, Jimmy, aber wenn es ihm nicht gutgeht, ist das nicht meine Sorge. Er ist ein missmutiger alter Kerl, der sich geweigert hat, mir zu helfen, so lange ich Mai und Wiremu nicht wegschicke.«

»Er hat nur versucht, dir einen guten Rat zu erteilen. Er weiß, dass einige Leute etwas gegen die Chinesin haben, und wollte nicht, dass du deswegen leiden musst. Und nach all dem, was er mit seiner Frau erlebt hat, glaubt er eben, es sei nicht gut, das Blut zu mischen. Die Kluft zwischen den Leuten sei zu groß. Er hat immer nur das Beste für dich gewollt.«

»Pah! Das bezweifle ich. Er ist ein selbstgerechter alter Teufel, das ist er. Aber ich habe es ihm gezeigt. Als ich ihn darum gebeten habe, wollte er mir nicht helfen, und jetzt brauche ich seine Hilfe nicht mehr. Bramwell's Store läuft auch ohne das Zutun dieses alten Mistkerls, *und* ich habe es geschafft, ihm die Mehrzahl seiner Kunden abzuknöpfen.«

Jimmys Augen funkelten vor Wut. »Manchmal bist du dermaßen arrogant und von dir eingenommen, dass ich dir am liebsten eine Ohrfeige verpassen würde!«

Henry blinzelte ungläubig. Es brauchte schon eine Menge, um den gutmütigen Jimmy so aufzubringen.

»Nur die Ruhe, Jimmy. Steht es mir denn nicht zu, ein bisschen zu triumphieren? Bin ich nicht ohne die Hilfe dieses alten Teufels aus meinem Rattenloch gekrochen?«

»Du bist ein selbstsüchtiger Mistkerl, Henry.« Jimmy schien noch etwas auf der Zunge zu liegen, doch als er sich umdrehte, bemerkte er den hageren, abgezehrten Donald im Türrahmen des *Emporium*-Ladens.

Mit einem knappen Nicken ging er davon. Henry verspürte einen Anflug von Neid, als Donald Jimmy die Hand auf die Schulter legte. Es war eine väterliche Geste, die früher stets ihm vorbehalten gewesen war. Und die er heute schmerzlich vermisste.

Kapitel 39

»Ich schreibe, sobald wir uns niedergelassen haben, Henry.«

»Das solltet ihr auch. Wir erwarten regelmäßig Nachrichten über euch beide und den kleinen Patrick Corbett.«

»Und passt gut auf euch auf«, mahnte Kathleen mit heiserer Stimme.

Henrys Augen wurden feucht. Er hatte Wiremu auf dem Arm, während Mai Kathleen und Patrick in die Arme nahm. Die Frauen hatten Tränen in den Augen, und Henry musste sie mit sanfter Gewalt trennen, als Ben die Hand ausstreckte, um Kathleen in den Einspänner zu helfen.

Trotz des Geschäfts herrschte am nächsten Tag ohne die Corbetts eine eigentümliche Stille im Laden. Henry nutzte eine kurze Flaute, um die neue Lieferung Gartenwerkzeuge auszupacken, und lehnte einen Spaten, eine Schaufel und eine Harke gegen ein leeres Bierfass, das sie zur Ausstellung der Waren benutzten. Er trat zurück, betrachtete sein Werk und rückte den Spaten zurecht. Beim Gedanken, wie nahe er dran gewesen war, alles hinzuwerfen und den Laden aufzugeben, fühlte er sich wie der glücklichste Mann auf Erden.

Manchmal wunderte er sich noch immer über den plötzlichen Umschwung. Darüber, dass die Kunden ohne jede Vorwarnung wieder aufgetaucht waren und bei ihm einkauften. Auch wenn sie sich ihm gegenüber höchst missmutig und ganz anders als damals nach der Neueröffnung von Bramwell's Store verhielten. Aber so lange sie kamen und ihre Rechnungen bezahlten, störte er sich nicht an ihrer Übellaunigkeit. Vielleicht hatte er Donald den Aufschwung zu verdanken. Ihm war zu Ohren gekommen, dass sich der Mann neuerdings kaum mehr im *Emporium* blicken ließ. Ein Ladenbesitzer konnte es sich nicht leisten, seine Kunden zu vernachlässigen.

Neuerdings half Mai regelmäßig, ohne dass sie dadurch an Geschäft einbüßten. Nur ein Problem trübte Henrys Glück – dass er Mai nicht zu seiner Frau machen konnte. Solange Yan Gar Chan, diese Witzfigur von einem Mann, lebte, würden sie niemals heiraten können.

Er suchte in Hokitika einen Anwalt auf, um sich über eine Scheidung für Mai beraten zu lassen. »Ihre … nun … Gefährtin sollte die Dinge lieber so lassen, wie sie sind, Mr Bramwell«, riet dieser ihm. »Wenn sie einen Antrag auf Scheidung von ihrem Ehemann stellt, könnte er sie sogar wegen böswilligen Verlassens ins Gefängnis sperren lassen.«

Er erzählte Mai nichts davon.

Manchmal hatte er ein schlechtes Gewissen, wenn er an Donald dachte, und wünschte, er wäre bei seiner letzten Begegnung mit Jimmy Edwards nicht so hochnäsig gewesen. Hätte Donald ihm nicht bei seiner Ankunft in Westport geholfen, hätte er in einer üblen Klemme gesteckt – wildfremd in einer Stadt, ohne eine Menschenseele zu kennen und ohne einen Penny in der Tasche.

Seit seinem letzten Zusammentreffen mit Jimmy hatte er auch Donald nicht mehr zu Gesicht bekommen. Henry fragte sich, ob er ihn besuchen sollte, doch sein Stolz – und eine vage Ahnung, dass Donald ihn nicht würde sehen wollen – hielt ihn davon ab, zu dem alten Mann zu gehen. Doch genug der trüben Stimmung, dachte er und lächelte, als Mai den Laden durch den Hintereingang betrat.

»Henry!«, stieß Mai hervor, ohne sein Lächeln zu erwidern. Sie war bleicher als ein Laken und starrte zum Türrahmen des Ladens.

Henry folgte ihrem entsetzten Blick zur Tür und wandte sich um.

Yan Gar Chan stand mit einer Flasche und einem Gewehr in der Hand hinter ihm.

Henrys Herzschlag setzte aus. Wenn er jetzt etwas sagte oder Mai warnte, in Deckung zu gehen, würde dieser Narr wahrscheinlich feuern, und er würde ihn nie im Leben zu fassen bekommen. Er wäre von einem tödlichen Schuss getroffen, noch bevor er auch nur in seine Nähe käme. Schützend trat er vor Mai.

»Nehmen Sie das Gewehr runter. Sie bringen noch jemanden um, wenn Sie nicht aufpassen. Aus diesen Dingern löst sich bei der geringsten Bewegung ein Schuss.«

»Aus dem Weg, dummer weißer Zwerg«, schrie Yan Gar Chan, taumelte auf die sorgfältig aufgereihten Gartengeräte zu und riss sie um. Henry spürte Mais Angst, als sie sich hinter ihm zusammenkauerte, während sich die Furcht in Windeseile durch seine eigenen Eingeweide fraß.

»Ha! Sie halten sich für sehr schlau, einfach mit meiner Frau abzuhauen. Aber Sie sind nicht schlau, sondern ein Narr!«

Yan Gar Chan trat eine Gießkanne beiseite und machte einen Schritt vorwärts. Er kam so nahe, dass Henry zusammenzuckte, als der Gewehrlauf seine Brust berührte.

»Sie haben sich eine Hure ins Haus geholt!«

Henry war außer sich vor Wut. Sein erster Impuls war, Yan Gar Chan mit einem ordentlichen Tritt vor die Tür zu befördern, doch der Mann war eindeutig nicht bei Sinnen. Schon die kleinste Bewegung würde genügen, dass er einen Schuss abfeuerte. Henry zwang sich, ruhig zu blieben, und wartete, dass Yan Gar Chan den ersten Zug machte.

Ohne etwas von dem Drama zu ahnen, das sich im Laden abspielte, kam Hugh Doherty hereingeschlendert. »Schönen guten Tag auch, Henry und Mrs Hen –« Er hielt abrupt inne, als er das Gewehr auf Henry gerichtet sah.

Hughs unerwartetes Auftauchen lenkte Henry für einen Augenblick ab, den Yan Gar Chan nutzte, um einen Satz in Mais Richtung zu machen. Eine ohrenbetäubende Explosion dröhnte in seinen Ohren, dicht gefolgt von einem durchdringenden Schrei. Yan Gar Chan geriet ins Straucheln und fiel zu Boden. Er lag da, die Augen geöffnet, aber leblos.

Mai lag über ihm, reglos und verdächtig still. Blut sickerte auf den sorgsam geschrubbten Fußboden.

Henrys Hände zitterten, als er Mai hochhob und an sich drückte. Er strich ihr übers Haar, stumm und wie betäubt in seinem Kummer, ohne die Menge zu bemerken, die sich allmählich einfand.

»Henry?«, sagte Jimmy Edwards entsetzt und voller Unbehagen beim Anblick von Henrys unverbrämter Trauer. »Soll ich den Doktor holen … oder lieber den Bestatter?«

»Shh, Mann!«, knurrte Hugh leise. »Behalten Sie Ihr Geschwätz über den Bestatter für sich. Das ist das Letzte, was er jetzt hören will. Außerdem hat schon jemand nach dem Doktor geschickt.«

Sarah Bennett, stets auf der Suche nach dem neuesten boshaften Klatsch und angezogen von der Menschentraube vor Bramwell's Store, schob sich unter Zuhilfenahme ihres Regenschirms durch die Menge nach vorn. »Nun, das nenne ich eine Strafe.«

Ein Schluchzen entfuhr Henrys Kehle. Warum konnten sie nicht einfach verschwinden? Ihn in Frieden lassen? Es war alles umsonst gewesen. Am Ende hatte Yan Gar Chan Mai doch bekommen.

»Mai, mein Liebstes«, stöhnte er. »Ich habe dich im Stich gelassen. Ich konnte dich nicht vor diesem Schwein beschützen.«

»Henry, ich bekomme keine Luft«, ächzte Mai mit gedämpfter Stimme an seiner Brust.

»Mai, du lebst!« Unbändige Freude floss durch seine

Adern, als er sie prüfend musterte und sich vergewisserte, dass sie tatsächlich am Leben und kein Geist war, den er kraft seiner Sehnsucht heraufbeschworen hatte. »Ich dachte schon, ich hätte dich verloren!«

»Oh, mein Gott, sie ist von den Toten auferstanden«, japste Sarah Bennett und fiel in Ohnmacht.

»Hier sind ja mehr Leichen als auf dem Friedhof«, grummelte Hugh Doherty, als sich die Menge erneut teilte und der Doktor erschien.

Henry half Mai auf die Füße und drehte sie von Yan Gar Chan weg, als er den langen Stiel der Heugabel bemerkte, der unter dem toten Mann hervorragte. Mit aufsteigender Übelkeit sah er zu, wie der Arzt ihn auf die Seite rollte, sodass die messerscharfen Zinken des Werkzeugs sichtbar wurden, die sich in den Rücken des Chinesen gebohrt hatten.

»Kaum eine Menschenseele dort, wie ich gehört habe«, sagte Hugh Doherty zu Henry über Yan Gar Chans Begräbnis. »Nicht mal seine eigenen Leute haben sich um ihn geschert. Seine Hure hat sich auch nicht die Mühe gemacht, hinzugehen. Ich habe den Großteil des Tages damit zugebracht, sie mit Brandy zu versorgen. Sie hat bis zur Besinnungslosigkeit getrunken und jedem erzählt, der ihr zugehört hat, dieser unzivilisierte gelbe Mistkerl hätte bekommen, was er verdient hat.«

Henry wurde blass.

Hugh schnaubte. »Sie sind zu weichherzig, Henry. Die Frau hatte ein dickes Veilchen. Das hat sie der Faust dieses Dreckskerls zu verdanken, kein Zweifel. Sie hatte Recht. Er hat bekommen, was er verdient.«

Mit Yan Gar Chans Tod war das einzige Hindernis für Henrys und Mais Heirat aus dem Weg. Henry hätte außer sich vor Glück sein sollen, doch stattdessen war er noch Wochen nach dem Begräbnis bekümmert. Und auch Mai war still und nachdenklich. Es war, als trügen sie beide die

Schuld an Yan Gar Chans Tod. Und in der Tat fühlte sich Henry dafür verantwortlich. Hätte er gleich zu Beginn den Mut aufgebracht, sich gegen Fong Hoy zu stellen und auf seiner Heirat mit Mai zu bestehen, hätten sie sich die Qualen des vergangenen Jahres ersparen können.

Wenigstens hatte Mai sich mittlerweile erholt, tröstete sich Henry und winkte ihr zu, als er ihr den Laden überließ, um ihre Tageseinnahmen zur Bank zu tragen.

»He, pass auf, sonst rennst du mich noch über den Haufen«, sagte Jimmy und wich Henry aus.

»Tut mir leid, Jimmy. Wie geht es dir?« Henry schüttelte Jimmy die Hand.

»Besser, nachdem ich jetzt weiß, dass du mich gesehen hast und ich nicht länger Gefahr laufe, über den Haufen gerannt zu werden. Du hast ja einen mächtig kräftigen Händedruck«, murrte Jimmy und bog die Finger durch. »Wie läuft das Geschäft in letzter Zeit?«

»Könnte nicht besser sein.« Henry ließ ein Ledersäckchen vor Jimmys Nase baumeln. »Da drin ist ein Sümmchen, das das Herz eines jeden Bankiers höher schlagen lässt, und genau das werde ich jetzt tun. Donald würde grün vor Neid werden, wenn er das sehen könnte.«

Jimmys fröhliche Miene wurde ernst. »Er ist ein kranker Mann. Ihm einen Besuch abzustatten, wäre das Mindeste, was du tun könntest.«

»Bei unserer letzten Begegnung wollte er mir nicht helfen«, widersprach Henry starrsinnig, kam sich jedoch mit einem Mal seltsam erbärmlich vor und wünschte, er hätte den Mund gehalten.

»Also wirst du Mai demnächst heiraten, wo sie jetzt Witwe ist, ja?«

»Das werde ich. Du kannst zurückgehen und es Donald erzählen. Und wenn du einen neuen Job suchst, bin ich sicher, dass ich etwas für dich tun kann. Das Geschäft im *Emporium* kann dieser Tage nicht besonders gut laufen.«

»Du verdammter Idiot!«, platzte es aus Jimmy heraus.

Entsetzt wich Henry zurück. »Wie hast du mich genannt?«

»Ich sagte, du bist ein verdammter Idiot! Siehst du nicht, was sich direkt vor deinen Augen abspielt?«

»Wovon redest du, Mann?«

»Hast du dir nie überlegt, warum so viele von Donalds Kunden zu dir kommen? Und so plötzlich?«

»Nun ja … ich … ich dachte …«

»Was dachtest du? Dass sie wieder bei dir einkaufen, weil sie dich so gern mögen? Oder weil du so ein kluges Kerlchen bist?« Jimmy zeigte mit dem Finger auf Henry. »Ich sage dir, warum sie wieder zu dir kommen. Weil Donald es ihnen gesagt hat. Deshalb.«

»Wie bitte? Das ist doch Unsinn. Warum sollte er das tun?«

»Weil der arme Teufel väterliche Gefühle für dich empfindet«, erwiderte Jimmy bitter. »Und du hast dir nicht mal die Mühe gemacht, ihn zu besuchen, seit er so krank ist.«

»Aber selbst wenn es so gewesen wäre – dass er den Leuten gesagt hat, sie sollen bei mir einkaufen –, hätten sie das doch nicht getan, nur weil Donald MacKinnon es so will.«

»Nein«, herrschte Jimmy ihn an. »Allerdings nicht. Sie haben es getan, weil er ihnen gedroht hat, sie aus ihren Häusern zu werfen und ihnen ihre Jobs auf seinem Land wegzunehmen, wenn sie deine Chinesin nicht respektieren und in deinem Laden einkaufen. Der arme Teufel ist vom Krebs halb zerfressen. Er stirbt. Und du bist zu selbstsüchtig, um zu ihm zu gehen. Pah! Mit einem Kerl wie dir werde ich mich nicht mehr abgeben!« Jimmy machte auf dem Absatz kehrt und ging davon.

Am liebsten wäre Henry vor Scham gestorben. Donald hatte all das für ihn getan, und er selbst hatte nichts Besseres zu tun gehabt, als ihm seine Großzügigkeit auf diese Weise zu danken. Das war also der Grund gewesen, warum die Kundschaft so unfreundlich gewesen war. Er dachte an die vielen Gelegenheiten, als er sich gefreut hatte, Donald Geschäft weggenommen zu haben …

Mai, die gerade Sarah Bennett bediente, entschuldigte sich und lief auf Henry zu, als er zum Laden zurückkam.

»Henry, du bist ja so blass. Hast du schlechte Nachrichten bekommen?«

»Ich habe einen Schock erlitten, Mai.« Am liebsten hätte er ihr erzählt, wie krank Donald war, doch die Worte wollten nicht an dem Kloß in seinem Hals vorbeidringen. Er wünschte, all das wäre nur ein böser Traum, und ging ins Hinterzimmer.

»Er hat aber gar nicht gut ausgesehen«, bemerkte Sarah, in deren kleinen Knopfaugen neugieriges Interesse aufglomm.

Nachdem Mai sie bedient hatte, eilte sie zu Henry ins Hinterzimmer.

»Ich war blind, Mai, vollkommen blind. Ich habe nicht gesehen, was sich unmittelbar vor meinen Augen abgespielt hat«, sagte Henry, während Mai einen Stuhl heranzog und sich neben ihn setzte.

»Stimmt etwas mit dem Laden nicht? Es läuft alles so gut – es ist doch nichts passiert, oder?«

»Mit dem Laden ist alles in Ordnung.«

Er sehnte sich so sehr danach, Mai seine Dummheit zu beichten, ihr von Donalds Großzügigkeit zu berichten. Aber er hatte ihr nie erzählt, wie schlimm es zuvor um sie gestanden hatte. Wenn er es jetzt täte, wüsste sie zwangsläufig auch den Grund, weshalb die Kunden früher ausgeblieben waren.

Mai sah ihn verwirrt an. »Ich verstehe kein Wort.«

»Donald stirbt«, erklärte Henry und brachte es nicht über sich, in Mais sanfte braune Augen zu blicken, in denen so großes Mitgefühl stand, das er nicht verdiente. »Und ich bin ihm mit einer solchen Geringschätzigkeit begegnet.«

»Henry, du musst zu ihm gehen.«

»Wie könnte ich das? Nach dem, wie ich ihn behandelt habe? Was ich zu ihm gesagt habe? Nein, ich kann ihm nicht mehr unter die Augen treten.«

Mai stand auf, und ein stählerner Ausdruck trat auf ihre mitfühlenden Züge. Plötzlich wurde Henry klar, dass er der Schwächere von ihnen beiden war.

»Du musst es tun, Henry. Und zwar sofort!«

Kapitel 40

HENRY KONNTE NIEMANDEM in die Augen sehen, als er die Straße entlang zum *Emporium* ging, da er sicher war, die Schuld sei ihm mitten ins Gesicht geschrieben. Ehe er den Laden seines alten Freundes betrat, blieb er kurz stehen und betrachtete das Haus. Tiefe Scham erfüllte ihn beim Anblick des vernachlässigten und verwaisten Gebäudes.

»Oh, du hier.«

Beschämt über Jimmys kühle Begrüßung, nahm Henry seine Mütze ab und trat zögernd vor.

Geringschätzung stand in Jimmys Augen, die sonst stets so freundlich funkelten. »Beehrst uns heute wohl mit deinem Besuch, wie? Tja, den kannst du dir sonst wohin schieben.«

»Jimmy, bitte nicht. Egal, was du tust, du kannst mich nicht dazu bringen, dass ich mich noch schlechter fühle, als ich es ohnehin schon tue. Ich hatte keine Ahnung, was Donald vorhatte. Nicht den leisesten Schimmer.«

»Was für eine lahme Ausrede! Donald hat dir in der Vergangenheit schon oft genug geholfen, nicht erst durch seine letzte Tat. Du solltest dich schämen. Du wusstest, dass er krank war, und hättest ihn schon viel früher besuchen müssen.«

»Ich weiß.« Henry senkte den Kopf. »Sagst du ihm wenigstens, dass ich hier war?«

»Oh, das kannst du ihm selber sagen.«

»Bist du sicher?«

»Ja, aber ich kann dir keine Garantie dafür geben, welchen Empfang er dir bereitet.«

»Dann gehe ich jetzt ins Hinterzimmer zu ihm.«

»Bitte.«

Henry schob sich an Jimmy vorbei und fürchtete beinahe, der kleine Mann könnte ausholen und ihm einen Tritt verpassen. Er hätte ihm noch nicht einmal einen Vorwurf daraus machen können.

Sein Herz zog sich schmerzhaft zusammen, als er Donald sah. Der Mann schlief tief und fest. Eine Hand ruhte unter seinem Kinn, die andere lag auf der gesteppten Decke. Seine einst so großen und kräftigen Hände waren knochig, und die Venen traten wie ein Geflecht aus blauen Flüssen unter der durchsichtigen Haut hervor. Sein Gesicht, wächsern unter dem dichten grauen Haar, sah aus wie der Schrumpfkopf eines Eingeborenen.

Donald schlug die Augen auf und versuchte sich aufzusetzen. »Steh doch nicht da herum. Hilf mir, du elender, nutzloser Fettkloß.«

»Natürlich.« In seinem Eifer wäre Henry um ein Haar gestolpert, als er ans Bett eilte, die Arme um Donald legte und ihn aufrecht hinsetzte.

»Sachte, Freund, sachte. Ich bin kein Holzklotz.«

Henry verfluchte sich im Geiste für seine Unbeholfenheit, schüttelte Donalds Kissen auf, stopfte es dem alten Mann in den Rücken und drückte ihn sanft zurück.

»Und was führt dich hierher?«, wollte Donald wissen, während sich seine Brust unter der Anstrengung des Sprechens hob und senkte. »Bist hergekommen, um mit deinem Glück zu prahlen, das du jetzt auf deiner Seite hast, wie?«

»Großer Gott, Donald, nein, niemals.«

»Kannst aufhören, den Namen des Herrn zu missbrauchen – aber da ich ihm sowieso bald selber gegenüberstehe, kann ich ihm deine Entschuldigungen dafür überbringen, dass du es getan hast.«

»Ich habe erst jetzt erfahren, dass es Ihnen nicht sehr gut geht.«

Donald ließ ein raues Lachen hören. »Nicht sehr gut? Aye, nun, ich schätze, so kann man es auch ausdrücken. Aber wenn du hergekommen bist, um auf meinem Grab zu tanzen, bist du ein bisschen früh dran. Noch hab ich ein oder zwei Kunden. Und so lange ich noch einen einzigen Atemzug tun kann, werde ich die auch nicht gehen lassen.«

»Hören Sie auf, Donald! Ich weiß, was Sie getan haben. Jimmy hat es mir erzählt. Sie haben Ihre Mieter und Arbeiter gezwungen, bei mir einzukaufen. Sie sind ein alter, weichherziger Narr! Ich weiß nicht, was ich sagen soll.«

»Ein verdammter Narr mit einer großen Klappe«, japste Donald und wurde sogleich von einem so heftigen Hustenanfall geschüttelt, dass Henry fürchtete, er könnte ihn nicht überleben. Er setzte ihn aufrecht hin, sorgsam darauf bedacht, keinen unnötigen Druck auf sein wundes Fleisch auszuüben, und wartete, bis er wieder zu Atem kam, ehe er ihn in die Kissen zurückdrückte.

»Setz dich hin, Junge.«

Henry zog einen Stuhl neben das Bett und setzte sich. Wie schaffte Donald es, für sich zu sorgen? Es sah nicht so aus, als könne er das Bett verlassen, ganz zu schweigen davon, den Haushalt zu erledigen. »Donald, wie um alles in der Welt kommen Sie hier zurecht?«

Donald stützte sich auf einen Ellbogen und deutete in Richtung Laden. Doch selbst diese winzige Bewegung ließ ihn außer Atem geraten. Er seufzte, und ein resignierter Ausdruck trat auf seine Züge. »Jimmy wohnt jetzt hier. Er ist ein echter Segen für mich, dieser Jimmy.«

»Ich sollte hier sein und mich um Sie kümmern«, sagte Henry zutiefst beschämt.

»Aye, da hast du ausnahmsweise mal Recht«, gab Donald zurück, während seine Lider schwerer wurden.

Henry schluckte. Die unverblümte Antwort war genau das, was er verdiente.

Donald schlief wieder ein, sodass sich jede weitere Unterhaltung erübrigte.

Nach diesem Besuch sah Henry jeden Tag vorbei, um sich um Donald zu kümmern, während Jimmy zu Bramwell's ging, um Mai zu helfen. Im Lauf der folgenden Wochen besserte sich Donalds Zustand ein klein wenig. Voller Freude registrierte Henry, das seine Wangen etwas voller wurden und seine Stimme weniger heiser klang.

»Und wie geht es deiner Frau?«, erkundigte sich Donald eines Tages.

»Mai?«

»Wie viele Frauen hast du denn?«

»Gar keine. Wir sind noch nicht verheiratet.«

»Und du hast schon einen gesunden, prächtigen Sohn? Findest du nicht, es wäre klug, dem Mädchen einen Ring an den Finger zu stecken, bevor dein Sohn alt genug ist, um selber zu heiraten?«

»Sie hätten also nichts dagegen, wenn wir heiraten?«

»Ich? Etwas dagegen haben? Was um alles in der Welt hat das mit mir zu tun? Du bist ein erwachsener Mann, Sohn. Nicht mich solltest du fragen, sondern das Mädchen selber.«

»Genau, ich gehe sofort los und frage sie.«

»Nicht fragen, mein Freund. Es ihr *sagen.*«

Henry lachte leise. »Oh, aye. Das werde ich.«

»Du kleiner Lümmel«, sagte Donald und streckte spielerisch die Hand nach Henrys Ohr aus. »Wird langsam Zeit, dass du die beiden herbringst, damit sie einen Mann zu Gesicht bekommen, bevor er tot und begraben ist.«

»Ha! Sie werden niemals sterben! Im Himmel würden sie Sie doch gar nicht reinlassen, aus Angst, Sie könnten Petrus' Job übernehmen und Spezialeintrittspreise verlangen. Und der Teufel hätte Angst, Sie könnten in der Hölle das Kommando übernehmen.«

Mai folgte Henry zum *Emporium.* Zu Beginn hatte sie sich mit Händen und Füßen gesträubt, mitzukommen, denn so sehr sie sich einerseits für Henry freute, war sie noch immer über die Art und Weise gram, wie sich Donald in ihr Leben eingemischt hatte.

Doch Henry war hartnäckig geblieben, bis sie widerstrebend nachgegeben hatte. Und nun stand sie auf der Schwelle von Donalds Laden und registrierte betroffen, wie vernachlässigt er wirkte. Henry hatte ihr davon erzählt, doch nicht einmal in ihren schlimmsten Träumen hätte sie sich die Wirklichkeit so vorgestellt. Die langen, kaum mit Ware bestückten Regale wirkten trostloser als befürchtet, und ein durchdringender Geruch nach Feuchtigkeit und Schimmel hing in der Luft.

Zögernd trat sie ein, während Henry ihr eine Hand auf den Rücken legte.

»Geh ruhig, er wird dich schon nicht beißen.«

Donalds Bett war leer, als Henry sie in das Zimmer schob, doch ein älterer Herr, den sie noch nie gesehen hatte, saß daneben. Der Kragen seines Hemdes, das einige Nummern zu groß war, hing locker um seinen Hals und gab den Blick auf schlaffe Hautfalten frei. Er lächelte sie an. Sie erwiderte das Lächeln. Die Gestalt kam ihr vage bekannt vor.

Henry lachte auf. »Donald! Sie sehen wunderbar aus. Wie schön, dass Sie aufgestanden sind.«

Mai konnte ein entsetztes Keuchen nicht unterdrücken. Dieser gebrechliche, alte Mann war Donald MacKinnon? Wie musste er dann erst ausgesehen haben, wenn Henry ihn nun für sein gutes Aussehen lobte? Den großen, derben, rotgesichtigen Mann aus ihrer Erinnerung gab es nicht mehr. Er war zu diesem geradezu schmerzhaft dünnen Mann mit gelbstichiger Haut geworden und mit Augen, die beinahe in den Höhlen verschwanden. Die dichten roten Locken, einstmals sein Markenzeichen, waren ebenfalls verschwunden, und der Schatten seines Bartes war grau geworden.

»Das ist also der kleine Wiremu? Komm, setz dich auf mein Knie.«

Mai, die es nicht wagte, etwas zu sagen, setzte ihren pummeligen, ernst dreinblickenden Sohn auf Donalds Schoß.

Donald fuhr mit einer Hand über Wiremus rotgoldene Locken, und Mai registrierte erschüttert das Zittern seiner Finger.

»Er erkennt einen guten Mann, wenn er einen vor sich hat. Der wird es einmal weit bringen, der kleine Kerl«, lachte Donald. Er wollte Wiremu hochheben – etwas, das ihm früher ohne jede Mühe gelungen wäre –, doch nun ließ er ihn unverrichteter Dinge wieder auf seinen Schoß sinken und krümmte sich.

»Komm her«, sagte Mai schnell und nahm ihm Wiremu ab.

»Tut mir leid, Mädchen, ich vergesse immer, wie schwach mich diese verdammte Krankheit gemacht hat.« Er ließ den Kopf gegen die Stuhllehne sinken, schloss seufzend die Augen und wartete, bis er allmählich wieder zu Atem kam. Nach einer Weile deutete er auf einen Korbstuhl neben seinem.

»Setz dich hin, Mädchen.«

Selbst in seiner Stimme war nichts mehr von der Kraft zu erkennen, die sie noch in Erinnerung hatte.

Sie spürte, wie ihr Unwille in tiefes Mitgefühl umschlug, und stellte den Stuhl so hin, dass sie ihm ins Gesicht sehen konnte.

Donald warf Henry einen vorwurfsvollen Blick zu. »Du hast mir ja gar nicht erzählt, dass dein Mädchen noch ein Kind bekommt.«

»Das tut sie auch nicht«, erwiderte Henry und starrte verblüfft auf Mais Bauch.

Mai dachte an ihre – mittlerweile längst vergessene –

Übelkeit und die lähmenden Müdigkeit, die sie nach Wiremus Geburt so lange geplagt hatten. Dann musterte sie ihren sich wölbenden Bauch. Da sie Wiremu noch immer gestillt hatte, war ihr das Ausbleiben ihrer Blutung nicht weiter ungewöhnlich …

Zu Mais Erleichterung ging Donald nicht weiter auf ihren Zustand ein. Den Rest des Besuchs blieb Wiremu auf ihrem Schoß sitzen, wo sie ihn beschäftigte, während Henry und Donald plauderten. Doch ihre Gedanken waren nur halb bei ihrem Sohn. Wie hatte sie die Anzeichen übersehen können?

Henry stand auf, um zu gehen.

Donald neigte den Kopf und deutete auf Mai. »Komm her, Mädchen.«

Mai beugte sich vor, sodass sich ihr Ohr auf derselben Höhe wie Donalds Mund befand.

»Es ist schön, Henry so zufrieden zu sehen. Du hast einen glücklichen Mann aus ihm gemacht. Aber sorg dafür, dass er eine ehrbare Frau aus dir macht, bevor …«, erklärte er mit einem viel sagenden Blick auf ihren Bauch.

Mai musste beinahe in Trab verfallen, um mit Henrys ausholenden Schritten mithalten zu können, als er die Straße entlangging.

»Mai«, sagte er, blieb unvermittelt vor dem Laden stehen und betrachtete ihren Bauch. »Du bist es doch nicht, oder?«

»Allem Anschein nach doch.«

»Du hättest es mir sagen sollen. Ich bin mir da drin wie ein Idiot vorgekommen.«

»Henry, ich bin gar nicht auf die Idee gekommen, dass es so sein könnte. Hätte ich es gewusst, hätte ich es dir natürlich gesagt.«

»Nun gut, was passiert ist, ist passiert, und ich kann nicht behaupten, dass es mir leid tut. Der Junge braucht ohnehin

Gesellschaft.« Lachend legte Henry seine großen Hände um ihre Taille und hob sie und Wiremu in die Luft.

Genau in diesem Augenblick kam Sarah Bennett aus dem Laden, und auf ihren verkniffenen Zügen lag ein missbilligender Ausdruck.

»Henry«, zischte Mai. »Mrs Bennett beobachtet uns. Was wird sie wohl denken?«

»Es kümmert mich nicht im Mindesten, was Sarah Bennett oder sonst jemand denkt«, gab Henry zurück und ließ sie wieder hinunter. Er bot Mai seinen Arm an und ging auf den Laden zu. »Wunderschöner Tag, nicht, Mrs Bennett?«, sagte er, zog grüßend die Mütze und zwinkerte Mai zu.

Kapitel 41

Ganz in ihre Tätigkeit vertieft saß Poppy an dem Sekretär im Salon des European Hotels.

Ruby und David waren bei Nelly, um noch ein paar Eier zu suchen, und Cam war ins Krankenhaus gefahren, um einige letzte Dinge zu erledigen. Ihre Kisten waren längst gepackt und die Möbel von Charles Craddock abgeholt und für die lange Reise nach England vorbereitet worden.

Poppy, die die Gelegenheit nutzte, ein wenig Zeit für sich allein zu haben, schrieb einen letzten Brief an ihren Bruder.

Mein lieber Henry,
so vieles ist in Deinem Leben passiert, dass man sich nur fragen kann, was wohl als Nächstes kommen mag.
Cam und ich waren entsetzt, als wir von Yan Gar Chans Tod erfahren haben, aber auch dankbar, dass Dir und Mai nichts geschehen ist.
Großer Gott, Du hättest ebenfalls tot sein können – der Mann muss ja völlig von Sinnen gewesen sein! Aber da Du und Mai nun endlich heiraten könnt, hat diese Tragödie wenigstens ein Gutes an sich, und ich wage zu behaupten, dass diesem Mann wohl nicht allzu viele Menschen nachweinen werden.

Poppy legte ihren Federhalter beiseite und las den letzten Absatz noch einmal durch, wohl wissend, dass Cam nicht ganz ihrer Meinung wäre.

»Ich nehme an, er ist dumm genug, sie jetzt auch noch zu heiraten«, hatte er gesagt und aufgebracht die Augen verdreht, als er Henrys letzten Brief gelesen hatte, in dem er ihnen von Yan Gar Chans Tod berichtete. »Hätte der Junge seinen Verstand benutzt, hätte er es zu etwas bringen können. So jung und schon sein eigenes Geschäft. Er hätte gut heiraten können, wenn er sich die Zeit genommen und sich nach einer geeigneten Partie umgesehen hätte. Dieser Narr ruiniert sein ganzes Leben.«

»Es ist *sein* Leben, Cam«, hatte Poppy sanft protestiert. »Und trotz deiner düsteren Prophezeiungen scheinen sie glücklich und zufrieden zu sein, und das Geschäft läuft allem Anschein nach auch gut.«

Cam hatte nur ein Knurren von sich gegeben.

Sie tauchte den Federhalter in die Tinte und wischte die Spitze an der Seite des Fasses ab.

Wir bedauern auch sehr, dass Mr MacKinnon gesundheitlich nicht auf der Höhe ist. Vielleicht war es der Keim dieser Krankheit, der ihn damals hier in Charleston ins Krankenhaus gebracht hat. Ich verstehe, wie schlecht Du Dich deswegen fühlst. Er war so freundlich zu Dir, eher wie ein Vater als ein Freund.

Und nun zu den Neuigkeiten über uns. Cam und ich kehren nach England zurück.

Ich muss zugeben, dass ich vor Glück und Aufregung regelrecht aus dem Häuschen war, und wäre Dein Brief auch nur einen Tag später angekommen, hätte er uns nicht mehr erreicht, weil wir Charleston noch heute Nachmittag verlassen werden.

Cam war schon seit einiger Zeit unruhig, weil seine Praxis immer schlechter ging und wegen einiger anderer Dinge, sodass er sich entschlossen hat, sein Wissen in der Augenheilkunde weiter auszubauen.

Auf diese »anderen Dinge« – Oliver Watkins und seinen Erpressungsversuch – wollte sie lieber nicht näher eingehen.

Und »unruhig« war eine äußerst milde Bezeichnung für Cams Launen in der letzten Zeit. »Unerträglich« traf es wohl besser. Er war schrecklich übellaunig gewesen und hatte sie und die Kinder wegen der geringsten Kleinigkeit angeherrscht. Als David eines Tages nach einer von Cams ungerechtfertigten Bestrafungsmaßnahmen schützend vor seine Schwester getreten war, hatte Cam Poppy mit knappen Worten erklärt, es sei wohl an der Zeit, den Jungen ins Internat nach Melbourne zu schicken. Der Gedanke, ihren kleinen David auf einem Schiff das Tasmanische Meer überqueren zu lassen, hatte sie zutiefst entsetzt.

Zum Glück hatte sie den Mut aufgebracht, sich ihm entgegenzustellen. Es war zu einem schrecklichen Streit gekommen, doch am Ende war Cams Wut verraucht. Völlig erschöpft und mit einem Ausdruck tiefer Hoffnungslosigkeit in den Augen hatte er ihre Hände genommen und sie festgehalten, als könne er Kraft aus ihr ziehen.

»Ich weiß, dass ich dir, Ruby und David das Leben lange Zeit zur Hölle gemacht habe«, sagte er. »Aber in diesen letzten beiden Jahren ist so viel passiert. Dinge, die, wie du selbst weißt, lieber nicht noch einmal aufgewühlt werden sollten. Aber es steht auch fest, dass Charleston nicht mehr die florierende Stadt ist, die sie einmal war. Und meine dahinsiechende Praxis ist der beste Beweis dafür. Hier wartet keine Herausforderung mehr auf mich. Ich vermisse den Trubel, das Kommen und Gehen der frühen Goldgräbertage«, gab er zu. »Ich langweile mich, Poppy – und habe das Gefühl, ich werde zu früh alt.«

»Dann musst du etwas unternehmen, bevor du es tatsächlich bist. Warum können wir nicht nach England zurückgehen? Und du beschäftigst dich mit der Augenheilkunde, wenn es das ist, was du willst«, hatte Poppy vorgeschlagen.

»Und du hättest nichts dagegen?«

Früher, vor all den Ereignissen der letzten Jahre, hätte sie gewiss etwas dagegen gehabt. Schließlich hatte sie viele gute Freunde in der Stadt gewonnen, liebte die entspannte Kameradschaftlichkeit, die in Charleston vorherrschte, und war stolz auf das, was sie und Cam erreicht hatten. Aber jetzt?

»Ich freue mich darauf«, hatte sie lächelnd gesagt und eine Leichtigkeit im Herzen verspürt wie schon lange nicht mehr.

Was mich zu der Frage nach Mamas Rollstuhl bringt. Wir hatten ihn bei Nelly lassen wollen, falls ihn jemand eines Tages brauchen sollte. Aber da Mr MacKinnon so schwer krank ist, dachten wir, er könnte ihn vielleicht gut gebrauchen, deshalb schicken wir ihn Dir mit diesem Brief.

Ich würde schrecklich gern meinen kleinen Neffen Wiremu sehen, aber leider erlaubt es meine Zeit nicht mehr.

Und nun bleibt mir nur noch, Dir und Mai alles Gute zu wünschen.

Vielleicht sehen wir uns ja eines Tages wieder. Ich hoffe es von ganzem Herzen, da ich Euch alle sehr vermissen werde, Henry. Bitte pass gut auf Dich auf.

Deine Dich liebende Schwester

Poppy

Mit Tränen in den Augen faltete Poppy den Brief zusammen, gab ihn in einen Umschlag, stach mit der Spitze ihrer Feder ein Loch hinein und befestigte ihn mit einer Schnur am Rollstuhl. Als Ruby und David in den Salon gelaufen kamen, dicht gefolgt von Cam, drehte sie sich um.

»Es ist Zeit, dass wir aufbrechen, Liebes«, sagte Cam sanft. »Nelly und Duffy warten schon in der Kutsche. Sie fahren uns zur Bucht.«

Kapitel 42

Drei Wochen nach Donalds unverblümter Feststellung von Mais Zustand heirateten Henry und Mai, und Donald und Jimmy waren ihre Trauzeugen.

Das Einzige, was Henrys Glück schmälerte, als sie mit einer kleinen Schar Gäste im Hinterzimmer des *Emporium* das Hochzeitsessen zu sich nahmen, war Poppys Fehlen und das Wissen, dass sie sich in diesem Moment hunderte Meilen entfernt auf der Heimreise befand.

Es war unsinnig gewesen, auf der Suche nach ihr die halbe Welt zu umsegeln, nur um sie gleich danach wieder zu verlassen. Er hatte Poppy zutiefst verletzt, als er Charleston den Rücken gekehrt hatte. Er wusste das, doch Mai war nun einmal in sein Leben getreten, und vom ersten Augenblick an, als er ihr wunderschönes Lächeln gesehen hatte, war ihm klar gewesen, dass es nie eine andere Frau für ihn geben konnte.

Er hatte gehofft, es wieder gutmachen zu können, indem er Poppy häufig besuchte, doch mittlerweile war nicht mehr daran zu denken. Doch zum Glück florierte das Geschäft, sodass er eines Tages – wahrscheinlich eher früher als später – in der Lage war, mit Mai und Wiremu und dem neuen Baby nach England reisen zu können, um dort Ferien zu machen. Natürlich würden sie nicht für immer dort bleiben, Gott bewahre – sein Leben spielte sich nun hier ab, in Neuseeland und mit Mai an seiner Seite.

Es sei denn, dachte er mit einem plötzlichen Anflug von Besorgnis, Mai sehnte sich nach einem ganz anderen Ort.

»Ich verspreche dir, Mai, eines Tages sorge ich dafür,

dass du China siehst«, sagte er und drückte ihre Hand, als Jimmy einen Toast auf die Braut und den Bräutigam ausbrachte.

»China war Großvaters Traum, Henry, nicht meiner. Wo du bist, will auch ich immer sein«, flüsterte sie und wurde rot, als Jimmy, der sie gehört hatte, ihnen wohlwollend zuzwinkerte.

Henry musste an Donalds Warnung vor all den Monaten denken. *Ihr beide könntet ebenso gut an den entgegensetzten Ufern eines tosenden Flusses stehen. Versuch, ihn zu überqueren, und du wirst jämmerlich ersaufen!*

Nun, er und Mai hatten ihn eines Besseren belehrt. Sie waren nicht in den Wogen der Selbstgerechtigkeit und der düsteren Prophezeiungen über ihre Zukunft ertrunken. Stattdessen hatten sie den Fluss überwunden und hatten sicher nach Hause gefunden. Sein Herz drohte in seiner Brust zu zerspringen, als er Mais Hand hielt und erfreut registrierte, wie fröhlich Donald in Prudences altem Rollstuhl aussah. Grinsend dachte Henry an den Aufruhr, für den der Rollstuhl gesorgt hatte, als Hugh Doherty ihn auf seinem Einspänner in die Stadt gebracht hatte.

»Ich war zufällig am Kai in Hokitika, als sie ihn ausgeladen haben, Henry«, sagte Hugh. »Es hat sich angeboten, ihn gleich mitzunehmen. Ein verdammt sperriges Ding, muss ich schon sagen.« Hugh hatte den Stuhl auf den Boden gestellt, worauf ein paar Kinder voller Ehrfurcht angelaufen gekommen waren und sich hineingesetzt hatten.

»Runter da, ihr frechen Bälger!«, hatte Henry gegrollt.

»Lass sie doch, Henry«, hatte Mai lächelnd abgewehrt. »Du kannst sie doch bis zu Donald damit schieben. Sie machen ihn bestimmt nicht kaputt.«

Und das hatten sie auch nicht. Doch eine Prozession kichernder Kinder war ihnen die Straße hinunter gefolgt, und ihr Lärm hatte Ladenbesitzer und Kunden auf die Straße gelockt, die staunend den Aufruhr beobachteten.

Nach den Ansprachen und Toasts lenkte Mai Henrys Aufmerksamkeit auf Donald. »Seine Stimme ist schon ganz heiser, und er kann kaum noch die Augen offen halten. Es ist Zeit, dass wir gehen«, sagte sie. »Er muss sich ausruhen.«

Als sich alle voneinander verabschiedeten, winkte Donald Henry zu sich heran. »Es war ein wunderbarer Tag, Junge.« Schwach schloss er die Finger um Henrys Hand. »Und ich danke dir, dass du mich hast daran teilhaben lassen.«

»Donald, mein Freund. Ohne Sie wäre es nicht dasselbe gewesen.« Henry hatte Mühe, sich nicht von seinen Gefühlen übermannen zu lassen.

»Junge, wenn ich die Schwierigkeiten zwischen uns ungeschehen machen könnte, würde ich es auf der Stelle tun. Ich dachte, es könnte nichts Gutes dabei herauskommen, wenn du dich mit dieser Frau zusammentust. Aber ich habe mich geirrt. Sie ist ein gutes Mädchen, und du kannst stolz auf sie sein.«

An diesem Abend, als Mai und Henry sich zum ersten Mal als Mann und Frau geliebt hatten, lag Mai im Bett und staunte über den Unterschied zwischen ihrer Hochzeitsnacht mit Henry und der, die den Abschluss ihrer Vermählung mit Yan Gar Chan gebildet hatte.

Sie dachte an Henrys Zärtlichkeit, mit der er ihren gewölbten Bauch gestreichelt hatte, seine Liebkosungen ihrer Brüste und wie sie die Muskeln in ihrem Leib angespannt hatte, bis winzige Milchtröpfchen aus ihren Brustspitzen gedrungen waren, die feucht im Licht geschimmert hatten. Ihre Gedanken wanderten zu den zarten Berührungen zwischen ihren Schenkeln, bis sie aufgeschrieen hatte. Wie sehr hatte sich ihr Körper danach gesehnt, ihn in sich aufzunehmen und zu umschließen.

Nun lag sie sicher und behütet neben Henry. Weder wird das Schnarchen des betrunkenen Yan Gar Chan sie jemals wieder aufwecken, noch wird sie gezwungen sein, seine Brutalitäten weiter über sich ergehen lassen zu müssen.

Zärtlich fuhr Henry mit dem Finger über Mais Wange, um zu sehen, ob sie schlief, ehe er die Decke über sie zog.

Nun war sie seine Frau.

Seine Frau! Allein die Worte erfüllten ihn mit so großem Stolz, dass er das Gefühl hatte, platzen zu müssen. Angesichts dessen und der Tatsache, dass ein zweites Baby unterwegs war, und er und Donald wieder Freunde waren, hätte er nicht glücklicher sein können. Wenn er von Donalds bedenklichem Gesundheitszustand absah, war das Leben noch nie so schön gewesen.

Der Gedanke an Donald, der für die wenige Zeit, die ihm noch in diesem Leben blieb, an dieses winzige Hinterzimmer gefesselt war, traf ihn bis ins Mark. Voller Schmerz und Reue dachte er an all die Zeit, die er durch seinen Starrsinn vergeudet hatte.

Sein und Mais Leben würde sich sehr verändern, wenn Donald nicht mehr bei ihnen wäre. Höchstwahrscheinlich würden sich die Leute erneut gegen Mai stellen, wenn sie nicht mehr Gefahr liefen, ihr Dach über dem Kopf oder ihren Job zu verlieren. Die meisten würden wohl ihre Lebensmittel anderswo einkaufen. Doch diese Aussicht bereitete ihm keine Sorgen mehr. Er hatte schon längst eine Entscheidung über ihre Zukunft getroffen.

Das *Emporium* war in einem so miserablen Zustand, dass es ein Vermögen kosten würde, es wieder auf Vordermann zu bringen. Jimmy hatte bestimmt nicht genug Geld dafür, und Henry konnte sich niemand anderen vorstellen, der Interesse hätte, den Laden zu übernehmen. Er würde Bramwell's Jimmy anbieten, der ihm sein Darlehen in Raten zurückzahlen sollte, so wie Ben es mit ihm gemacht hatte. In den letzten Monaten hatte er eine beträchtliche Summe auf die hohe Kante gelegt und erwog, ein Stück

Land zu kaufen und Gemüse anzubauen. Es würde nicht einfach werden – er war zum Ladenbesitzer geboren und nicht zum Landarbeiter –, doch er musste seinen Lebensunterhalt verdienen und war entschlossen, dass es seiner Frau und seinen Kindern niemals an etwas mangeln sollte.

Doch viel mehr als seine eigenen Probleme beschäftigte ihn Donalds Zustand. Er würde in diesem Rollstuhl sitzen bleiben, bis – Henry fuhr sich mit der Hand über die Augen, als mit einem Mal Tränen darin brannten –, bis er ihn nicht mehr brauchte. Er würde dafür sorgen, dass Donalds letzte Tage auf dieser Welt so angenehm wie möglich verliefen.

Am nächsten Morgen suchte er Donald wie gewohnt auf. »Es freut mich, Sie heute Morgen auf den Beinen und angezogen zu sehen, Donald, weil ich Sie nämlich zu einem Spaziergang mitnehmen will.«

Donalds Gesicht rötete sich vor Freude.

»Wohin würden Sie gern gehen?«

»Ich habe den sehnlichen Wunsch, Bramwell's Store zu sehen, wenn es dir nichts ausmacht.«

»Wirklich?« Henry platzte beinahe vor Stolz. Endlich wollte Donald Bramwell's Store sehen. Aber was, wenn er ihm nicht gefiel? Bevor er krank geworden war, war Donalds *Emporium* blitzblank und die Regale üppig bestückt gewesen. Nirgendwo im ganzen Land hatte es einen besseren Laden gegeben. Henrys Aufregung wich nervöser Anspannung, als er Donald die Straße entlangschob.

»Halt an, mein Freund«, sagte Donald und deutete auf eine wild wuchernde Heckenrose, die sich an einer Ecke von Bramwell's Store emporwand. Niemand konnte sich erinnern, wer sie gepflanzt hatte. Aber woher sie auch stammen mochte – ob aus der Saat gewachsen, die die Vögel herbeigebracht hatten, oder von einer versehentlich fallen gelassenen Blüte –, sie wucherte wie Unkraut. Hartnäckig dem Mangel an Pflege und den Witterungen trotzend, kletterte sie ohne die Hilfe eines Spaliers über die Hauswand und bedeckte sie mit ihren flammend roten Blüten inmitten eines Netzes aus dornigen Stängeln und dichten, grünen Blättern.

»Ein schöner Anblick, nicht wahr, Henry? Würdest du mir eine Blüte fürs Knopfloch pflücken?«

Henry hätte nie gedacht, dass Donald für solch sentimentale Regungen empfänglich sein könnte.

Donald seufzte. »Bestimmt denkst du jetzt, ich sei ein wenig wirr im Kopf, aber es sind die Kleinigkeiten, die einfachen Dinge im Leben, die einem die größte Freude bereiten, mein Junge, und es hat all die Jahre gedauert, bis ich das begriffen habe. Sieh dir das an«, meinte er und deutete auf die Rose. »Ohne besondere Mühe und Pflege ist sie klammheimlich gewachsen und gediehen. Sie ist ein Beispiel für uns alle, eine Lektion für die Unverwüstlichkeit.«

Henry zupfte eine Blüte ab und reichte sie Donald, der sie durch sein Knopfloch schob.

»Gut, dann bin ich jetzt bereit, mir dein Juwel anzusehen, Henry.«

Henry fühlte sich, als sause jeden Moment eine Axt auf sein Genick herab, als er den Rollstuhl über die Schwelle seines Ladens schob.

Donald blickte sich um, ohne dass sich eine Regung auf seinem Gesicht abzeichnete. Henry sank der Mut, als der Schotte schweigend seinen Blick über die Regale und den Tresen schweifen ließ, und ihm wurde bewusst, wie viel ihm am wohlwollenden Urteil des älteren Mannes gelegen war. Und ehrlich gesagt sah es im Moment nicht so aus, als sei er besonders begeistert.

»Mmm«, machte Donald nach ein paar Minuten, die Henry wie eine Ewigkeit vorkamen. »Er ist großartig, Henry. Ausgestattet und hergerichtet in der besten *Emporium-*

Tradition. Du hast deine Sache wirklich gut gemacht. Ich wäre stolz, wenn das mein Laden wäre.«

Henry stieß geräuschvoll den Atem aus. »Er gefällt Ihnen also?«, krächzte er. »Er gefällt Ihnen wirklich?«

»Das hab ich doch gerade gesagt, oder nicht?« Donald brachte ein raues Lachen zustande, das jedoch sofort in einen heftigen Hustenkrampf umschlug.

»Er gefällt ihm, Mai«, erzählte Henry später, noch immer in Hochstimmung über Donalds großes Lob. »Er hat gesagt, ich hätte meine Sache gut gemacht. Außerdem habe ich etwas wirklich Ungewöhnliches mit ihm erlebt. Dieser alte Heckenrosenstrauch vor der Tür hat ihn zutiefst berührt. Der bärbeißige, mürrische Donald! Ich war wirklich sprachlos, als er mich gebeten hat, ihm eine Blüte fürs Knopfloch zu pflücken. Und ich schwöre, dass seine Stimme kräftiger war, als er den Strauch sah.«

Solange die Heckenrose blühte, zupfte Henry jeden Tag eine frische für Donald ab, ehe er ihn zu seinem Ausflug abholte.

»Heute nicht, Henry«, sagte Donald eines Morgens, nachdem Henry den Rollstuhl hereingeholt und neben das Bett gestellt hatte. »Meine Kochen fühlen sich an, als wären sie gebrochen und wieder zusammengeklebt worden. Vielleicht morgen.«

Beim Anblick von Donalds Gesicht, das gelblich und von Schmerz gezeichnet war, befielen Henry Zweifel. Er hatte sich vor diesem Tag gefürchtet, wohl wissend, dass er irgendwann kommen würde, dennoch hatte er stets einen Funken Hoffnung gehegt, Donald könnte wie durch ein Wunder wieder gesund werden.

»Ich bin sicher, das ist das Einzige, was ihn noch am Leben hält«, sagte Henry zu Mai und tätschelte ihren Bauch. »Er will hier sein, wenn es zur Welt kommt. Ich will, dass er es schafft, aber du hast noch einige Wochen vor dir, und ich hasse es, mit ansehen zu müssen, wie er leidet.«

Mai nahm Henrys Hand, hielt sie fest, spendete ihm Kraft.

»Es ist selbstsüchtig von uns, zu wollen, dass er bei uns bleibt, obwohl er so schwer krank ist. Wir müssen Donald freigeben. Ihn freigeben, damit er zu seinen Vorfahren gehen kann.«

Kapitel 43

EINE WOCHE SPÄTER kam Jimmy zu Henry in den Laden gestürzt. »Komm schnell, Henry. Donald geht es sehr schlecht – er kann kaum noch atmen und will dich sehen.«

Henry stürmte los und riss sich die Schürze ab, als er die Straße entlang stob.

Donalds raue, unregelmäßige Atemzüge waren schon im Türrahmen zu hören und schmerzten Henry in den Ohren, als er das Hinterzimmer durchquerte.

Der Doktor war bereits eingetroffen und trat kopfschüttelnd beiseite, damit Henry sich ans Bett setzen konnte.

»Ich bin draußen, falls Sie mich brauchen«, sagte er und ging leise hinaus.

»Ah, Donald, Sie hätten mich früher rufen lassen sollen«, sagte Henry, ehe seine Stimme brach.

Donald schlug die Augen auf. Mühsam brachte er ein Lächeln zustande und streckte eine zittrige Hand nach Henry aus.

»Ist schon gut, Donald. Sie dürfen sich nicht so anstrengen. Ich bin ja da. Wir brauchen nicht zu reden«, sagte Henry sanft und hielt Donalds Finger mit leichtem Druck umfangen. Die Zartheit seiner Hand brach ihm beinahe das Herz, und er schluckte gegen den dicken Kloß in seinem Hals an, als sein Freund den Druck erwiderte und in einen unruhigen Schlaf fiel.

Eine Zeit lang saß Henry an Donalds Seite und lauschte den unregelmäßigen, rasselnden Atemzügen. Immer wieder verharrte er vor Schreck, wenn Donalds Brust sich ungewöhnlich lange hob. Wie hypnotisiert und losgelöst von jedem Zeitgefühl fuhr er erschrocken zusammen, als er Donalds Stimme hörte.

»Henry …«

»Donald?« Er beugte sich vor, sodass sein Ohr an Donalds Mund lag, und lauschte angestrengt.

»Du warst wie ein Sohn für mich, mein Freund, und ich danke dir dafür …« Seine Stimme verklang.

Henry blinzelte gegen die Tränen an und hatte Mühe, Donalds Züge zu erkennen. »Sparen Sie sich Ihre Kräfte. Sie müssen jetzt nicht reden.« Er fuhr sich mit dem Handrücken über die Augen und wandte den Blick ab, damit Donald seine Tränen nicht sehen konnte. Doch als er ihn wieder ansah, waren seine Augen geschlossen und sein mühsames Atmen für immer verklungen.

Am Tag von Donalds Begräbnis war der Himmel bedeckt. Henry ging vor dem Laden auf und ab und wartete unruhig auf Peggy, die sich um Wiremu kümmern sollte, während Mai und er Donald das letzte Geleit gaben. Er betrachtete die Heckenrose, die Donalds Tage für kurze Zeit erhellt hatten. Obwohl ihre Blütezeit vorüber war, klammerten sich ihre dichten Zweige hartnäckig an die Hauswand, nur dass ihre Blätter mittlerweile verdorrt waren und sich allmählich braun färbten, als der Sommer den kühleren Herbsttagen Platz machte. Zu seiner Überraschung entdeckte Henry mehrere übrig gebliebene Rosenblüten, die sich leuchtend von dem dunklen Gestrüpp abhoben. Er pflückte einen Zweig ab und reichte ihn Mai.

»Als ich diese Nachzügler gesehen habe, war es, als wäre Donald für einen Moment zurückgekommen. Wir sollten sie ins Wasser geben«, sagte er und reichte Mai die Blume.

»Nein«, sagte sie sanft, »wir nehmen sie mit.«

Zahlreiche Trauergäste drängten sich auf dem Friedhof von Stafford. Dicke Wolken verdunkelten den Himmel und das Grün des Buschwerks um sie herum und ließen Henrys Stimmung noch trübseliger werden.

Donald hätte gewiss Gefallen an der Trauerrede gefunden, dachte Henry. Passend zu seinem Charakter war sie knapp und sachlich gehalten und erschien noch kürzer, da der Geistliche sein Tempo beschleunigte, als ein lauter Donner grollte und Blitze über dem Friedhof zuckten.

Henry, der seinem Freund nur widerstrebend den Rücken kehren wollte, blieb mit Mai noch eine Weile stehen, als die restlichen Trauergäste verschwunden waren und der Totengräber sich an die Arbeit machte. »Der Regen. Muss mich beeilen«, sagte er entschuldigend.

»Legen Sie die hier auf das Grab, wenn Sie fertig sind?«, bat Mai und reichte ihm die Heckenrosenblüte.

Trotz der dunklen Wolken hatte es noch immer nicht zu regnen begonnen, als sie wieder in die Stadt zurückkehrten.

»Bist du sicher, dass du nicht mitkommen willst, Mai?«, fragte Henry, als sie vor dem Dunedin Hotel standen, wo Erfrischungen auf die Trauergäste warteten.

»Ich sollte wieder in den Laden gehen. Ich habe Wiremu lange genug bei Peggy gelassen. Sie wird nach Hause wollen.« Tröstend drückte sie Henry die Hand und ging die Straße hinunter zum Laden und seufzte, als Sarah Bennett ihr folgte.

»Bei der Beerdigung gewesen, wie?«, erkundigte sie sich, noch bevor Mai Zeit gehabt hatte, ihren Mantel auszuziehen.

»Ja.« Beim Gedanken daran, dass Sarah Bennett eine zahlende Kundin war, zwang Mai sich zu einem höflichen Tonfall. »Es war sehr traurig.«

»Das kann ich mir denken. Er hat großen Respekt genossen, dieser Donald MacKinnon. Nicht wie einige andere hier.« Sie griff nach einer Dose Schuhputzmittel und betrachtete sie übertrieben eingehend. »Machen Sie sich darauf gefasst, dass die Geschäfte nicht mehr ganz so gut laufen, jetzt, wo er tot ist.«

»Warum sollten die Kunden nicht mehr zu uns kommen, nur weil Mr MacKinnon gestorben ist?«, fragte Mai erstaunt.

»Warum?« Sarah lachte. »Sie müssen doch gemerkt haben, dass sie nicht mehr hergekommen sind, als Henry dumm genug war, Sie ins Haus zu holen. Ein Schlitzauge, hier im Laden.«

Mais Magen zog sich zusammen. Die Frau log. Sie musste lügen. »Das glaube ich Ihnen nicht.«

»Sie können glauben, was Sie wollen, aber ich sage Ihnen, als Donald MacKinnon erfahren hat, wie schlecht es um Henry bestellt ist, hat er all seine Kunden und Farmarbeiter gezwungen, hierher zu kommen. Wir hatten keine andere Wahl. Und jetzt, wo er tot ist, werde ich anderswo einkaufen, und Ihr geschätzter Henry kann sich sein Geld an den Hut stecken!«

In erschüttertem Schweigen verdaute Mai Sarahs Worte. Es fühlte sich an, als hätte sie mit einem Mal keine Knochen mehr in ihren Beinen, sodass sie sich Halt suchend an den Tresen klammern musste. »Aber sie würden Henry doch jetzt nicht im Stich lassen, oder?«

»Ha! Wenn Sie das glauben, sind Sie naiv. Jetzt, wo Donald tot ist, wird Henry Bramwell nicht mehr viele Kunden über seine Schwelle kommen sehen. Nicht, so lange Sie hier sind.«

Selbst wenn jemand den Laden angezündet hätte, wäre Mai nicht fähig gewesen, etwas zu sagen oder sich vom Fleck zu rühren. Sie starrte Sarah Bennett mit leerem Blick an und hörte kaum, als Peggy Taylor hinter sie trat.

»Wieder mal dabei, Ihr Gift zu verspritzen, Sarah Bennett, wie ich sehe. Sie verlassen augenblicklich diesen Laden. Als Gott Sie erschaffen hat, muss er Ihre Zunge mit der einer Schlange verwechselt haben.«

Sarah knallte die Dose mit der Schuhcreme auf den Tresen. »Es gibt keinen Grund, ausfallend zu werden. Ich erzähle diesem armen Teufel nur die Wahrheit. Sie wird Henry Bramwell noch einmal ins Unglück stürzen, wenn sie nicht von hier verschwindet.«

»Sie sind hier diejenige, die verschwindet!«, rief Peggy und deutete auf die Tür.

»Sie werden mich hier nicht mehr sehen!«, blaffte Sarah und rauschte davon.

»Dem Himmel sei Dank dafür«, meinte Peggy und legte den Arm um Mai. »Liebes, Sie sind ja durchgefroren bis auf die Knochen. Kommen Sie, schaffen wir Sie ins Warme.«

»Ich habe das nicht gewusst, Peggy. Henry hat mir nie erzählt, dass das Geschäft gut lief, bis ich hergekommen bin. Ich wusste nicht, dass die Leute wegen mir ausgeblieben sind.«

»Manchmal sind die Menschen eben grausam«, murmelte Peggy und half Mai aus dem Mantel. »Und das Schlimme daran ist, dass die meisten nicht einmal wissen, dass sie grausam sind. Es kommt ihnen keine Sekunde in den Sinn, dass andere Menschen ebenfalls Gefühle haben. Genauso wie sie.«

»Aber Henry wird wegen mir seine Kunden verlieren. Was soll ich jetzt nur tun?«

»Nichts, Liebes. Die Leute kennen Sie mittlerweile. Ich bin sicher, sie bleiben trotzdem Henrys Kunden.« Doch trotz der beruhigenden Worte entging Mai der Zweifel in Peggys Augen nicht.

Henry saß unter den Trauergästen im Dunedin Hotel und fühlte sich einsamer als je zuvor in seinem Leben. Jimmy, der weinerlich und leicht beschwipst war, ging herum und schwatzte mit allen Anwesenden. Henry konnte ihm keinen Vorwurf daraus machen. Wäre Mai nicht gewesen, hätte Henry sich wahrscheinlich ebenfalls bis zur Besinnungslosigkeit betrunken. Ein tolles Fest, hätte Donald gesagt. Wie schade, dass er nicht hier sein und es genießen konnte.

Donald, zu Lebzeiten ein Mann, der sein Geld eisern zusammenhielt, hatte im Gegenzug dazu einen üppigen Leichenschmaus nach seinem Ableben geplant. Der Alkohol floss in Strömen, und eine nicht enden wollende Menge an Speisen wurde aufgefahren. Hier und da brandete Gelächter auf, als die Leute sich Geschichten von Donalds legendärer Sparsamkeit und seine Unverblümtheit erzählten. Eine Stunde später hatte der Alkohol die Zungen der Gäste noch mehr gelöst, sodass Gesang den Raum erfüllte. Ein ganz besonders wohlklingender Tenor stimmte »The Skyeline of Skye«, Donalds Lieblingslied, an. Henrys Brust schmerzte bei der Erinnerung. Den Tränen nahe verließ er das Hotel.

Auf dem Weg nach Hause dachte er über seinen Plan nach, Bramwell's Store Jimmy zum Verkauf anzubieten. Er hatte vorgehabt, Jimmy an diesem Nachmittag davon zu erzählen, doch der Mann war in keinem Zustand gewesen, der es ihm gestattet hätte, sich einen solchen Vorschlag anzuhören. Aber Henry würde gewiss bald eine Gelegenheit finden. Er hatte keinen Zweifel daran, dass einige Kunden auch nach Donalds Tod noch bei ihm einkaufen würden, die Mehrzahl würde ihre Geschäfte jedoch künftig anderswo erledigen. Er würde Mai am nächsten Morgen alles erzählen und anschließend Jimmy aufsuchen. Es war eine erstklassige Gelegenheit für den Mann, und er wäre ein Narr, wenn er das Angebot ablehnen würde. Vor dem Laden blieb Henry stehen und blickte zu dem Schild empor. *Bramwell's General Store – Henry Bramwell, Eigentümer.* Er war stets beinahe geplatzt vor Stolz bei dem Anblick, doch nun zog sich sein Herz zusammen. Aber wenigstens hatte er noch Mai und Wiremu. Mit ihnen an seiner Seite konnte er alles schaffen. Er würde es diesen Mistkerlen schon zeigen. Sie würden Henry Bramwell nicht unterkriegen.

Das Erste, was er bemerkte, als er den Laden betrat, war das auffällige Gefühl der Leere. Leichtes Unbehagen erfasste ihn, als er Mais Zimmer betrat und kein Zeichen von ihr und Wiremu sah. War sie aus irgendeinem Grund mit zu Peggys Haus gegangen? Was, wenn Wiremu krank war? Oder vielleicht hatten die beiden einen Unfall gehabt.

Panisch lief er zu Peggys kleinem Haus.

»Schon gut, schon gut, ich komme ja. Kein Grund, gleich die Tür einzutreten«, hörte er Peggy rufen, als er gegen die Tür hämmerte.

»Was ist denn los?«, fragte Peggy und sah ihn an, als hätte er den Verstand verloren.

»Haben Sie Mai gesehen? Ist sie bei Ihnen?«

»Nein, natürlich nicht. Ich bin schon vor einiger Zeit gegangen und habe sie und Wiremu zurückgelassen.«

Am liebsten hätte Henry sie angeschrieen, sie der Lüge bezichtigt, doch die aufrichtigen braunen Augen der Frau verrieten echte Besorgnis.

»Ich nehme an, sie wird bald wieder auftauchen«, sagte er und kämpfte seine Panik nieder.

»Henry, ich will ja nicht …« Peggy seufzte.

»Was wollen Sie nicht?«, fragte Henry. »Los, raus damit, Frau.«

»Am besten bleiben Sie nicht vor der Tür stehen, sondern kommen herein.«

Henry rührte sich nicht vom Fleck. »Sagen Sie mir, was los ist, und zwar schnell.«

»Heute Nachmittag, als Mai zurückkam, war diese Klatschbase Sarah Bennett im Laden.«

»Und?«

»Nun ja, sie hat Mai erzählt, dass die Leute wegen ihr nicht mehr zu Ihnen in den Laden gekommen seien, weil sie nichts mit einem Schlitzauge zu schaffen haben wollten – das waren Sarahs Worte, nicht meine!«

»Dieses Miststück!«

»Da stimme ich Ihnen voll und ganz zu, aber was mir Sorgen macht, ist, dass Mai offenbar denkt, Sie seien ohne sie besser dran. Wenn sie nicht zu Hause ist, fürchte ich, ist sie mit dem Jungen davongelaufen. Sie sollten in den Laden zurückgehen, Henry, und nachsehen, ob sie inzwischen nicht zu Hause ist. Warten Sie, ich hole nur meinen Mantel und komme mit.«

Kapitel 44

Peggy schüttelte ihren klatschnassen Regenschirm aus und lehnte ihn an die Tür. Sie wollte gerade in den Laden eilen, als ihr Henry entgegenkam.

»Sie sind nicht hier, Peggy. Ich muss den Wagen anspannen und sie suchen.«

»Oh, Gott.«

Inzwischen war es dunkel geworden, und sie mussten laut schreien, um den Regen zu übertönen, der auf das Blechdach prasselte.

»Ich bleibe hier«, rief Peggy. »Für den Fall, dass sie zurückkommen. Sie machen sich solange auf den Weg.«

Ruhelos ging Peggy im Laden auf und ab und verfluchte die Sarah Bennetts dieser Welt und all die anderen Leute, die tatenlos zugesehen hatten, wie die bösen Zungen und Gemeinheiten einem so sanftmütigen Geschöpf wie Mai Höllenqualen bereitet hatten. Schließlich ertrug sie es keine Sekunde länger. Sie zog ihren Mantel über, schloss den Laden ab und ging die Straße hinunter zum Dunedin Hotel, wo die Trauerfeier in vollem Gange war.

Peggy trat neben den Mann mit der Fiedel und riss sie ihm aus der Hand.

»Heda, Frau, was soll denn das?«, protestierte er, während die Menge, die eine Auseinandersetzung oder, was noch besser wäre, einen handfesten Streit kommen sah, in Schweigen verfiel und die beiden gespannt musterte.

»Ich hab vielleicht ein paar Gläser zu viel intus, aber so schlecht hab ich nun auch wieder nicht gespielt«, maulte der Trunkenbold mit blutunterlaufenen Augen.

Peggy ließ den Blick über die Trauergemeinde schweifen.

»So, und jetzt hört ihr mir gut zu«, hob sie an. »Henry Bramwells Frau Mai ist verschwunden.«

»Kein großer Verlust«, schnaubte Sarah Bennett.

Peggy warf ihr einen eisigen Blick zu, worauf Sarah sich Schutz suchend hinter ihrem Ehemann verbarg.

»Dieses Weibsstück da …« Peggy deutete auf Sarah, »… hat der armen kleinen Mai erzählt, dass ihr gemeines Pack Henry Bramwells Laden gemieden habt, weil sie Chinesin ist, und nur wieder hingegangen seid, weil Donald darauf bestanden hat.«

Gemurmel und verlegenes Scharren von Füßen war zu hören.

»Jetzt ist sie fort, mit dem Kleinen, und Gott allein weiß, wie weit sie gekommen ist bei diesem Wetter und in ihrem Zustand. Ihr solltet auf die Knie gehen und Gott um Vergebung bitten, weil …«

Peggys Stimme begann zu beben, und sie war den Tränen nahe, »… ich euch niemals verzeihen werde, was ihr dieser gütigen, freundlichen Frau angetan habt, die keiner Fliege etwas zuleide tut. Ich sage euch eines – wenn ihr und Wiremu etwas zustößt, werde ich jeden Einzelnen von euch zur Verantwortung ziehen.«

»Wir bilden einen Suchtrupp, Peggy. Auf der Stelle«, erklärte Jimmy, der mit einem Mal nicht mehr annähernd so betrunken zu sein schien als noch einige Minuten zuvor. Wie durch Zauberhand leerte sich das Hotel in Windeseile, als die Männer ihr Regenzeug holten, um bei der Suche zu helfen. Auch die wenigen anwesenden Frauen folgten Peggy zu Bramwell's Store, um auf Nachrichten zu warten. Alle bis auf Sarah Bennett – die die anderen mit einem Mal mieden, als leide sie unter einer ansteckenden Krankheit.

Henry konnte kaum etwas sehen, als er durch die Dunkelheit und den peitschenden Regen fuhr. Der Weg verwandelte sich im Handumdrehen in unpassierbaren Matsch. Mit jeder Sekunde wuchs seine Sorge, Mai und Wiremu überhaupt noch zu finden.

»Ihr mieses, jämmerliches Pack. Verdammt sollt ihr sein«, zeterte er und gab den Pferden heftig die Zügel. Plötzlich scheute eines von ihnen. Henry schrie auf, als er die durchnässte, schmutzige Gestalt am Wegesrand stehen sah.

»Mai! Gott sei Dank!« Henry sprang vom Wagen und nahm Mai in die Arme. »Was um alles in der Welt hast du dir dabei gedacht? Was ist mit Wiremu? Geht es ihm gut?«

Ein empörtes Heulen drang aus dem Bündel in Mais Armen, womit seine Frage beantwortet war.

»Schnell, unter die Plane«, rief er über den Regen hinweg und half Mai auf den Wagen. »So etwas wirst du nie wieder tun, Mai!«

»Sarah Bennett hat mir erzählt, du hättest wegen mir all deine Kunden verloren. Ich wollte nicht, dass du wegen mir leiden musst. Deshalb bin ich fortgegangen. Aber als es so heftig zu regnen anfing, habe ich Angst wegen Wiremu bekommen. Ich war ohnehin auf dem Weg zurück.«

»Oh, Mai. Wenn du nicht wolltest, dass ich leide, hast du dir einen reichlich verrückten Weg ausgesucht, es zu zeigen. Du und Wiremu, ihr seid doch mein Leben. Das musst du wissen.«

Bevor Mai etwas erwidern konnte, geriet der Wagen ins Schlingern, und die Vorderseite versank tief im Matsch.

»Verdammt, wir haben ein Rad verloren!«

Ein greller Blitz zuckte am Himmel, dicht gefolgt von einem grollenden Donnerschlag. Beide Pferde scheuten, sodass der Wagen kippte und sie zu Boden fielen.

Henry rappelte sich auf und hielt Ausschau nach Mai.

»Oh, mein Gott«, stieß er hervor, als er sie entdeckte.

Sie lag auf dem Boden, ein Bein unter dem Wagen eingeklemmt. Der kleine Wiremu lag neben ihr und brüllte vor Angst und Wut.

»Beweg dich nicht, ich hole dich da raus.«

Strauchelnd kämpfte er darum, festen Halt auf dem glitschigen Untergrund zu finden, um den Wagen anheben zu können, damit er Mais Bein herausziehen konnte. Doch je mehr er sich anstrengte, umso tiefer versanken seine Stiefel im Schlamm.

»Mein Bein, Henry, ich glaube, es ist gebrochen.«

Aus Furcht, Mai könnte noch weitere Verletzungen erleiden, sammelte Henry all seine Kräfte und stemmte sich mit seinem gesamten Gewicht gegen den Wagen, doch er rührte sich keinen Millimeter vom Fleck.

»Hey, Henry«, drang eine Stimme durch den Regen.

Ein Wagen erschien in der Dunkelheit, und mit einem Mal war Henry von einer Hand voll Männer umgeben. Zusammen hoben sie den Wagen an und befreiten Mai.

»Sie schläft jetzt. Und Wiremu geht es auch gut«, erklärte der Doktor am nächsten Morgen, als er noch einmal nach Mai gesehen hatte. »Der Bruch ist nicht so schlimm, wie er hätte sein können. Sie ist noch jung. Wenn er erst einmal verheilt ist, sollte das Bein wie neu sein. Und das Baby bleibt vorläufig auch, wo es sein sollte.«

Henry trat hinaus in den Laden und stellte überrascht fest, dass jede Menge Kunden auf ihn warteten. Albert Hall, der Tabakhändler, und einer der Männer, die ihm am Vorabend bei der Suche nach Mai geholfen hatten, waren vorgetreten und drehten nervös ihre Hüte in den Händen.

Albert räusperte sich. »Ich spreche für uns alle hier, Henry«, sagte er, wandte den Kopf und ließ den Blick über sämtliche Anwesenden schweifen, »wenn ich sage, dass es uns leid tut, wie wir dich wegen deiner Frau behandelt haben. Du hast uns nie etwas getan, ebenso wenig wie sie. Du kannst sicher sein, dass wir auch weiterhin deine Kunden bleiben.«

»Ja, jawoll«, echoten die anderen.

»Danke. Danke, dass ihr hergekommen seid, um mir das zu sagen«, gab Henry mit belegter Stimme zurück.

Später am Nachmittag erhielt Henry einen Brief, der ihm von einem Boten überbracht worden war. Er stammte von einem Anwalt in Hokitika, und sein Herz machte vor Freude einen Sprung, als er ihn las.

»Du errätst nie, was passiert ist«, sagte er zu Mai und hatte Mühe, die Worte auszusprechen. »Donald hat sein ganzes Vermögen Jimmy und mir vermacht. Oh, Mai, ich komme mir wie ein selbstsüchtiger Mistkerl vor. Hätten er und ich doch nur nicht die ganze Zeit im Streit gelegen.«

»Still, Henry«, sagte Mai. »Du kannst die Vergangenheit nicht rückgängig machen. Nur aus ihr lernen. In den letzten Monaten seines Lebens warst du ihm ein wunderbarer Freund. Donald wusste das. Er hat gesagt, du wärst wie ein Sohn für ihn gewesen, und das ist der Beweis dafür.«

»Vielleicht hast du Recht, Mai. Aber ich verspreche dir hiermit hoch und heilig, dass ich niemals mehr etwas tun werde, das Donald Anlass gibt, sein Vertrauen zu mir zu bereuen, wo immer er auch sein mag.«

Epilog

Im Monat Oktober des Jahres 1876 gingen Mai und Henry – mit ihrem neugeborenen Sohn in Henrys Armen und Wiremu an Mais Hand – den Hügel hinauf zum Friedhof von Stafford. Sie waren erfüllt von Erinnerungen an den bärbeißigen Schotten mit dem wachsweichen Herzen, als sie an seinem Grab standen und die Worte auf dem frisch errichteten Stein lasen.

Donald Alasdair MacKinnon
Bewohner von Skye
Geboren am 13. Dezember 1828
Gestorben am 4. April 1876 im Alter von 47 Jahren.
Nie hat ein größerer Mann gelebt,
noch ein Vater fremden Blutes.
›Einst sehen wir uns wieder.‹

Henry kniete nieder und hielt seinen Sohn über das Grab. »Es ist ein Junge, Donald, und er trägt deinen Namen. Donald Alasdair MacKinnon Bramwell. Er wird dich stolz machen, ganz bestimmt. Mai und ich werden dafür sorgen.«

Er spürte eine leichte Berührung und wandte sich um. Mai kniete ebenfalls nieder, direkt neben ihm, und deutete lächelnd auf etwas Grünes, das aus dem Erdhügel wuchs.

Der erste Ast einer Heckenrose ragte aus der braunen Erde und begann sich über das Grab zu winden.

Historische Anmerkungen

Diese Geschichte ist frei erfunden, dennoch haben einige der darin vorkommenden Charaktere tatsächlich gelebt.

Henry (Harry) Stannard war mein Großonkel. Er und seine Frau Lizzie führten das Royal Hotel in Westport.

Charles Craddock war der Besitzer eines Brandungsboots in Charleston in den Sechziger- und Siebzigerjahren des 19. Jahrhunderts. Er starb im September 1879, als er half, das Wrack der *Sheperdess* in den Hafen zu bringen. Sie war das letzte Schiff, das Constant Bay erreichte. Obwohl es keine weiteren Schiffsmeldungen gab, schreibt Irwin Faris in *Charleston, Sein Aufstieg und Fall:*

Das Charleston Hotel, *loyal bis zur letzten Stunde, führte auch weiterhin die Schiffspläne.*

Hafen Charleston
Schiffe in Port Nile
Erwartete Ankünfte Nile
Erwartete Abfahrten Nile

Mr Gascoine besaß einen Lebensmittelladen in der Princess Street in Charleston.

Hugh Dogherty war der Besitzer des Victoria Hotels in Stafford, einer der Goldgräberstädte mit einer Bevölkerungszahl von rund 5000 im Jahr 1870. Abgesehen von einem in hervorragendem Zustand befindlichen Friedhof, der einen Besuch durchaus wert ist, erinnert heute nichts mehr an die Stadt.

Am Dienstag, dem 2. Juni 1874, verließ die *Strathnaver* Gravesend, um nach Neuseeland zu segeln, eine Reise, die 86 Tage dauern sollte. Die rund 400 Passagiere waren eine Mischung aus Engländern, Iren, Schotten, Walisern und Deutschen. Nachdem sie um ein Haar bei Barrett's Reef aufgelaufen wäre, wurde sie von der *S. S. Stormbird* in Schlepptau genommen und kam am 31. August 1874 sicher in Wellington an. Laut *Evening Post* vom 1. September 1874 gab es auf der Überfahrt sechs Todesfälle (allesamt Kinder) und vier Geburten.

Worte des Dankes

ICH DANKE HARRIET Allan für ihre Geduld und ihre Ratschläge. John Parr, Professor für Ophthalmologie im Ruhestand, Universität von Otago, für seine Hilfe und Unterstützung bei der Beschreibung der Operation des grauen Stars; Alison Hercus, Mignon Pickwell, Kate Thompson und Lynne Knapp von den Dental and Medical Libraries, Universität von Otago, für ihre Begeisterung, mit der sie die Archive durchforstet haben; Brian Watson für den Hinweis, dass die südliche Landzunge des Buller River in Wahrheit die westliche Landzunge ist, was meine Charaktere davor bewahrt hat, sich im Kreis zu bewegen, nachdem sie die Mündung des Buller River und besagte Landzunge hinter sich gelassen hatten; Beryl und Bill Johnson für ihre Hilfe und Unterstützung und für ihre Anregung, Stafford als einen der Orte des Geschehens in diesem Buch zu wählen; Jim Ng dafür, dass er in seinem unfassbar vollen Terminkalender eine Lücke freigeschlagen hat, um das Manuskript zu lesen; Arthur Brace für alle nautischen Begriffe; Iris Leach für ihre unschätzbare Kritik und Callum Macdonald für seine Erläuterungen zu den gälischen Namen und deren Aussprache. Leis gach dúrachd (mit meinen besten Wünschen) an euch alle.